Linda Winterberg

Der Winzerhof

Das Prickeln einer neuen Zeit

aufbau taschenbuch

Hinter Linda Winterberg verbirgt sich Nicole Steyer, eine erfolgreiche Autorin historischer Romane. Sie lebt mit ihrem Mann und ihren zwei Töchtern im Taunus.

Im Aufbau Taschenbuch und bei Rütten & Loening liegen von ihr die Romane »Das Haus der verlorenen Kinder«, »Solange die Hoffnung uns gehört«, »Unsere Tage am Ende des Sees«, »Die verlorene Schwester«, »Für immer Weihnachten«, »Die Kinder des Nordlichts« sowie die große Hebammen-Saga »Aufbruch in ein neues Leben«, »Jahre der Veränderung«, »Schicksalhafte Zeiten« und »Ein neuer Anfang« vor.

Rheingau, 1945: Der Krieg ist vorbei, aber die Sektkellerei Herzberg wurde schwer beschädigt. Henni steht vor den Trümmern ihres Lebens. Ihr Mann wird seit Jahren vermisst, und hinzu kommt nun die Trauer um den verstorbenen Vater. Zur Beerdigung reist Hennis Schwester Lisbeth an, deren Vergangenheit schwer auf den beiden Frauen lastet. Nur die Sorge um ihre jüngste Schwester Bille eint sie. Sie war als Krankenschwester an der Front, doch seit Wochen gibt es kein Lebenszeichen. So liegt die Verantwortung für die Sektkellerei in Hennis Händen. Und eins steht fest: Sie wird nicht zulassen, dass das Familienunternehmen zugrunde geht. Doch Henni hat nur eine Chance, die Kellerei wiederaufzubauen, und dafür muss sie viel aufs Spiel setzen – auch ihre Hoffnung auf eine neue Liebe.

Linda Winterberg

Der Winzerhof

Roman

Das Prickeln einer neuen Zeit

aufbau taschenbuch

MIX
Papier aus verantwortungsvollen Quellen
FSC® C083411
www.fsc.org

ISBN 978-3-7466-3811-9

Aufbau Taschenbuch ist eine Marke
der Aufbau Verlage GmbH & Co. KG

1. Auflage 2022

Umschlaggestaltung www.buerosued.de, München
unter Verwendung mehrerer Motive von © Getty Images /
George Marks und © mauritius images / Udo Siebig
Satz Greiner & Reichel, Köln
Druck und Binden CPI books GmbH, Leck, Germany
Printed in Germany

www.aufbau-verlage.de

1. Kapitel

Wiesbaden, 12. September 1945

Es war einer dieser Tage, an denen Henni am liebsten für immer auf dem Balkon ihrer direkt am Rhein gelegenen Villa stehen würde, um das funkelnde Wasser des Flusses zu betrachten. In einem anderen Leben hatte ihr der Rhein stets das Gefühl einer heilen Welt vermittelt. Doch heute tat er das nicht mehr. Die letzten Monate waren schwer gewesen, unerträglich und bedrückend. Der Krieg hatte Wiesbaden lange Zeit verschont. Doch im Februar war auch die Kurstadt am Rhein in das Visier der Alliierten geraten und stark beschädigt worden, Hunderte Menschen hatten in den Bombennächten den Tod gefunden. Im März war der Krieg für die Stadt endlich vorbei gewesen. Geblieben waren Trümmer, zerstörte Leben und Träume, tiefe Wunden und Risse in den Seelen der Menschen.

Henni umschloss mit ihrer rechten Hand den silbernen Anhänger an ihrem Hals, der eine Fotografie ihrer Mutter enthielt, die sie viel zu früh verlassen hatte. In der letzten Zeit hatte sie sich oft gewünscht, sie wäre noch bei ihr, um ihr Halt zu geben. Sie war bei der Geburt von Hennis jüngster Schwester Bille gestorben, da war Henni gerade mal sieben Jahre alt gewesen.

Sie öffnete den Anhänger und betrachtete das Bild ihrer Mutter, das in einer Zeit entstanden war, in der niemand geahnt hatte, dass zwei Weltkriege das Gesicht Deutschlands für immer verändern würden. Ihr helles Haar wellte sich sanft auf ihre Schultern herab, sie trug eine hochgeschlossene Bluse mit Spitze am Kragen. Ihr Lächeln war mild, die großen Augen zogen den Betrachter sogleich in ihren Bann. Henni hatte als Einzige ihrer Töchter ihr strohblondes Haar und ihre Augen geerbt.

»Vielleicht ist es doch besser, dass du den heutigen Tag nicht erleben musst«, sagte sie leise. »Obwohl ich dich im Moment wirklich gut gebrauchen könnte. Du wüsstest gewiss Antworten auf all meine Fragen. Immerhin musstest du seinen Tod nicht miterleben.«

Die Worte auszusprechen, fühlte sich wie ein Stich ins Herz an. Ihr Vater, Heinrich Herzberg, war vor wenigen Tagen von einem Schlaganfall aus dem Leben gerissen worden. Er war seit Kriegsende voller Euphorie gewesen, voller Tatendrang. »Er hat gesagt, dass es nun wieder bergauf gehe«, sagte Henni, und in ihre Augen traten Tränen. »Er hat so viele Pläne geschmiedet. Du hättest seine wiedergefundene Begeisterung geliebt.«

»Fräulein Henni«, wurde sie angesprochen. Henni fühlte sich bei ihrem Selbstgespräch ertappt, wischte sich rasch über die Augen und wandte sich um.

Ihre Hausdame Trude stand vor ihr. Die gute Seele, die bereits seit über einem Vierteljahrhundert auf das Haus und seine Bewohner achtete und Henni seit ihrer Geburt kannte.

»Ihre Schwester ist eingetroffen und fragt nach Ihnen.«

Henni folgte Trude in die Familienvilla, die mit ihren vielen Erkern und Winkeln wie ein kleines Schloss anmutete und Ende des neunzehnten Jahrhunderts von ihrem Großvater erbaut worden war. Wie durch ein Wunder hatte sie die Bombenangriffe größtenteils heil überstanden. Nur einige Fenster waren zu Bruch gegangen, inzwischen aber wieder repariert worden.

Im Salon empfing sie die gediegene Einrichtung. Sonnenlicht fiel durch die hohen Sprossenfenster auf den blank polierten Parkettboden aus Buchenholz. In einem der Erker befand sich ein weißer Flügel, auf dem ein silberner Kerzenständer stand. Es gab eine mit weinrotem Stoff bezogene und gepolsterte Sitzgruppe, Bücherregale säumten die hellgelb gestrichenen Wände, und durch eine geöffnete weiß gestrichene Flügeltür gelangte man in den Essbereich. Auf dem von acht Stühlen umgebenen Esstisch stand ein Strauß gelber Rosen. Eine der Blumen ließ bereits den Kopf hängen, und erste Blütenblätter waren herabgefallen. Es erschien wie das perfekte Stillleben.

Hennis Mutter war diejenige gewesen, die die Räume in hellen Tönen hatte ausstatten lassen. Zuvor musste es recht düster gewesen sein, mit holzvertäfelten Wänden und dunkel gebeiztem Mobiliar. Wie durch ein Wunder waren sie bisher der Beschlagnahmung der Villa durch die Amerikaner entgangen. Diese hatten inzwischen ganze Häuserblocks besetzt, jede Woche schienen es mehr Familien zu sein, die auf diese Weise ihr Obdach verloren. Henni bewohnte aus diesem Grund die Villa nicht mehr nur mit ihrer Großmutter und den wenigen noch verbliebenen Dienstboten. Im Untergeschoss lebte seit einigen Tagen die Kriegerwitwe Annemarie Köhler mit ihren beiden Kindern, einem Mädchen und einem Jungen, sieben und zehn

Jahre alt. Die Familie hatte durch die Beschlagnahmung ihrer Wohnung in der Luisenstraße von einem Tag auf den anderen auf der Straße gestanden und nicht gewusst, wohin sie sollte. Annemarie hatte früher als Wäscherin bei ihnen im Haus gearbeitet, und als sie weinend mitsamt den Kindern und einigen rasch zusammengerafften Habseligkeiten vor der Tür gestanden hatte, so ausgemergelt und müde, wie Henni sich fühlte, da hatte Henni sie eingelassen. Das Haus war groß genug.

Hennis Schwester Lisbeth trat ein. Sie trug, dem traurigen Anlass ihres Besuches entsprechend, ein schwarzes Kostüm. Den kleinen Hut mit einem Netzschleier vor ihrem Gesicht empfand Henni als etwas übertrieben. Ihr gewelltes rotblondes Haar trug Lisbeth kinnlang. Die Schwestern umarmten sich nur kurz zur Begrüßung. Lisbeth verströmte den gewohnten Duft des Parfüms Tosca, den Henni noch nie hatte leiden können.

»Es tut mir so leid, dass ich erst heute eintreffe, meine Liebe«, sagte Lisbeth. »Die Anreise aus Berlin war das reinste Abenteuer. Zwischenzeitlich dachte ich, ich würde es gar nicht mehr zur Beerdigung schaffen. Aber durch einen Zufall – ein alter Bekannter von mir musste geschäftlich nach Wiesbaden – hat es doch geklappt.« Sie zog ihre schwarzen Handschuhe aus, warf sie auf den Esstisch und bat Trude um ein Glas Sherry. »Wann soll der alte Knabe denn nun eingebuddelt werden?«

»Du redest von unserem Vater!«, entgegnete Henni in harschem Tonfall.

»Nur weil er tot ist, muss ich ihn nicht gleich lobpreisen«, erwiderte Lisbeth und verzog das Gesicht. »Du weißt, wie er mich stets behandelt hat. Ich habe ihm, im Gegensatz zu dir, nie etwas recht machen können. Obwohl wir durch Johannes' Kontakte in höchste Regierungskreise durchaus Vorteile hätten haben können.«

»Du weißt, dass Papa von Johannes' ›höchsten Regierungskreisen‹ nie viel gehalten hat«, entgegnete Henni spitz.

Ihr hatte Trude anstatt des Sherrys ein Glas Sprudelwasser gebracht, das sie dankend annahm. Henni war die Tochter eines Sektkellerei-Inhabers, was jedoch nicht bedeutete, dass sie dem Alkohol zugetan war. Ihr war es wichtig, stets einen klaren Kopf zu behalten.

»Rede du ihn dir nur schön«, erwiderte Lisbeth. »Er hat, wie all die andern Industriellen auch, Zwangsarbeiter beschäftigt und war Parteimitglied. Wenn es um den eigenen Vorteil ging, war es vorbei mit der sauberen Weste.«

»Wir wissen beide, was mit der Kellerei und mit Papa passiert wäre, wenn er sich anders verhalten hätte«, entgegnete Henni. »Er hat Hitler verabscheut.«

Sie fühlte, wie Lisbeths Anwesenheit nach nur wenigen Minuten zu einer Belastung wurde. Lisbeth, die Zweitgeborene, die stets unangepasst gewesen war und früh gegen den Vater aufbegehrt hatte. Er hatte ihr ihre Freiheiten gelassen und versucht, mit ihren Allüren klarzukommen. Sie hatte zu ihrer Tante nach Berlin reisen und dort ihr Kunststudium vorantreiben dürfen. Nur wenige Wochen nach ihrer Ankunft hatte sie Johannes Glauber kennengelernt, ein hochrangiges Mitglied der SS. Nach nur drei Monaten hatten die beiden überstürzt in Berlin ohne die Anwesenheit der Familie im kleinen Kreis geheiratet. Ihren Verwandten vom Rhein hatte sie Johannes dann bereits als ihren Ehemann vorgestellt. Ihr Vater, dem seine Töchter die Welt bedeutet hatten und der stets ein Gegner des Nationalsozialismus gewesen war, hatte ihr das nie verziehen. Zwischen ihm und Lisbeth war es zu einem großen Zerwürfnis gekommen, ausgesöhnt hatten sie sich bis zuletzt nicht mehr. Henni hätte Lisbeth am liebsten gar nichts vom Tod ihres Vaters erzählt, hatte es dann aber doch nicht fertiggebracht und ihr telegrafiert. Innerhalb kürzester Zeit waren die beiden Patriarchen der Familie Herzberg von ihnen gegangen. Martin Herzberg, ihr Großvater, war während des großen Bombenangriffs im Februar in der Kellerei ums Leben gekommen. Henni hatte nach einigen schlaflosen und tränenreichen Nächten beschlossen, sich nicht unterkriegen zu lassen. Der Krieg war vorbei, der Rhein funkelte wie eh und je im Licht der Sonne, und die Trümmer wurden beseitigt. Sie als Älteste hatte nun die Verantwortung für den in Scherben liegenden Familienbetrieb. Sie hatte sich zu kümmern und musste stark sein, auch wenn ihr das nicht leichtfiel. Denn die Liebe ihres Lebens, ihr Conrad, war nicht an ihrer Seite. Noch immer wartete sie sehnsüchtig auf eine Nachricht von ihm. Er hatte zuletzt an der Ostfront gedient, doch seit Jahresbeginn war kein Brief mehr eingetroffen. Ihr Vater hatte kurz vor seinem Tod bereits das Schlimmste prophezeit. Doch Henni hatte es nicht hören wollen. Conrad, der Sohn eines Winzers aus Martinsthal, war stark. Er würde heimkehren, daran galt es festzuhalten.

»Wo steckt eigentlich Bille?«, fragte Lisbeth. »Unser entzückendes Nesthäkchen ist dir doch früher nie von der Seite gewichen.«

»Sie ist schon zwei Jahre fort«, antwortete Henni, »arbeitete als Schwester in Lazaretten. Ihr letzter Brief kam vor Monaten aus der Nähe von Königsberg.«

Eine weitere Sorge, die Hennis Gedankenkarussell nachts nicht zur Ruhe kommen ließ. Bille hatte sich von einer Freundin zum Lazarettdienst überreden lassen und war, trotz allen Flehens von Henni, nicht fortzugehen, von einem auf den anderen Tag verschwunden. Sie wollte ihren Beitrag leisten und helfen, nicht tatenlos zusehen. So war Bille schon immer gewesen. Ein Mensch, der stets das Wohl der anderen im Sinn hatte. Sie hatte Ärztin werden wollen.

Henni wünschte sich, sie würde endlich zurückkommen, mit ihrem braunen Lederkoffer einfach vor der Tür stehen und sie mit dem verschmitzten Blick ansehen, den sie an ihr so sehr liebte. Doch vielleicht war sie längst tot, im Osten gestorben. Henni wagte es kaum, diesen Gedanken überhaupt zuzulassen. Aus dem Osten flüchteten dieser Tage Zehntausende; vertrieben aus der Heimat, suchten sie Schutz in einem zerstörten und zerrissenen Land. Die Frau ihres Hausmeisters Gustav in der Sektkellerei hatte ihr neulich erzählt, dass die Vertriebenen auf ihrer Flucht auf den Straßen erfroren, dass Kinder und Mütter vor Erschöpfung starben. Henni hatte diese Geschichten nicht hören wollen. Alpträume hatten sie danach geplagt, Bilder von Bille, tot im Schnee am Wegesrand, Bille, wie sie vor Erschöpfung zusammenbrach. Bille, die mit flehendem Blick die Hand nach ihr ausstreckte, die als kleines Mädchen mit nackten Füßen auf der Schaukel im Garten saß und so wunderbar lautstark lachte, wie nur sie es konnte.

Henni trat ans Fenster und blickte nach draußen. Der Rhein schaffte es mit seiner funkelnden Wasseroberfläche in diesem Moment nicht, die Bitterkeit in ihrem Inneren zu vertreiben.

Einen Moment sagte keine der Schwestern etwas. Lisbeth trat irgendwann neben Henni und legte ihr die Hand auf den Arm.

»Das mit Bille tut mir leid«, lenkte sie ein, und ihre Stimme klang plötzlich milder. »Sie wird bestimmt zurückkehren. Du kennst doch unsere Bille. Sie war schon immer eine Kämpferin. Diese Zeiten sind für uns alle nicht einfach. Was ist mit Conrad?«

Diese Frage ließ Henni erneut Tränen in die Augen steigen, und in ihrem Hals fühlte sie einen dicken Kloß. Sie blinzelte, schluckte und senkte den Blick.

»Ich weiß es nicht«, antwortete sie. »Er ist irgendwo im Osten.«

»Vielleicht ist er in Kriegsgefangenschaft geraten«, mutmaßte Lisbeth.

»Wäre dann nicht ein Brief gekommen?«, fragte Henni. »Es gibt Briefe. Ich weiß das.«

»Vielleicht kommt er noch«, meinte Lisbeth. »Du darfst die Hoffnung nicht aufgeben.«

Henni atmete tief durch und nickte. Sie wollte dieses Gespräch nicht mit Lisbeth führen. Der Schwester, die ihr fremd geworden war. Sie hatte jahrelang an der Seite eines Mannes gestanden, der heute als Kriegsverbrecher galt. Wie viel Nazi steckte in ihr?

»Wie steht es um Johannes?«, fragte sie.

»Er sitzt nach wie vor im Entnazifizierungslager fest. Wann ihm der Prozess gemacht wird, wissen wir noch nicht«, antwortete Lisbeth mit einem kühlen Unterton in der Stimme und trat vom Fenster weg. Sie schien bewusst auf Abstand gehen zu wollen. Hennis Erkundigung nach Johannes gefiel ihr anscheinend nicht.

»Was denkst du, wie es für ihn ausgehen wird?«, fragte Henni. Sie wusste, dass es eng werden könnte.

»Ich weiß es ehrlich gesagt nicht«, antwortete Lisbeth. »Als Mitläufer wird er sich nicht bezeichnen können. Ich hatte Glück, dass wir bereits seit einigen Monaten getrennt lebten. Somit bin ich einer Befragung entgangen.«

»Ihr habt getrennt gelebt?«, hakte Henni erstaunt nach.

»Ja, das haben wir«, erwiderte Lisbeth, ging zur Hausbar und füllte ihr Glas erneut mit Sherry. »Er hat mich mit seiner Sekretärin betrogen. Das Flittchen hat sogar ein Kind von ihm erwartet.« Ihre Stimme klang nun bitter. Sie trank von ihrem Glas.

Maria Herzberg trat ein und unterbrach das Gespräch der beiden. Die alte Dame trug ein schwarzes Kostüm mit einem wadenlangen Rock und stützte sich auf einen Stock. Ihr graues Haar reichte ihr bis zum Kinn und war ordentlich frisiert. Sie sah von Henni zu Lisbeth, und in ihrem Blick lag der Ausdruck von Verwirrtheit, den Henni so sehr verabscheute.

»Die Damen«, sagte Maria in schroffem Tonfall. »Können Sie mir sagen, was Sie in meinem Haus zu suchen haben?«

Lisbeth sah von ihrer Großmutter verdutzt zu Henni.

Eine Frau in einer Schwesternuniform erschien in der Tür und kümmerte sich sogleich um Maria.

»Frau Herzberg«, sagte sie und legte den Arm um sie. »Sie sollen mir doch nicht fortlaufen. Kommen Sie, wir wollten uns doch fertig machen. Wir haben doch darüber gesprochen. Es steht die Beerdigung Ihres Sohnes an.«

Maria sah die Dame erstaunt an. »Ich habe einen Sohn?«

»Darüber haben wir doch heute Morgen beim Tee gesprochen.« Behutsam führte sie Maria aus dem Raum.

»Alzheimer«, erklärte Henni. »Nach Großvaters Tod ist es mit jedem Tag schlimmer geworden. Zusätzliche Aufregung wie die heutige Beerdigung verwirrt sie zusätzlich.«

Noch eine Sorge, die zu all dem Kummer hinzukam. Maria Herzberg, einst die Seele der Familie, die liebevolle Großmutter, die ihnen die Mutter ersetzt hatte, begann, die Welt um sich herum zu vergessen.

Lisbeth wusste nicht, was sie antworten sollte. Die Situation überforderte sie sichtlich.

»Es ist nun mal, wie es ist«, fuhr Henni fort. »In eine Einrichtung wollten wir sie nicht geben. Papa hat Frau Mertens als Betreuerin eingestellt. Sie kümmert sich rührend um sie.«

Lisbeth nickte und fragte: »Denkst du, es ist gut, wenn sie in diesem Zustand zur Beerdigung mitkommt? Sie könnte uns blamieren.«

»Er war ihr Sohn«, entgegnete Henni. Lisbeths herzlose Rede verwunderte sie nicht. Ihr Verhältnis zu Oma Maria, wie sie sie nannten, war nie gut gewesen. »Sie hat ein Recht darauf.« In Gedanken fügte sie weitere Sätze hinzu. *Du blamierst die Familie mit deiner Anwesenheit bedeutend mehr. Die Frau eines Nazis kehrt heim. Die Tochter, von der jeder weiß, dass der Vater mit ihr über Jahre keinen Kontakt hatte. An sein Grab traut sie sich nun.* Doch Henni behielt ihre Worte für sich. Ein Streit lohnte nicht und würde sie Kraft kosten, die sie nicht hatte.

Trude trat erneut näher. »Es wäre dann an der Zeit«, erinnerte sie an die bevorstehende Beerdigung. »Herbert wartet bereits mit dem Wagen.«

Henni war dankbar für die Unterbrechung. Lisbeth erschien ihr nicht als die richtige Gesprächspartnerin für solch schwierige und belastende Themen. Plötzlich sah sie ihren Großvater vor sich. Wie er mit traurigen Augen die Männer an den Bändern beobachtet hatte. Noch heute hatte sie seine leise gemurmelten Worte im Ohr: »Wir sollten sie nach Hause schicken.« Er hatte im Ersten Weltkrieg gedient, an der Somme im Schützengraben gelegen und seinen besten Freund verloren. »Krieg bringt nie was Gutes«, hatte er kurz nach der Kriegserklärung der Engländer 1939 mit sorgenvoller Miene gesagt. »Er bringt nie was Gutes.« Wie recht er doch gehabt hatte. Ein Teil der französischen Zwangsarbeiter in Wiesbaden hatte den Bombenangriff im Februar nicht überlebt. Sie hatten niemals wieder heimgehen dürfen.

»Danke dir, Trude«, antwortete Henni und sah zu Lisbeth, die eben den Rest ihres Sherrys getrunken hatte und das Glas auf dem Tisch abstellte. »Dann lass uns gehen und unserem Vater die letzte Ehre erweisen.«

Sie griff nach ihren schwarzen Handschuhen auf dem Tisch, und die beiden verließen den Raum.

2. Kapitel

Wiesbaden, 20. September 1945

Lisbeth lehnte sich auf dem mit grünem Stoff bezogenen Sofa nach vorne und schenkte dem jungen Mann, der ihr gerade eine Zigarette anzündete, ein charmantes Lächeln. Sie befand sich in der luxuriösen Villa Dyckerhoff, in der ihre beste Freundin seit Kindertagen, Ella Dyckerhoff, heute ihren achtundzwanzigsten Geburtstag feierte. In einem anderen Leben war Lisbeth in ihren älteren Bruder Heinz verliebt gewesen, einen charismatischen und ehrgeizigen jungen Mann, der sie durch seine Attraktivität beeindruckt hatte. Eine Verbindung zwischen einem Dyckerhoff und einer Herzberg-Tochter hätte in Wiesbaden gewiss hohe Wellen geschlagen. Doch Heinz hatte ihre Zuneigung leider nicht erwidert und sich in eine andere Frau verliebt. Mit ihr zusammen war er noch vor Kriegsbeginn nach Amerika ausgewandert, wo er jetzt einen der dortigen Firmensitze des Unternehmens leitete. Die Dyckerhoff Zementwerke zählten zu den Kriegsgewinnern, auch wenn ein Großteil ihrer Werke im Bombenhagel zerstört worden war. Die Beschäftigung von Kriegsgefangenen und Zwangsarbeitern hatte dem Unternehmen während der Kriegsjahre zu einem großen Aufschwung verholfen. Der bisherige Geschäftsführer war nach Kriegsende zuerst in die Schweiz emigriert und weilte nun, wie Ella zu berichten wusste, in Argentinien. Seinen Posten hatte nun ihr Schwager Anton inne, und er gab sich alle Mühe, das Unternehmen möglichst rasch wieder aufzubauen. An finanziellen Mitteln und den richtigen Kontakten mangelte es der international tätigen Firma nicht.

Auch in der direkt am Rheinufer gelegenen Villa herrschte an diesem Abend kein Mangel. Es gab kalte Platten mit Käse, Wurst und feinstem Lachs, auch Krabben wurden serviert. Zusätzlich war ein süßes Büfett errichtet worden. Ellas Geburtstagstorte, ein Machwerk aus Biskuit und Sahne, wies sogar zwei Stockwerke auf und war mit Marzipanrosen verziert. Selbstverständlich war mit Champagner auf das Geburtstagskind angestoßen worden. Es gab Kaffee und ausreichend Zigaretten für alle. Die begehrte Währung, mit der man auf dem Schwarzmarkt jedes Lebensmittel problemlos erwerben konnte, wurde hier massenweise in den Raum gepustet.

Lisbeth sah die zahlreichen Partygäste in dem weitläufigen Salon nur durch eine neblige Wand aus waberndem Zigarettenrauch.

»Darf ich fragen, mit wem ich es zu tun habe?«, erkundigte sich der junge Mann, nachdem er Lisbeth die Zigarette angezündet hatte. Sie wollte Antwort geben, wurde aber von Ella unterbrochen, die ihren Verehrer – Lisbeth schätzte ihn auf Anfang zwanzig – brüsk zur Seite schob.

»Geh dir ein Kaliber suchen, das zu dir passt, Jürgen. Lisbeth ist eine Nummer zu groß für dich.«

Er verzog beleidigt das Gesicht, gehorchte jedoch und ging. Ella ließ sich neben Lisbeth auf das Sofa fallen, nahm ihr die Zigarette aus der Hand und inhalierte kräftig den Rauch.

»Das ist mein Cousin dritten Grades aus Münster. Noch total grün hinter den Ohren. Mit einem wie ihm würdest du dich nur langweilen, meine Liebe.«

»Ich muss ihn ja nicht gleich heiraten«, antwortete Lisbeth und nahm Ella die Zigarette wieder weg. »Für eine Nacht wäre es bestimmt ganz nett mit ihm gewesen.« Sie zog an der Zigarette und blies den Rauch in die Luft. »Ich weiß schon gar nicht mehr, wie es sich anfühlt, leidenschaftlich geliebt zu werden.«

»Nun komm schon«, entgegnete Ella und stieß Lisbeth in die Seite. »Johannes hatte den Ruf, ein hervorragender Liebhaber zu sein. Du bist bestimmt auf deine Kosten gekommen.«

»Das war er wohl«, erwiderte Lisbeth. »Nur leider kam das im letzten Jahr seiner Sekretärin zugute, diesem Biest. Und mir hat sie immer nett ins Gesicht getan. Jetzt ist sie von ihm schwanger, wie man hört.«

»Oh, das wusste ich nicht«, erwiderte Ella. »Männer. Was soll man da sagen. Betrogen zu werden ist fast so grausam wie verschmähte Liebe.« Ihr Blick wanderte durch den Raum und blieb an Eberhard Hoesch hängen. Er war der jüngste Spross der einflussreichen Unternehmerfamilie Hoesch, die in der Stahlindustrie tätig war und im Zweiten Weltkrieg als Rüstungskonzern gedient hatte.

»Du wirst mir doch nicht etwa sagen, dass du noch immer nicht begriffen hast, dass er es mit dem anderen Geschlecht hat?«, sagte Lisbeth, die Ellas Blick bemerkt hatte, und sah sie fragend an.

»Natürlich habe ich das«, verteidigte sich Ella entrüstet. »Ich bin ja nicht dumm. Aber erklär das mal meinem bescheuerten

Herz.« Sie seufzte, stützte die Hand aufs Kinn und blickte sehnsuchtsvoll in Eberhards Richtung. »Es ist ein Jammer. Irgendein Problem scheint es bei gutaussehenden Männern doch immer zu geben. Weißt du noch, wie sehr ich wegen Martin damals enttäuscht war? Mich hätte sein jüdischer Hintergrund weiß Gott nicht gestört. Immerhin hat es seine Familie noch in die USA geschafft. Die Seelgrubers von gegenüber hatten bedauerlicherweise nicht so viel Glück.« Ellas Miene zeigte Betroffenheit.

»Hm«, gab Lisbeth zur Antwort.

Über Freunde und Bekannte, die in Konzentrationslagern ermordet worden waren, redete sie nicht gerne. Sie hatte stets hinter Johannes gestanden, doch die Verfolgung der Juden konnte sie nicht gutheißen. Dafür hatte sie in Kindertagen zu viele jüdische Freunde gehabt. Die Tatsache, dass viele von ihnen in diesen abscheulichen Lagern den Tod gefunden hatten, machte sie tieftraurig.

»Wie steht es denn um Johannes?«, fragte Ella. »Ist er noch im Gefängnis?«

»Ja, ist er«, antwortete Lisbeth. »Er schreibt mir Briefe und hofft, dass er bald rauskommt.«

»Na, das hört sich doch gut an«, antwortete Ella. »Er schreibt also dir und nicht seiner Sekretärin. Findest du nicht, dass das etwas zu bedeuten hat? Du liebst ihn noch immer, oder?«

Ellas Worte trafen Lisbeth, denn sie hatte recht. Sie liebte diesen Mann, obwohl er sie hintergangen und belogen hatte. Die Worte in seinen Briefen waren schmeichelnd und klangen so wie in den Zeiten, als sie einander kennengelernt hatten.

Er schrieb von einem Neubeginn, davon, dass er sie niemals wieder belügen werde, dass er sie doch liebe. Doch wie würde ihr Leben aussehen, wenn er tatsächlich freikäme? Schließlich wog seine Vergangenheit schwer. Würden sie überhaupt wieder ein normales Leben führen können? Wer einmal lügt, dem glaubt man nicht. An dem Spruch war etwas Wahres dran. Doch Gefühle schalteten den Verstand gerne mal aus, und vielleicht würde es tatsächlich gut gehen. Sie hatte ihm vor dem Altar die Treue in guten wie in schlechten Zeiten geschworen. Da lief man doch nicht einfach fort. Allerdings gab es da noch die schwangere Sekretärin. Der Gedanke, dass Lisbeth für sein Kind die Stiefmutter werden könnte, behagte ihr so gar nicht. Allerdings könnte er es auch einfach bei Unterhaltszahlungen belassen und jeden Kontakt unterbinden. Er wäre nicht der erste Mann, der so verfuhr.

»Du tust es«, meinte Ella, ohne eine Antwort von Lisbeth abzuwarten, und riss sie aus ihren Überlegungen.

»Vielleicht ja«, antwortete Lisbeth. »Aber ich weiß nicht, ob ich nicht nur eine Wunschvorstellung liebe. Ich habe geglaubt, ihn zu kennen. Doch nun bin ich mir nicht mehr sicher. Vielleicht wäre es besser, wenn ich ihn endgültig hinter mir lasse.« Sie sprach diesen Gedanken zum ersten Mal laut aus, und er schmerzte. Johannes war ihre erste große Liebe gewesen. Er hatte ihr, gerade am Anfang ihrer Beziehung, das Gefühl vermittelt, der wichtigste Mensch auf der Welt zu sein. Er war romantisch und fürsorglich gewesen, hatte ihr Rosen geschenkt, sich um sie gekümmert, als sie eine schlimme Erkältung gehabt hatte. An seiner Seite konnte sie strahlen, das hatte sie zu Hause in Hennis Schatten niemals getan. Hatte sie sich von ihm blenden lassen? Von seinen Geschäften in den Ministerien hatte sie nur wenig mitbekommen. Sie hatte sich selbst engagiert, in Frauenvereinen, hatte den Bund deutscher Mädchen unterstützt, sogar Auszeichnungen erhalten, für die er sie gelobt hatte. Vielleicht hätte sie mehr Interesse an seinem Tun zeigen sollen. Doch hätte er ihre Fragen beantwortet? Vermutlich nicht. Privates und Berufliches traf nur in sorgsam abgesteckten Rahmen aufeinander. Sie spielte ihre Rolle, er die seine. Doch trotz all der Zweifel und der Tatsache, dass er sie betrogen hatte, empfand sie noch immer etwas für ihn. Gefühle ließen sich nicht einfach so abschütteln.

Eine dunkelhaarige Frau Anfang dreißig gesellte sich zu ihnen. Marina Roland. Ihre Eltern hatten ein halbes Vermögen in der Textilindustrie verdient, die Firma war in Augsburg ansässig und hatte weltweit agiert. Marina war die Alleinerbin, da ihre beiden Brüder im Krieg gefallen waren. Allerdings hielt sie nicht viel von geschäftlichen Dingen. Das Leben war ihrer Meinung nach viel zu kurz, um sich mit trockenem Geschäftskram abzugeben.

»Die Damen«, grüßte sie mit dem üblichen leicht arrogant wirkenden Lächeln auf den Lippen, das Lisbeth schon immer gehasst hatte. Marina mit ihrem perfekten Puppengesicht, der schmalen Figur, dem glänzenden Haar. Sie trug am liebsten Chanel. Heute war es ein dunkelblaues, an der Taille gerafftes Cocktailkleid, dazu trug sie schwindelerregend hohe Schuhe, mit denen Lisbeth vermutlich keinen Schritt laufen konnte.

Sie stellte ihr Whiskeyglas auf dem Tisch ab, setzte sich in einen Sessel und schlug elegant die Beine übereinander.

»Ich habe dir noch gar nicht mein Beileid zum Tod deines Vaters ausgesprochen«, wandte sie sich an Lisbeth. »Es ist eine Tragödie. Und es kam ja so plötzlich.«

»Ja, das kam es«, antwortete Lisbeth und zwang sich zu lächeln. Sie wusste nicht, was es war, was sie an Marina nicht leiden konnte. Vielleicht war es der Umstand, dass sie von ihrem Vater vergöttert worden war und er ihr stets jeden Wunsch von den Augen abgelesen hatte. Lisbeth hingegen hatte sich jedes freundliche Wort von ihrem Vater oder Großvater stets erkämpfen müssen. Sie war die mittlere der Schwestern und hatte sich oftmals gefühlt, als wäre sie weder Fisch noch Fleisch. Henni war die Älteste, die Vernünftige, die immer alles richtig gemacht hatte im Leben. Sie hatte die richtigen Ansichten, zeigte Interesse an der Sektherstellung, hatte den perfekten Schwiegersohn an Land gezogen. Bille war das Nesthäkchen, dem keiner so recht etwas hatte abschlagen können. Doch wer war sie in diesem Konstrukt gewesen? Die Mutter hatte gefehlt, der Vater hatte sie kaum wahrgenommen, und wenn, dann hatte es stets Ermahnungen gegeben. *Nimm dir ein Beispiel an deiner großen Schwester.* Wie sehr sie diesen Satz doch gehasst hatte. Vielleicht war sie deshalb ausgebrochen und nach Berlin gegangen, um sich selbst zu finden, um sich von der Familie abzugrenzen.

Doch was würde nun werden? Ihr Leben lag in Trümmern. Ihr Mann saß im Gefängnis, sie musste zurück in den Schoß der Familie, von der nur noch die verhasste große Schwester geblieben war. Das Vorbild, von dem inzwischen jedoch auch der Lack abblätterte.

»Wie ich hörte, wird Henni nun die Kellerei leiten. Sie ist die Hauptanteilseignerin, nicht wahr? Ihr Ehemann ist noch in Russland, oder? Ehrlich gesagt habe ich nie verstanden, wieso sie diesen armen Schlucker zum Mann genommen hat. Das Weingut seiner Familie ist wahrlich überschaubar. Für die Erstgeborene der Familie Herzberg hätte es durchaus eine bessere Partie sein können. Dann würde die Kellerei jetzt vermutlich nicht mit dem Rücken zur Wand stehen. Mir hat ein Vögelchen gezwitschert, dass es finanziell nicht gerade zum Besten steht. Am Ende wird die renommierte Sektmarke Herzberg aus unserem Leben verschwinden. Das wäre ein Jammer. Obwohl ich persönlich sowieso französischen Champagner bevorzuge.«

»Was dir die Vögelchen so zwitschern«, entgegnete Lisbeth trocken und nahm einen Schluck von ihrem Sekt, der inzwischen leider warm geworden war. Sie verzog das Gesicht.

»Ich weiß nicht, wer solchen Unsinn erzählt hat«, sagte Lisbeth. »Wie alle Unternehmer hat auch mein Vater genügend Vermögenswerte ins Ausland verbracht. Du musst keine Sorge haben. Die Kellerei wird selbstverständlich auch weiterhin existieren.«

Sie log, ohne rot zu werden. Von einer finanziellen Misere hörte sie heute zum ersten Mal. Marina mochte eine eingebildete Zicke sein, aber sie war stets hervorragend informiert, also stimmte ihre Aussage vermutlich. Wieso hatte Henni nicht mit ihr darüber geredet? Immerhin hielt Lisbeth zehn Prozent der Firma. Allerdings hatte ihr an geschäftlichen Dingen nie etwas gelegen, und sie war Henni seit dem Tag der Beerdigung stets aus dem Weg gegangen.

»Wenn das so ist«, sagte Marina und erhob sich wieder. »Es wäre ja auch ein Jammer gewesen. Viktor ist eingetroffen. Endlich! Er ist gestern aus Amerika zurückgekehrt. Wir wollen morgen gemeinsam zu unserem Domizil nach Südfrankreich aufbrechen, es wird ein längerer Aufenthalt. In dieser Trümmerwelt hält es ja niemand aus. Habt ihr nicht auch ein Haus in Nizza?« Sie sah Ella fragend an. »Dort ist es zu dieser Jahreszeit gewiss herrlich. Sag Bescheid, wenn du dort bist. Dann können wir uns gerne auf ein Glas Champagner treffen.«

Sie erhob sich und ging zu Victor von Stremberg, ihrem zehn Jahre älteren Verlobten, einem Baron aus der Nähe von Hannover.

»An Nizza dachte ich noch gar nicht«, meinte Ella. »Wo sie recht hat. Hier in Wiesbaden wird es gewiss noch für lange Zeit düster bleiben. Was meinst du, Lisbeth? Würdest du mitkommen? Habt ihr nicht auch ein Anwesen in der Provence? Ein Weingut, oder?«

Vor Lisbeths innerem Auge stieg eine Kindheitserinnerung auf. Das alte, aus hellem Sandstein gemauerte und urig gemütliche Haus, umgeben von dem hübschen, weitläufigen Garten mit Pool, Weinbergen und Olivenhainen, der laute Gesang der Zikaden an heißen Julitagen. Sie war ewig nicht mehr dort gewesen. Der Gedanke, Wiesbaden zu entfliehen, gefiel ihr. Allerdings benötigte sie dafür finanzielle Mittel, denn ihre wenigen Rücklagen waren beinahe verbraucht. Vielleicht war es nun endgültig an der Zeit, einen Schlussstrich zu ziehen. Sie würde

Henni darum bitten, ihr ihren Anteil an der Kellerei auszubezahlen. Dann könnte ihr neues Leben unter südlicher Sonne beginnen, und sie würde Wiesbaden und vielleicht auch Johannes endgültig hinter sich lassen.

3. Kapitel

Wiesbaden, 2. Oktober 1945

Henni blieb am Pförtnerhaus der Kellerei stehen, um den üblichen kurzen Schwatz mit Gustav Stellmann zu halten, der – als wäre es ein ganz normaler Arbeitstag im Werk – an seinem Platz hinter der Glasscheibe saß. Gustav grüßte wie immer in hessischer Mundart.

»Ei gude, Chefin«, sagte er und lächelte. »Alles läuft wie gewohnt.«

An den Begriff »Chefin«, den er neuerdings gebrauchte, musste sie sich erst noch gewöhnen. Früher hatte er sie stets Fräulein Henni genannt, auch nach ihrer Eheschließung noch, was Henni ihm nicht krummnahm. Gustav Stellmann und seine Frau Margot galten als die guten Seelen der Kellerei. Das Hausmeisterehepaar stand bereits seit über vierzig Jahren in den Diensten der Herzbergs und bewohnte ein kleines Häuschen am Ende des Geländes. Zwei Söhne hatten sie in all den Jahren großgezogen; aus einem von ihnen, Clemens, wäre vermutlich ein guter Kellermeister geworden, doch er war wie sein Bruder im Krieg gefallen. Gustav war in die Jahre gekommen, sein ergrautes Haar war schütter geworden, doch trotz des allgegenwärtigen Mangels an Lebensmitteln wirkte er noch immer gut genährt. Seine runden Wangen unter den buschigen Augenbrauen waren stets leicht gerötet.

»Wir wissen beide, dass nichts wie gewohnt läuft«, antwortete Henni mit einem müden Lächeln auf den Lippen. Sie hatte die letzte Nacht über den Geschäftsbüchern zugebracht und war erst in den frühen Morgenstunden zu Bett gegangen. »Nichts ist mehr wie früher, als mein Großvater noch die Leitung der Kellerei innehatte und sämtliche Mitarbeiter gut zu tun hatten. Heute ist es hier still, und ehrlich gesagt weiß ich nicht, wie es weitergehen soll.« Sie ließ die Schultern sinken und blickte zu dem altehrwürdigen Kellereigebäude, das wie ein herrschaftliches Schloss anmutete. Ihr Großvater, der das zweistöckige, mit hellem Kalkstein verkleidete Gebäude errichtet hatte, war gut darin gewesen, Eindruck zu hinterlassen. Auf dem Dach des Hauptgebäudes prangte in großen Lettern der Familienname, der auch der Markenname ihres Sektes war. Herzberg. Das G war nur leider verschwunden, und das Gebäude war an der rechten Flanke stark beschädigt worden. An dieser Stelle lag auch der mit einem grünen Dach überspannte halbrunde Säulengang in Trümmern, den ihr Vater besonders gerngehabt hatte. Zum Nachdenken war er ihn stets auf und ab gelaufen. Der vertraute Anblick, wie er mit seiner Zigarette im Mund langsamen Schrittes an den Säulen vorüberlief und hin und wieder stehen blieb, würde ebenso fehlen wie die oftmals ruppig klingende Stimme ihres Großvaters in den Verwaltungsräumen. Im privaten Umfeld war er ein herzlicher und liebevoller Mann gewesen, der seine Enkeltöchter vergöttert hatte. Doch in der Kellerei galt es, sich vor ihm und seinen Wutausbrüchen in Acht zu nehmen. Er fehlte, wie so viele fehlten.

Auf dem Innenhof standen der Wagen eines Glasereibetriebs, und zwei junge Männer beschäftigten sich damit, ein Gerüst aufzustellen. In zahlreichen Fenstern des Anwesens waren die Scheiben zu Bruch gegangen und noch nicht ersetzt worden. Pappe hatte bisher, wie in vielen Häusern der Stadt, für eine notdürftige Abdichtung gesorgt. Protz und Prunk hatten unübersehbare Risse in den Hausmauern bekommen.

»Das geht doch immer irgendwie weiter«, antwortete Gustav. »Endlich werden die Fenster repariert, und heute hast du doch den Termin mit diesem Herrn von der Bank. Und ein alter Bekannter ist eingetroffen und wartet auf dich im Büro.« Er zwinkerte ihr zu.

»Ein alter Bekannter?«, hakte Henni verwundert nach. »Wer soll das denn sein?«

»Geh ruhig gucken«, erwiderte Gustav und scheuchte sie mit den Armen weiter. »Du wirst dich darüber freuen. Da bin ich mir sicher.«

Henni tat wie geheißen. Sie lief hastigen Schrittes über den Innenhof, denn es hatte zu regnen begonnen. In der Eingangshalle des Hauptgebäudes empfing sie die vertraute barocke Pracht. Der mit Marmor geflieste hellgraue Boden, die ebenfalls mit Marmor verkleideten Säulen, die sich bis zu der offenen Galerie im oberen Bereich zogen. Die Halle überspannte eine gewölbte, in hellem Grün gestrichene und mit Stuck verzierte Decke. Das ovale Kuppelfenster hatte wie durch ein Wunder die abscheulichen Bombennächte heil überstanden. Inzwischen hing auch der Kronleuchter wieder an seinem Platz. Über zwei Treppen mit geschwungenen Metallgeländern gelangte man zu den Verwaltungsräumen. Die Kellereigewölbe – das Heiligtum des Hauses, wie ihr Vater nie müde geworden war zu betonen – erreichte man ebenfalls direkt von der Eingangshalle, die früher auch für Feste genutzt worden war. Es hatte rauschende Ballnächte gegeben. Auch Hennis Hochzeit mit Conrad hatten sie hier gefeiert, und sie war in ihrem weißen Kleid über den Marmorboden geschwebt. Ewig hätte sie mit ihm, dem Mann, den sie seit frühster Kindheit kannte, weitertanzen können. Er war ihr Vertrauter gewesen, ein leidenschaftlicher Liebhaber, ihr bester Freund, wie ein Seelenverwandter. Der Sohn eines Winzers, die perfekte Partie für die älteste Tochter einer Sektkellerei-Familie, der bereit dazu war, in der Geschäftsführung des Hauses mitzuarbeiten. Drei Monate nach der Hochzeit war er zu seinem Regiment nach Frankreich aufgebrochen.

Der Verwaltungsbereich grenzte im ersten Obergeschoss an das Ende der Galerie. Es gab mehrere Büroräume, die von einem von Sprossenfenstern gesäumten und mit Fischgrätenparkett ausgelegten Flur abgingen, auf den die Strahlen der eben hinter den Wolken hervorgekommenen Sonne fielen. Am Ende des Flurs lag ihr neues Reich. Das Büro ihres Großvaters, das er sich in den letzten Jahren bereits mit ihrem Vater geteilt hatte.

Sie staunte nicht schlecht, als sie es betrat und sah, wer am Fenster stand. Es war Georg Winkler, ihr ehemaliger Kellermeister, der von einem auf den anderen Tag kurz vor Kriegsbeginn, ohne eine Erklärung oder Kündigung zu hinterlassen, verschwunden war.

»Georg«, sagte sie verdutzt. »Du hier?«

Er lächelte und trat vom Fenster weg. Der Raum hatte drei Sprossenfenster und einen dunklen Parkettboden, auf dem mehrere Perserteppiche lagen. Der aus Nussbaumholz gefertigte und klobig wirkende Schreibtisch ihres Großvaters stand vor einer Bücherwand, die die gesamte Nordseite des Raumes ausfüllte. Der gegenüberliegende Schreibtisch ihres Vaters fiel etwas kleiner und moderner aus. Hinter ihm standen Aktenschränke aus Metall, die so gar nicht zu dem restlichen Interieur des Raumes, von dessen mit Stuck verzierter Decke ein Kronleuchter hing, passen wollten. Hinzu kam eine kleine Hausbar, die natürlich Champagner und Sekt der Herzbergs, aber auch einen Vorrat an gesalzenen Erdnüssen enthielt, die Martin Herzberg stets gern gegessen hatte. Daneben standen auf einem Tisch eine Thermoskanne mit Ersatzkaffee, dazu Milch, Zucker und Kaffeetassen.

»Henni Herzberg«, sagte Georg und nahm die Hände aus seinen Hosentaschen. »Ich habe bereits gehört, dass du nun diejenige bist, die hier etwas zu sagen hat. Mein Beileid zum Tod deines Großvaters und Vaters. Ich weiß, dass die beiden sich nicht von den Nazischergen haben einwickeln lassen. Ihr Ableben ist ein großer Verlust. Ich hätte sie gerne wiedergesehen und ihnen persönlich erklärt, was mich damals zu meiner überstürzten Flucht getrieben hat.«

»Vater hättest du gewiss problemlos unter die Augen treten können«, antwortete Henni und musterte Georg näher. Wie alt war er jetzt?, fragte sie sich. Ende dreißig vielleicht. Sein braunes Haar war noch immer dicht, jedoch lagen um seine grünen Augen eindeutig mehr Fältchen. Er war ein ganzes Stück größer als Henni und hatte breite Schultern. Vor seinem Weggang hatte es nur wenige weibliche Angestellte in der Kellerei gegeben, die nicht für ihn geschwärmt hatten. »Aber ich glaube, mein Großvater hätte dir den Kopf abgerissen. Er war damals äußerst wütend und tagelang schlechter Laune. Gute Kellermeister fallen nicht gerade vom Himmel.«

»Ich weiß«, antwortete Georg. »Aber es ging nicht anders. Ich habe ganz plötzlich von familiären Problemen erfahren, die mich zu diesem Schritt gezwungen haben.«

Henni ahnte, woher der Wind wehte, und sprach ihre Vermutung unumwunden aus: »Ich nehme an, es gibt einen jüdischen Hintergrund?«

»Gut geraten«, antwortete Georg. »Mein Urgroßvater war Jude und konvertierte im Alter von dreißig zum evangelischen Glauben. Mein Bruder und ich flohen in die Schweiz und arbeiteten in den letzten Jahren auf einem Weingut im Tessin. Günter ist dortgeblieben, ihn zieht nichts mehr zurück. Aber mich plagte stets das Heimweh. Hier bin ich also wieder und wollte fragen, ob ihr einen erfahrenen Kellermeister gebrauchen könntet?«

Henni gefiel seine Ehrlichkeit. Sie füllte sich eine Tasse mit dem heißen Kaffee-Ersatz, gab etwas Kondensmilch und etwas Zucker dazu.

»Tessin also. Die Gegend soll sehr hübsch sein«, sagte sie. »Mediterranes Klima, ein hervorragender Ort für den Weinanbau. Ich kann deinen Bruder verstehen. Kaffee? Ist Muckefuck, aber man gewöhnt sich daran.«

Er stimmte zu, und sie füllte ihm eine Tasse. Ihre Hände zitterten leicht, beinahe hätte sie etwas verschüttet. Was war nur los? Es war Georg. Wieso machte er sie plötzlich nervös? Henni reichte ihm die Tasse, und sie nahmen an dem runden Tisch am Fenster Platz, der stets für Besucher genutzt wurde und der durch seinen schlichten Bauhausstil seltsam deplatziert wirkte.

»Wie ist es dir und der Familie in all den Jahren ergangen?«, fragte Georg.

Henni wusste nicht so recht, wo sie anfangen sollte. Er war so vertraut, kannte sie seit Kindertagen. Sie konnte sich noch gut daran erinnern, wie sie im Weinkeller gemeinsam an den Rüttelplatten gestanden und die Flaschen bewegt hatten, damit sich die Hefe absetzte. Er hatte ihr so viele Dinge über die Sektherstellung beigebracht. Entstehungsprozesse erklärt, über die die Tochter einer Sektkellerei-Familie Bescheid wissen sollte. Ihr Vater hätte das niemals getan. Ihm war es stets darum gegangen, dass seine Töchter eine gute Partie machten. Ein anständiger Schwiegersohn musste her, der die Leitung des Betriebs übernehmen konnte. Oftmals hatten die drei Schwestern den unterschwelligen Vorwurf gespürt, als Frauen nicht gut genug zu sein. Georg hatte ihr nie dieses Gefühl vermittelt. Die Vertrautheit zwischen ihnen war auch nach all den Jahren noch da. Doch die Zeit hatte ihren Umgang miteinander verändert. Henni war erwachsen geworden, Georg reifer.

Sie begann zu erzählen. Zu Beginn stockend, sie wog die Worte ab. Doch mit jedem Satz wurde sie offener. Sie erzählte, wie schmerzhaft es sei, nicht zu wissen, wo Bille sich aufhalte und ob es ihr gutgehe. Nur kurz erwähnte sie Lisbeth und ihren Weggang nach Berlin. Die unrühmliche Passage mit der überstürzten Heirat ließ sie aus. Sie erzählte von ihrer Eheschließung mit Conrad und davon, dass er zuletzt im Osten im Einsatz gewesen sei und sie seit einer gefühlten Ewigkeit keine Nachricht von ihm erhalten habe.

»Anfangs hat es noch die Hoffnung gegeben, dass er in Kriegsgefangenschaft geraten ist«, erklärte sie. »Aber sie schwindet mit jedem Tag ohne eine Nachricht von ihm. Auch Kriegsgefangene senden Lebenszeichen. Ich werde mich wohl an den Gedanken gewöhnen müssen, ihn niemals wiederzusehen.« Sie spürte die aufsteigenden Tränen, senkte den Kopf und begann, in ihrem Kaffee zu rühren. Georg erwiderte nichts. Seine Miene war ernst. Einen Moment herrschte eine bedrückende Stille im Raum. Henni war dankbar für sein Schweigen. Sie konnte auf die ewig gleichen, lieb gemeinten Floskeln von Anteilnehmenden gern verzichten. Es war nun einmal, wie es war. Sie wusste, dass sie es um einiges besser getroffen hatte als viele andere Soldatenwitwen, die eine Schar Kinder hatten, kein Dach über dem Kopf und nicht wussten, wie sie alle satt bekommen sollten. Zusätzlich zu dem Verlust des Ehemanns kamen Existenzängste, Angst vor beißendem Hunger und der Kälte des nahenden Winters. Im Gegensatz zu diesen Frauen lebte Henni privilegiert. Was zählte im Angesicht von Millionen tragischen Schicksalen schon ihr Kummer?

»Wie steht es denn um den Betrieb?«, kam Georg wieder auf das Geschäftliche zu sprechen.

»Nicht gut«, antwortete Henni ehrlich. »Du weißt, wie mein Vater und mein Großvater gedacht und gehandelt haben. Wir Töchter wurden in keine Abläufe involviert. Wir sollten möglichst rasch patente Schwiegersöhne beibringen, die vom Geschäft Ahnung hatten.« In ihrer Stimme schwang Bitterkeit mit. »Und jetzt sitze ich hier und weiß nicht so recht, wie es weitergehen soll. Unser Anwesen diente während der Kriegsjahre als Stab der Luftwaffe; als die Amerikaner nach Wiesbaden kamen, haben sie es als eines der ersten Gebäude besetzt. Großvater hat kurz nach Kriegsbeginn noch die Produktion erweitert, neue Hallen bauen lassen, den Fuhrpark erneuert. Er hat dafür einen Großteil unserer Rücklagen verwendet im Vertrauen darauf, dass das Geschäft weiterhin steil bergauf gehen würde. Die Produktionshallen sind schwer beschädigt worden und müssen komplett instand gesetzt werden. Wie du gesehen hast, ist auch der Firmenhauptsitz in Mitleidenschaft gezogen worden. Unser übrig gebliebener Fuhrpark wurde von den Amerikanern beinahe komplett konfisziert. Ich kann von Glück reden, dass wir in der Villa bleiben durften. Mit unseren restlichen Rücklagen können wir den Neubeginn auf keinen Fall stemmen. Mein Vater hat vor seinem Tod seinen alten Freund Philip Malzer um einen Kredit gebeten. Er ist Inhaber eines einflussreichen Bankhauses in Frankfurt. Begeistert war er nicht darüber, ausgerechnet Philip zu fragen, denn er war an der Arisierung jüdischer Bankhäuser beteiligt. Aber Philip zeigte sich ihm gegenüber geläutert. Wie ehrlich diese Reue ist, wusste er natürlich nicht. Aber das Angebot von Philip ist ausgezeichnet. Gute Kredite anderswo zu bekommen, gestaltet sich im Moment schwierig. Es wäre dumm, das Angebot auszuschlagen. Sein Sohn Adam kommt in einer halben Stunde zu einer Besprechung. Sollte ich den Kredit bekommen, könnte der Betrieb wieder aufgenommen werden. Anfangs natürlich nur im kleinen Rahmen, aber immerhin wäre es ein Neubeginn. Die Genehmigung der Amerikaner habe ich bereits. Einige ehemalige Mitarbeiter haben schon angefragt.«

»Das hört sich für mich nach einem Plan an«, antwortete Georg. »Könnte es sein, dass du dann einen erfahrenen Kellermeister brauchst? Ich nehme an, die Grundweine für die Cuvée werden noch immer von den üblichen Rheingauer Weinbauern geliefert?«

»Selbstverständlich«, antwortete Henni. »Etwas anderes kommt nicht in die Flasche eines Herzbergsekts. Es hängt alles vom Bankkredit ab.«

»Ich könnte dir bei vielen Dingen zur Hand gehen«, schlug Georg vor. »Gesetzt den Fall, du stellst mich ein.«

Er trat näher an sie heran und sah sie mit diesem besonderen Blick an, den sie schon von früher kannte. Leicht von unten, auf seinen vollen Lippen lag ein sanftes Lächeln. Er war ein attraktiver Mann, kam es Henni in den Sinn. Schnell schob sie den Gedanken zur Seite. Sie war eine verheiratete Frau, so sollte sie nicht denken.

»Natürlich würde ich das tun«, antwortete sie. »Ich wäre dumm, wenn nicht. Auch Conrad würde dir sofort eine Anstellung geben.«

»Ja, das würde er«, antwortete Georg. »Ich weiß nicht, ob Conrad es dir jemals erzählt hat, aber er war derjenige, der uns damals mit Nachdruck dazu geraten hat, das Land zu verlassen. Er hat uns sogar finanziell bei der Flucht unterstützt. Ich wäre aus Loyalität zum Betrieb geblieben. Er hat mir und meinem

Bruder das Leben gerettet. Das werde ich ihm nie vergessen. Ich hoffe, er kommt wieder.«

»Das wusste ich nicht«, antwortete Henni. Georgs Worte rührten sie. »Ich hoffe so sehr, dass ich bald ein Lebenszeichen von ihm erhalte, dass er bald nach Hause kommen wird. Er fehlt mir so sehr.« In ihre Augen traten Tränen. Sie wandte sich rasch ab und wischte sie fort. Doch Georg hatte sie gesehen.

»Du musst keine Stärke beweisen. Es ist in Ordnung, dass du traurig bist. Ich bin es auch.«

Hennis Stimme klang bitter, als sie sagte: »Großvater hat es kommen sehen. Wir haben ihn oft besänftigen müssen, sonst hätte er sich um Kopf und Kragen geredet und wäre in einem dieser abscheulichen Lager gelandet.«

Plötzlich öffnete sich die Tür, und Lisbeth rauschte herein. Der Geruch ihres blumigen Parfüms erfüllte den Raum. Sie trug ein braunes Hemdblusenkleid, das mit einem schmalen schwarzen Gürtel tailliert wurde.

»Hat unsere Trude also doch recht gehabt, und dich hat es in die Firma verschlagen«, plapperte sie sogleich los. »Oder besser gesagt: das, was davon noch übrig ist.« Ihr Blick blieb an Georg hängen und bekam etwas Abfälliges. »Da sieh mal einer an, wer wieder im Lande ist. Wo hast du dich denn all die Jahre herumgetrieben?«

»Was willst du hier?«, fragte Henni in harschem Tonfall. Das Auftauchen ihrer Schwester passte ihr so gar nicht.

»Mit dir reden. Wie ich mir vorstellen kann, wärst du nicht sonderlich erpicht darauf, wenn ich länger bliebe. Oder wenn ich mich in die Belange der Firma einmischte. Obwohl ich das durchaus könnte, immerhin bin ich eine der Anteilseignerinnen.«

»Vater hat dir zehn Prozent hinterlassen«, antwortete Henni. »Bille die anderen zehn, den Rest mir. Viel einzumischen gibt es da nicht. Ich entscheide als Hauptanteilseignerin allein.«

»Weil du dich ja mit allem so hervorragend auskennst, meine Liebe«, gab Lisbeth zurück. »Wir Herzberg-Frauen sind doch unser Leben lang darauf getrimmt worden, die hübsche Ehefrau an der Seite eines reichen Mannes zu geben, die nett lächelt, entzückende Nachkommen in die Welt setzt und den Mund hält. Kennst du dich überhaupt mit Buchhaltung aus? Aber egal. Mir geht es nicht darum, mitreden zu wollen. Ich will nur, was mir zusteht. Dann bin ich auch schon wieder weg.«

»Du willst was?«

»Was mir zusteht. Meine zehn Prozent Unternehmensanteile. Ich will mich in unser altes Weingut nach Südfrankreich zurückziehen. Da ist das Klima freundlicher, und die Welt ist nicht so trostlos.«

Henni sah ihre Schwester fassungslos an. »Ich kann dir deinen Anteil jetzt nicht ausbezahlen«, antwortete sie und trat hinter den Schreibtisch ihres Großvaters. »Die Kellerei liegt am Boden, und vielleicht verlieren wir sie ganz. Wie kannst du so egoistisch sein? Es geht um den Familienbetrieb, das Lebenswerk unserer Vorfahren. Es gilt nun zusammenzuhalten und sämtliche Anstrengungen in den Wiederaufbau des Betriebs zu stecken. Und das Weingut in Südfrankreich gibt es nicht mehr. Das Anwesen ist vor drei Jahren vollkommen niedergebrannt, man vermutete Brandstiftung. Papa hat das Grundstück danach veräußert. Wie kannst du an so etwas in diesen Zeiten überhaupt nur denken?«

Lisbeth wollte Antwort geben, doch sie wurde von einem Klopfen an der Tür unterbrochen. Es war Wilhelmine Gabler, eine der wenigen kaufmännischen Angestellten, die noch im Betrieb waren. Die Mittfünfzigerin mit einer Lesebrille im grauen Haar trug ihr adrettes Kostüm. Sie hatte vor über dreißig Jahren in der Sektkellerei als Schreibkraft begonnen und nun den Posten der leitenden Sekretärin inne.

»Guten Morgen«, grüßte sie mit dem vertrauten herrschaftlich wirkenden Blick in die Runde. Sie hielt ein silbernes Tablett in Händen, auf dem die Tagespost lag.

»Die Post, Frau Mahl. Die obenauf liegende Mitteilung könnte sie besonders interessieren. Ihr Termin lässt sich für heute entschuldigen und fragt nach, ob es Ihnen morgen zur selben Zeit recht wäre.« Sie stellte das Tablett auf dem Schreibtisch ab.

Henni starrte auf die Briefe. Obenauf lag eine offiziell aussehende Postkarte. Henni las den Text auf der rechten Seite, und ihre Knie wurden weich.

Deutsche Dienststelle
für die Benachrichtigung der nächsten
Angehörigen von Gefallenen
der ehemaligen deutschen Wehrmacht.

4. Kapitel

Martinsthal, 5. Oktober 1945

Henni saß auf einer von Weinreben umgebenen Bank in der hellen Nachmittagssonne und hielt die amtlich und unpersönlich erscheinende Karte in Händen, die sie am liebsten weggeworfen hätte, damit die Hoffnung blieb. Name, Geburtsdatum, Dienstgrad und Truppenteil waren darauf vermerkt. Angeblich war Conrad bereits seit Jahresbeginn tot. Ansonsten enthielt die Karte nicht viele Informationen. Er war am 23. Januar gestorben. Nur das Wort *Gefallen* stand neben dem Datum, nichts weiter. Vielleicht war es besser, nicht zu wissen, was genau geschehen war.

Nun war Henni also eine Kriegerwitwe. Eine der vielen Frauen, deren Männer nicht heimkehrten. Sie hatte nicht einmal ein Grab, an dem sie um ihn trauern konnte. Sie kannte nicht den Ort, an dem er gestorben war. Nachdem die Karte eingetroffen war, war sie wie erstarrt gewesen. Georg und Lisbeth hatten mit ihr geredet, doch sie wusste nicht mehr, was sie gesagt hatten. Sie hatte wortlos die Kellerei verlassen, war nach Hause gelaufen. Betäubt, wie in Watte gepackt, aus Minuten wurden Stunden, wurde ein Tag. Sie hatte im Bett gelegen, einfach auf den Fußboden gestarrt, es war Abend geworden, der Vollmond hatte den Raum mit seinem fahlen Licht erhellt, die ersten Sonnenstrahlen waren ihre Bettdecke hinaufgekrochen, und der sanfte Wind eines milden Herbsttages hatte die vor dem Fenster hängenden Vorhänge aufgebauscht. Irgendwann war sie aufgestanden und hatte sich angezogen, nichts Schwarzes. Schwarz hatte Conrad stets gehasst. Sie trug nun eines seiner Lieblingskleider. Es war ein hellblaues, tailliert geschnittenes Baumwollkleid mit Streublümchen, darüber eine Strickjacke, an den Füßen feste Schnürschuhe. In den Weinberg ging man nicht mit feinen Schuhen. Ihr Haar hatte sie im Nacken zusammengebunden, eine Strähne fiel ihr ins Gesicht. Sie beschwor Conrads Antlitz herauf. So wie er jetzt aussehen würde, wenn er bei ihr wäre. Er würde ein kurzärmeliges Hemd tragen, es locker in die Hosen gesteckt haben. Sein Gesicht und seine Arme wären braun gebrannt von der Sonne, sein blondes Haar wäre verwuschelt. Seine strahlend blauen Augen würden dieses herrliche Kribbeln in ihr auslösen, das sie so sehr liebte. Seine Grübchen, wenn er lachte, hatte sie besonders gerngehabt.

Diesen Platz inmitten der Weinreben hatte er geliebt. Die Bank neben dem Wegkreuz, umgeben von dem Weinberg seiner Familie. Der Sohn eines Winzers, der seine Heimat so sehr geliebt hatte, der in jedem Brief von der Front seiner Sehnsucht nach Zuhause Ausdruck verliehen hatte. Er würde niemals wieder mit prüfendem Blick die Weinstöcke begutachten, sie zurechtschneiden, niemals wieder Teil einer Weinlese sein. Henni hatte es geliebt, in den Weinbergen zu helfen. Die Trauben von den Stöcken zu schneiden, in die Kiepen der Träger zu füllen, selbst in den steilsten Lagen war sie gerne auf und ab geklettert. Es war so herrlich gewesen, nach getaner Arbeit mit den Helfern zwischen den Weinstöcken bei einer deftigen Brotzeit beisammenzusitzen, ein Glas Riesling zu trinken und zu sehen, was man den Tag über geleistet hatte.

Die Weinstöcke um sie herum waren bereits abgeerntet. Dieses Jahr waren es hauptsächlich Frauen und Kinder, aber auch Kriegsheimkehrer gewesen, die sich dieser Aufgabe gestellt hatten. Soweit Henni wusste, sollte es ein guter Jahrgang werden. Noch war der Oktober golden und verwöhnte sie mit milden Tagen, das Wasser des Rheins schimmerte silbern im Licht der Sonne. Aber schon bald würde der herbstliche Nebel die Oberhand gewinnen. Selbst den grauen Tagen hatte Conrad etwas abgewinnen können, wenn die Nebelschwaden über das Wasser des Rheins zogen und es an manchen Tagen so aussah, als würden in ihnen Feen und Elfen tanzen. Die alten Märchen und Mythen des Rheingaus hatten ihn stets fasziniert. Die schöne Loreley auf ihrem Felsen über dem Rhein war wohl eine der bekanntesten Sagen aus der Region. Man sagte, ihr Aussehen und ihr Gesang betörten die vorüberfahrenden Schiffer so sehr, dass sie zu ihr hinaufsahen und auf die an dieser Stelle des Rheins gelegenen gefährlichen Riffe und Felsen fuhren. Viele von ihnen fanden den Tod. Oft erzählte Conrad den Gästen des Weinguts aber auch die Geschichte von der unglücklichen Liebe des Eisenmännchens, eines Ritters der Burg Frauenstein. Dessen Liebste war aus Liebeskummer in den Rhein gegangen, weswegen man heute noch oftmals ein Irrlicht vom Rhein aufsteigen sehen konnte, das sich auf den Weg zur Burg Frauenstein machte. Vielleicht hatte er diese Geschichten aus seiner Heimat auch seinen Kameraden an der

Front erzählt. Er hätte sie auch seinen Kindern erzählt, wenn sie welche gehabt hätten.

Henni legte die Hand auf ihren Bauch. Er hatte sich mindestens vier gewünscht, am besten zwei Mädchen und zwei Jungen. Es hatte nicht sein sollen, und vielleicht war es besser so. Vielleicht aber auch nicht. In seinem Kind hätte ein Teil von ihm weiterleben können.

Plötzlich waren vertraute Schritte zu hören, und Henni blickte in die Richtung, aus der sie kamen. Schlurfend klangen sie und waren der Person zuzuordnen, von der sie wusste, dass sie kommen würde. Conrads Vater, Wilhelm Mahl. Ein Rheingauer Urgestein, über siebzig Jahre alt. Sein Gesicht war faltig, vom Wetter gegerbte Haut, schwielige Hände, die zeigten, dass er sein Leben lang hart gearbeitet hatte. Er war Winzer in der vierten Generation, der Wein war sein Leben. Er hatte das Gut an seine Söhne weitergeben wollen. So war es immer gewesen. Bis jetzt. Nun gab es niemanden mehr, an den er es weitergeben konnte.

Er trat vor Henni, und sein Blick blieb an der Karte in ihren Händen hängen. Seine Miene trübte sich ein.

»Deshalb bist du hier, Mädchen. Hätte ich mir denken können.«

Es sah aus, als würde er noch ein Stück kleiner werden, er seufzte tief und setzte sich neben sie. Er roch nach Schweiß und Tabak. Sein blau-grün gestreiftes Hemd hing an einer Seite aus seiner braunen Hose, die von Hosenträgern gehalten wurde. Er sah so erschöpft aus, wie Henni sich fühlte. Einen Moment herrschte eine bedrückende Stille.

»Ist gut, dass die beiden es nicht mehr miterleben müssen«, sagte er irgendwann.

Henni wusste, von wem die Rede war, und plötzlich sah sie sich in ihrem Zimmer am Schreibtisch vor der leeren Seite Briefpapier sitzen, und das fürchterliche Gefühl der Beklemmung von damals ergriff erneut Besitz von ihr. Wie schrieb man seinem Ehemann, dass seine Mutter und die geliebte Schwester bei einem Bombenangriff ums Leben gekommen waren? Dieser unselige, nun bald ein Jahr zurückliegende Novembertag hatte sich tief in die Seelen der Menschen im Rheingau eingebrannt. Der Katharinentag 1944. Henni hatte das Grauen in Rüdesheim miterlebt. Und derweil hätte es ein fröhlicher Tag werden sollen, denn eine Kindstaufe hatte angestanden. Ihre Schwägerin Cornelia hatte ihr erstes Kind geboren, ein Mädchen. Ein Jahr zuvor hatte sie den Rüdesheimer Winzersohn Martin Stettner geheiratet, der den im Herzen von Rüdesheim gelegenen Familienbetrieb mit dem Bau eines Hotels vergrößert hatte. Die Tatsache, dass er auf dem rechten Auge blind war, hatte ihn vor der Einberufung bewahrt. Als an diesem trüben und nebligen Tag die Sirenen losgingen, flohen sie alle in die Keller. Henni, die gerade den bestellten Kuchen in der Bäckerei abgeholt hatte, war mit dem Bäckersehepaar und seinen Angestellten in den Keller der Bäckerei gelaufen. Es wurde Mittag, sie hofften auf die baldige Entwarnung, doch stattdessen fielen Hunderte von Spreng- und Brandbomben auf Rüdesheim herab. Der Marktplatz und besonders der östliche Teil der Stadt glichen einem Trümmerhaufen. Henni hatte ihre Anwesenheit in der Bäckerei das Leben gerettet. Das neu gebaute Hotel der

Stettners war vollkommen zerstört worden, die in den Keller Geflohenen waren jämmerlich erstickt. Der Anblick ihrer toten Schwägerin, ihr kleines Mädchen im Arm haltend, hatte sich tief in Hennis Innerstes gebrannt. Ihre Schwiegermutter, ihr Schwager, sämtliche Angestellte und Freunde der Familie konnten nur noch tot geborgen werden. Wie so viele der Stadtbewohner. Fast zweihundertzwanzig Tote hatte der Angriff gefordert. Wilhelm Mahl hatte an jenem Tag eine fiebrige Erkältung ins Bett gezwungen, die ihn vor dem Tod bewahrt hatte. Doch was war ihm jetzt noch geblieben? Dem alten, einsamen Weinbauern. An diesem sonnigen Herbsttag musste ihm Henni nun die letzte Hoffnung auf das Heimkommen seines Zweitgeborenen rauben.

»Er hat mir hier den Heiratsantrag gemacht«, sagte Henni irgendwann, und die Erinnerung an diesen besonderen Moment zauberte ein Lächeln auf ihre Lippen. »Es war einer dieser lauen Sommerabende, die man am liebsten für immer festhalten möchte. Er hat zwischen den Weinstöcken einen Korb mit Sekt und Gläsern versteckt. Seine Hände haben gezittert, als er mir den Ring an den Finger steckte. Und das, obwohl wir uns seit Kindertagen kannten. Ich war es doch. Seine Henni.« In ihre Augen traten Tränen, sie blinzelte sie fort.

»Ich hab ihm damals dazu geraten, dich endlich zu fragen«, sagte Wilhelm. »›Sonst kommt einer und heiratet sie dir vor der Nase weg‹, hab ich ihm gesagt. Und so eine wie dich findet er nicht mehr. Er hat auf mich gehört. Das hat er im Gegensatz zu seinem Bruder Joachim meistens getan. Der war ein rechter Hitzkopf und stur wie ein Esel, aber er wäre ein guter Winzer geworden. Er hätte das Weingut Mahl in meinem Sinne weitergeführt und vieles vielleicht sogar besser gemacht.« Seine Stimme klang traurig.

Wieder wusste Henni nicht, was sie antworten sollte. Sie fühlte sich wie gelähmt. Welche Worte trösteten schon bei so viel Leid? Ihr fielen keine ein.

»Ich weiß gar nicht, wie ich Fanny die schlechten Nachrichten beibringen soll«, sagte Wilhelm irgendwann. »Sie hat den Bub so gern gehabt. Sie hat immer gesagt, dass sie ihm als Erstes seinen geliebten Flammkuchen macht, wenn er wieder da ist.«

Fanny, die alte Haushälterin des Weinguts Mahl. Schon ihre Mutter hatte in der Küche gearbeitet, sie war in dem alten Gutshof aufgewachsen, hatte nie die Liebe des Lebens gefunden und war geblieben. Fanny gehörte zum Haus wie die alten Holzfässer in den Kellergewölben, die Geschichten aus längst vergessenen Zeiten erzählten.

»Magst mich ein Stück auf dem Heimweg begleiten?«, fragte Wilhelm und sah Henni hoffnungsvoll an. »Zu zweit läuft sich's meistens besser als allein. Fanny würd sich freuen, dich zu sehen. Warst lang nicht mehr da.«

Henni stimmte zu und stand auf. Die beiden folgten dem Feldweg Richtung Martinsthal. Die Sonne stand nun bereits tief und tauchte den Himmel in rotgoldenes Licht. Sie liefen ein Stück unterhalb der Villa entlang, die sich an der Spitze dieser nach Süden ausgerichteten Hanglage mit dem Namen Nonnenberg befand. Den Namen hatte die Lage erhalten, weil einst Nonnen des nahen Klosters Tiefenthal diesen Weinberg und das Gebäude bewirtschaftet hatten. Vor ihnen tauchte das im Tal des Baches Walluf gelegene Weindorf Martinsthal auf. Für Henni hatte es sich stets wie Nach-Hause-Kommen angefühlt, wenn sie gemeinsam mit Conrad diesen Weg entlanggelaufen war und das Dorf in Sicht kam.

Das Weingut der Familie Mahl befand sich am Ende der Kirchstraße. Von außen betrachtet, wirkte das Mitte des neunzehnten Jahrhunderts errichtete Gebäude eher schlicht. Doch der Eindruck veränderte sich, wenn man durch das Hoftor ging und den kopfsteingepflasterten Innenhof betrat. Weinreben rankten an der Hauswand hinauf und an Spannseilen entlang über den Innenhof bis zu einem Nebengebäude, in dem sich der Gutsladen befand. In unzähligen Blumentöpfen auf Fensterbrettern und alten Weinfässern grünte und blühte es aufgrund des milden Klimas selbst jetzt noch, und der berauschende Duft der Blumen lag in der Luft. Vor dem Krieg hatten hier Tische und Stühle gestanden, und die Familie hatte einen Gutsausschank betrieben. Diese waren nun fort. Nur neben dem Hauseingang standen noch der behäbige Holztisch und die beiden Sitzbänke. Auf einer von ihnen lag der alte grauweiß getigerte Kater Streuner und hielt ein Nickerchen. Das Küchenfenster war gekippt, und es duftete herrlich nach deftigem Essen.

»Geh ruhig zu ihr«, sagte Wilhelm und setzte sich ächzend neben den alten Kater auf die Bank.

Henni wusste, dass er Fanny meinte, und betrat mit klopfendem Herzen das Haus. Im Inneren empfingen sie dämmriges Licht, der dunkelgrüne Fliesenboden und an den Wänden die alten Schwarz-Weiß-Fotografien der vorhergehenden Bewohner. Zumeist standen sie darauf vor dem Haus aufgereiht, die Familie neben Angestellten und Erntehelfern. Auf einem Bild war Conrad noch ein kleiner Junge auf dem Arm seiner Mutter. Henni betrachtete es wehmütig. Sie entschloss sich dazu, erst einmal nicht zu Fanny in die Küche zu gehen, sondern es zog sie in den ersten Stock. Die vierte Stufe der alten Holztreppe knarrte wie gewohnt, als sie darauf trat. Im oberen Flur empfingen sie der vertraute Dielenboden aus hellem Eichenholz und die Flickenteppiche. Hier säumten Bilder der Weinberge und des Rheins die Wände. Sie blieb vor der letzten Tür im Flur stehen und atmete tief durch, bevor sie die Klinke nach unten drückte. Es war sein Zimmer gewesen.

Schwere Möbel aus dunklem Holz. Conrads Bett an der rechten Wand neben der Tür mit der bunten Patchworkdecke darauf, die seine Großmutter für ihn angefertigt hatte. Auf der Kommode standen die Porzellanwaschschüssel und der Krug mit den Weinreben darauf. Vom Wildblumenstrauß auf dem Sekretär neben dem Fenster waren erste Blütenblätter herabgefallen. Gewiss hatte Fanny ihn dorthin gestellt. Letzte Sonnenstrahlen fielen in den Raum und erfüllten ihn mit goldenem Licht.

Henni setzte sich aufs Bett, strich mit den Händen über die Decke und ließ ihren Blick durch den Raum schweifen. In diesem Zimmer hatten sie sich zum ersten Mal geliebt. Unter dieser Decke hatte sie an jenem Abend in seinem Arm gelegen, seine Wärme und Nähe und das vollkommene Glück verspürt. Nun war er fort, und Henni fühlte sich ohnmächtig. Wieso saß sie hier? Vielleicht weil sie ihm hier noch einmal nah sein konnte? Dieser Platz fühlte sich richtig an, um von ihm Abschied zu nehmen, weil ein Teil von ihm für immer an diesem Ort zu Hause sein würde.

Auf dem Flur waren Schritte zu hören. Die Tür öffnete sich, und Fanny trat ein. Die siebzigjährige Frau sah so wunderbar vertraut aus in ihrer bunten Kittelschürze und mit abgetragenen Schlappen an den Füßen, die in handgestrickten Socken steckten. Ihr graues Haar hatte sie zu einem Zopf geflochten und am Hinterkopf hochgesteckt. Ihr Gesicht war faltig, der Blick aus den grauen Augen wie immer mild. Sie setzte sich, ohne ein Wort zu sagen, neben Henni aufs Bett. Die im Raum hängende Stille fühlte sich seltsam an. Sie weiß es, dachte Henni. Ihre Hand fuhr in ihre Jackentasche und umfing die amtliche Postkarte. Sie holte sie nicht hervor.

»Ich hab euch auf der Straße laufen sehen«, sagte Fanny irgendwann. »Warst lang nicht mehr hier.«

»Ich weiß«, antwortete Henni. »Ich hätte öfter kommen sollen. Doch hier war überall die Erinnerung an ihn. Jetzt wusste ich nicht, wo ich sonst hingehen sollte.«

»Ich versteh das schon«, antwortete Fanny. »Ist so eine Sache mit vertrauten Dingen, die einem Freude gemacht haben. Die können einem auch Böses tun. Da ist es besser, wenn man sie nicht sieht.« Sie machte eine kurze Pause, dann sagte sie: »Ich hätte es dem Willi gewünscht, dass sein Sohn heimkommt. Er hat so sehr darauf gehofft, dass es wenigstens der Conrad schaffen würde.«

»Ich weiß«, antwortete Henni.

»Wäre schön gewesen, wenn er ihn noch einmal gesehen hätte, bevor ihn der Herrgott zu sich nimmt. Jetzt werden sich die beiden bald im Himmel wiedersehen.«

Verdutzt sah Henni Fanny an.

»Er hat Krebs«, beantwortete die alte Haushälterin die unausgesprochene Frage. »Der Arzt gibt ihm noch wenige Wochen.«

»Nein …«, flüsterte Henni.

»So ist nun mal das Leben«, antwortete Fanny. »Eigentlich sollt es doch so sein, oder? Die Alten werden krank und gehen und überlassen den Jungen das Feld. So war es schon immer. Außer sie mussten Krieg spielen.« Sie schüttelte den Kopf. »Mir tut das alles so leid.« In ihren Augen schimmerten plötzlich Tränen. Sie wischte sie fort und schniefte.

»Mir auch«, antwortete Henni und sackte noch ein Stück mehr in sich zusammen. Sie fühlte sich hilflos und innerlich leer, tröstende Worte wollten ihr nicht in den Sinn kommen. Fanny war stets ein lustiger und lebensfroher Mensch gewesen. Doch auch ihr hatten die letzten Jahre mit all ihrem Kummer die Fröhlichkeit genommen. Zu viel Leid und Unmenschlichkeit hatte es gegeben, zu viel von allem, was es nicht geben hätte sollen.

»Wollen wir runtergehen?«, fragte Fanny irgendwann. »Gibt Bratkartoffeln mit Spiegelei. Du hast doch bestimmt Hunger, Mädchen. Bist ganz dünn geworden.« Sie tätschelte Hennis Hand und erhob sich schwerfällig. »Sag mir, dass du noch ein Weilchen länger bleiben und uns Gesellschaft leisten wirst. Willi würde sich freuen.«

»Ich bleibe gern«, antwortete Henni. Fannys unbeholfene Einladung wärmte ihre Seele. Die beiden verließen den Raum, und als sie wenig später nach draußen traten, saß Wilhelm schlafend auf der Bank im Licht der Abendsonne und sah unendlich friedlich aus.

5. Kapitel

Wiesbaden, 20. Oktober 1945

Lisbeth saß in ihren rosafarbenen seidenen Morgenmantel gehüllt auf dem Sofa in der Bibliothek und heulte. Henni, die ihr gegenüber in einem Sessel Platz genommen hatte, wusste nicht so recht, ob sie ihre dramatisch zur Schau gestellte Trauer ernst nehmen sollte. Die Post war zurzeit gut darin, schlechte Nachrichten zu überbringen. Trude hatte ihnen vor einer Stunde ein Telegramm überbracht. Es kam von einem Bekannten aus Berlin, der Lisbeth in knappen Worten mitteilte, dass sich ihr Ehemann in seiner Zelle erhängt habe. Lisbeth war nach dem Lesen des kurzen Texts leichenblass geworden, auf das Sofa gesunken und hatte zu schluchzen begonnen. Und das wegen eines Mannes, der sie in Berlin angeblich betrogen und von dem sie bereits getrennt gelebt hatte. Doch der Tod hatte oftmals die Angewohnheit, die Sicht auf Dinge zu verändern, und vermutlich hatte Lisbeth ihn, trotz allem, noch immer geliebt. Obwohl Henni nie hatte nachvollziehen können, was sie an Johannes gemocht hatte. Er war durchaus ein gutaussehender Mann gewesen, mittelblond, kantiges Gesicht, breite Schultern. Auch hatte er gute Manieren gehabt und war gebildet gewesen. Er hatte Jura in Berlin studiert und war erst in einer großen Berliner Kanzlei, später am Gericht tätig gewesen. Trotzdem hatte Henni von Beginn an eine seltsame Ablehnung ihm gegenüber verspürt. Sie hatte eine Weile gebraucht, um zu erkennen, was dieses Gefühl in ihr auslöste. Bille hatte sie schließlich darauf gebracht. »Seine Augen sind kalt«, hatte sie nach ihrem ersten Kennenlernen gesagt und damit den Nagel auf den Kopf getroffen. Bald darauf hatte sich herausgestellt, dass auch seine Seele eisig war. Zu einem Prozess wegen seiner unzähligen Kriegsverbrechen würde es nun nicht mehr kommen.

»Wieso heult sie denn?«, fragte plötzlich Oma Maria. Die alte Dame hatte unbemerkt von den beiden den Raum betreten und blieb neben Henni stehen. Im Gegensatz zu ihren Enkeltöchtern war sie bereits vollständig angekleidet und trug einen braunen knielangen Rock und eine beige Bluse. An einer langen goldenen Halskette hing ihre Lesebrille, und ihr graues Haar war am Hinterkopf hochgesteckt. Nachdem Maria Herzberg die Diagnose einer fortschreitenden Demenz erhalten hatte, hatte sie offen mit ihren Angehörigen darüber gesprochen. Sie wollte auf keinen Fall in eines der abscheulichen Sanatorien abgeschoben werden, in denen es ihrer Meinung nach nur Siechtum und Tod gab. Und sie wollte stets ordentlich aussehen und, so lange es möglich war, am normalen Familienleben teilnehmen. Henni hatte ihr damals mit Tränen in den Augen fest versprochen, ihre Wünsche zu erfüllen. Ihre Großmutter war stets ein Mensch gewesen, der eine besondere Würde ausgestrahlt hatte, sie sollte diese nicht durch das Vergessen verlieren.

Lisbeth beantwortete Oma Marias Frage nicht. Sie schluchzte einfach weiter.

»Sie hat eben erfahren, dass sie Witwe geworden ist«, beantwortete Henni die Frage.

»Sie war verheiratet?«, fragte Oma Maria erstaunt.

»Ja, das war sie«, antwortete Henni.

»Aber das hätte mir doch mal jemand sagen können. Wer war denn der junge Mann?«

Oma Marias Frage sorgte dafür, dass sich Lisbeths Schluchzen noch verstärkte, und oberhalb von Hennis Schläfe entwickelte sich ein leichtes Klopfen, das sie zu deuten wusste. Wenn sie nicht gleich eine Kopfschmerztablette nahm, würde sie eine abscheuliche Migräne heimsuchen, die sie heute so gar nicht gebrauchen konnte. Langsam hatte sie das Gefühl, dass ihr alles über den Kopf wuchs. Sie hatte letzte Nacht kaum ein Auge zugetan und sich ruhelos im Bett hin und her gewälzt. Das Gedankenkarussell wollte sich nicht zu drehen aufhören. Die Tage hatte es eine erste Mitarbeiterversammlung gegeben, und Henni hatte sich im Angesicht der vielen Forderungen und Fragen überfordert gefühlt. Es waren rund vierzig Personen gewesen, die sich eingefunden hatten, um zu erfahren, wie es mit dem Betrieb weitergehen würde. Frauen, die als Schreibkräfte gearbeitet hatten, ehemalige Buchhalter, Fahrer, Mitarbeiter aus der Produktion. Es waren auch einige Winzer darunter, die die Kellerei beliefert hatten und wissen wollten, ob ihnen einer ihrer Hauptabnehmer erhalten bleiben würde. Sie alle einte die Hoffnung auf eine baldige Rückkehr an ihre Arbeitsplätze und in eine gefühlte Normalität. Henni hatte beschwichtigt, erklärt und ihre Pläne zu vermitteln versucht. Vage Pläne, die auf wackeligen Beinen standen, denn noch immer gab es keine Kreditzusage der Bank. Doch das Geld allein würde nicht alle Probleme lösen. Fahrzeuge zur Aufstockung des Firmenfuhrparks zu bekommen, war schier unmöglich; die Produktionshalle zu sanieren, würde Wochen dauern; eines der Auslieferungslager musste komplett neu aufgebaut werden. Und wem sollten sie ihre Waren verkaufen? Im Moment fragte niemand nach Sekt oder gar Champagner. Kaffee und Zigaretten galten als die Währung schlechthin, Kartoffeln, Butter und Brot waren wichtiger als Riesling aus dem Rheingau. Henni hatte die Mitarbeiter am Ende belogen und verkündet, dass der Betrieb noch in diesem Jahr wieder aufgenommen werden könne. Es musste einfach funktionieren. Sie durfte den Menschen die Hoffnung auf einen Neubeginn nicht nehmen. Nach der Mitarbeiterversammlung hatte sie noch einmal mit Adam telefoniert, und er hatte ihr ein erneutes Gespräch zugesichert. Und als ob die Sorgen um die Kellerei nicht schon genug gewesen wären, so hatte sie die Nachricht vom plötzlichen Tod Wilhelm Mahls erhalten. Er war, drei Tage nachdem sie auf dem Hof gewesen war, friedlich in seinem Sessel am Kamin für immer eingeschlafen. Das Warten auf seinen Sohn hatte ihn am Leben gehalten, nun hatte er loslassen können. Fanny hatte hinzugefügt, wie schön es für ihn gewesen sei, mit seiner geliebten Schwiegertochter noch etwas Zeit verbracht zu haben. Das Weingut würde der Sohn seines alten Freundes Bernhard übernehmen. Das war längst ausgemachte Sache gewesen. Fanny, die auf der Beerdigung erstaunlich gefasst gewirkt hatte, durfte auf dem Gut bleiben. Henni wünschte sich von Herzen, dass Wilhelm nun seinen Frieden finden würde. Bei Lisbeths Ehemann Johannes war dem nicht so. Er war ein menschenverachtender Verbrecher gewesen, der den Tod verdient hatte. Dass er den Freitod gewählt hatte, war in Hennis Augen Feigheit. Er hatte sich dem Urteil entzogen, das anderen über ihn zugestanden hätte.

»Johannes«, beantwortete sie Oma Marias Frage. »Du kennst ihn doch. Er war der Nazi.« Die letzten Worte sprach sie in einem abfälligen Ton aus.

»Ich erinnere mich dunkel«, antwortete Oma Maria. »Dann ist es wohl besser, wenn er tot ist. Ein Nazi bringt nie was Gutes. Das hat dein Großvater gesagt. Wann war das nur gleich, Liebes? Hach, es ist mir entfallen. Gibt es nun Frühstück? Wird uns heute Conrad Gesellschaft leisten? Ich hab ihn länger nicht gesehen. Er sollte nicht so viel Zeit in der Kellerei verbringen, sondern sich mehr um seine Verlobte bemühen. Junge Liebe muss gepflegt werden.«

Oma Marias Rückfall in die Verwirrung versetzte Henni einen Stich ins Herz, und das Hämmern über der Schläfe verstärkte sich. Lisbeth erhob sich nun, verließ den Raum und schlug laut die Tür hinter sich zu. Henni zuckte zusammen.

»Wieso ist sie denn so böse?«, fragte Oma Maria. »Und wer sind denn diese Nazis, von denen sie gesprochen hat? Etwa neue Nachbarn?«

»Ich will es nicht hoffen«, antwortete Henni, seufzte und legte den Arm um ihre Großmutter. »Komm. Lass uns in den Salon gehen. Ich bin mir sicher, dass Trude bereits den Frühstückstisch gedeckt hat. Wenn wir Glück haben, gibt es Erdbeermarmelade. Die hast du doch so gern.«

Einige Stunden später stand Henni im Kellergewölbe der Sektkellerei vor den mit Flaschen gefüllten Rüttelplatten und betrachtete sie mit einem Gefühl von Wehmut. Es war ein Glücksfall für sie gewesen, dass einer der amerikanischen Kommandanten aus Kalifornien stammte und dort selbst als Winzer tätig gewesen war. So hatte er seinen Männern verboten, im Weinkeller für Zerstörungen zu sorgen. Im Gegenzug hatte Heinrich Herzberg den Männern ein komplettes Lager Sekt überlassen. Die auf den Platten liegenden Flaschen rüttelte Henni in den letzten Wochen meist selbst. Die monotone Arbeit beruhigte sie, und das unverändert erscheinende Kellergewölbe vermittelte ihr ein Gefühl von Sicherheit. Hier unten schienen die Trümmer des Krieges weit fort zu sein, und die Bitterkeit in ihrem Inneren trat ein Stück nach hinten. Die Tradition der Sektherstellung hatte Generationen überdauert, sie hatte Kriege und Leid überstanden. Sie war etwas Bleibendes, nichts Flüchtiges. Ihr Großvater hatte das einmal zu ihr gesagt. Sein Lieblingsplatz war dieser Ort gewesen, seine Lieblingsbeschäftigung das Rütteln der Flaschen. Hennis Urgroßvater hatte es ihm beigebracht. Beide hatte dieselbe Leidenschaft geeint, sie wollten den perfekten Sekt herstellen. Diese Hingabe hatte sich auf Henni übertragen. Die Sektkellerei war ihr Leben, und sie würde alles dafür tun, um sie zu retten und ihr zu dem Glanz zu verhelfen, der ihr zustand.

Sie trat vor eine der Rüttelplatten und griff nach der ersten Flasche rechts oben, rüttelte sie ein wenig und drehte sie, damit sich die Hefe am Flaschenrand ablagerte. In einigen Wochen würde der Sekt fertig sein, und sie konnten die Flaschen entkorken, den Hefepfropf entfernen und die Dosage durchführen. Dabei wurde der Flüssigkeitsverlust durch eine Mischung aus

Wein und Zucker, den sogenannten Liqueur d'Expédition, wieder ausgeglichen. Dann würde der neue Herzbergsekt das Licht der Welt erblicken, die Flaschen würden von Mitarbeitern etikettiert und könnten ausgeliefert werden. Wenn es denn bloß so kommen würde.

»Hier steckst du.« Georg trat näher und riss sie aus ihren Gedanken. »Die Chefin legt noch selbst Hand an«, fügte er lächelnd hinzu.

»Mir bleibt nichts anderes übrig«, antwortete Henni und ließ die Hand sinken. »Wenn nicht gerüttelt und gedreht wird, können wir den Sekt wegschütten. Und wie du weißt, war sich ein Herzberg noch nie zu schade dafür, im Betrieb mitzuarbeiten.«

»Das weiß ich doch«, antwortete Georg. »Martin Herzberg war ein großartiger Kellermeister, ein Winzersohn vom alten Schlag. Ihm hat niemand etwas vorgemacht. Du hattest einen großartigen Lehrmeister.«

Henni gefiel, wie Georg über ihren Großvater redete, und ihr wurde warm ums Herz. »Ja, das hatte ich. Er hätte mir auch die Leitung des Betriebs zugetraut. Er hat gesagt, ich hätte den richtigen Sturschädel, den man dafür braucht. Er mochte Conrad und schätzte seine Fachkompetenz als Winzersohn, doch als Geschäftsführer eines Unternehmens sah er ihn nicht. Er war in seinen Augen zu weich.«

»Ja, das war er wohl«, antwortete Georg. »Aber mit dir an seiner Seite wäre es gut geworden. Conrad hätte dich nicht ausgeschlossen. Er hat dich nie nur als hübsches Beiwerk gesehen. Ich kann noch gar nicht glauben, dass er nicht mehr heimkommen wird. Es war alles so sinnlos.«

Seine letzten Worte ließen in Henni dieses seltsame Gefühl aufsteigen, das sie nicht zu deuten wusste. Eine Mischung aus Traurigkeit und Beklemmung, die lähmend wirkte. Einen Moment schwiegen beide. Henni war diejenige, die den Augenblick der Stille brach.

»Wieso bist du eigentlich schon wieder hier?«, fragte sie. »Ich habe dich doch noch gar nicht als Kellermeister eingestellt.«

»Ich wusste nicht, wo ich sonst hingehen soll«, antwortete er und zuckte die Achseln. »Du kannst meine Anwesenheit gern Gewohnheit nennen.«

Seine Antwort brachte Henni zum Schmunzeln. Sie tauschten einen kurzen Blick aus, der in ihrem Inneren für ein kribbeliges Gefühl sorgte. Konnte es wirklich sein, dass sie etwas für ihn empfand? Oder war es nur die Vertrautheit, die diese Empfindungen in ihr auslöste? Vermutlich Letzteres. »Ich werde für dich jetzt weiter an den Flaschen rütteln«, sagte er und zwinkerte ihr zu. »Mir hat ein Vögelchen gezwitschert, dass Adam Malzer in diesen heiligen Hallen erwartet wird.«

»Ja«, antwortete Henni. »Es wird eine interessante Begegnung werden, denn wir kennen uns gefühlt unser ganzes Leben. Ich hoffe so sehr darauf, dass er das Versprechen seines Vaters halten und uns den Kredit gewähren wird.«

»Mich irritiert ehrlich gesagt, dass die Malzers nun zögern«, antwortete Georg. »Heinrichs Tod ändert nichts daran, dass die Kellerei wieder aufgebaut wird.«

»Wir wissen doch beide, weshalb gezögert wird. Du hast es vorhin bereits angesprochen. Für die meisten Männer sind

Frauen schmückendes Beiwerk, und jetzt soll eine von ihnen ein Unternehmen leiten?«

»Verstehe«, erwidere Georg. »Und was wäre, wenn ich bei dem Gespräch anwesend wäre? Sozusagen als männlicher Beistand mit Fachkenntnissen?«

»Danke für das Angebot«, antwortete Henni und legte ihre Hand auf seinen Unterarm. »Das ist lieb von dir. Aber ich muss das selbst regeln. Ich kann keine Firma mit einem Kindermädchen an meiner Seite leiten.«

Ihre Blicke trafen sich, und sie glaubte für einen Moment, sich in seinen braunen Augen zu verlieren. Erneut verspürte sie ein Schaudern in ihrem Inneren, und sie versuchte, sich zu beruhigen. Es war doch nur Georg, sie konnte nichts für ihn empfinden.

Sie nahm ihre Hand von seinem Arm und ging. Am Ausgang des Weinkellers straffte sie die Schultern und atmete tief durch. Nun würde sich zeigen, ob sie fähig dazu war, dieses Unternehmen zu leiten. Die erste Hürde musste genommen werden.

Als sie den oberen Flur erreichte, kam ihr Wilhelmine entgegen, die einen aufgeregten Eindruck machte.

»Wo bleiben Sie denn?«, sagte sie und lief neben Henni her. »Ihr wichtiger Besuch ist bereits seit bald einer halben Stunde anwesend.«

»Aber er sollte doch erst um drei Uhr kommen!«, entgegnete Henni verdutzt.

»So hatten Sie es mir mitgeteilt. Aber er kam eben früher. Ich habe ihm gleich Ersatzkaffee und Plätzchen gebracht, um ihn bei Laune zu halten. Der alte Herr wirkte gerade eben etwas verschnupft, als ich ihn noch um etwas Geduld bat.«

»Alter Herr?«, hakte Henni überrascht nach. Sie hatten die Tür zum Büro erreicht, und ihre Hand lag bereits auf der Klinke. »Aber Adam Malzer ist nicht viel älter als ich.«

»Aber es ist nicht Adam Malzer, der sie erwartet, sondern Philip Malzer«, antwortete Wilhelmine und strich Henni einen Fussel von ihrem dunkelblauen Blazer. Sogleich beschleunigte sich Hennis Herzschlag. Sie nahm die Hand von der Klinke und strich sich über ihren knielangen Faltenrock. »Das bedeutet nichts Gutes«, murmelte sie. »Verdammt. Mit Adam wäre es leichter geworden.«

Sie sah zu Wilhelmine, die resigniert dreinblickte, sich dann aber um aufmunternde Worte bemühte.

»Sie schaffen das schon, Kindchen«, sagte sie und tätschelte Henni den Arm. »Der alte Herr kennt Sie seit Kindertagen, und er ist den Herzbergs tief verbunden. Seine Anwesenheit sollten Sie nicht negativ sehen.«

»Ihr Wort in Gottes Ohr«, antwortete Henni, atmete tief durch, legte erneut ihre Hand auf die Klinke und öffnete die Tür.

Als sie eintrat, stand Philip Malzer am Fenster. Er wandte sich ihr zu und schenkte ihr ein warmes Lächeln. Henni erschrak über sein äußeres Erscheinungsbild. Er war in den letzten Jahren stark gealtert, stand leicht gebeugt und auf einen Stock gestützt. Es waren ihm nur noch wenige ergraute Haare geblieben, und tiefe Falten hatten sich in sein Gesicht gegraben. Doch trotzdem strahlte er noch immer eine besondere Form von Würde aus.

»Henni, meine Liebe«, begrüßte er sie mit der vertrauten fest klingenden Stimme. »Es ist mir eine Freude, dich zu sehen, mein Kind.« Es folgte eine kurze Umarmung, und der alte Herr gab ihr wie in alten Zeiten ein Küsschen auf die Wange. Er roch nach Tabak. Er hatte gewiss gute Kontakte zum Schwarzmarkt, kam es Henni in den Sinn.

Philip Malzer deutete auf den Schreibtisch ihres Großvaters, auf dem zwei kleinere braune Pakete lagen. Seine Worte bestätigten ihre Vermutung.

»Ich dachte, ich mache dir eine Freude und bringe dir etwas Kaffee mit. Soweit ich noch weiß, liegt dir nichts an Zigaretten oder gar Zigarren. Dein Vater hatte Letztere besonders gern.« Er machte eine Pause und fügte hinzu. »Sein Tod ist eine Tragödie. Es tut mir leid, dass ich zu seiner Beerdigung nicht anreisen konnte. Mich hielten leider wichtige geschäftliche Termine davon ab, und Reisen durch das Reich sind leider noch immer nicht sonderlich bequem.« Er nahm in einem der vor dem Schreibtisch stehenden braunen Ledersessel Platz. Henni trat hinter den Schreibtisch und berührte kurz eines der Kaffeepäckchen. Sie musste sich beherrschen, es nicht gleich aufzureißen und daran zu riechen.

Henni setzte sich. Ihr Herz schlug ihr vor Aufregung bis zum Hals. Sie hoffte, er merkte ihr ihre Aufregung nicht an.

»Danke für den Kaffee«, sagte sie. »Das ist wahrlich eine Freude. Besonders Großmutter wird sich freuen. Sie hat es so gar nicht mit dem Muckefuck.«

»Ich kann gerne dafür sorgen, dass euch Nachschub geliefert wird«, sagte Philip lächelnd. »Ich habe gute Quellen.

Im Gegenzug würde ich mich über einige Flaschen Sekt sehr freuen.«

»Aber gern«, antwortete Henni. »Die Lager sind voll, wie du dir denken kannst. Aber sag mir: Weshalb bist du gekommen und nicht Adam? Ich hatte eigentlich ihn erwartet.«

»Wir hatten eine Planänderung«, erwiderte er. »Ich wollte dir persönlich mein Beileid zu Conrads Tod aussprechen. Welch ein Unglück doch auf dem Namen Herzberg so plötzlich lastet. So jung und bereits Witwe«, füge er mehr zu sich selbst hinzu. Er schüttelte den Kopf, holte ein silbernes Zigarettenetui aus der Innentasche seines Jacketts, öffnete es und bat Henni um Feuer. Nachdem sie Philip die Zigarette angezündet hatte, erhob er sich, trat ans Fenster und blickte in den Innenhof.

»Ich habe mir vor meiner Anreise einen Überblick über die Finanzlage der Kellerei gemacht«, sagte er, und sein Tonfall klang nun geschäftsmäßig. »Ich sehe keinen am Boden liegenden Betrieb. Es ist ausreichend Grundbesitz vorhanden, der Hauptsitz des Unternehmens hat den Krieg relativ schadlos überstanden, die Marke Herzberg ist eingeführt und muss nur wieder flottgemacht werden. Allerdings wird das in den nächsten Monaten, wenn nicht sogar Jahren, nicht leicht werden. Und das schon gar nicht für eine junge Frau wie dich. Ich möchte dir mit dieser Aussage nicht zu nahe treten, meine Teuerste. Ich weiß, dass du ein intelligentes Mädchen bist und auch von fachlichen Dingen einiges verstehst. Allerdings wirst du einen starken männlichen Part an deiner Seite gut gebrauchen können. Jemanden mit Verhandlungsgeschick, der sich auf rutschigem Parkett, auch im Bezug auf die Amerikaner, gut bewegen kann und klar die unwägbaren Klippen umschifft.«

Henni wollte etwas erwidern, doch er hob die Hand.

»Ich möchte dir einen etwas ungewöhnlichen Vorschlag machen. Und ich hoffe, du wirst ihm gegenüber nicht abgeneigt sein. Für uns Malzers steht dabei eine Menge auf dem Spiel.« Er suchte Hennis Blick und hielt ihn fest. »Ich möchte dich bitten, meinen Sohn Adam zu heiraten. Wir wissen beide, dass auch dein Vater diese Verbindung befürwortet hätte.«

»Heiraten!«, wiederholte Henni und sah Philip entgeistert an. »Adam?«

»Du hast richtig gehört. Er könnte der Marke Herzberg mit seiner Erfahrung zu neuem Glanz verhelfen, und du hättest einen starken Partner an deiner Seite, dem du vertraust. Ihr kennt euch ja bereits seit Kindertagen. Arrangierte Ehen sind in gehobenen Kreisen keine Seltenheit.«

Henni ahnte, woher der Wind wehte. Sie wusste um Adams sexueller Orientierung. Bei einem Treffen vor Kriegsbeginn in der Schweiz hatte sie gesehen, wie er im Garten des Bankiersanwesens einen Angestellten geküsst hatte.

»Weiß Adam von deinem ungewöhnlichen Ansinnen?«, hakte Henni nach, die noch immer nicht glauben konnte, was sie gerade gehört hatte.

»Natürlich. Er wäre einverstanden. Er fand dich schon immer äußerst attraktiv und kann sich ein Eheleben an deiner Seite gut vorstellen.«

Henni ahnte, dass Philip Adam ebenso wie ihr das Messer auf die Brust gesetzt hatte. Als hätte er ihre Gedanken gelesen, fügte er hinzu: »Solltest du es dir anders überlegen, kann ich dir leider unsere finanzielle Unterstützung nicht zusagen. Du musst mich in diesem Punkt verstehen.«

»Muss ich das?«, antwortete Henni. »Wir wissen beide, worum es hier geht.« Sie sah Philip offen ins Gesicht. »Wieso gerade ich?«

»Weil ich es so möchte«, antwortete Philip und erhob sich. »Überleg es dir gut. Ich erwarte deine Entscheidung in den nächsten Tagen.« Er nahm seinen Stock und ging zur Tür. Doch bevor er sie öffnete, wandte er sich noch einmal zu ihr um. »Und noch etwas: Kreditanfragen bei anderen Instituten werden zu keiner Lösung deiner Probleme beitragen. Bis bald, meine Liebe. Und lass dir den Kaffee schmecken.«

Nachdem sich die Tür hinter ihm geschlossen hatte, blieb Henni wie betäubt zurück. Sie war fassungslos. Wilhelmine trat ein und schenkte ihr einen mitleidigen Blick. Sie war schon immer gut darin gewesen, an Türen zu lauschen, und machte keinen Hehl daraus.

»Ach, Kindchen«, tröstete sie sogleich. »Wie er das nur von dir verlangen kann.« Sie war ohne viel Federlesen zum vertraulichen Du übergegangen. »Es ist unglaublich! Als ob ein Adam Malzer nicht in der Lage wäre, eine patente Frau zu finden. So unansehnlich hab ich ihn gar nicht in Erinnerung.«

»Darum geht es nicht«, antwortete Henni. Ihr war nun schwindelig, und sie hielt sich an einer Stuhllehne fest. In diesem Moment wünschte sie sich nichts mehr auf der Welt, als dass ihr Vater noch am Leben wäre. Er hätte Philip sogleich des Hauses verwiesen und ihm für immer die Freundschaft gekündigt. Hätte er das tatsächlich getan? Heinrich Herzberg war kein sonderlich liebevoller Vater gewesen. Sie hatte ihn als Kind nur selten gesehen. Für ihn hatten stets die Interessen der Firma im Mittelpunkt gestanden. Menschliche Bedürfnisse hatten dagegen hintanzustehen. Philip Malzer war ein mächtiger Mann, und er würde seine Drohungen wahrmachen. Das wusste Henni. Wenn sie das Familienunternehmen retten wollte, blieb ihr keine andere Wahl.

Du hättest nach Hause kommen sollen, Conrad. Verdammt noch eins!, fluchte sie in Gedanken und unterdrückte die aufsteigenden Tränen. In diesem Moment fühlte sie sich so schwach und einsam wie noch niemals zuvor in ihrem Leben.

6. Kapitel

Wiesbaden, 2. November 1945

Lisbeth stand auf dem Wiesbadener Nordfriedhof vor dem Grab der Familie Holzer, in dem auch ihre Freundin Marie ihre letzte Ruhe gefunden hatte. Ihr Name stand noch nicht auf dem aus hellem Sandstein gefertigten Grabstein, sondern auf einem schlichten Holzkreuz. Marie Holzer, Geburts- und Todesjahr waren darauf vermerkt. Sie war bei dem verheerenden Bombenangriff im Februar ums Leben gekommen. Auf dem Grab wucherte Efeu, in einer steinernen Pflanzschale befanden sich verwelkte Sommerblumen. Lisbeth hatte einen Strauß rosa Rosen mitgebracht, die nun für etwas Farbe sorgten. Es war ein grauer und düsterer Novembertag. Der Nebel war so dicht, man konnte kaum zwanzig Meter weit sehen. Auf dem Friedhof herrschte eine friedliche Stille. Zwischen den Gräbern und Bäumen waberten die Nebelschwaden, ein wenig sah es so aus, als würden Geister in ihnen tanzen. Die Seelen der Menschen, die hier ihre letzte Ruhe gefunden hatten. Die Friedhofsmauern schienen die Geräusche der Stadt auszuschließen, nicht einmal Vögel zwitscherten.

Lisbeths Kopf schmerzte ein wenig. Sie hatte am Vorabend zu viel getrunken, war in ihrem Zimmer im Selbstmitleid versunken. Nachdem sie die Nachricht von Johannes' Tod erreicht hatte, hatte sie alle Hebel in Bewegung gesetzt, um an seiner

Beerdigung teilnehmen zu können. Sie war – trotz allem, was geschehen war – noch immer seine Ehefrau und sollte an seinem Grab stehen. Doch der öffentliche Zugverkehr zwischen den Besatzungszonen war weiterhin unterbrochen, und dieses Mal hatte sich keine Mitfahrgelegenheit gefunden. Vielleicht war es am Ende besser so. Als was für eine Person wäre sie auf dieser Beerdigung wahrgenommen worden? Wer war sie eigentlich? Sie las den Namen ihrer Freundin und spürte die aufsteigenden Tränen. Eine Erinnerung stieg in ihr auf.

»Weißt du noch, damals?«, begann sie leise zu sprechen. »Als wir uns für unseren ersten Tanzabend im Kurhaus schick gemacht hatten. Backfische sind wir noch gewesen und haben davon geträumt, die große Liebe zu finden. Du hast dieses entzückende hellgelbe Seidenkleid getragen, das so hervorragend zu deinem dunklen Haar gepasst hat. Der Unterrock meines Kleides raschelte bei jedem Schritt, was mir gefiel. Ich hatte tatsächlich noch Probleme, in hochhackigen Schuhen zu laufen. Du konntest es schon und hast es mir gezeigt. Wir sind mit wackelnden Hintern und mit Büchern auf den Köpfen durch euren Salon gelaufen und haben wie die Hühner gegackert. An dem Abend hast du Hermann kennengelernt, deine große Liebe.« Die schöne Erinnerung bekam mit dem letzten Satz einen bitteren Beigeschmack. Hermann war ein halbes Jahr nach Kriegsbeginn gefallen. »Nun bist du bei ihm«, sagte sie. »Und du fehlst. Wie so viele fehlen.«

Sie ballte die Fäuste, und diese ganz eigene Art von Wut stieg in ihr auf. Sie war wütend auf so vieles, der Krieg hatte alles zerstört. Sie wischte sich eine Träne aus dem Augenwinkel. »Ich war nicht auf deiner Beerdigung. Alte Freunde sollten aber doch dabei sein, oder? Wegbegleiter, die einen besser kennen als jeder andere. Obwohl du bei unserer letzten Begegnung sagtest, ich sei dir fremd geworden. Du hast den Nationalsozialismus stets verteufelt, hast immer gesagt, dass das nichts Gutes bringen wird. Vielleicht hätte ich auf dich hören sollen.«

Die altbekannte Bitterkeit ergriff erneut Besitz von ihr. Sie hatte damals keine Vorstellung davon gehabt, was Krieg wirklich bedeutete. Und was nun? Woran sollte sie glauben? Was war richtig, was falsch? Wer wollte sie in dieser auf wackeligen Beinen stehenden Welt sein?

»Es wäre so schön, dich noch hier zu haben«, sagte Lisbeth. »Obwohl ich mir nicht sicher bin, ob es noch wie früher gewesen wäre. Vielleicht nicht. Aber ich hätte es mir gewünscht. Mach's gut, meine Liebe. Du tanzt jetzt dort oben im Himmel bestimmt in deinem gelben Kleid und verdrehst allen Männern den Kopf. So und nicht anders will ich dich in Erinnerung behalten.«

Schritte auf dem Kies waren zu hören, und Lisbeth blickte auf. Eine alte Dame kam auf sie zu, eine Gießkanne in den Händen. Sie lief gebückt und trug einen abgetragenen braunen Wollmantel, in dem sie regelrecht versank, ein lila Filzhut lag auf ihrem Kopf. Sie sah so trostlos aus, wie Lisbeth sich fühlte. Die alte Frau schlurfte wortlos an ihr vorüber und blieb unweit von ihr vor einem der Gräber stehen. Lisbeth beobachtete, wie sie die Gießkanne über dem mit Efeu und Astern bepflanzten Beet ausleerte. Wieso goss sie es?, fragte sie sich. Es hatte doch erst in der Nacht zuvor geregnet.

Plötzlich wollte Lisbeth nur noch fort von hier. Raschen Schrittes eilte sie den bekiesten Weg entlang Richtung Ausgang. All die Toten, all die Schicksale, die vielen Namen. Sie ertrug es nicht mehr. Sie lebte, sie hatte den Wahnsinn überstanden, sie war noch hier. Es galt nach vorne zu blicken und irgendwie weiterzumachen. Sie verließ den Friedhof und stand an der Platter Straße. Eine Gruppe Militärfahrzeuge der Amerikaner fuhr an ihr vorüber, dann ein alter Mann auf einem Fahrrad, der ihr kurz zunickte.

Sie folgte der Straße Richtung Innenstadt und bog ein Stück weiter in eine schmale, steil nach unten führende Straße namens Wolkenbruch ab. Unten angekommen, erwartete sie das vom Nebel verhangene Nerobergtal, durch das sich der Schwarzbach schlängelte. Nur wenige der Gründerzeitvillen hatten größere Kriegsschäden davongetragen. Auf den Neroberg führte eine mit Wasser betriebene Bergbahn hinauf, die jedoch aufgrund von Kriegsschäden bereits im letzten Jahr ihren Betrieb eingestellt hatte. Lisbeth war stets gerne auf den Berg hinaufgefahren, um von dort oben die Aussicht über die Stadt zu genießen, im luxuriös ausgestatteten Neroberghotel hatte sie häufig mit Freunden geplaudert. Das Hotel war ein guter Kunde ihrer Kellerei gewesen. Während des Krieges hatte sich eine Einheit der Wehrmacht in dem Hotel einquartiert, dessen Aussichtsturm zur Luft-Beobachtung durch Flak-Soldaten diente. Wie durch ein Wunder hatte das Hotel den Krieg ohne einen einzigen Treffer überstanden. Nun diente es den Amerikanern als Offizierskasino und Unterbringung für Offiziere. Der Bergpark galt für die Bewohner Wiesbadens als Sperrgebiet.

Lisbeth ließ das Nerobergtal hinter sich und erreichte die Taunusstraße, in der viele der Häuser den Krieg unbeschadet überstanden hatten. Vor einem Haus stand ein Lastwagen der Amerikaner, zwei junge GIs schenkten gerade zwei Kindern Kaugummis, und man versuchte, sich lachend irgendwie zu verständigen. Lisbeth verhielt sich den Amerikanern gegenüber meist reserviert, doch ihre Kinderliebe rührte sie, und sie konnte nicht umhin, auch jetzt zu lächeln. Einer der Männer, er war blond und gutaussehend, wurde auf sie aufmerksam und grüßte. »Ma'm.« Er schenkte ihr ein Lächeln und tippte an seine Mütze.

Sie wusste nicht, wie sie reagieren sollte, und eilte weiter, ohne seinen Gruß zu erwidern. Sie erreichte den Kochbrunnen und bald darauf eines der Areale der Stadt, das mit am meisten unter den Bombenangriffen im Februar gelitten hatte. Von den Häusern in der Webergasse war nicht mehr viel übrig. Noch immer lagen Unmengen an Trümmern und Schutt auf den Grundstücken, und es herrschte rege Geschäftigkeit. Hauptsächlich waren es Frauen, die sich mit dem Aufräumen beschäftigten, doch auch einige Männer fanden sich unter ihnen. Die Arbeitenden sahen ausgemergelt aus und wirkten müde. Viele trugen unzureichende Kleidung. Auf einem Militärwagen saßen zwei GIs und rauchten. Nicht weit entfernt standen drei Kinder, ein Junge und zwei Mädchen, zwischen den Trümmern eines Hauses und beobachteten die Amerikaner mit Argusaugen. Lisbeth wusste, dass sie es auf die Zigarettenkippen abgesehen hatten. Wenn die Männer sie nicht ganz zu Ende rauchten, bekam man dafür vielleicht noch etwas auf dem Schwarzmarkt. Bisschen Mehl oder einen Apfel, wer Glück hatte, sogar ein kleines Stückchen Kohle.

Lisbeth blieb vor einem stark beschädigten Haus stehen. In dem Gebäude hatte sich das »Wilmers«, ein kleines, aber feines Restaurant befunden. Es war der Lieblingstreffpunkt von Lisbeth und Marie gewesen. Hier hatten sie oftmals nach einem ausgiebigen Einkaufsbummel durch die Läden und Geschäfte der Innenstadt mit einem Glas Wein gesessen und sich über das wichtige Thema Männer unterhalten. Von dem Haus war nicht mehr viel geblieben. Es standen nur noch verkohlte Mauerreste, das Dach und die oberen Geschosse waren komplett fort. Im Inneren lagen Trümmerreste. Eine Frau mittleren Alters in einem dunklen Wollrock und einer groben Strickjacke war gerade dabei, Trümmer aus dem Haus zu tragen und auf einen davorstehenden Karren zu werfen. Ihr Name war Sabine Wilmers, sie bemerkte Lisbeth und lächelte überrascht.

»Das gibt es ja wohl nicht«, sagte sie und wischte sich eine Haarsträhne aus der Stirn. Ihr Gesicht war schmutzig, sie schwitzte trotz der Kühle des Tages. »Lisbeth Herzberg gibt sich die Ehre. Na, Mädchen, wie ist es dir ergangen? Wo hast du denn Marie gelassen?«

Die letzte Frage versetzte Lisbeth einen kurzen Stich, und ihr Gesicht trübte sich ein. Sabine wusste ihre Reaktion zu deuten.

»Ach, nein«, sagte sie, und ihr Blick wurde mitleidig.

»Sie ist bei dem Bombenangriff im Februar ums Leben gekommen«, sagte Lisbeth.

»Was ein Jammer. Sie war so ein liebes und hübsches Mädchen mit dem Herz am rechten Fleck. Es ist alles so furchtbar. Mein Günter ist im Osten in Kriegsgefangenschaft geraten, wann er heimkommt, kann niemand sagen. Ich weiß nicht, wie es weitergehen soll. Aber immerhin konnte ich Ruth Morgenstern und ihren Jungen retten. Sie führte früher mit ihrem Mann zusammen den Uhrenladen an der Ecke.« Sie deutete auf ein unweit gelegenes zerstörtes Gebäude. »Ihn haben sie damals im Laden aufgegriffen und in den Osten gebracht, während sie gerade mit dem Buben Einkäufe erledigen war. Als sie zurückkam, war der Laden verwüstet. Sie ist fortgelaufen und am Ende bei mir aufgetaucht. Über drei Jahre haben wir sie versteckt, sie haben bei uns auf dem Dachboden gewohnt. Nach der Ausbombung konnten wir gemeinsam bei einer Freundin unterkommen. Lange wäre das bestimmt nicht mehr gut gegangen.« Sie schüttelte missbilligend den Kopf. »Aber dann kamen ja die Amerikaner, und es war endlich vorbei. Die Geschichte mit Ruth hat mir Respekt bei denen eingebracht. Derweil hab ich ja nur getan, was anständig ist.«

Lisbeth stimmte leise zu und fragte sich, weshalb Sabine ihr das erzählte. Sie selbst hatte mehrere Abholungen gesehen und versucht, es zu vergessen. Die Gewalt, die Angst in den Augen der Menschen, Kinder mit Stofftieren im Arm und mit großen, traurigen Augen … Jeder, der erzählte, er habe es nicht gewusst, wollte das Grauen nicht wahrnehmen, nicht akzeptieren, dass er selbst ein Monster gewesen war, weil er weggesehen hatte. Lisbeth selbst war ein Monster gewesen. Oder waren es nicht die Umstände gewesen, die sie zu dem gemacht hatten, was sie war?

»Ist alles in Ordnung, Schätzchen?«, fragte Sabine und musterte Lisbeth genauer. »Bist bisschen blass um die Nase. Wie steht es denn bei euch in der Kellerei? Geht der Betrieb weiter? Mein Schwager Walter hat früher als Fahrer für euch gearbeitet. Er wartet darauf, dass es wieder losgeht. Das mit deinem Vater tut mir leid. Wer kümmert sich jetzt um den Betrieb? Vermutlich Henni, oder? Walter meinte, sie wäre recht patent. Gibt es schon eine Betriebserlaubnis der Amerikaner? Die braucht ihr doch jetzt, oder?«

Wieder Henni. Lisbeth nahm nur das Lob für ihre Schwester wahr, und in ihr stieg die vertraute Eifersucht auf. Henni war schon immer in allem besser gewesen. Hübscher, da sie der Mutter ähnelte, klüger, talentierter, folgsam und wissbegierig. Sie war Opas Liebling gewesen und hatte den perfekten Schwiegersohn geheiratet, einen gottverdammten Winzersohn aus dem Rheingau. Natürlich hatte sie die Hauptanteile der Firma erhalten. Doch auch Henni konnte keine Wunder vollbringen. Der Schwiegersohn war tot, und dem Betrieb fehlte es an finanziellen Mitteln. Am Ende würde sie die Kellerei trotz all ihrer ach so positiven Eigenschaften an die Wand fahren.

»Ei Gude, Sabine«, sagte plötzlich eine weibliche Stimme neben Lisbeth, und sie zuckte zusammen. Eine schmale Frau um die fünfzig in einem abgetragenen grauen Mantel war näher getreten. »Die Erbsensuppe ist fertig. Ich hab sogar ein bisschen Brot dazu bekommen. Davon wird aber nur ein kleines Stück für dich abfallen. Weißt ja, wie die Buben sind. Ist nicht leicht, fünf hungrige Mäuler zu stopfen. Gibt auch Ersatzkaffee mit Dosenmilch, und sogar ein bisschen Zucker konnte ich erobern. Der weckt die Lebensgeister.« Ihr Blick blieb an Lisbeth hängen, und sie grüßte knapp. Lisbeth sah in das ausgemergelte

Gesicht der Frau, ihre Augen lagen in tiefen Höhlen, die Wangen waren eingefallen. Erst jetzt fiel ihr auf, dass ihr der Mantel fiel zu groß war. Sie hatte ihn in der Taille mit einem Stoffgürtel zusammengebunden, am oberen Ende fehlten die Knöpfe. Ihr linker Halbschuh hatte ein Loch. Da fielen Lisbeth die Zigaretten in ihrem Etui ein. Sie galten als wertvollste Währung auf dem Schwarzmarkt. Das Etui war komplett gefüllt, acht Zigaretten. Dafür würde man fünf Mäuler bestimmt eine Weile satt bekommen. Lisbeth hatte ihre Quellen, von Ella konnte sie jederzeit Nachschub erhalten. Sie holte das Etui aus der Innentasche ihres Mantels. Es war aus Silber gefertigt, im Deckel waren ihre Initialen eingeprägt. Johannes hatte es ihr zu ihrem ersten Hochzeitstag geschenkt. Sie öffnete es, nahm die Zigaretten heraus und hielt sie der Frau hin. Deren Augen wurden groß.

»Nehmen Sie sie«, sagte Lisbeth. »Dann reicht das Brot auch für Sie beide, und bestimmt fällt es leichter, die fünf hungrigen Mäuler satt zu bekommen. Welche Schuhgröße haben Sie?«

»Achtunddreißig«, antwortete die Frau perplex.

»Ich komme morgen wieder, mit noch mehr Währung und warmen Sachen, auch für dich, Sabine. Nun nehmen Sie schon die Zigaretten.« Rasch steckte Lisbeth sie der Frau in die Manteltasche und sagte: »Morgen, selbe Zeit, wieder hier. Wir sehen uns.« Sie drehte sich um, und ihr Herz schlug plötzlich wie verrückt.

Wieso hatte sie das getan? Sabine war eine flüchtige Bekannte, die Frau eine Fremde. Weshalb half sie ihnen? Es war eine Impulshandlung gewesen. Es hatte sich gut und richtig angefühlt. Sie beschleunigte ihre Schritte und lief plötzlich beschwingter. Sie wusste genau, welche Schuhe sie morgen bringen würde. Einen warmen Mantel würde sie auch noch finden, ihr Kleiderschrank war voll. Und in ihrem Schreibtisch befanden sich noch viel mehr Zigaretten.

7. Kapitel

Frankfurt, 5. November 1945

Die in Frankfurt-Sachsenhausen gelegene und von Adam bewohnte Villa beeindruckte Henni. Das Anwesen war ein neoklassizistischer Traum mit feinster Ausstattung. Bereits das Eingangsportal mit seinen prachtvollen Säulen ließ das Gefühl aufkommen, als befände man sich im Märchen. Im Inneren wurde man von gediegener Eleganz empfangen. Marmorne Fußböden, stuckverzierte Wände, eine breite Treppe mit einem metallenen Geländer, die in die oberen Stockwerke führte, von den Decken hingen Kronleuchter. Im Speisezimmer, einem lichtdurchfluteten Raum im Erdgeschoss, gab es eine meterlange Tafel; im Herrenzimmer luden gemütliche Sofas und Sessel zum Verweilen vor dem offenen Kamin ein. Lesestoff fand sich in der Bibliothek des Hauses.

Umgeben war die Villa von einem herrlichen englischen Landschaftsgarten, durch den Henni nun nach einem gemeinsamen Mittagessen am Arm von Adam flanierte. Für einen Novembertag war das Wetter annehmbar. Es war bedeckt und trocken, der noch am Morgen über Wiesbaden hängende Nebel hatte sich im Tagesverlauf verzogen. Auf den Wegen lag trockenes Laub, es raschelte unter ihren Füßen. Henni liebte den Geruch der trockenen Blätter. Als Kind hatte sie große Freude daran gehabt, in Laubhaufen zu springen und die bunten Blätter in die Luft zu werfen. Sie erinnerte sich daran, wie ihre Mutter ihr lächelnd eines der Blätter aus dem Haar gezupft hatte. Es war eine der wenigen Erinnerungen an sie, die ihr geblieben waren, ein Moment voller Innigkeit und Liebe zwischen Mutter und Tochter, den sie tief in ihrem Herzen bewahrte. Jedes Mal zu dieser Jahreszeit kam er ihr wieder in den Sinn und ließ sie wehmütig lächeln.

»Zum Glück hat das Haus den Krieg ohne Zerstörungen überstanden«, sagte Adam und riss sie aus ihren Erinnerungen. »Ich kann allerdings noch nicht sagen, ob ich mich mit dem Anwesen anfreunden kann, schließlich ist das Schicksal der jüdischen Vorbesitzer äußerst bedauerlich. Die Steins waren früher Freunde der Familie, angesehene Bürger Frankfurts. Ach«, er winkte ab. »Wir sollten nicht darüber reden. Solche Geschichten gibt es aktuell überall. Der Krieg ist vorüber, und nun ist es eben, wie es ist. Wir müssen das Beste daraus machen. Durch den Leerstand eines solch herrlichen Anwesens wird es nicht besser.« Er schüttelte mit betrübter Miene den Kopf.

Bedauerlich, wiederholte Henni in Gedanken und schauderte. Aus diesem Haus war eine Familie vertrieben worden, vielleicht hatten sie alle den Tod gefunden. Sie hatten Häuser wie dieses, ihre Arbeit, ihre Heimat, ihre Würde und ihr Leben verloren. Und in ihren Häusern lebten andere weiter. Menschen, die sich an ihrem Leid bereichert hatten. Menschen wie die Malzers. Philip hatte bei der Arisierung der jüdischen Banken mitgewirkt. Doch was war mit Adam gewesen? Henni wusste, dass er in den ersten Kriegsjahren im Ausland gewesen war. Wie viel hatte er von den Machenschaften seines Vaters gewusst?

Henni hatte Adam und seine ruhige Art schon immer gemocht. Sein dunkelblondes Haar war auch nach den letzten Jahren noch immer dicht, es zeigten sich keine Geheimratsecken. Seine grünen Augen hatten etwas Geheimnisvolles, das Kinn war kantig. Es war für viele Frauen sicherlich ein Jammer, dass er auf das andere Geschlecht stand. Eben beim Essen hatte er ihr erzählt, dass die Liebe seines Lebens im Osten gefallen war. Er hatte so traurig ausgesehen, den Blick gesenkt, und mit den Tränen gekämpft. Henni gefiel seine Offenheit ihr gegenüber, zeigte sie doch, dass er ihr vertraute. Dass auch seine Liebe im Osten gefallen war, verband sie miteinander. Sie hatte die unpersönliche Karte mit der Nachricht von Conrads Tod in die oberste Schublade ihres Sekretärs gestopft. Sie wegzuwerfen, hatte sie nicht fertiggebracht.

Henni war aufgestanden und hatte Adam in den Arm genommen. Er hatte die Arme um sie gelegt, sie umschlungen und laut geschluchzt, während Henni ihm wortlos den Kopf streichelte und sein weiches Haar durch ihre Finger gleiten ließ.

Dieser Moment hatte eine ganz eigene Verbundenheit zwischen ihnen geschaffen. Henni spürte sie auch jetzt noch, und sie hoffte so sehr, dass an Adams Händen kein Blut klebte und er bei den Machenschaften seines Vaters außen vor geblieben war. Auf den Wiesen funkelte der über Tag geschmolzene Raureif im Licht der milden Sonnenstrahlen, die durch die aufgerissene Wolkendecke fielen. Die Zweige der Trauerweiden reichten bis in den hübschen Teich, auf dem einige Enten und Blesshühner schwammen.

Sie steuerten auf einen Pavillon zu und nahmen auf einer

der steinernen Bänke darin Platz. Stumm beobachteten sie eine Weile lang die Enten auf dem Teich. Bisher hatten sie nicht über Philips Pläne gesprochen. Anfangs hatte Henni gedacht, Adam werde mit ihr beim Essen darüber reden, doch stattdessen hatten sie über Alltägliches gesprochen, und er hatte sich nach den Geschäften erkundigt. Henni hatte ihm davon berichtet, dass das Staatsministerium eine Verkaufssperre für Wein, Sekt und Weinbrand auf dem zivilen Sektor erlassen hatte. Angeblich sollten diese Waren nun für Kompensationsgeschäfte mit den Amerikanern zur Verfügung stehen. Wie diese aussehen sollten, wusste Henni jedoch noch nicht. Auch hatte ihr niemand sagen können, wie lange die Verkaufssperre gelten solle. Jeden Tag schienen ihr neue Steine in den Weg gelegt zu werden. Es war zum Verzweifeln.

Beide wussten, dass sie über den eigentlichen Grund ihres Besuches reden mussten. Nur schien niemand so recht zu wissen, wie er das Thema anschneiden solle. Wieso tat Philip ihr das an? Wieso setzte er sie beide so sehr unter Druck?

»Er braucht einen Nachkommen, er will einen Enkelsohn haben«, sagte Adam plötzlich, als hätte er Hennis Gedanken erraten. »Er dachte, er bekäme ihn von meinem Bruder. Aber der kann keine Kinder zeugen, es ist ärztlich festgestellt worden. Nun muss ich also für den Fortbestand der Dynastie Malzer sorgen. Und das natürlich mit einer Frau, die der Familie würdig erscheint.« Er machte eine kurze Pause und fügte hinzu: »Er weiß es.«

Adam sah Henni direkt in die Augen, und sie glaubte, sich in seinem traurigen Blick zu verlieren.

»Ich könnte dir auch so helfen. Ich könnte meine Kontakte spielen lassen, und du bekommst den Kredit von einer anderen Bank. Aber ich habe die letzten Tage nachgedacht. Ich fände, wir könnten ein gutes Team werden. Ich möchte raus aus dem Bankgewerbe, mich würde der Wiederaufbau eurer Kellerei reizen. Und ich mag dich. Es gibt nur wenige Menschen, denen ich vertrauen kann. Du zählst dazu. Wir kennen uns schon so lange. Weißt du noch, wie wir als Kinder zusammen auf der Frankfurter Dippemess Kettenkarussell gefahren sind? Oder wie wir im Stadtwald immer Verstecken gespielt haben? Du warst so gut darin. Nie hab ich dich gefunden. Ich habe es dir stets hoch angerechnet, dass du mein Geheimnis für dich behalten hast.« Er lächelte, und um seine Augen zeigten sich einige Fältchen. »Ich weiß, es ist keine Liebe im Spiel, aber Zuneigung und Vertrauen. Das sind meiner Meinung nach keine schlechten Voraussetzungen für eine Ehe. Findest du nicht?«

»Schon«, antwortete Henni, erleichtert darüber, dass er so offen mit dem Thema umging. »Aber es fühlt sich seltsam an. Als würden wir betrügen. Eben erst hab ich erfahren, dass Conrad tot ist. Ich habe … es ist …« Sie brach ab und setzte neu an. »Ich kann doch nicht so kurz nach der überbrachten Todesnachricht erneut heiraten. Es käme mir wie Verrat an ihm vor. An allem, was wir miteinander hatten. Andererseits fühle ich mich so allein und hilflos. Ich weiß, wie man Sekt herstellt, ich verstehe etwas von Buchhaltung. Aber ich bin mir nicht sicher, ob ich gut darin wäre, eine Firma zu leiten. Conrad hätte das gekonnt.« In ihre Augen traten Tränen. »Er hätte zurückkommen müssen.«

Erste Tränen rannen über ihre Wangen. Nun war Adam derjenige, der sie in den Arm nahm. Er duftete nach einem herben Rasierwasser, sein Dreitagebart kratzte an ihrer Wange. Seine Nähe und Wärme beruhigten Henni. Es fühlte sich gut an, von jemand Vertrautem im Arm gehalten zu werden. Doch dann geschah etwas, womit sie nicht gerechnet hatte. Er versuchte, sie zu küssen. Sie wusste nicht, wie sie darauf reagieren sollte, und zuckte zurück.

»Es ist gut«, suchte er sie zu beruhigen und hob beschwichtigend die Hände. »Entschuldige bitte. Ich weiß auch nicht, was da gerade über mich gekommen ist. Es fühlte sich irgendwie richtig an. Jedenfalls für mich.«

Henni sah ihn verwundert an. Wieso sollte es sich für ihn richtig anfühlen, eine Frau zu küssen?

»Ich weiß, die Idee meines Vaters ist abscheulich«, begann er verlegen und wiederholte Dinge, die er eben schon gesagt hatte. Doch Henni hörte ihm gar nicht richtig zu. In ihren Ohren hatte es zu rauschen begonnen, und ihr Puls schlug wie verrückt. Diese ganze Heirat war doch der reinste Irrsinn.

»Es wäre nicht die erste Vernunftehe, die geschlossen werden würde«, sagte Adam gerade und sah Henni erwartungsvoll an.

Sie wusste nicht, was sie erwidern sollte. Conrad kam ihr in den Sinn und das, was sie miteinander gehabt hatten. Zu heiraten bedeutete doch so vieles mehr. Miteinander alt wurde man nicht, weil man die Firma retten wollte, miteinander alt wurde man, weil man sich liebte.

»Es geht nicht«, sagte sie und stand abrupt auf. Ihre Stimme klang nun abweisend. »Ich hätte nicht herkommen sollen. Das ist doch der reinste Irrsinn.« Sie drehte sich um und lief davon. Sie hörte seine Stimme, er rief ihren Namen. Doch sie lief weiter. Sie wollte nur noch fort von hier. Es musste einen anderen Weg geben. Sie konnte das nicht tun. Sie verriet mit dieser Ehe Conrad, alles, was sie miteinander gehabt hatten. Sie verriet sich selbst. Was dachte sich Philip nur dabei, ihnen beiden das anzutun?

Henni ließ die Villa hinter sich und rannte durch die Straßen und Gassen Sachsenhausens. Vorbei an zerstörten Häusern und Trümmergrundstücken bis zum Mainufer, wo sie stehen blieb und nach Atem rang. Nicht weit von ihr entfernt lagen die Trümmer des Eisernen Stegs im Wasser, der Fußgängerbrücke, die – wie alle Mainbrücken Frankfurts – von der Wehrmacht kurz vor dem Einzug der Alliierten gesprengt worden war. Ein alter Mann stand unweit von ihr mit einer Angel am Ufer. Es hatte sich wieder zugezogen, und ein kalter Wind ließ sie schaudern. Auf der anderen Seite des Mains lagen die Trümmer Frankfurts. Von der Altstadt, die größtenteils aus Fachwerkhäusern bestanden hatte, war nichts geblieben. Der Dom ragte beschädigt in den grauen Himmel. Eine seltsame Trostlosigkeit ergriff von Henni Besitz, und sie glaubte, die Last zu spüren, die auf ihren Schultern lag. Die Verantwortung, die sie nicht zu tragen imstande war. Oder vielleicht doch? Aber nicht so! Es musste sich irgendein anderer Weg finden.

Sie atmete tief durch, setzte sich in Bewegung und lief zur Untermainbrücke, die vor einigen Wochen soweit instandgesetzt worden war, dass wenigstens Fußgänger wieder darüber laufen konnten.

Sie hatte das andere Ufer gerade erreicht, da rief eine vertraute Stimme ihren Namen. Es war Adam. Wie hatte sie auch nur einen Augenblick annehmen können, dass er ihr nicht folgen würde? Sie wandte sich um, da stand er auch schon vor ihr. Sein brauner Mantel war nicht zugeknöpft, ein grün-blau karierter Schal hing um seinen Hals. Er hielt ihre Handtasche in die Höhe.

»Die hast du vergessen«, sagte er und fügte hinzu: »Es tut mir leid.« Er sah sie mit diesem entschuldigenden Blick an, mit dem er sie schon in Kindertagen stets zum Einlenken bewogen hatte. Wie ein reuiger Hund, der etwas ausgefressen hatte. Das hatte er damals auch meist getan, sie mit Spinnen oder Regenwürmern erschreckt.

Er trat näher und reichte ihr ihre Tasche.

»Danke«, sagte sie, hängte sie sich über die Schulter und verschränkte die Arme vor der Brust. Keiner von beiden wusste so recht, was er nun sagen oder tun sollte.

»Soll ich dich nach Hause bringen?«, fragte er irgendwann. »Die Bahnen fahren noch immer sehr unzuverlässig. Am Ende verbringst du wegen mir eine kalte Nacht am Frankfurter Hauptbahnhof. Das möchte ich auf keinen Fall. Versöhnung?«

»Hat es denn Streit gegeben?«, fragte Henni.

Er lächelte. »Du bist davongelaufen.«

»Bin ich«, gab Henni zu.

»Wäre ich an deiner Stelle vermutlich auch«, meinte er und zwinkerte ihr zu.

Henni musste nun lächeln. Und plötzlich fühlte sie eine besondere Art von Wärme in ihrem Inneren.

»Komm«, sagte er und streckte die Hand aus. »Ich bringe dich nach Hause. Der Rest wird sich finden.«

Sie ließ zu, dass er den Arm um sie legte, und gemeinsam liefen sie zurück nach Sachsenhausen.

8. Kapitel

Wiesbaden, 5. Dezember 1945

Henni hatte sich angewöhnt, ihrer Köchin Inge in den frühen Morgenstunden mit der ersten Tasse Tee in der gemütlichen Küche der Villa Gesellschaft zu leisten. In der Mitte stand ein großer Holztisch mit sechs Stühlen. Es gab einen großen Ofen, der mit Holz und Kohle beheizt wurde. Ein Teil der Wände war mit blau-weißen Kacheln gefliest. Das Geschirr befand sich in Schränken und einem weißen Küchenbüfett. Töpfe, Pfannen und Blechgeschirr stapelten sich in Regalen. Durch eine Nebentür gelangte man in die Speisekammer, in der sich der Eisschrank und unzählige Regale für Lebensmittel befanden. In der Küche herrschte zu dieser Uhrzeit eine besonders heimelige Atmosphäre, und durch den bollernden Ofen war es angenehm warm. Der allgegenwärtige Kohlenmangel machte sich auch bei ihnen bemerkbar, nur noch wenige Räumlichkeiten der Villa wurden beheizt. Darunter das Zimmer von Oma Maria, das Esszimmer und der danebenliegende Salon. Die Schlafräume blieben kalt, in die Betten wurden Wärmflaschen oder im Ofen gewärmte Ziegelsteine gelegt. Henni hatte sich noch nicht angekleidet. Sie trug über ihrem langen Nachthemd einen Frotteebademantel, dicke Stricksocken und Schlappen an den Füßen. Als kleines Mädchen war Henni häufig zu dieser Zeit in der Küche gewesen und hatte von Lotte, Inges Vorgängerin, stets einen heißen Kakao und selbst gebackene, meist noch warme Kekse bekommen. Damals hatte sie genau auf demselben Stuhl gesessen, die Beine baumeln lassen, die Kekse in den Kakao getunkt und die morgendlichen Abläufe in der Küche ganz genau beobachtet. Der alte Fahrer Beppo, der kurz vor Kriegsbeginn gestorben war, hatte ihr öfter Sachen aus der Zeitung vorgelesen, die eine Fünfjährige nicht verstand. Aber Henni hatte es trotzdem gefallen. Ihr Papa hatte sie in der Küche jedoch nicht erwischen dürfen. Für ihn war die Welt der Angestellten stets strikt von denen der Herrschaft zu trennen gewesen. Zu viele Vertraulichkeiten waren in seinen Augen nicht gut, denn sonst tanzten einem die Mitarbeiter auf der Nase herum.

Die Erinnerungen an damals wärmten Hennis Herz. In diesen Zeiten hatte sich ihre kleine Welt noch heile angefühlt. Kurz darauf war ihre Mutter gestorben, und ihre Kinderseele war zum ersten Mal bis ins Mark erschüttert worden. Letzte Nacht hatte sie seit Langem mal wieder von ihr geträumt. Sie waren zusammen am Rhein spazieren gegangen, und ihre Mutter war immer einige Schritte vorausgelaufen. Henni hatte versucht, sie einzuholen, es jedoch nie geschafft. Sie hatte ihren Namen gerufen, sie gebeten, stehen zu bleiben. Doch ihre Mutter war weitergelaufen, ihr helles Sommerkleid und das blonde Haar flatterten im Wind. Irgendwann war ihre Mutter nur noch ein kleiner Punkt am Ende des Weges gewesen. Sie war aus dem unruhigen Schlaf hochgeschreckt und hatte einen Moment gebraucht, um in die Realität zu finden. Danach hatte sie eine ganze Weile dem böigen Wind gelauscht, der an den Fensterläden rüttelte, und Adam war ihr erneut in den Sinn gekommen. Er hatte ihr – trotz der seltsamen Situation, in der sie sich befunden hatten – das Gefühl von Geborgenheit vermittelt. Er liebte Männer, daraus machte er keinen Hehl. Für ihn wäre diese Ehe ein enges Korsett, eine Pflichtveranstaltung, damit er seinem Vater gerecht wurde. Für sie beide wäre es das. Doch er hegte auch Zuneigung für sie. Freundschaft, Vertrauen, gegenseitiger Respekt. Sie kannten einander seit Kindertagen. Adam würde sie niemals schlecht behandeln, das wusste Henni. Doch sie war und blieb eine unverbesserliche Romantikerin. Für sie gehörte zu einer Heirat Liebe, und die empfand sie für Adam nicht. Sie verfluchte sich dafür, dass sie überhaupt in Erwägung zog, ihn zu heiraten. Es war die Verantwortung für die Firma, für ihre Angestellten, die sie dazu brachte, darüber ernsthaft nachzudenken. An einem Anschubkredit führte kein Weg vorbei. Den würde Adam ihr auch ohne eine Eheschließung verschaffen können, doch seine Aussagen über die Geschäftsführung wollten ihr nicht aus dem Kopf gehen. Er hatte recht mit dem, was er gesagt hatte. Sie verstand etwas von der Sektherstellung, doch von der Leitung eines Unternehmens mit vielen Mitarbeitern hatte sie keine Ahnung, von Geschäften und Zahlen nur leidig. Vieles in den Büchern verstand sie nicht. Begriffe wie »steuerliche Abschreibungen« stellten ein Buch mit sieben Siegeln für sie dar. Hinzu kam noch die Hürde mit der Verkaufssperre für Sekt. Wie lange würde sie dauern? Wie lief das geplante Kompensationsgeschäft der Militärregierung genau ab? Henni ahnte, dass sie dabei kaum Umsatz generieren würden. Sie hatte mit Georg über ihre Sorgen gesprochen, doch auch er hatte ihr in den geschäftlichen Dingen nicht weiterhelfen können. Er war Kellermeister, Zahlen waren noch nie sein Ding gewesen. Sie könnte einen Geschäftsführer einstellen. Nur wen? Ihr fiel spontan niemand ein, und einem Fremden wollte sie die Kellerei auf keinen Fall anvertrauen. Wie Henni es auch immer wieder drehte und wendete, die Eheschließung mit Adam wäre die Rettung für den Betrieb. Und in privater Hinsicht könnten sie sich gewiss einigen. Es könnte mehr eine Art geschäftliche Zusammenarbeit sein, geschlossen auf dem Standesamt.

Inge füllte sich eine Tasse Tee und setzte sich zu Henni an den Tisch. Sie trug eine dunkelblaue Kittelschürze mit Streublümchen darauf, darüber eine grob gestrickte braune Strickjacke, die bis zu ihren Knien reichte. Ihr braunes Haar, durch das sich bereits erste graue Strähnen zogen, hatte sie zu einem Dutt gebunden und am Hinterkopf festgesteckt. Ihre Miene war sorgenvoll.

»Ich müsste da etwas mit Ihnen besprechen«, sagte sie. »Es geht um die Kürzung der Lebensmittelrationen. Bisher ging es noch einigermaßen, alle im Haus satt zu bekommen. Ich hab ja auch immer sparsam gehaushaltet. Aber seit einer Weile haben sie alle Zuteilungen noch weiter gekürzt. Im Oktober gab es noch zweitausendfünfhundert Gramm Kartoffeln pro Kopf, jetzt sind es nur noch bisschen über fünfhundert. Auch Brot und Fett gibt's nicht mehr genug, über Fleisch rede ich schon gar nicht mehr. Überall gibt es nur noch diese kochfertigen Suppen zu kaufen, aber die sind ja auch nur Wasser mit ein paar Gewürzen. Ihre Großmutter versteht den Mangel nicht. Es ist nicht leicht, sie zu besänftigen. Gestern ist sie richtig wütend geworden, weil es zu Mittag nicht ihren geliebten Sauerbraten mit Klößen gab. Magda konnte sie dann schon wieder beruhigen, aber gestern Nachmittag stand sie dann plötzlich in der Küche und wollte in die Speisekammer gucken. Als sie die leeren Regale gesehen hat, hat sie mich des Diebstahls bezichtigt. Ich weiß ja, sie ist krank, und ich sollte mir das nicht zu Herzen nehmen, aber so leicht fällt einem das in so einem Moment dann auch nicht. Es ist abscheulich, sie so zu sehen. Ich wünschte, ich könnte ihr wenigstens mit Keksen oder ihrem Sauerbraten eine Freude bereiten. Und mit den Köhlerkindern würde ich gern Plätzchen backen. Die Kleinen sind ja so mager. Aber es fehlt an Mehl und Zucker, selbst Marmelade wird rationiert abgegeben. Gestern hab ich vier Stunden bei der Metzgerei angestanden, doch es war längst alles ausverkauft, bevor ich das geöffnete Ladenfenster überhaupt anständig gesehen habe. Das wird ein trauriges Weihnachten werden, das sag ich Ihnen.« Sie trank schlürfend von ihrem Tee.

Henni fühlte sich schuldig. Sie hatte in den letzten Wochen stets die Belange der Kellerei im Blick gehabt. Wie es um den privaten Haushalt stand, hatte sie nicht bedacht. Die letzten verbliebenen Angestellten – Inge, Trude und ihren Fahrer Herbert – konnte sie nur leidig bezahlen, Küchenmädchen oder gar Wäscherinnen gab es im Moment gar nicht mehr. Viele Räumlichkeiten der Villa standen nun leer, die Möbel waren mit weißen Tüchern abgedeckt, damit sie nicht verstaubten. Immerhin kümmerte sich Annemarie Köhler um die Wäsche und half, wo sie konnte.

»Ich hab ja immer gesagt, ich will nicht auf dem Schwarzmarkt einkaufen«, sagte Inge. »Wenn man da erwischt wird, kann man richtig Ärger bekommen. Langsam denk ich da schon drüber nach. Aber mit Lebensmittelmarken braucht man denen nicht zu kommen. Zigaretten sind am begehrtesten, dafür bekommt man fast alles. Und weil … also ich dachte …«

»Ich weiß, was du sagen möchtest«, antwortet Henni. »Lisbeth raucht ständig. Ich werde mit ihr reden. Allerdings möchte ich nicht, dass du auf den Schwarzmarkt gehst und dort handelst. Wenn, dann werde ich das übernehmen.«

»Aber nein!«, widersprach Inge ihr. »Sie wissen doch noch weniger als ich, wie man sich in diesen Kreisen verhält. Ich geh einfach mit der Suse mit. Die kennt sich aus und hat gute Kontakte. Nur die Zigaretten bräuchte ich halt. Ich würde ja Ihre Schwester darum bitten, aber ich kenne sie ja nicht so gut wie Sie. Ich meine, Sie sind doch jetzt die Herrin hier.« Ihre Stimme klang unbeholfen.

Henni wusste, was Inge anzudeuten versuchte. Lisbeth verhielt sich dem Personal gegenüber äußerst kühl und abweisend und gab sich die meiste Zeit Mühe, es zu übersehen. Sie würde Inge gar nicht zuhören. Henni selbst rauchte nicht. Auch Conrad hatte die »luftverpestenden Dinger«, wie er Zigaretten stets genannt hatte, nie leiden können.

»Ich rede beim Frühstück mit Lisbeth darüber«, sagte Henni. »Sie wird uns bestimmt einige Glimmstängel abgeben.« Darauf hoffte sie jedenfalls. War Lisbeth überhaupt im Haus?, fragte sie sich plötzlich. Wann hatte sie sie zuletzt gesehen?

Annemarie Köhler betrat die Küche. Sie trug ihren Wintermantel über dem Nachthemd, ihr offenes braunes Haar war zerzaust, und die Augen waren umschattet.

»Guten Morgen«, grüßte sie. »Frau Herzberg, Sie sind auch schon wach.« Sie sah Henni immer wie ein scheues Reh an.

»Wie geht es denn dem Kurt? Hat sich sein Husten gebessert?«, erkundigte sich Inge sogleich.

»Kurt ist krank?«, fragte Henni verdutzt. »Wieso weiß ich davon nichts?«

»Weil es bisher nicht so tragisch war«, beschwichtigte Inge. »Bisschen Husten, gestern Abend hatte er leicht erhöhte Temperatur. Ich hab ihm einen Thymiantee gekocht. Immerhin davon haben wir noch einen reichlichen Vorrat.«

»Wegen dem Jungen bin ich hier«, sagte Annemarie. »Sein Zustand hat sich verschlechtert. Er glüht regelrecht, und der Husten klingt abscheulich. Und das ausgerechnet heute, wo wir doch zu Luise nach Usingen aufbrechen wollten. Ich wollte fragen, ob es im Haus fiebersenkende Mittel gibt, Aspirin oder ähnliches.«

»Ihr wollt nach Usingen?«, fragte Henni verdutzt.

»Das wollte ich Ihnen noch sagen, Frau Mahl. Wir können Ihnen im Haus doch nicht für immer zur Last fallen. Deshalb hab ich meiner Cousine Luise geschrieben. Sie und ihr Mann Herbert haben einen landwirtschaftlichen Betrieb in Usingen. Wir können zu ihnen kommen, auf dem Hof wird jede helfende Hand gebraucht. Hier in der Stadt ist ein Neubeginn ja im Moment eher schwierig. Bei Luise können wir im Gesindehaus wohnen, und die Kinder bekommen Spielkameraden. Luise hat vier Töchter und einen Sohn im selben Alter.«

»Und auf dem Land ist die Versorgung besser als in der Stadt«, fügte Inge hinzu. »Die Bauern wissen schon, wie sie ihre Lebensmittel horten können. Da bekommen die Kleinen bestimmt bald wieder runde Backen.«

Annemarie ließ Inges Bemerkung unkommentiert und erkundigte sich noch einmal nach fiebersenkenden Mitteln.

»Also für mich hört sich das eher so an, als bräuchte der Junge einen Arzt«, meinte Henni und stand auf. Ihr Blick wanderte zur Küchenuhr. »Die Sprechstunde von Doktor Scheller beginnt in wenigen Minuten. Kommen Sie, Frau Köhler, wir rufen in der Praxis an. Wenn wir Glück haben, hat der Arzt Zeit für einen Hausbesuch. Die Praxis liegt ja nur wenige Hundert Meter vom Haus entfernt. Und machen Sie sich wegen der Arztkosten keine Gedanken, das bekommen wir schon geregelt. Nach Usingen zu fahren, klingt jedenfalls nach einem hervorragenden Plan für Sie und die Kleinen. Die frische Landluft wird Ihnen allen bestimmt guttun.«

Henni legte beruhigend den Arm um Annemarie, dann verließen sie die Küche. Inge wusste nicht so recht, was sie jetzt machen sollte, schließlich folgte sie den beiden und murmelte: »Ich koch gleich nachher noch mal von dem Tee, und Wadenwickel können bestimmt nix schaden. Die haben schon immer geholfen.«

Eine Weile darauf stand Henni vor dem Pförtnerhäuschen der Kellerei und grüßte Gustav Stellmann, der wie gewohnt an seinem Platz saß.

»Sie sehen heute etwas mitgenommen aus, Fräulein Henni«, sagte er, nachdem er sie wie gewohnt in hessischer Mundart begrüßt hatte. »Mögen Sie vielleicht ein Gläschen Melissengeist?

Der weckt die Lebensgeister. Kaffee haben wir ja leider keinen. Den elenden Muckefuck krieg ich kaum noch runter, hat Margot beim Frühstück gesagt. Gestern hatten wir nicht einmal den und mussten mit Pfefferminztee vorliebnehmen. Den trink ich sonst nur, wenn ich krank bin.«

Henni lehnte Gustavs Melissengeist dankend ab. Seine Worte erinnerten sie an die beiden Kaffeepakete, die ihr Philip Malzer bei seinem Besuch mitgebracht und die sie, nachdem er gegangen war, im Schrank verstaut und prompt vergessen hatte. Die Mangelware Kaffee stellte auf dem Schwarzmarkt gewiss ein ähnlich gutes Handelsgut wie Zigaretten dar.

Leider hatte sie Lisbeth beim Frühstück nicht angetroffen. Henni hatte, bevor sie in die Kellerei aufgebrochen war, noch an ihre Zimmertür geklopft, doch ihre Schwester hatte nicht geantwortet. Henni hatte kurz in den Raum gelinst, aber das Bett war unberührt gewesen. Lisbeth hatte die Nacht also mal wieder außer Haus verbracht. Henni konnte sich schon denken, wo sie abgeblieben war. Im Hause Dyckerhoff war gewiss eine illustre Gesellschaft zusammengekommen, um sich mit allerlei Luxus den Abend zu versüßen. Henni hatte Ella, Martina und den restlichen Bekanntenkreis von Lisbeth noch nie gemocht. Zu versnobt waren ihr die Nachkommen der Großindustriellen stets gewesen, die nun offensichtlich zu den Kriegsgewinnlern zählten.

Sie dachte an Conrad, der sie mit seiner bodenständigen Art stets beeindruckt hatte. Das kleine Weingut im Rheingau hatte ihn geerdet, dort hatte sie gelernt, worauf es im Leben ankam. Obwohl sie, dass musste sie zugeben, im Moment gerne über das Vermögen der Dyckerhoffs verfügt hätte. Das international arbeitende Unternehmen hatte bereits wieder mit der Produktion begonnen und baute in Windeseile seinen zerstörten Besitz wieder auf, während Henni noch immer nicht wusste, wie es mit der Kellerei weitergehen würde.

Oder wusste sie es nicht doch bereits? Wieso haderte sie noch? Ein Anruf in der Villa Malzer würde genügen, und sie könnten mit dem Wiederaufbau und der ersten Auslieferung, wenn auch nur als Kompensationsgeschäfte, beginnen.

»Ich kann schon verstehen, dass Sie manchmal erschöpft sind, Fräulein Henni«, sagte Gustav. »Wäre ich an Ihrer Stelle auch. Ist ja nicht so einfach, eine Kellerei zu leiten, besonders in diesen Zeiten.«

In seinen wenigen, unbeholfen klingenden Sätzen schwang so viel mehr mit. Die gesamte Verantwortung für die Kellerei lastete auf ihren Schultern, und gerade jetzt fühlte sie sich bleiern schwer an. Trotzdem wollte sie gegenüber Gustav keine Schwäche zeigen. Er war einer ihrer Mitarbeiter und vertraute darauf, dass sie das Unternehmen wieder flottbekam. Sie musste auch für ihn stark sein.

»Vielleicht sehe ich nur deshalb müde aus«, antwortete sie, »weil ich gestern noch etwas länger über den Büchern gesessen habe. Und heute Morgen war es bereits trubelig im Haus. Kurt Köhler ist leider erkrankt und hat uns Sorge bereitet. Aber eben war der Arzt da und hat Entwarnung gegeben. Wenn alles gut läuft, können die Köhlers bereits morgen nach Usingen aufbrechen.«

»Sie wollen nach Usingen?«, hakte Gustav nach.

Henni verfluchte sich dafür, so viele Details verraten zu haben, denn sie hatte eigentlich keine Zeit für ein längeres Schwätzchen mit dem alten Pförtner. Sie wollte Kontakt zur Militärverwaltung wegen der Organisation der Kompensationsgeschäfte aufnehmen. Vorfühlen, wie der Ablauf gedacht war und was die Kellerei dabei verdienen könnte. Trotzdem erklärte sie rasch, was Annemarie Köhler plante.

»Ist wohl besser so«, antwortete Gustav. »Auf dem Land werden es die Kinder gut haben. Hier in der Stadt scheint das mit den Lebensmitteln wöchentlich schlimmer zu werden. Meine Margot muss überall stundenlang anstehen und kommt trotzdem meist mit nix heim. Gestern hat sie immerhin zwei dicke Kartoffeln erobert. Die haben wir mit dem letzten Rest Fett und einigen Zwiebeln in der Pfanne gebraten, das war ein Fest. Wir hatten ja versucht, im Garten hinter dem Haus Kartoffeln anzupflanzen, aber das hat wegen der Wühlmäuse nicht geklappt. Die Viecher sind die reinste Plage. Aber ich rede schon wieder lauter so unwichtiges Zeugs.« Er winkte ab. »Derweil wartet Besuch auf sie, der Junge von den Malzers kam mit seinem Sportwagen. Ein schnittiges Modell, das muss man schon sagen. So was Feines hab ich lange nicht gesehen.«

»Adam ist hier?«, fragte Henni verdutzt.

»Richtig. Adam heißt der«, antwortete Gustav.

Sie hörte die Worte nur noch entfernt.

Als sie nur wenige Minuten später ihr Büro betrat, stand Adam mit einem aufgeschlagenen Buch in den Händen an einem der Bücherregale.

»Adam«, sagte sie.

Er klappte das Buch zu und sah sie mit ernster Miene an.

»Guten Morgen, Henni. Es tut mir leid, wenn ich dich so überfalle. Aber mein Vater war bei mir und ...«

Henni hob die Hand, und er verstummte. Ihr Herz schlug nun wie verrückt. Sie hatte genau in diesem Moment eine Entscheidung getroffen. Sie musste ihre persönlichen Belange zurückstellen. Die Interessen der Kellerei hatten nun Vorrang, es war ihre Pflicht, das Familienunternehmen zu retten. Das war sie ihrem Großvater schuldig.

»Wir werden heiraten«, sagte sie. »Und wir werden eine gute Ehe führen.«

9. Kapitel

Wiesbaden, 29. November 1945

Henni verließ das Hauptgebäude der Kellerei durch einen der Hinterausgänge und lief an den brachliegenden Werksgebäuden vorüber, die an diesem grauen Tag noch trostloser als sonst erschienen. Sie hatte gemeinsam mit Adam lange über den Büchern gebrütet. Sein kaufmännisches Fachwissen hatte sie beeindruckt, und sie hatten trotz der schwierigen Gespräche oftmals miteinander gelacht. Er hatte erneut »Wunderfitzchen« mitgebracht. Diesen Ausdruck hatte Wilhelmine mit strahlenden Augen verwendet, als sie gesehen hatte, was da auf Hennis Schreibtisch lag. Es waren gleich vier Päckchen feinster Bohnenkaffee und zwei Packungen Zigaretten. Sie hatte zur Feier des Tages eine Kanne Kaffee aufgebrüht und war, seitdem sie ein Tässchen getrunken hatte, wie ein aufgescheuchtes Huhn durch die Gegend gelaufen. Adam hatte es als »Koffeinschock« bezeichnet und breit gegrinst. Da konnte durchaus etwas Wahres dran sein, denn es war eine ganze Weile her, seitdem Wilhelmine ihre letzte Tasse echten Bohnenkaffee getrunken hatte. Von den Zigaretten hatte Henni ihr ebenfalls welche abgegeben. Da hatte die alte Sekretärin Tränen in den Augen gehabt. Dafür bekäme sie auf dem Schwarzmarkt bestimmt anständige Schuhe für ihren Enkel und einen Sack Kartoffeln und Kohlen für den Ofen. Vor lauter Freude war sie Henni um den

Hals gefallen, was noch nie vorgekommen war. Doch in diesen schwierigen Zeiten konnte auch mal eine Wilhelmine Gabler die Contenance verlieren.

»Nun geht es wieder bergauf, Mädchen«, hatte sie freudig zu Henni gesagt und die Kippen rasch in ihrer Rocktasche verschwinden lassen.

Und das stimmte wohl tatsächlich, wenn auch in kleinen Schritten und auf wackeligem Grund.

Adam hatte seinen Vater über ihre Verlobung in Kenntnis gesetzt, und sogleich war der zugesicherte Kredit geflossen. Die ersten Schritte Richtung Wiederaufnahme der Geschäfte konnten nun organisiert werden. Mit Adams Hilfe könnte es gelingen, die Kellerei rasch wieder flottzubekommen, darüber war sich Henni heute endgültig klar geworden. Adam hatte sich rasch einen Überblick über ihre finanzielle Lage verschafft, hatte aufgelistet, was zu tun war, woran es fehlte und welche Hebel in Bewegung gesetzt werden mussten. Henni war bei seinem schnellen Gerede – viele Sätze waren nur gemurmelt gewesen – ganz schwindelig geworden. Er hatte sich hastig Notizen gemacht, und irgendwann war es ihr vorgekommen, als hätte er vergessen, dass sie überhaupt anwesend war. Nachdem alles Geschäftliche soweit geklärt war, hatten sie sich mit einer kurzen Umarmung und einem Kuss auf die Wange voneinander verabschiedet. Wilhelmine hatte diese kurze Geste der Zuneigung mitbekommen, und ihr Blick hatte etwas Seliges bekommen. In diesem Augenblick hatte Henni sich gewünscht, zwischen Adam und ihr wäre es tatsächlich so, wie Wilhelmine dachte, und sie würde das Gefühl von Verliebtheit in sich spüren, dieses besondere Prickeln am Anfang einer Beziehung. Aber so war es nun mal nicht. Trotzdem hatte sich dieser Vormittag gut angefühlt.

Nun wollte Henni ihren treuesten und langjährigsten Mitarbeitern, dem Ehepaar Stellmann, eine Freude bereiten. In der rechten Hand hielt sie einen Stoffbeutel mit einem der Kaffeepäckchen und einer Zigarettenschachtel. Damit würde es im Hause Stellmann endlich mal wieder etwas Anständiges zu essen geben. Und sie wollte dem alten Pförtner persönlich davon erzählen, dass der Betrieb in der Kellerei wieder aufgenommen werden konnte und sie Adam Malzer heiraten würde.

Als sie das kleine, am Ende des Kellereigrundstücks gelegene Häuschen erreichte, in dem das Hausmeisterehepaar untergebracht war, blieb Henni stehen und betrachtete es für einen Moment. Das Haus war im unteren Bereich aus rotem Sandstein gemauert, das obere Stockwerk bestand aus Fachwerk. Es besaß kleine Fenster mit Butzenscheiben und grün gestrichenen Fensterrahmen. Sein Grundriss war quadratisch, im Untergeschoss befanden sich die gemütliche Wohnstube und die Küche, im Obergeschoss die Schlafräume und ein Badezimmer. Henni kannte es gut, denn als Kind war sie öfter hier gewesen und hatte mit den Söhnen des Ehepaars gespielt. Margot hatte ihnen oft Kekse gebacken. Der heimelig anmutende Duft hatte dann stets die kleinen Kammern mit den niedrigen Decken erfüllt. Dazu hatte es im Winter heißen Kakao, im Sommer selbst gemachte Limonade gegeben. Dieses Haus war für Henni wie ein kleiner Zufluchtsort gewesen, eine behütete Welt, die ihr heute weiter entfernt denn je vorkam. Aus dem Schornstein auf dem Dach kam eine kleine Rauchsäule. Neben der Haustür stand die schiefe Bank, auf der Gustav Stellmann gerne zur Feierabendzeit in der Sonne saß und seine Pfeife rauchte. Der Geruch seines Pfefferminztabaks war Henni als Kind ebenso vertraut gewesen wie der der Kekse. Das Haus hatte die Bombardierungen unbeschädigt überstanden, doch die heile Welt aus Kindertagen war nur noch eine verblassende Erinnerung im Angesicht des Grauens, das sie alle eingeholt und den Stellmanns ihre Söhne geraubt hatte.

Henni atmete tief durch und ging zur Tür. Noch bevor sie anklopfte, öffnete Margot Stellmann sie. Henni erschreckte ihr Anblick. Sie sah mager aus, die ehemals runden Wangen waren verschwunden, und ihre Augen waren umschattet. Tiefe Falten hatten sich auf ihrer Stirn gebildet, um die Augen und Mundwinkel. Ihr graues Haar hatte sie zu einem Zopf geflochten und am Hinterkopf hochgesteckt. Über ihren Schultern lag ein wollenes Tuch. Für Henni war Margot Stellmann mehr als die Frau des Pförtners gewesen. Sie war eine Vertrauensperson, vielleicht ein wenig Muttersatz. In ihrer kleinen Welt der Gemütlichkeit hatte sie sich stets geborgen gefühlt. Keines der von ihrem Vater engagierten Kindermädchen hatte es jemals geschafft, ähnliche Gefühle in ihr zu erwecken. Selbst ihre Großmutter nicht, die zwar herzlich, jedoch auf ihre Art auch distanziert gewesen war.

»Henni, Mädchen«, sagte Margot und lächelte. »Was führt dich denn an einem solch grauen und nasskalten Tag zu uns? Komm rasch rein. Wenn du magst, kannst du mir in der Küche Gesellschaft leisten. Ich hab gerade für Gustav und mich Tee aufgebrüht. Er müsste gleich hier sein.«

Henni trat ein. Dunkle Balken durchzogen die niedrige Decke der Wohnküche, es gab ein weißes Küchenbüfett und eine Sitzecke, bestehend aus einer Holzbank mit Lehne und drei Stühlen. Mit allerlei Töpfen und Tiegeln gefüllte Regale säumten eine Wand. Auf dem alten Herd stand der Teekessel mit dem Rosenmuster. Henni hatte sich gerade auf die Küchenbank gesetzt, als Gustav hereinkam und sie verwundert ansah.

»Fräulein Henni!«, sagte er. »Was treibt Sie denn zu uns? Ist etwas geschehen?«

»Nein, das ist es nicht«, beschwichtigte Henni sogleich. »Oder vielleicht ja doch. Es gibt gute Neuigkeiten zu verkünden, und ich dachte, dass ihr es von mir erfahren solltet. Wir werden schon ganz bald den Betrieb in der Kellerei wieder aufnehmen, und ab dem nächsten Monat kann ich dir auch wieder dein volles Gehalt ausbezahlen, Gustav.« Er wollte Antwort geben, doch sie hob die Hand und brachte ihn damit zum Schweigen. »Ich weiß, dass sich mit dem Geld zurzeit kein Blumentopf gewinnen lässt und die Lebensmittel immer weiter rationiert werden. Darum werden wir uns ebenfalls zeitnah kümmern.«

»Wir?«, hakte Margot nach.

»Wir, das sind Adam Malzer und ich.« Henni machte eine kurze Pause und fügte hinzu: »Mein zukünftiger Ehemann.«

Einen Moment herrschte Stille im Raum.

»Heiraten! Du liebe Zeit, Kindchen«, sagte Margot. »Geht das nicht bisschen schnell? Eben erst haben wir von dem schmerzlichen Verlust Conrads gehört. Solltest du nicht vielleicht ein Trauerjahr einhalten?«

Margots Frage traf Henni nicht unvorbereitet. Auch sie hatte sich Gedanken darüber gemacht, ob es richtig war, so schnell nach dem Erhalt der Todesnachricht wieder zu heiraten.

»Ich habe auch daran gedacht, als Adam mir den Antrag machte«, flunkerte Henni nun ein wenig. Der Herrgott im Himmel würde ihr diese Notlüge gewiss nachsehen. »Aber ich trauere doch eigentlich schon sehr viel länger um Conrad. Tief in meinem Inneren habe ich wohl längst gewusst, dass er tot ist. Liebende spüren so etwas, oder? Conrad würde nicht wollen, dass ich ein Jahr lang traurig bin, und er mochte Adam.«

Der letzte Satz stimmte. Adam und Conrad hatten sich stets gut verstanden. Sogar bei der Weinlese hatte Adam mehrfach mitgeholfen und sich nach Conrads Meinung gar nicht so übel angestellt. Wie alt waren sie damals gewesen? Backfische, den Kopf voller Träume.

»Adam Malzer ist eine gute Wahl«, sagte nun Gustav. »Die Malzers sind anständige Leute, das waren sie schon immer. Adams Vater war sich nicht zu fein, mit mir ein Schwätzchen zu halten. Das hat nicht jeder der reichen Schnösel gemacht. Und vom Geschäft versteht der Bub auch was. Das sind gute Neuigkeiten, darauf sollten wir anstoßen. Findest du nicht, Margot? Auf das neue junge Glück und die Wiederaufnahme des Betriebs! Wir haben noch ein Fläschchen für die guten Anlässe im Keller, einen vierunddreißiger Jahrgang, der war besonders gut. Den sollten wir uns jetzt gönnen.«

»Bitte kein Alkohol«, antwortete Henni und hob abwehrend die Hände. »Ich wollte auch gar nicht lange bleiben, sondern nur kurz die Neuigkeiten verkünden. Und ich hätte noch eine

Bitte, lieber Gustav. Ich weiß, ich bin jetzt die Chefin, aber ich zucke jedes Mal zusammen, wenn du mich siezt. Bitte bleib doch einfach bei dem gewohnten Du. Ich bin's doch, Henni, wie immer.«

»Ich hab dir gleich gesagt, dass das deppert ist«, sagte Margot und gab ihrem Mann einen sanften Klaps auf den Hinterkopf. »Aber er wollte ja nicht auf mich hören. Unsere Henni siezen. Was ein Unsinn! Wir kennen das Mädel doch schon, seit es auf der Welt ist.«

»Ich dachte ja nur ...«, antwortete Gustav grummelig. »Aber wenn es nicht sein soll ... Aber nur, wenn wir allein sind! Wenn andere Geschäftsleute, so die wichtigen, dabei sind, dann schickt sich das nicht, wenn ein einfacher Pförtner die Chefin duzt.«

»Abgemacht«, antwortete Henni schmunzelnd. »Und zum Feiern habe ich euch etwas anderes mitgebracht. Ich denke, du kannst deinen guten Tropfen im Keller lassen.«

Sie öffnete den Stoffbeutel und legte das Kaffeepäckchen und die Zigarettenschachtel auf den Küchentisch. Margots Augen wurden groß.

»Du liebe Zeit!«, brachte sie hervor. »Aber das ist doch, ich meine ...« Vorsichtig berührte sie die Kaffeepackung mit den Fingerspitzen.

»Echter Bohnenkaffee und eine Schachtel Zigaretten«, vollendete Henni ihren Satz. »Seht es als Entlohnung für eure treuen Dienste und als Dankeschön.«

»Das können wir nicht annehmen. Das ist viel zu viel des Guten«, sagte Margot. In ihren Augen schwammen nun Tränen.

»Doch. Das könnt ihr«, antwortete Henni, nahm Margots Hand und drückte sie fest. »Ihr seid für die Kellerei wie ein Fels in der Brandung. Es ist mir jeden Tag eine Ehre, von dir, mein lieber Gustav, an der Pforte begrüßt zu werden. Nehmt es und lasst es euch gutgehen. Für die Zigaretten bekommt ihr auf dem Schwarzmarkt gute Lebensmittel und Kohlen. Dann müsst ihr die nächste Zeit nicht frieren. Vielleicht reicht es sogar für einen kleinen Weihnachtsbraten. Und was ich euch längst noch sagen wollte … Ich glaube, bis jetzt habe ich es nie richtig getan: Es tut mir so unendlich leid, dass Karl und Clemens nicht mehr nach Hause kommen werden. Sie waren großartig und wie Brüder für mich.«

Da fiel Margot Henni überschwänglich um den Hals und drückte sie so fest an sich, dass sie glaubte, zu ersticken. Henni sah über Margots Schulter hinweg, wie sich Gustav gerührt eine Träne aus dem Augenwinkel wischte. In diesem Moment wünschte sich Henni, sie könnte mehr tun. Sie wünschte sich, sie könnte den beiden ihren tiefsitzenden Kummer nehmen. Aber das war unmöglich. Sie alle hatten in diesen schwierigen Zeiten ihr Päckchen zu tragen. Doch Henni hatte an diesem grauen Tag etwas Licht und Wärme in die kleine Küche in dem quadratischen Haus gebracht, und das fühlte sich gut an.

Eine Weile darauf betrat Henni durch einen Seiteneingang den Biebricher Schlosspark, den sie schon immer geliebt hatte. Der englische Landschaftspark, der gleich hinter dem herrschaftlichen Schloss begann, war ihr als Kind stets riesig vorgekommen. Hier hatte ihr ein Kindermädchen das Fahrradfahren beigebracht, und sie hatten im Schatten der alten Bäume gepicknickt. Eine ihrer Erinnerungen bewahrte sie besonders tief in ihrem Herzen. Damals war sie vier oder fünf Jahre alt gewesen, es musste ein warmer Junitag gewesen sein, um sie herum hatte es gegrünt und geblüht, Schmetterlinge und Bienen waren durch die Luft geflogen. Ihre Mutter war damals mit dabei gewesen. Henni sah sie vor sich in ihrem hellblauen Sommerkleid, die blauen Augen, auf ihre Nase hatten sich einige Sommersprossen gestohlen, das blonde Haar hatte sie zu einem Zopf geflochten. Sie hatten auf der Wiese Fangen gespielt, und als ihre Mutter sie erwischt hatte, waren sie gemeinsam lachend ins weiche Gras gepurzelt, ihre Mama hatte sie fest in die Arme genommen und ihr Küsse auf die Wange gegeben, ihr gesagt, dass sie sie liebhabe. Diese Kindheitserinnerung war hell wie ein Sonnenstrahl und erfüllte Hennis Herz mit Wärme, aber auch mit Wehmut. Nur ein Jahr darauf war ihre Mutter für immer eingeschlafen.

Henni blieb unweit der Stelle stehen, an der sie damals gepicknickt hatten. Heute schien keine Sonne, sondern dichter Nebel umhüllte die Bäume mit ihren kahlen Ästen. Es blühten keine Blumen mehr, keine Schmetterlinge schwebten durch die Luft. Feuchtes Laub lag auf den Wiesen und Parkwegen. Doch trotz des schlechten Wetters hatte es Henni heute hierhergezogen. In den Schlosspark kam sie meistens, wenn sie eine Weile für sich sein und ihre Gedanken ordnen wollte. Morgen würden Adam und sie ihre Verlobung offiziell bekanntgeben. Ab der nächsten Woche konnte der Betrieb in der Kellerei wieder aufgenommen werden. Georg wusste bereits von ihrer Verlobung, denn Adam hatte es ihm freudig erzählt, als sie Georg vorhin auf dem Flur über den Weg gelaufen waren. Er hatte höflich gratuliert, war aber distanziert geblieben. Henni hatte das Gefühl gehabt, dass ihn diese Neuigkeit getroffen hatte. Aber vermutlich war er nur reserviert gewesen, da Adam als ihr Ehemann sein Vorgesetzter sein würde. Ihrer Oma Maria hatte Henni von der Verlobung bereits am Vorabend erzählt. Lisbeth hätte sie es auch gerne vorab mitgeteilt, wenn sie denn gekonnt hätte, doch sie war mal wieder irgendwohin verschwunden. Vielleicht war es besser so.

Henni dachte an Bille. Was sie wohl dazu gesagt hätte? Ihr hätte sie vermutlich die wahren Hintergründe für diese Eheschließung erzählt. Sie hätte wahrscheinlich gar keine Wahl gehabt. Bille war stets gut darin gewesen, Lügen zu erkennen. Wo sie jetzt wohl war? Hoffentlich ging es ihr gut. Hoffentlich war sie noch am Leben. Henni betete jeden Tag dafür, dass sie bald nach Hause kommen würde.

Sie schlenderte weiter den Weg hinunter und erreichte die im hinteren Bereich der Parkanlage gelegene Mosburg. Auch sie war durch die Bomben beschädigt worden und nur noch eine Ruine. Für Henni hatte dieser verwunschen wirkende Ort direkt am Mosburgweiher stets etwas Magisches gehabt. Als Kind hatten sie sich hier oft Märchen ausgedacht. Dass in der Burg eine hübsche Prinzessin von einer bösen Hexe eingeschlossen war und von ihrem Prinzen gerettet werden musste, war nur eines von vielen gewesen. Heute lag die Burg im Nebel, weshalb man die Zerstörungen durch die Bomben nicht sehen konnte. Henni war dankbar dafür, denn so raubte ihr die Wirklichkeit an diesem vertrauten Platz nicht die schönen Erinnerungen.

Sie blieb neben einer der alten Trauerweiden am Ufer des Weihers stehen und beobachtete eine Weile die Enten und Blesshühner, die auf dem dunklen Wasser schwammen und hie und da untertauchten, um auf dem Grund des Weihers etwas Essbares zu suchen. Früher hatten sie die Enten oft mit altem Brot gefüttert. Besonders Bille hatte das gern gemacht, bis sie einmal von einem fauchenden Schwan in den Finger gezwickt worden war, dann hatte sie den Weiher gemieden wie der Teufel das Weihwasser.

»Wusste ich doch, dass ich dich hier antreffen würde«, sagte plötzlich jemand hinter ihr. Henni erkannte die Stimme, und sogleich schlug ihr Herz höher. Sie wandte sich um.

Georg trat näher. Er hatte seine Hände in den Taschen eines braunen Wollmantels gesteckt, auf seinem Kopf lag ein eingedrückter Filzhut. Er blieb neben Henni stehen, und sie schwiegen für eine Weile. Es war eine seltsame Stille.

»Wir können den Betrieb die Tage wieder aufnehmen«, sagte Henni irgendwann. »Wenn auch nur eingeschränkt. Die Lieferungen gehen vorerst nur an die Amerikaner für Kompensationsgeschäfte. Aber es ist ein Anfang.«

»Das ist es«, antwortete er. Wieder herrschte Stille. Die Anspannung war spürbar. Henni hatte das Gefühl, dass Georg Ehrlichkeit von ihr verdient hatte.

»Es gibt keinen anderen Weg«, sagte sie. »Aber ich liebe ihn nicht.« Zum ersten Mal sprach sie diese Worte laut aus, und Tränen stiegen in ihre Augen. »Ich muss die Kellerei retten.

Das bin ich Papa und Großvater schuldig. Durch die Heirat mit Adam wird vieles leichter. Und trotzdem fühlt es sich so falsch an.«

Sie schlang die Arme um den Körper. »Ich fühle mich, als würde ich mich selbst verraten.«

Da spürte sie, wie sich seine Arme um sie schlossen. Er war hinter sie getreten und begann sie sanft zu wiegen.

»Es ist gut«, sagte er. »Du bist keine Verräterin. Du bist eine starke Frau, die tut, was getan werden muss. Manchmal ist es einfach so.«

Henni genoss seine Umarmung, seine Wärme und Nähe, seinen vertrauten Geruch, der sie wie eine weiche Decke einzuhüllen schien. Sie lehnte sich an ihn und wünschte sich, sie könnten für immer einfach so an diesem stillen und verwunschenen Ort fernab von allen Verpflichtungen und der in Trümmern liegenden Stadt stehen bleiben. Bereits bei ihrem ersten Aufeinandertreffen nach seiner Rückkehr hatte sie gespürt, dass sich etwas zwischen ihnen verändert hatte. Nun fühlte sie es noch deutlicher. Zu der gewohnten Vertrautheit war eine körperliche Anziehungskraft hinzugekommen, die sie nur zu gut kannte, die sie jedoch auf keinen Fall zulassen konnte, denn sie würde noch vor Weihnachten einen anderen heiraten. Und auch wenn diese Ehe nur auf dem Papier bestände, so fühlte es sich nicht richtig an, sich zu einem anderen Mann hingezogen zu fühlen. Oder vielleicht doch? Seit Jahren war sie einsam, das Hoffen und Bangen um Conrad hatte sie innerlich zermürbt, und sie sehnte sich nach einer starken Schulter zum Anlehnen. Doch nun war sie diejenige, die die Sektkellerei retten musste.

Ihr Vater hatte die Verantwortung ihr übertragen, weil er sie für die stärkste seiner Töchter hielt. Doch auch die Stärkste konnte ins Straucheln geraten und müde werden. Die Ehe mit Adam bedeutete vermutlich die Rettung der Kellerei, doch Hennis Seelenleben rettete sie nicht. Sie drehte sich zu Georg um, ihre Gesichter waren nun ganz nah voreinander. Sie konnte seinen Atem auf ihrer Wange spüren. Henni schloss die Augen, ihre Lippen fanden sich wie von allein, und es fühlte sich in diesem Moment richtig an. Seine Arme umschlossen sie, sein Kuss wurde leidenschaftlicher, und sie wünschte sich in diesem Augenblick, er würde sie niemals wieder loslassen.

10. Kapitel

Wiesbaden, 2. Dezember 1945

Lisbeth rollte sich von Paul herunter und legte sich auf den Rücken. Sie spürte noch das Beben der Leidenschaft in ihrem Inneren, und die Kühle im Raum sorgte dafür, dass eine Gänsehaut ihren nackten Körper überzog. Sie schloss genussvoll die Augen. Sie befand sich mal wieder in der Villa Dyckerhoff, wo ihre Freundin Ella eine ihrer üblichen Partys veranstaltet hatte. In den frühen Morgenstunden hatte sie sich mit Paul in eines der mondän eingerichteten Gästezimmer im oberen Stockwerk zurückgezogen. Sie lagen in einem großen Himmelbett in schimmernden Laken aus Satin und Seide. Vor dem offenen Kamin befand sich ein gemütliches, mit hellblauem Stoff bezogenes Sofa. Auf dem Tisch davor standen noch ihre Cognacgläser. Die Wände waren mit Holz vertäfelt, flauschige Teppiche lagen auf dem Parkettboden. Lisbeth liebte die schlichte Eleganz der Villa. Wahrer Luxus musste nicht zur Schau gestellt werden, sondern kam gediegen daher. Ihr Liebhaber, Paul Graf von Matuschka, drehte sich zu ihr um und strich mit seinem Zeigefinger über ihren nackten Bauch und ihre Brüste.

»Du bist immer noch so schön und feurig wie damals«, sagte er, und seine Hand wanderte zu ihrem Schoß. Bereitwillig öffnete Lisbeth die Beine und genoss seine intimen Berührungen. Sie streckte den Kopf nach hinten und stöhnte auf. Da kam er erneut zu ihr und drang in sie ein. Er schien unersättlich zu sein, und das liebte sie an ihm. Er küsste sie, während seine Bewegungen rasch schneller wurden. Lisbeth streckte und wand sich unter ihm, passte sich seiner Geschwindigkeit an und genoss die leidenschaftlichen Küsse, mit denen er ihren Hals überzog. Sie wusste, dass das Liebesspiel mit Paul ein Spiel mit dem Feuer war. Paul hatte den Ruf inne, ein Frauenheld zu sein. Kaum ein gutaussehendes Mädchen der besseren Gesellschaft Wiesbadens war seinem Charme nicht erlegen gewesen. Lisbeth hatte er sogar ihre Unschuld geraubt. Damals war sie siebzehn Jahre alt gewesen, und er war äußerst behutsam und zärtlich vorgegangen. Ihre Bekanntschaft lebte von dem Prickeln und der Leidenschaft. Paul war kein Mann zum Heiraten. Er war ein Lebemann. »Den legt keine Frau an die Kette«, hatte Ella irgendwann einmal zu Lisbeth gesagt und ihn dabei angesehen, als wollte sie ihn an Ort und Stelle ausziehen. Doch sie hatte nie mit ihm geschlafen und würde es auch niemals tun. Dabei wusste Lisbeth, dass Ella unsterblich in Paul verliebt war.

»Das Spiel mit dem Feuer würde mich umbringen«, hatte sie vor Jahren nach einigen Gläsern Scotch bei einer Gartenparty zu Lisbeth gesagt und dabei traurig aus der Ferne beobachtet, wie Paul seine Hand auf den Po einer rothaarigen Schönheit legte. Das Herz hatte Ella schließlich ein anderer gebrochen, und an die große Liebe für die Ewigkeit glaubte sie längst nicht mehr.

Paul wusste um seine Attraktivität. Er war groß, hatte dunkles Haar und blaue Augen, ein markantes Kinn und breite

Schultern. Jahrelang hatte er Kampfsport betrieben, Boxen war seine große Leidenschaft, doch er liebte auch den Motorsport. Sein Lebensstil gefiel nicht jedem. Besonders sein älterer Bruder Richard, der sich um Schloss Vollrads, ein Weingut im Rheingau, kümmerte, verabscheute den lockeren Lebensstil seines Bruders. Als der Krieg ausgebrochen war, war Paul nach Amerika gegangen und hatte dort im Betrieb seines Großonkels mitgearbeitet. Das zumindest war die offizielle Fassung. Ella dagegen wusste zu berichten, dass er in Übersee kein Kind von Traurigkeit gewesen war und keine Party ausgelassen hatte. Den schönen Adligen umrankten jedoch auch üblere Gerüchte. Er konnte jähzornig werden und hatte angeblich mehrere Frauen zur Abtreibung gezwungen. Ein lediges Kind passte nicht in sein Weltbild.

Lisbeth war das gleichgültig. Sie suchte in Pauls Armen das Lebensgefühl einer anderen Zeit, als sie noch jung und die Welt eine andere gewesen war.

Er stöhnte auf, und sie spürte, wie sich das warme Gefühl in ihr ausbreitete, das sie so sehr liebte. Er sank auf sie herab und küsste sie, sie schmeckte den Alkohol und die Zigaretten, und der Duft seines Rasierwassers hüllte sie ein. In seinen Armen konnte sie vergessen, jedenfalls für wenige Stunden. Sie wusste, dass Paul es nicht schaffen würde, ihren Schmerz ganz zu vertreiben. Wenn er fort war, würde die Stille zurückkehren, sein Geruch würde noch an ihr kleben, doch der Rausch wäre vorbei, und der unausweichliche Kater würde folgen.

Er rollte sich von ihr herunter, und sie wickelte sich in die Decke und drehte sich auf die Seite. Eine Weile schwiegen beide. Irgendwann unterbrach Paul die Stille: »Wie war er so? Hat er es dir gut besorgt?«

Solch eine direkte Frage konnte nur von ihm kommen, dachte Lisbeth belustigt.

»Natürlich. Sonst hätte ich ihn nicht geheiratet«, antwortete sie kess.

»Ich hätte dir nie zugetraut, dass du es tatsächlich tun würdest. Bis dass der Tod uns scheidet. Wir wissen doch beide, dass dieses Gerede eine alberne Phrase ist. Wieso hast du dich darauf eingelassen? Ich dachte, du wärst ein kluges Mädchen.«

»Ich liebte ihn«, antwortete Lisbeth ehrlich. Es erstaunte sie, dass er so redete. Früher hatten sie nach dem Sex nur wenig gesprochen. Meist waren sie rasch eingeschlafen, und am Morgen hatten sie sich nach nur wenigen belanglosen Worten getrennt. Außerhalb der abgesteckten Grenzen sollte es keine Annäherung zwischen ihnen geben. So hatte es Lisbeth stets verstanden. Doch nun stellte er ihr solch intime Fragen. Auf seine Art, kalt und distanziert, aber er tat es.

»Und was hattest du davon? Er hat dich beschissen und belogen und sich dann auch noch wie ein Feigling davongemacht.« Er setzte sich auf, schaltete die Nachttischlampe ein, griff zu seinem Zigarettenetui und zündete sich eine an. Nachdem er einen kräftigen Zug genommen hatte, sah er Lisbeth an. Sie lag noch immer auf der Seite. Die Decke hatte sie über ihre Brüste gezogen, sie hielt sie mit der rechten Hand fest umklammert. Plötzlich fühlte sie sich verletzbar. Sie spürte den Schmerz in sich, aber auch die Wut und die Ohnmacht. Paul traf den Nagel mit seiner Ehrlichkeit auf den Kopf. Sie war damals naiv gewesen und hatte sich einwickeln lassen. Sie sah Johannes noch einmal vor ihr knien, an diesem lauen Sommerabend vor dem Brandenburger Tor. Zuvor waren sie im Theater gewesen, hatten luxuriös im Adlon gespeist. Der Brillantring war einmalig schön gewesen, und Johannes hatte sie mit diesem unwiderstehlichen Blick angesehen. Keine Frau auf der Welt hätte den Antrag abgelehnt. Und es hätte ja auch gut gehen können. Lisbeth kannte genügend Beispiele dafür, dass eine Ehe über viele Jahrzehnte hinweg glücklich sein konnte. Allen voran die ihrer Großeltern.

Lisbeth wusste nicht, was sie antworten sollte. Paul würde es nicht verstehen. Die letzten Monate hatten sie eindeutig dünnhäutiger werden lassen. Früher hätte sie sogleich eine passende Antwort zur Hand gehabt, doch nun wollte sie nur noch fort von hier. Abrupt setzte sie sich auf.

»Es ist besser, wenn ich jetzt gehe«, sagte sie kühl, stand auf und suchte ihre auf dem Fußboden liegenden Sachen zusammen. Er sah ihr schweigend dabei zu. Keiner von beiden verlor ein weiteres Wort, nicht einmal ein Abschiedsgruß kam über Lisbeths Lippen. Noch immer in die Decke gewickelt, ihre Sachen unter den Arm geklemmt, huschte sie über den düsteren Flur und verschwand in ihrem Gästezimmer.

Dort empfing sie kühle, abgestandene Luft. Lisbeth machte kein Licht. Sie ließ sich auf das Bett fallen und schloss die Augen. Tränen rannen ihre Schläfen hinab, und ihr Haar wurde feucht. Sie fühlte sich wund, wie ein angeschossenes Reh. Was sollte nun werden? Wer wollte sie in dieser aus Trümmern bestehenden Welt sein? Das Gestern funktionierte nicht mehr, das war ihr klar geworden. Sie war nicht mehr das junge Mädchen, das gern mit dem Feuer spielte. Lebemänner wie Paul gehörten der Vergangenheit an.

Sie dachte daran, wie sie die Zigaretten verteilt hatte. Sah die ausgemergelten Gesichter der Menschen vor sich, die alles verloren hatten. Sie hatte sich damals vorgenommen zu helfen, es jedoch gelassen. Weshalb hatte sie so gehandelt? Weil sie Lisbeth war, die Herzberg, die nie etwas auf die Reihe bekam? So war sie innerhalb ihrer Familie stets gesehen worden. Und vielleicht war etwas Wahres dran gewesen. Sie hatte sich in der glamourösen Welt des schönen Scheins bewegt und wohlgefühlt. Aber diese erschien ihr im Angesicht der zertrümmerten Welt vor ihren Fenstern wie eine abscheuliche Scharade.

Sie drehte sich auf die Seite und dämmerte weg. Wirre Träume begannen sie zu verfolgen. Sie sah sich mit Johannes vor dem Brandenburger Tor im Licht der Abendsonne stehen, sah sein einnehmendes Lächeln. Doch im nächsten Moment verdunkelte sich der Himmel, und plötzlich fand sie sich auf einem langen Gefängnisflur wieder, an dessen Ende sie Johannes in Begleitung eines Wärters sah. Sie rief seinen Namen, rief ihnen zu, dass sie stehen bleiben sollten. Sie rannte und rannte, doch sie erreichte nie das Ende des Flurs. Er schien endlos zu sein. Da öffnete sich eine der grauen Zellentüren, und sie trat in dem karg eingerichteten Raum an das vergitterte Fenster. Johannes wurde im Hof gerade die Stufen zum Schafott hinaufgeführt. Sie umfing mit den Händen die Gitterstäbe, rief seinen Namen, brüllte: »Nein.« Immer und immer wieder. Doch es wollte ihr niemand zuhören. Sie beobachtete unter Tränen, wie ihm ein Jutesack über den Kopf gezogen und der Strick um den Hals gelegt wurden. Der Hocker, auf dem er stand, wurde umgestoßen, und er baumelte am Galgen. Sie spürte den Schmerz ebenso an ihrem Hals und glaubte, keine Luft zu bekommen. Da ging plötzlich das Licht an, und sie wurde geblendet.

Sie schreckte hoch und sah sich verwirrt um. Im Zimmer war es hell, durch das Fenster fiel Sonnenlicht auf den Parkettboden. Sie spürte eine Hand auf ihrem Arm und hörte eine beruhigende Stimme.

»Es ist alles gut, Liebes. Ich bin es doch nur, Ella. Ich wollte mal nach dir sehen.«

Lisbeth sah die Freundin verdutzt an, nur langsam beruhigte sich ihr Herzschlag wieder.

»Es ist schon gleich zwei Uhr nachmittags. So lange hast du noch nie geschlafen. Ich habe mir Sorgen gemacht. Kaffee? Ich hab dir eine Tasse mitgebracht, schwarz und stark. Ich dachte, den könntest du jetzt gebrauchen.« Sie deutete auf den Nachttisch, wo neben der Lampe eine dampfende Kaffeetasse stand.

Lisbeth entspannte sich und lehnte sich gegen das gepolsterte Bettoberteil. »Schon zwei Uhr. Du liebe Zeit.« Sie griff nach der Kaffeetasse, sog den belebenden Duft genüsslich ein und nippte daran.

»Ich hab dich mit Paul gesehen. War es das, was ich denke?«, fragte Ella.

»Was sonst«, antwortete Lisbeth. »Du kannst es gern als Nostalgie bezeichnen.«

»War es so wie früher?«, fragte Ella.

»Das Körperliche schon, er nicht. Wir verändern uns wohl alle. Obwohl er mich zum Nachdenken gebracht hat. Wer sind wir eigentlich? Ich meine, was stellen wir im Leben dar? Lange war es die Freiheit, die ich genossen habe, später liebte ich es, an Johannes' Seite zu sein; Berlin war in den Anfangszeiten unserer Ehe wie ein Rausch. Aber was bin ich jetzt? Was bist du? Wir sind Töchter reicher Eltern, Herzberg und Dyckerhoff. Diese Namen bedeuten etwas in Wiesbaden. Ach, ich rede nur Unsinn.«

»Das tust du nicht«, antwortete Ella. »Darüber mache ich mir ebenfalls schon länger Gedanken. Ich habe dieses Leben so satt. Mit im Strom zu schwimmen, nichts zu sagen zu haben. ›Ich bin die Tochter von‹, mehr nicht. Und dabei hab ich Abitur gemacht und einige Semester Wirtschaftswissenschaften studiert. Ich könnte in der Firma mitarbeiten, schließlich ist mein Bruder gefallen. Ich könnte vielleicht seinen Platz einnehmen. Aber wir wissen beide, dass wir als Frauen in dieser Männerwelt keine Chance haben.«

»Bis auf meine Schwester«, antwortete Lisbeth, und ihre Stimme klang plötzlich bitter. Sie stellte die Kaffeetasse zurück auf den Nachttisch, nahm ihr Zigarettenetui zur Hand, klappte es auf und klemmte sich eine Kippe zwischen die Lippen. Nachdem sie sie entzündet hatte, pustete sie den Rauch in die Luft. »Sie leitet die Firma nun sogar. Papas Liebling, die vernünftige Henni. Hab ich dir erzählt, dass sie Adam Malzer heiraten will? Angeblich haben sie schon immer etwas füreinander empfunden. Also ich weiß nicht recht. Klar sind sie seit Kindertagen befreundet, aber ob da tatsächlich Gefühle im Spiel sind, wage ich zu bezweifeln.«

»Also ich fand Adam schon immer attraktiv«, meinte Ella. »Dennoch finde ich es seltsam, dass er und Henni nun heiraten. Wie steht es eigentlich mit der Kellerei? Du bist doch ebenfalls Anteilseignerin. Du könntest dich doch einbringen. Oder willst du Henni das Familienerbe allein überlassen?«

»Mir hat Papa nur zehn Prozent der Anteile vermacht, ebenso Bille. Henni hat das Sagen, und bald auch Adam.«

»Bille. Ist sie nicht im Osten verschollen? Irgendwer hat es mir neulich erzählt.«

»Ja, das ist sie«, antwortete Lisbeth, und ihre Miene trübte sich ein. »Sie hat dort irgendwo als Krankenschwester in einem der Lazarette gearbeitet. Bisher haben wir nichts von ihr gehört. Henni befürchtet bereits das Schlimmste.«

»Hm«, antwortete Ella. Einen Moment schwiegen sie beide. Lisbeth dachte darüber nach, was Ella gerade gesagt hatte. Sich in der Kellerei einbringen. Darüber hatte sie noch nie nachgedacht. Aber sie könnte es tatsächlich tun. Sie war nicht auf den Kopf gefallen, gewiss ließen sich Dinge lernen. Sie war Anteilseignerin der Firma, wenn auch nur im geringen Maße, was sie ihrem Vater vermutlich niemals verzeihen würde. Was würde werden, wenn Henni es nicht hinbekäme? Lisbeths eigener Wohlstand war von ihrer Schwester und Adam abhängig. Vielleicht sollte sie mit Henni reden und mehr Interesse an der Firma zeigen, das könnte auch ihr Verhältnis verbessern. Obwohl das vermutlich ein schwer erfüllbarer Wunsch bleiben würde. Es gab zu viele Risse, zu viele schmerzende Narben und Verletzungen. Aber was sollte sie sonst mit sich anfangen? Vielleicht wieder Zigaretten an die Hilfsbedürftigen verteilen? Es hatte ihr Freude bereitet, die strahlenden Augen der Kinder zu sehen, etwas Gutes zu tun.

»Kannst du mir noch mal Zigaretten besorgen?«, fragte sie spontan. »So vierzig Stück?«

»Für was brauchst du die denn?«, fragte Ella. »Willst du zur Kettenraucherin werden?«

»Kannst du sie besorgen?«, hakte Lisbeth nach, anstatt ihre Frage zu beantworten.

»Das muss ich nicht, es sind mehr als genug Kippen im Haus. Du kannst sie nachher gleich mitnehmen. Ich hab letzte Woche ein großes Paket von meinem Onkel aus Amerika bekommen. Und bestimmt kommt diese Woche weiterer Nachschub. Er schickt mir auch immer den Kaffee. Du kannst noch mehr Kippen haben, wenn du möchtest.«

»Danke dir.«

»Verrätst du mir, für was du die Dinger brauchst?«, fragte Ella.

»Für Freunde«, antwortete Lisbeth und fragte: »Kann ich auch ein Päckchen Kaffee bekommen? Das wäre das perfekte Weihnachtsgeschenk.«

»Gern. Aber nur, wenn ich deine Freunde kennenlernen darf«, antwortete Ella und zwinkerte ihr lächelnd zu.

11. Kapitel

Wiesbaden, 15. Dezember 1945

»Aber du hast doch erst gestern geheiratet«, sagte Oma Maria und sah Henni verwundert an. »Wieso tust du es denn dann heute schon wieder? So etwas geht doch gar nicht. Was sagt denn dein Vater dazu?«

Henni sah zu Magda, die mit den Schultern zuckte. Wie sollte sie ihrer Großmutter nur klarmachen, dass »gestern« schon Jahre zurücklag? Henni fühlte sich wie erschlagen, sie war müde, und ihr war kalt, obwohl sie einen flauschigen Morgenmantel und einen Schal trug. Sie hatte kaum geschlafen und sich ruhelos im Bett hin und her gewälzt. Heute war ihr Hochzeitstag, und an einem solchen Tag sollte man glücklich sein. Doch sie war es nicht, denn es war eine Zweckehe. Was für ein abscheuliches Wort das doch war. Sie würde Adam heiraten und damit die Firma retten. Es fühlte sich noch immer wie eine riesengroße Lüge an, aber sie konnte nicht mehr zurück. Es musste sein, und vielleicht wäre es ja nur für eine kurze Weile. So hatte es Adam ausgedrückt. Aber was stellte in seinen Augen eine kurze Weile dar? Die Lebensdauer seines Vaters, der ihnen beiden das Messer auf die Brust gesetzt hatte? Es war zu makaber, um überhaupt darüber nachzudenken. Sie spürte den altbekannten Schmerz oberhalb ihrer Schläfe. Wenn sie nicht gleich eine Kopfschmerztablette nahm und sich etwas hinlegte, würde er schlimmer werden und sich zu einer handfesten Migräne ausweiten, die sie gerade jetzt so gar nicht gebrauchen konnte.

»Darüber hatten wir doch heute Morgen bereits gesprochen«, beantwortete Magda die Frage von Maria, wofür Henni dankbar war. »Ihre Enkeltochter heiratet zum zweiten Mal, ihr erster Mann, Conrad, ist im Krieg gefallen.«

Sie redete langsam und betonte jedes Wort deutlich, als wäre Maria ein kleines Kind. Aber es war schlimmer, fand Henni. Ein Kind war verständiger als ihre Großmutter, es brachte nicht so viele Dinge durcheinander und vergaß auch nicht die Welt um sich herum. Wie lange würde es dauern, bis Oma Maria sie nicht mehr erkannte? Der Arzt hatte gesagt, dass es schlimmer werden würde. Es konnte sein, dass Oma Maria noch über Monate in dem jetzigen Zustand bliebe oder dass es sich recht rasch verschlimmern würde. Henni wollte lieber nicht daran denken, was dann kommen würde.

Sie ging vor ihrer Großmutter in die Hocke und nahm ihre Hand. Als sie zu sprechen begann, stiegen ihr Tränen in die Augen. »Ich werde heute Adam Malzer heiraten. Du kennst ihn doch. Er ist der Sohn von Philip Malzer, dem alten Freund von Großvater.«

»Wie redest du denn mit mir, Kind?«, antwortete Oma Maria entrüstet. »Als hätte ich nicht mehr alle Sinne beisammen. Wie sollte ich denn Philip vergessen! Er ist ein solch bezaubernder Mann, ein Charmeur erster Schule. Ich glaube, ich habe es dir noch nie erzählt, aber er hat mir früher einmal den Hof gemacht. Ich hätte ihn nur zu gerne zum Mann genommen, aber dein Urgroßvater war dagegen. Er hat gemeint, dass Bänker alle Halsabschneider seien.« Sie seufzte tief. »Aber dann lernte ich ja deinen Großvater kennen, und ich war all die Jahre glücklich mit ihm. Bist du sicher, dass du ihn heiraten willst? Nicht, dass du dich in dein Unglück stürzt, Mädchen.«

»Nein, das werde ich nicht«, antwortete Henni und wischte sich eine Träne aus dem Augenwinkel. Ihre Oma mochte verwirrt sein, aber selbst in diesem Zustand wärmte eine Unterhaltung mit ihr Hennis Herz. Diese lichten Augenblicke genoss Henni ganz besonders. Sie fühlten sich an wie warme Sonnenstrahlen auf der Haut inmitten einer kühlen Finsternis.

»Mit Adam kann ich mich gar nicht ins Unglück stürzen. Und er wird gut zu mir sein, das weiß ich bestimmt.«

Das war nicht gelogen. Es mochten seltsame Beweggründe sein, die sie zu dieser Heirat bewogen, aber sie würden einander achten und ehren, wie es in einer Ehe sein sollte. Das Bett wollten sie allerdings nicht miteinander teilen. So war es abgemacht. Den Wunsch nach einem Enkel würden sie Philip Malzer nicht erfüllen. Obwohl Henni schon gerne Kinder hätte, aber sie hätte sie mit Conrad haben wollen. Da stahl er sich wieder in ihre Gedanken, und sie kämpfte gegen die Tränen an.

Ihr Hochzeitstag mit ihm war so ganz anders gewesen, prachtvoll und aufregend. Zweihundert Gäste waren geladen worden, sie hatte einen Traum aus Seide und Spitze getragen, selbstverständlich war mit Champagner auf das glückliche Paar angestoßen worden. Ewig hätte sie an jenem Abend mit Conrad im Marmorsaal der Kellerei tanzen können. An diesem Tag hatte sie das vollkommene Glück verspürt. So sollte ein Hochzeitstag sein.

Für ihre Hochzeit mit Adam war kein großes Fest geplant. Nur eine Eheschließung auf dem Standesamt, danach ein Essen im kleinen Kreis. Aber das würde immerhin üppig ausfallen. Durch Adams Kontakte war es möglich gewesen, Fleisch zu besorgen. Es würde also den von Oma Maria so geliebten Sauerbraten mit Klößen und Rotkraut geben, als Vorspeise eine Rinderbrühe mit Gemüseeinlage, als Dessert war Vanilleeis mit heißen Himbeeren vorgesehen. Ein Festmahl.

Die Mitarbeiter der Kellerei würden den heutigen Tag ebenfalls feiern. Kurz nach der Verlobung hatten sie und Adam die Wiederaufnahme des Betriebs verkündet. Adam hatte sämtliche Hebel in Bewegung gesetzt, und in den letzten Tagen war viel passiert. Es gab drei neue Fahrzeuge für den Fuhrpark, die ersten Baufirmen gaben Angebote für den Aufbau der Lager- und Auslieferungshallen ab. Und es war eine Suppenküche für die Mitarbeiter und ihre Familien in einem Nebengebäude der Kellerei eingerichtet worden. Heute würde es dort zur Feier des Tages Hackschnitzel mit Kartoffelbrei und Schwarzwurzelgemüse geben. An die Kinder wurden Süßigkeiten verteilt, und sogar eine Tanzkapelle sollte spielen. In den nächsten Wochen waren weitere soziale Hilfsaktionen für die Mitarbeiter geplant. Viele hatten ihr Zuhause verloren und lebten nun in Behelfsunterkünften, oftmals auf engstem Raum, beisammen. Auch herrschte weiterhin ein großer Mangel an Heizmaterial. Adam dachte darüber nach, einfache, aber saubere Barackenlager für die Mitarbeiter zu errichten, die es besonders hart getroffen hatte. Er pflegte gute Kontakte zur Militärregierung und wollte sich dafür einsetzen, dass einige der durch die Armee besetzten Wohnungen schnellstmöglich wieder an die Bevölkerung zurückgegeben werden konnten. Henni wusste, dass ihrem Großvater sein Tun gefallen hätte. Auch er hatte stets das Wohl seiner Mitarbeiter als oberstes Gut angesehen. »Behandle jeden noch so kleinen Angestellten mit Respekt«, hatte er Henni stets eingebläut. »Jedes Rad im Getriebe ist wichtig, auch das, das den Müll rausbringt.«

»Wenn du das sagst, Kindchen.« Oma Maria riss Henni aus ihren Gedanken und drückte ihre Hand. »Dann wird das schon so sein. Und so eine Heirat ist ja auch was Feines.«

Die Zimmertür öffnete sich, und Trude trat ein. Sie machte einen gehetzten Eindruck.

»Hier sind Sie, Fräulein Henni! Ich hatte Sie in der Küche vermutet. Wir müssen in zwanzig Minuten zum Standesamt aufbrechen. Der Trauungstermin ist doch gestern spontan vorverlegt worden.«

»Ach du je!«, sagte Henni erschrocken. »Das hatte ich vollkommen vergessen. Und wir sitzen noch im Morgenmantel da. Jetzt müssen wir uns aber beeilen, Oma Maria.«

»Im Beeilen war ich schon immer gut«, antwortete ihre Großmutter und winkte ab. »Zwanzig Minuten ist doch eine halbe Ewigkeit. Welches Kostüm soll es denn für den festlichen Anlass sein?« Sie sah Magda fragend an.

»Das mintgrüne Wollkostüm mit dem knielangen Rock«, antwortete diese. »Es ist ja ein fröhlicher Anlass. Da dachte ich, eine freundliche Farbe könnte nicht schaden.«

»Gewiss nicht«, antwortete Oma Maria. »Hauptsache kein Weiß. Das trägt schließlich die Braut.«

Henni stimmte zu, obwohl ihr Kostüm nicht weiß war. Sie hatte sich für die Farbe Hellrosa entschieden. Weiß hatte sie als nicht passend empfunden, immerhin war es bereits ihre zweite Ehe. Sie hauchte ihrer Großmutter rasch einen Kuss auf die Wange.

»Wir sehen uns gleich. Grün ist eine ausgesprochen gute Wahl.« Sie nickte Magda noch einmal zu, dann folgte sie Trude aus dem Raum.

Eine Weile darauf traf Henni fertig angekleidet in der Eingangshalle auf Lisbeth, die vor dem Spiegel der Garderobe stand und ihr halblanges Haar zurechtzupfte. Sie trug ein schwarzes Kostüm, was Henni unpassend fand.

»Guten Tag, Lisbeth«, grüßte Henni.

Ihre Hände begannen zu zittern, und sie schalt sich innerlich dafür. Lisbeth war ihre Schwester, und trotzdem fühlte es sich für Henni oft so an, als wäre sie eine Widersacherin, ein Mensch, der ihr Übles wollte. So war es schon ihr ganzes Leben lang gewesen. Sie waren wie Feuer und Wasser, nur wenige Minuten in einem Raum reichten aus, und es entwickelte sich ein Streit zwischen ihnen. Auch jetzt lag eine bedrohliche Anspannung in der Luft.

Lisbeth wandte sich vom Spiegel ab und musterte Henni von oben bis unten. Hennis Kostüm war schmal geschnitten, die Jacke tailliert, der Bleistiftrock knielang. Sie trug hochhackige Pumps, und ihr blondes Haar war von Trude hochgesteckt worden. Sie war dezent geschminkt. Auf einem Nebentisch wartete bereits ihr aus weißen Rosen und Schleierkraut bestehender Brautstrauß.

»Schlichte Kleiderwahl«, stellte Lisbeth fest. »Na ja. Ist ja auch nur das Standesamt und bereits die zweite Ehe. Und in diesen Zeiten kommt es vermutlich nicht so gut an, wenn die Braut in einem Traum aus Seide und Taft aufläuft. Kirche ist ja sowieso nicht geplant.« Ihre Stimme klang spitz. »Dass du so rasch wieder heiratest, hätte ich nie gedacht. Allzu lang hast du ja nicht die trauernde Witwe gespielt.«

»Hör auf damit, Lisbeth. Ich habe es dir doch bereits erklärt. Conrad hätte dieser Verbindung gewiss seinen Segen gegeben. Adam war schon immer ein besonderer Mensch in meinem Leben, wir haben all die Jahre Kontakt gehalten. Ich würde es nicht Liebe nennen, aber Gefühle sind vorhanden. Besonders eine tiefe, bereits seit Kindertagen bestehende Freundschaft. Ich finde, das ist eine gute Basis für eine funktionierende Ehe. Gemeinsam werden wir die schwierigen Zeiten meistern. Davon bin ich überzeugt.«

»Wenn du meinst. Ich hab von der Ehe die Schnauze voll. Bringt nichts als Ärger.« Sie schenkte Henni ein aufgesetztes Lächeln.

Henni antwortete nichts. Es verwunderte sie, dass ihre Schwester kein Wort über Adams Homosexualität verlor. Sie hatte angenommen, Lisbeth wüsste davon oder hätte zumindest eine Ahnung. Aber Lisbeth hätte es erwähnt, wenn sie davon wüsste, und die Eheschließung noch mehr in Zweifel gestellt, als sie es sowieso schon tat.

Oma Maria und Magda kamen die Treppe herunter. Oma Maria musterte Henni eingehend und zog eine Augenbraue nach oben.

»Kindchen. Denkst du denn, dass ein solch helles Kleid bei einer Beerdigung angebracht ist?«

Henni sah ihre Großmutter irritiert an.

»Aber Sie wissen doch, dass Ihre Enkelin heute heiratet, Frau Herzberg. Es ist keine Beerdigung. Wir wollen zum Standesamt.«

»Heiraten! Aber wieso das denn? Sie ist doch bereits verheiratet.«

Lisbeth war diejenige, die nun Antwort gab: »Conrad ist tot, Oma. Sie heiratet heute Adam Malzer.«

Oma Maria sah Lisbeth erstaunt an. »Conrad ist tot? Aber das kann nicht sein, ich hab ihn doch gestern erst gesehen! Er hat mir einen schönen Tag gewünscht. Er ist ja so ein netter junger Mann. Ich hab ihn schon als kleinen Bub gerngehabt. Sag ihr, dass sie Unsinn redet, Henni. Wieso bist du überhaupt hier, Lisbeth? Wohnst du nicht in Berlin? Und wo bleibt denn bloß euer Großvater?« Sie sah zur Treppe. »Bestimmt ist er wieder in der Kellerei und denkt, er sei unabkömmlich.«

Henni wusste nicht, was sie antworten sollte. Eben noch hatte ihre Großmutter einen recht klaren Eindruck gemacht, und nun brachte sie erneut alles durcheinander. Sie fühlte sich mit der Situation überfordert.

Es läutete an der Tür, und sämtliche Anwesenden zuckten zusammen. Lisbeth öffnete. Es war Herbert Beck, der wie gewohnt seine Chauffeurmütze auf dem Kopf trug.

»Der Fahrer wäre da«, verkündete Lisbeth lautstark. »Dann wollen wir es mal flott hinter uns bringen.«

Rasch schlüpften sie nun alle in ihre Mäntel, Schals wurden um die Hälse gelegt, Henni verzichtete auf einen Hut, sonst wäre die hübsche Hochsteckfrisur gleich wieder dahin. Trude gesellte sich noch zu ihnen.

Draußen empfing sie dichtes Schneetreiben. Ein eisiger Ostwind wehte die Flocken die Rheingauer Straße hinunter. Henni fröstelte. Sie umfing mit ihren Händen den Brautstrauß, eine erste Rose ließ bereits den Kopf hängen. Der Duft von Lisbeths Parfüm zog ihr in die Nase. Wieder trug sie Tosca. Henni hasste es. Immerhin schwiegen nun alle.

Im Wagen herrschte eine angespannte Stimmung. Es fühlte sich tatsächlich eher so an, als würden sie zu einer Beerdigung und nicht zu einer Trauung fahren. Der Weg zum Biebricher Rathaus war nicht weit, der Wagen hielt vor dem Eingang. Rasch eilten sie durch den Schneefall ins Trockene. Im Inneren des mondänen Hauses wurden sie bereits von Adam und seinen Verwandten erwartet. Auch dieser Kreis war eher klein. Sein Vater war anwesend, ebenso sein Onkel und seine Tante mütterlicherseits, die Henni nur entfernt kannte.

Adam trug einen dunklen Anzug mit einer weinroten Krawatte. Er begrüßte Henni mit einem kurzen Kuss auf die Wange.

»Du siehst wunderschön aus«, raunte er ihr zu. Seine Stimme klang zittrig. Er war nervös.

Philip Malzer begrüßte Maria überschwänglich mit einer Umarmung und Küssen auf die Wangen, was der alten Dame sichtlich unangenehm war.

»Maria, meine Liebe, du bist noch genauso hübsch wie damals. Es ist großartig, dich zu sehen. Was für ein freudiger Tag das doch ist! Nun werden sich unsere Familien doch noch vereinigen. Findest du das nicht auch wunderbar? Obwohl wir beide ja schon ein hübsches Paar abgegeben hätten, oder?« Oma Maria blieb ihm die Antwort schuldig.

Im nächsten Moment öffnete sich die Eingangstür des Rathauses erneut, und Georg Winkler betrat gemeinsam mit dem Ehepaar Stellmann die Eingangshalle. Henni hatte die drei zur Trauung eingeladen. Georg war ihr leitender Kellermeister und ein Freund der Familie, ihrer Meinung nach sollte er dabei sein. Und die Stellmanns gehörten zum Herzberg-Inventar. Es wäre für Henni unvorstellbar gewesen, sie nicht einzuladen.

Georg trug einen dunkelblauen Anzug mit einer hellen Krawatte. Sein braunes Haar hatte er zurückgekämmt. Er sah unglaublich gut aus. Hennis Herz schlug höher, als er sie kurz umarmte, sie nahm den Duft seines Rasierwassers wahr, und in ihrem Magen begann es zu kribbeln. Er trat zurück und schien bewusst ihrem Blick auszuweichen. Henni schmerzte seine versteinert wirkende Miene. Sie kannten einander zu gut, um nicht zu wissen, was der andere fühlte. Henni dachte an den Moment im Park zurück, an seinen Kuss. Es war der perfekte Moment gewesen. Doch sie konnte es sich in der jetzigen Situation nicht leisten, sich in Georg zu verlieben. Oder liebte sie ihn nicht längst? Vielleicht war es nur Vertrautheit, die ihr Liebe vorgaukelte.

Henni sah zu Philip, der ihr lächelnd zunickte. Wie sehr sie diesem Mann sein Verhalten doch übelnahm. Er tat freundlich, doch hinter seiner Fassade war er eiskalt.

Adam trat nun näher und hielt ihr seinen Arm hin. »Es wird Zeit, meine Schöne. Unsere gemeinsame Zukunft wartet.«

Henni wusste, wie seine Worte gemeint waren. Eine Zukunft auf Zeit, eine Geschäftsbeziehung, die eben auf dem Standesamt geschlossen werden würde. Aber auf dem Papier stand etwas anderes. Es war eine Heirat. Wenn sie dieses Haus verlassen würde, war sie seine Ehefrau.

12. Kapitel

Wiesbaden, 5. Januar 1946

Henni stand vor dem Spiegel in ihrem Zimmer und strich mit ihren Händen versonnen lächelnd über das schimmernde Kleid, das sie für den heutigen Abend ausgewählt hatte. Adam wollte sie ausführen. Zum ersten Mal seit einer gefühlten Ewigkeit würde sie mal wieder zu einer Abendveranstaltung gehen. Und da diese nicht gewöhnlich war, hatte sie eine ganze Weile darüber nachgedacht, welches Kleid passend wäre. Elegant sollte es sein, mit dem gewissen Pfiff. Trude hatte einige Kleider auf das Bett gelegt. Das hellrosa Seidenkleid hatte Henni sogleich aussortiert, denn in dem würde sie zu dieser Jahreszeit zu blass aussehen. Das hellblaue war bodenlang und mit seinem Rock aus Tüll zu übertrieben. Schließlich war ihre Wahl auf das Modell gefallen, das sie nun trug. Und es gefiel ihr, was sie im Spiegel sah. Das Kleid war weinrot, der Schulterbereich bestand aus einem gemusterten Seidenbatist. Der gängigen Mode entsprechend, war die Brustpartie etwas gerafft. Die Taille betonte ein Gürtel. Es war perfekt. Ihr Haar trug sie offen, es schmiegte sich sanft an ihre Schultern. Trude hatte eben noch einige Wellen hineingezaubert. Die Augen waren schwarz umrandet und getuscht, ihre Wangen mit Rouge betont, und auf ihren Lippen lag ein tiefroter Lippenstift. Sie waren heute Abend geladene Gäste im Neroberghotel. Adam hatte gemeint, es werde um Geschäftskontakte mit den Amerikanern gehen, und solche Dinge ließen sich in einer ungezwungenen Atmosphäre meist am besten besprechen. Zu Hennis Freude würde heute Abend Rudi Breuker mit seinem Sextett auftreten. Den Wiesbadener Jazz-Musiker hatte sie schon immer gemocht.

Trude erschien mit einem zum Kleid passenden Hut, schlicht und mit wenigen Blüten und einigen weißen Perlen verziert.

»Heilige Unordnung aber auch«, sagte Trude. »Ich dachte schon, ich finde das gute Stück gar nicht mehr. Er war in der Schublade ganz unten. Wir müssen eindeutig mal wieder aussortieren. Da liegt so viel Plunder rum, den wir gar nicht mehr benötigen.« Sie trat hinter Henni, platzierte den Hut auf ihrem Kopf und befestigte ihn mit den Haarklammern, die sich an dessen Unterseite befanden. Als sie ihr Werk vollendet hatte, betrachtete sie Henni noch einmal von oben bis unten und nickte.

»So sieht es großartig aus. Sie werden bestimmt viele Blicke auf sich ziehen. Ich wünschte, ich könnte auch mitkommen. Ich liebe die Musik von Rudi Breuker. Und er ist so gutaussehend.« Sie seufzte.

Henni brachte Trudes Schwärmerei zum Schmunzeln. Sie atmete tief durch und betrachtete sich noch einmal im Spiegel. »Und du denkst, es ist wirklich gut so? Ist es nicht doch zu viel des Guten? Vielleicht hätte ich einen schlichteren Lippenstift nehmen sollen. Am Ende ist das Rot zu aufdringlich.«

»Sie sehen ganz bezaubernd aus, und der Lippenstift ist für eine Abendveranstaltung passend. Er verleiht Ihrem Gesicht eine zusätzliche Frische. Und davon können wir zu dieser Jahreszeit nie genug haben.«

»Da ist was dran«, antwortete Henni. »Also gut.« Sie straffte die Schultern. »Dann auf in den Kampf.«

Trude reichte Henni die passenden weinroten Handschuhe, die auf einem Beistelltisch gelegen hatten. Henni bedankte sich und zog sie über. »Was würde ich nur ohne dich tun, meine liebe Trude. Ich wäre verloren.«

»Nein, das wären Sie nicht, Fräulein Henni. Sie kämen auch ganz gut ohne mich zurecht. Ach, jetzt hab ich mich wieder verplappert und Sie Fräulein Henni genannt. Es tut mir schrecklich leid, aber es ist Gewohnheit. Natürlich sind Sie jetzt Frau Malzer.«

»Du kannst mich ruhig weiterhin Fräulein Henni nennen«, erwiderte Henni lächelnd und legte Trude die Hand auf den Unterarm. »So wurde ich in diesem Haus seit meiner Geburt genannt, und so soll es auch bleiben. Alles andere hört sich seltsam an.«

»Nun sollten Sie sich aber beeilen, Fräulein Henni. Herr Malzer wird bestimmt gleich eintreffen, und Sie möchten ihn gewiss nicht warten lassen.«

Sie öffnete die Zimmertür, und die beiden verließen den Raum.

Eine Weile darauf fuhr die schwarze Limousine den am nördlichen Rand Wiesbadens gelegenen Neroberg hinauf. Dieses Gebiet durften die Wiesbadener seit Kriegsende nicht mehr betreten, weshalb sie gerade eben an einer Straßensperre die offizielle Durchfahrtsgenehmigung bei einem amerikanischen GI hatten vorzeigen müssen. Henni hatte es früher geliebt, den Neroberg zu besuchen. Sie waren jedoch nie mit dem Auto hinaufgefahren, sondern hatten dafür die mit Wasser betriebene Nerobergbahn benutzt. Henni hatte die nur wenige Minuten dauernde Fahrt als Kind stets aufregend gefunden. Der Neroberg galt als der Hausberg der Stadt Wiesbaden und war früher ein beliebtes Ausflugsziel gewesen. An seinen zum Nerobergtal steil abfallenden Hängen wuchsen Weinreben, und man hatte von der Anhöhe aus einen phantastischen Blick über Wiesbaden. Besonders den Nerobergtempel hatte Henni geliebt. Henni und ihre Schwestern hatten früher allzu gern zwischen den Säulen Fangen gespielt, obwohl ihr Kindermädchen das nicht gern gesehen hatte. Wenn sie auf dem Neroberg gewesen waren, hatten sie in dem Restaurant des mondänen Neroberghotels oft Eis gegessen.

Das Anwesen, vor dem der Wagen nun anhielt, diente, wie die meisten Luxushotels Wiesbadens, als Unterbringung für die amerikanischen Offiziere. Und da die Militärregierung im Augenblick ihr Hauptgeschäftspartner war, galt es, sich mit ihnen gut zu stellen.

Die Autotür wurde von einem jungen GI geöffnet, und Henni stieg aus. Ihre ersten Schritte auf den hochhackigen Pumps waren noch etwas wackelig, hinzu kam der rutschige Untergrund. Die Nässe auf den Pflastersteinen war überfroren.

Adam trat neben sie und hielt ihr seinen Arm hin. »Die Dame. Nicht, dass du mir noch ins Rutschen gerätst.«

Dankbar hängte sie sich bei ihm ein. Die beiden taperten langsam zum hell erleuchteten Haupteingang des Hotels.

Im Inneren empfing sie gediegene Eleganz. Nachdem sie ihre Mäntel an einer Garderobe abgegeben hatten, folgten sie einem jungen Ober in die Wandelhalle. Dort waren vor einer Bühne runde Tische aufgestellt worden. Die Tischdekoration hielt sich in Grenzen. Es lagen weiße Tischtücher darauf, in der Mitte der Tische waren kleine Lampen mit weißen Schirmen und gläserne Aschenbecher platziert worden.

Sie erreichten ihren unweit der Bühne gelegenen Tisch. Der Offizier, der sie eingeladen hatte, war bereits anwesend und erhob sich, als sie näher traten. Henni schätzte ihn auf Mitte dreißig. Er war ein Stück größer als Adam, hatte breite Schultern und mittelblondes Haar. Die Uniform ließ ihn sehr elegant aussehen. Als er Adam mit Handschlag auf Englisch begrüßte, war sein Lächeln herzlich. Sein Blick blieb an Henni hängen, und Adam stellte sie vor und fügte hinzu, dass sie erst kürzlich geheiratet hatten.

»Ein frisch verheiratetes Paar, wie nett«, antwortete der Amerikaner, reichte Henni die Hand und stellte sich vor. »Jason Miller aus Alabama in den Südstaaten.«

Er nuschelte etwas, weshalb Henni Mühe hatte, ihn zu verstehen. Ihr Englisch war etwas eingerostet.

Alabama konnte sie jedoch zuordnen, und sie musste an den Film *Vom Winde verweht* denken. Er schien ihre Gedanken zu erraten. »Sie denken jetzt gewiss an die bezaubernde Scarlett O'Hara. Es gab keinen Jungen in unserer Nachbarschaft, der nicht in sie verliebt war. Allerdings hätten wir Grünschnäbel nur wenig Chancen gegen Rhett Butler gehabt.« Er zwinkerte ihr schelmisch grinsend zu und rückte einen Stuhl für sie zurecht.

Sie nahm Platz, und er erkundigte sich, wie lange denn die Eheschließung zurücklag. Adam beantwortete seine Frage.

»Aber das ist ja erst wenige Wochen her!«, antwortete Jason freudig. »Dann müssen wir unbedingt noch einmal auf das junge Glück anstoßen.« Er hielt einen der Ober auf und bestellte eine Flasche Champagner.

»Sie müssen mir den Fauxpas verzeihen, dass heute Abend französischer Sekt und Champagner ausgeschenkt wird, meine Teuerste«, wandte er sich Henni zu und schenkte ihr ein charmantes Lächeln. »Adam berichtete mir, dass Sie die Erbin der bekannten Sektmarke Herzberg sind. Ich durfte Ihren Sekt bereits kosten. Er schmeckt ausgezeichnet.«

»Und er ist wesentlich einfacher zu bekommen als die Plörre aus Frankreich«, fügte Adam hinzu.

»Na, das lass mal lieber nicht die französischen Winzer aus der Champagne hören«, rügte Jason Adam mit gespielter Empörung. »Die stolzen Franzosen würden dir vermutlich auf der Stelle den Kopf abreißen.«

Der Ober kam mit einem Tablett zurück und stellte einen Sektkühler auf den Tisch, in dem sich die Champagnerflasche befand. Jason öffnete die Flasche, ließ den Korken knallen und füllte schwungvoll die langstieligen Gläser.

Sie stießen an, und er wünschte ihnen alles Glück für die Ehe und viele Kinder. Henni glaubte zu bemerken, dass er Adams Blick eine Spur länger festhielt. Oder bildete sie sich das nur ein? Wie lange kannten sich Adam und der Amerikaner bereits? Sie gingen recht freundschaftlich miteinander um. Könnte es sein, dass der Mann Adams Geheimnis kannte? Sie tat den Gedanken ab. Sie sah schon Gespenster.

Ein weiterer Offizier gesellte sich zu ihnen. Er hatte dunkles kurz geschnittenes Haar und warme braune Augen, um die einige Falten lagen. Auf seiner rechten Wange zeigte sich eine Narbe. Henni schätze ihn auf Mitte vierzig.

»Oh, es gibt Champagner«, sagte er. »Gibt es einen Anlass?« Er sah in die Runde.

»Das junge Paar hat erst vor Kurzem geheiratet«, antwortete Jason. »Darf ich vorstellen? Adam und Henni Malzer. Die junge Dame ist die Erbin der Wiesbadener Herzberg-Sektkellerei. Darüber hatten wir doch neulich erst gesprochen.«

»Richtig. Sollten nicht unsere neu geplanten Läden im amerikanischen Sektor mit dieser Sektmarke ausgestattet werden? Es ist mir ein Vergnügen, Sie persönlich kennenzulernen.« Er reichte Henni die Hand und stellte sich vor. »Samuel O'Brien, mein Name. Von der Sektherstellung verstehe ich leider gar nichts. Aber sollten Sie mal einen Schreiberling benötigen, dann können Sie sich gerne bei mir melden. Früher war ich für die *Times* tätig.« Er grinste und bestellte sich beim Ober ein zusätzliches Glas.

Ihn verstand Henni ganz gut. Er sprach ein äußerst sauberes Englisch.

»Also steht fest, dass unser Sekt in sämtliche Läden im amerikanischen Sektor geliefert wird?«, kam Adam wieder auf das Geschäftliche zu sprechen.

»So ist es«, antwortete Jason. »Wir müssen noch einige vertragliche Punkte klären wie etwa Abnahmepreise, aber das bekommen wir bestimmt geregelt.«

Er wollte noch etwas hinzufügen, wurde jedoch von einem Tusch unterbrochen. Ihre Blicke wanderten zur Bühne, wo bereits die Musiker ihre Plätze eingenommen hatten. Allesamt trugen schwarze Hosen und weiße Jacketts. Zwei von ihnen hatten schwarze Hautfarbe.

Ein GI in Uniform betrat nun mit einem Mikrofon die Bühne und kündigte Rudi Breuker und sein Sextett an.

In dem Moment, als die Musiker die Bühne betraten, musste Henni an Trude denken, und sie lächelte. Die Musiker sahen in ihren hellen Anzügen äußerst elegant aus. Vor der Bühne hatten sich nun bereits die ersten tanzwütigen Pärchen eingefunden. Das erste Lied war von Frank Sinatra. *If You Are But a Dream*, was für zusätzlichen Beifall sorgte.

Adam forderte Henni zum Tanz auf, und sie traten auf die Tanzfläche.

»Es läuft gut«, sagte Henni.

»Etwas anderes hatte ich nicht erwartet«, antwortete Adam. »Woher kennst du Jason?«, fragte Henni.

»Ach, das ist eine längere Geschichte«, antwortete Adam ausweichend. »Ich erzähle sie dir später. Jetzt sollten wir erst einmal tanzen. Ich habe das eine gefühlte Ewigkeit nicht mehr getan. Das sollten wir genießen.«

Er gab ihr einen kurzen Kuss auf die Lippen. Henni sah ihn verdutzt an.

»Für Jason soll es echt aussehen«, sagte Adam. »Er hält uns schließlich für ein frisch verheiratetes Ehepaar. Da sollten wir uns nicht zu prüde zeigen.« Er bekräftigte seine Aussage zusätzlich dadurch, dass er ihr seine Hand auf den Po legte.

»Hat dir eigentlich in der letzten Zeit mal jemand gesagt, wie wunderschön du bist?«, fragte er. »Und wo hast du nur dieses herrliche Kleid her? Also wenn ich nicht …« Er sprach es nicht laut aus, sondern zwickte sie stattdessen kurz in den Po, was Henni erschrocken zusammenzucken ließ. Er grinste schelmisch, wurde dann jedoch schnell wieder ernst. »Ich weiß, unsere Ehe ist eine Geschäftsbeziehung. Aber wir sind auch Freunde, oder? Und als dein Freund ist es mir eine Ehre, heute Abend mit dir über das Parkett zu schweben und für einige Stunden die Welt dort draußen zu vergessen.«

»Und der lange verpönte Swing hilft uns dabei«, antwortete Henni versonnen.

»Oh ja, das tut er. Was ein Jammer, dass Rudi auf Frauen steht.« Den letzten Satz raunte er Henni ins Ohr, und sie gab ihm einen Klaps auf die Schulter, verdrehte die Augen und schüttelte kurz den Kopf. Er grinste verschmitzt und wirkte in diesem Moment wie ein Schuljunge. Und da spürte Henni plötzlich eine wohlige Zufriedenheit in ihrem Inneren. In diesem Augenblick war sie glücklich, und dieses Glück durfte ruhig noch eine Weile anhalten.

13. Kapitel

Wiesbaden, 20. Januar 1946

Lisbeth sah Sabine entgeistert an.

»Ich soll was machen?«

»Mich in die Schule begleiten. Ich helfe bei der Schulspeisung der Kinder, und zusätzliche Hände sind dort gerne gesehen. Oder bist du dir zu fein dafür, Kartoffelsuppe zu verteilen?«

»Nein, natürlich nicht«, antwortete Lisbeth. »Ich dachte nur, ich meinte …«

»Du denkst, dass du dein Gewissen damit beruhigst, dass du den Kindern Zigaretten schenkst. Aber so funktioniert das nicht, meine Liebe. Einsatz ist in dieser Zeit gefragt. Ich nehme an, für den Erhalt der Zigaretten hast du nicht viel arbeiten müssen. Solche Leute wie du fallen als Erste wieder auf die Füße. Hast du eigentlich eine Ahnung, wie es sich anfühlt zu hungern?«

Sabine wischte sich mit der linken Hand eine Haarsträhne aus der Stirn und hinterließ einen schmutzigen Streifen auf ihrer Haut.

Die beiden befanden sich in den Überresten von Sabines Restaurant in der Wiesbadener Innenstadt. Ein schneidend kalter Ostwind wehte einige Schneeflocken über die zerstörte Webergasse hinweg. Die größten Trümmer waren inzwischen beseitigt, und Schienen für eine Trümmerbahn waren verlegt worden, damit die Aufräumarbeiten noch schneller vorangingen. Wie lange es wohl dauern würde, bis Wiesbaden wieder wie eine halbwegs normale Stadt aussehen würde? Diese Frage konnte Lisbeth im Moment wohl niemand beantworten.

Vor Sabine stand ein provisorischer Tisch, den sie sich aus einer kaputten Tür und Betonbrocken gebastelt hatte. Darauf lagen einige Ziegelsteine neben Hammer und Meißel. Sie war damit beschäftigt, die Steine von dem Mörtel zu befreien, damit sie wiederverwendet werden konnten.

Lisbeth spürte, wie Widerwillen in ihr aufstieg. Was bildete sich Sabine ein, so mit ihr zu reden? Andererseits war an ihren Worten auch etwas Wahres dran, das musste sie zugeben. Lisbeth hatte tatsächlich geglaubt, sie könnte allein mit den Zigaretten die Wohltäterin spielen. Sie hatte keine Ahnung, wie es sich anfühlte zu hungern oder in einer endlos langen Schlange vor einem Geschäft in der Kälte zu stehen, nur um am Ende mit leeren Händen nach Hause zu gehen. Hinzu kam der allgegenwärtige Kohlenmangel in der Stadt. Hunger und Kälte waren noch nie eine gute Kombination gewesen. Lisbeth wusste, dass das Wohlfahrtsamt am Boseplatz eine Volksküche eingerichtet hatte, auch in den Stadtteilen gab es welche, hinzu kamen öffentliche Wärmehallen, in denen Ausgebombte und Flüchtlinge – Letztere schienen mit jedem Tag mehr zu werden – Zuflucht vor der beißenden Kälte suchen konnten. Sie sah all diese Dinge, doch etwas in ihr grenzte sich bewusst davon ab. Sie gehörte nicht zu dieser Welt. Weder Paul noch Ella würden jemals auf die Idee kommen, zwischen Trümmern Zigaretten an bedürftige Kinder zu verschenken. Ihr gefiel Sabines harscher Tonfall so gar nicht.

»Was weißt du schon über mein Gewissen?«, fragte sie barsch.

»Nicht viel«, antwortete Sabine und legte den Ziegelstein zur Seite, an dem sie gerade gearbeitet hatte. »Aber es muss verdammt schlecht sein, denn allein diese Woche hast du fünfzig Zigaretten verteilt. Was ist es? Hast du jemanden ans Messer geliefert oder dich mit den falschen Freunden eingelassen?« Sie sah Lisbeth herausfordernd an.

Lisbeth knickte ein. »Kann schon sein, dass einiges nicht so gut gelaufen ist«, entgegnete sie kleinlaut und blickte zu Boden. Genauer wollte sie es nicht ausführen. Sabine schien diese Antwort zu genügen. Sie bückte sich, hob einen weiteren Ziegelstein auf und begann, ihn mit Hammer und Meißel zu bearbeiten.

»Wie viele Zigaretten hast du denn heute dabei?«, fragte sie.

»Zehn Stück«, antwortete Lisbeth. »Meine Quelle kann erst am Freitag wieder mehr liefern.«

»Hört sich an, als wärst du ein Bandenmitglied«, antwortete Sabine und grinste. »Das Verteilen der Zigaretten war keine so üble Idee. Allerdings könnte es sein, dass du dadurch bald ernsthafte Schwierigkeiten bekommst.«

»Wieso das denn?«, fragte Lisbeth erstaunt.

»Guter Gott! Bist du so blauäugig, oder tust du nur so? Eine junge Frau, die mit einem der wertvollsten Handelsgüter in der Tasche allein durch die Trümmerlandschaft läuft, kann leicht mal überfallen werden, Täubchen. Nicht alles, was hier unterwegs ist, hat Gutes im Sinn.«

»Du liebe Zeit«, antwortete Lisbeth erschrocken und blickte sich um. »Daran dachte ich noch gar nicht. Und was nun? Soll ich mit dem Verteilen der Zigaretten aufhören?«

»Nein, natürlich nicht«, antwortete Sabine. »Aber du musst es geschickter anstellen. Wir überlegen uns was.« Sie nahm einen Stofflappen zur Hand und wischte sich daran ihre schmutzigen Hände ab. »Über die zehn Zigaretten könnte sich heute der Küchenchef der Schulküche freuen. Dafür bekommt man auf dem Schwarzmarkt anständig Kartoffeln, Karotten und Speck, wenn man gut handelt, noch einige Laibe Brot. Das gibt eine deftige Suppe für die Kinder. Da werden sie endlich mal wieder richtig satt.«

Sie hatte den Ziegelstein vom Mörtel befreit und legte ihn zu den anderen auf den Stapel.

»Bis zur Essensausgabe dauert es noch ein wenig. Mir ist aber gerade eine Idee gekommen, wie wir mit deinen Zigaretten gleich jetzt Gutes tun können.«

Sie bedeutete Lisbeth, ihr zu folgen, was sie nach kurzem Zögern auch tat.

Kurz darauf standen sie in einem düsteren Hinterhof in der Taunusstraße vor einem schäbig aussehenden Lagerhaus mit Flachdach. Hier hatte es an den Häusern keine Beschädigungen gegeben, sämtliche Fenster waren geschlossen, niemand der Bewohner war zu sehen, wofür Lisbeth, die sich unsicher umblickte, dankbar war.

Sabine klopfte an die Holztür des Lagerhauses. Es dauerte

einen Moment, bis sie geöffnet wurde. Vor ihnen stand ein junger Bursche in abgetragener Kleidung, mit rothaarigem Flaum am Kinn und einer Schiebermütze.

»Guten Tag, Kurt«, grüßte Sabine.

»Ich hab heute nix«, entgegnete er abweisend und wollte die Tür wieder schließen, doch Sabine war schnell und stellte ihren Fuß hinein. »Lüg mich nicht an. Du hast immer was«, entgegnete sie, und ihr Tonfall war herausfordernd. »Wir können auch gut bezahlen.«

Kurts Blick fiel auf Lisbeth, und er musterte sie von oben bis unten. Der teure Mantel und die Lederstiefel brachten ihn zum Einlenken, und er schob die Tür auf. Sie betraten das Lager. Es roch muffig, eine kaputte Neonlampe flackerte in einer Ecke, der graue Putz blätterte von den Wänden ab. In einer Ecke standen Kisten, daneben lagen einige gefüllte Kartoffelsäcke.

»Was habt ihr zu bieten?«, frage Kurt ohne Umschweife.

»Zigaretten. Zehn Stück, beste Ware.«

»Sieh an. Kommen aber von der da, oder?« Er deutete auf Lisbeth. »Du kannst dir so was Feines doch nicht leisten.«

»Sie hat ihre Quellen.«

»Das kann ich mir vorstellen. Sind die noch ergiebig, oder versiegen die rasch wieder?« Er sah Lisbeth abschätzend an. Lisbeth machte instinktiv einen Schritt rückwärts. Der verschlagene Blick des jungen Mannes gefiel ihr so gar nicht. Am Ende war er ein richtiger Verbrecher, mit solchen Leuten wollte sie nichts zu tun haben. Trotzdem antwortete sie und gab sich Mühe, ihre Stimme fest klingen zu lassen, zusätzlich schob sie ihr Kinn nach vorn, damit sie selbstbewusster wirkte.

Eine Herzberg ließ sich doch nicht von einem zwielichtigen Schwarzmarkthändler einschüchtern.

»Natürlich sind sie ergiebig«, antwortete sie. »Aber erst wollen wir sehen, wie die Gegenleistung aussieht.«

»Holla«, antwortete der Mann, grinste und zeigte seine gelben und krummen Zähne. »So einen forschen Tonfall hätte ich der reichen Pute gar nicht zugetraut.«

»Was denn nun?«, fragte Sabine, und ihre Stimme klang ungeduldig. »Hast du was?«

»Immer. Das weißt du doch, meine Teuerste. Zehn Zigaretten. Das gibt einen Fünfkilosack Kartoffeln und drei Laib Brot. Weil ihr es seid, kann ich noch ein halbes Pfund Speck drauflegen.«

»Das ist alles? Für zehn Zigaretten? Na, komm schon! Da krieg ich bei Hannes in Dotzheim aber noch einen Sack Kohlen dazu. Du willst dir von dem Halsabschneider doch nicht deinen guten Ruf ruinieren lassen, oder?«

»Kohlen hab ich letzte Nacht keine gekriegt«, antwortete Kurt. »Meine Lieferanten sind anscheinend erwischt worden. Ich muss mir erst wieder neue suchen.« Er holte einen silbernen Flachmann aus seiner Jackentasche, öffnete ihn und nahm einen kräftigen Schluck.

»Und was anderes? Fett?«

»Ein Pfund Butter könnt ihr noch haben. Sind die Reste. Mehr hab ich dann aber wirklich nicht mehr. Heute früh war hier schon der Teufel los.«

»Also gut«, antwortete Sabine. »Dann machen wir es so.« Sie bedeutete Lisbeth mit einem Nicken, dass sie bezahlen sollte.

Lisbeth holte die Zigaretten hervor und gab sie dem Schwarzhändler.

»Feinste Ware«, antwortete er nach einer kurzen Prüfung. »Die Kippen könnt ihr gern öfter bringen.«

Die Zigaretten verschwanden in seiner Jackentasche, und er machte sich daran, die Lebensmittel auf einen Leiterwagen zu packen. »Ich hab auch noch drei Säcke Haferflocken. Die leg ich euch noch mit dazu.«

Die Waren auf dem kleinen, klapprig aussehenden Leiterwagen wurden mit leeren Jutesäcken abgedeckt. »Sonst klauen sie uns das Zeug noch im Vorbeigehen«, erklärte Sabine. Sie versprach, den Wagen am Abend zurückzubringen, und die beiden verabschiedeten sich.

Nachdem sie den Hinterhof verlassen hatten, atmete Lisbeth erleichtert auf, und ihre innere Anspannung wich.

»Liebe Güte«, sagte sie. »Was für ein zwielichtiger Bursche.«

»Kurt ist schon in Ordnung«, antwortete Sabine. »Früher hat er in der Nähe vom Kochbrunnen einen Zeitungskiosk betrieben. Für den Krieg haben sie ihn ausgemustert, weshalb, weiß ich nicht. Der Kiosk ist im Februar komplett abgebrannt. Seitdem schlägt er sich irgendwie durch.«

»Verstehe«, antwortete Lisbeth. Sie schämte sich plötzlich für ihr Misstrauen gegenüber dem Mann. Obwohl Schwarzmarkthandel durchaus ein Verbrechen war.

»Lauf du hinter dem Wagen her«, wies Sabine sie an. »Nicht, dass uns doch noch einer was klaut.«

Lisbeth ließ sich einige Schritte zurückfallen, und den Rest der Wegstrecke zur Schule legten sie nun schweigend zurück.

Die Schule, um die es ging, lag in der Kastellstraße. Bis vor Kurzem hatte sie noch als Besatzungsunterkunft gedient, doch nun fand in dem 1884 errichteten und von Kriegsschäden größtenteils verschont gebliebenen Gebäude wieder Unterricht statt. Aktuell wurden an der Schule über zweitausend Mädchen, aufgeteilt auf zweiundfünfzig Klassen, unterrichtet. In einer Klasse befanden sich bis zu achtzig Mädchen. Sie wurden verteilt auf den Vormittags- und Nachmittagsunterricht.

Lisbeth und Sabine betraten das aus rotem Backstein gefertigte Gebäude nicht durch den Haupteingang, sondern hielten sich rechter Hand. Durch einen Seiteneingang gelangten sie direkt auf den weitläufigen Schulhof, der im Moment jedoch wie leergefegt war, denn die Kinder hatten Unterricht. Sabine hielt mit dem Wagen auf einen Hintereingang am Ende des Hauses zu. Noch bevor sie ihn erreicht hatten, öffnete er sich, und ein junges Mädchen in einem grauen Kleid und Küchenschürze trat heraus und leerte einen Putzeimer. Ihr dunkles Haar hatte sie zu zwei Zöpfen geflochten, sie trug ein graues Kopftuch und war käseweiß im Gesicht, dunkle Ringe lagen unter ihren Augen, und ihre Wangen waren eingefallen.

Liebe Güte, dachte Lisbeth, das arme Ding sieht aus wie der Tod. Das Mädchen und Sabine kannten einander, sie begrüßten sich mit einer kurzen Umarmung.

»Wir bringen Lebensmittel für die Küche«, sagte Sabine und deutete auf den Leiterwagen. »Kartoffeln, Brot, Fett, und sogar Speck ist dabei.«

»Das ist wunderbar! Da wird sich der Küchenchef freuen. Er dachte schon, das gibt heute eine dünne Suppe für die Kinder, denn uns sind doch glatt aus dem Lager drei Säcke Kartoffeln geklaut worden. Speck hatten wir gar keinen, nur Karotten, und die waren auch weg.« Sie bedeutete den beiden, ihr ins Innere des Schulgebäudes zu folgen.

»Ich hoffe, für dich fällt auch etwas von der Suppe ab«, sagte Sabine, während sie einen langen Flur entlangliefen, der mit einem grauen Linoleumboden ausgelegt war. »Du wirst immer dünner.«

Lisbeth sah sich um. Es war düster und kalt, und es roch muffig. Das Mädchen, dessen Namen Lisbeth noch immer nicht kannte, schien ihre Gedanken zu erraten.

»Die Flure werden nie geheizt, die Klassenzimmer nur dann, wenn genügend Kohle da ist, und das ist meistens nicht der Fall. Immerhin in der Küche ist es warm. Ich rück meinen Stuhl beim Kartoffelschälen immer ganz nah an den Ofen, dann hab ich die Wärme im Rücken.«

Das Mädchen öffnete eine Tür, und sie betraten die große Schulküche, in der sie angenehme Wärme und der Geruch von Gemüsesuppe empfingen.

»Hier haben früher die Schülerinnen Kochunterricht gehabt«, erklärte das Mädchen. »Aber Fächer wie Turnen, Musik, Zeichnen, Handarbeiten und Kochen sind vom Stundenplan gestrichen worden, da es an Lehrkräften und Material fehlt. Es ist ein Jammer für die Kinder.«

In der Küche werkelten fünf Personen, darunter vier junge Frauen im Alter von etwa fünfzehn Jahren. Sie trugen graue Kleider, weiße Küchenschürzen und Kopftücher. Ein Mann Ende fünfzig mit einem geringelten Schnauzbart und Halbglatze, der weiße Kochkleidung trug, begrüßte sie auf Hessisch.

»Ei Gude, Sabine, Schätzelchen. Treibt es dich auch mal wieder zu uns. Sag bloß, du willst uns beim Gemüseschnippeln helfen. Ist heute so eine Sache. Wir hatten Langfinger in der Speisekammer. Aber die können was erleben, das sag ich dir.«

»Ilse hat es uns eben erzählt. Es ist abscheulich. Aber es ist wohl der Hunger, der die Menschen zu solchen Taten zwingt. Die Ernährungslage scheint immer schlimmer zu werden.«

»Sabine und ihre Freundin haben Sachen mitgebracht«, verkündete Ilse die guten Neuigkeiten. »Kartoffeln, Brot und sogar Speck.« Sie hob die Jutesäcke vom Leiterwagen, und die Augen des Kochs wurden groß.

»Liebe Güte, Sabine! Wie hast du das denn hinbekommen?«

»Du musst meiner Freundin Lisbeth danken. Sie ist die Wohltäterin«, antwortete Sabine. »Darf ich vorstellen: Lisbeth Herzberg, Mitinhaberin der Kellerei Herzberg. Sie möchte uns jetzt längerfristig unterstützen. Ist das nicht fein? Vielleicht können wir dann bald täglich für die Kinder eine warme Mittagsmahlzeit anbieten.«

Lisbeth sah Sabine erstaunt an. Davon war nie die Rede gewesen, doch sie fühlte sich plötzlich wertgeschätzt. Als Wohltäterin hatte sie noch nie jemand bezeichnet. Wenn Henni sie jetzt sehen könnte.

»Herzberg also. Wie fein. Schön, dass sich so eine wohlhabende Familie für unsere gute Sache einsetzt.« Der Koch nahm Lisbeths Hand und drückte so kräftig zu, dass sie glaubte, er werde ihr die Finger brechen. Seine blauen Augen unter den buschigen Augenbrauen strahlten regelrecht.

»Ist schon gut«, antwortete Lisbeth und versuchte, ihre Hand aus seiner Umklammerung zu befreien. »Ich helfe gern.« Seine ehrliche Freude rührte sie.

Er ließ sie los und wies sogleich seine Mitarbeiter an, den Leiterwagen abzuräumen.

»Rasch, ihr Mädchen. Kümmert euch. Die Kartoffeln schälen wir gleich und geben sie zur Suppe, denn die ist noch arg dünn. Wir müssen uns beeilen, wenn wir bis zur Speisung in zwei Stunden fertig werden wollen. Suse! Du kümmerst dich um das Brot. Betty übernimmt den Speck. Der wird in kleine Würfel geschnitten, fein angebraten und in die Suppe gerührt. Das wird ein Fest für die Kinderchen.« Er rieb sich freudig die Hände und holte den Kartoffelsack vom Leiterwagen.

Nur wenige Minuten später saß Lisbeth mit einem Messer in der Hand neben zwei Küchenmädchen am Tisch und schälte Kartoffeln. Sie hatte in ihrem ganzen Leben noch nie eine Kartoffel geschält und hatte alle Mühe damit, die Schale möglichst dünn abzubekommen. Doch obwohl sie von einem der Mädchen namens Lotte gerügt würde, es ordentlicher zu machen, fühlte sie sich wohl mit ihrer Aufgabe. Sabine saß ihr gegenüber und schnitt gemeinsam mit Betty den Speck in Würfel. Sie warf Lisbeth einen Blick zu, lächelte und nickte. Lisbeth wusste, was Sabine ihr sagen wollte. So sah richtige Hilfe aus. Lisbeth wusste, dass sie viele Kartoffeln würde schälen müssen, um wiedergutzumachen, was sie anderen angetan hatte. Vielleicht würde es auch niemals reichen. Aber das war in diesem Moment gleichgültig. Schon bald würde sie neue Zigaretten bei Ella holen, und dann würde es für die Kinder noch viel mehr warme Schulmahlzeiten geben, die nicht nur aus dünner Suppe bestanden, sondern richtig sattmachten. Und wenn sie sogar noch weiterging? Wenn sie mit Adam über ihr Engagement reden würde? Er könnte mit Sicherheit auch einiges bewirken. Aber wollte sie das? Dann würde Henni von all dem hier erfahren. Und das wollte sie nicht. Dieses Engagement war ihre eigene Sache. Am Ende würde Henni sowieso wieder alles schlechtreden. Sie konnte sich schon vorstellen, was sie sagen würde. *Das hältst du nicht lange durch. Du treibst Handel mit einem zwielichtigen Schwarzmarkthändler im Hinterhof, bist du denn verrückt geworden? Das ist kriminell! Denk an den Namen Herzberg, der beschmutzt werden könnte.*

Nein, Lisbeth würde nicht mit den beiden sprechen. In Hennis Augen konnte sie noch so viel Gutes tun, vermutlich sogar zur Heiligen werden. Ihre große Schwester würde trotzdem etwas kritisieren. In ihren Augen würde Lisbeth niemals gut genug sein. Im nächsten Moment schnitt sie sich in den Finger.

14. Kapitel

Wiesbaden, 3. Februar 1946

Henni ließ ihren Blick über den in der Mittagssonne funkelnden Rhein schweifen. Heute war einer dieser Februartage, die einen bereits den nahenden Frühling erahnen ließen. Es war mild, und die Sonne schien von einem wolkenlosen Himmel. Der vor wenigen Tagen gefallene Schnee taute, und glitzernde Wasserrinnsale liefen über den direkt am Flussufer liegenden Spazierweg. Selbst das Vogelgezwitscher schien heute lauter zu sein. In den frühen Morgenstunden, es war noch dunkel gewesen, hatte sie doch tatsächlich das zaghafte gesungene Lied einer Amsel geweckt.

Es schien, als wüsste eine höhere Macht, welcher Tag es war. Billes Geburtstag. Und noch dazu ein ganz besonderer, denn sie wurde heute einundzwanzig Jahre alt, endlich volljährig. Wo sie ihn wohl feierte? Ob es ihr gutging? Immer mehr Flüchtlinge aus den Ostgebieten trafen in Wiesbaden ein, und Henni hoffte so sehr, dass eines Tages Bille unter ihnen sein würde. Jedes Mal, wenn es an der Tür der Villa läutete, wünschte sie sich, ihre jüngste Schwester würde davorstehen. Jeden Tag hoffte sie auf irgendeine Nachricht von ihr. Doch es kam kein Brief, kein Telegramm oder Anruf. Was war, wenn sie niemals wieder nach Hause kommen würde? Wenn sie ihren heutigen Geburtstag gar nicht mehr erlebt hatte? Der Gedanke schmerzte so sehr, dass er Henni die Tränen in die Augen trieb. Sie wischte sie fort. Sie sollte so nicht denken. Bille war noch am Leben, und sie würde, ja sie musste einfach nach Hause kommen. Und dann würden sie gemeinsam hierherkommen, an ihren Lieblingsplatz in den Rheinwiesen. In dem direkt am Rheinufer gelegenen Park mit den vielen alten Bäumen hatten sie als Kinder viel Zeit verbracht, denn von zu Hause waren es nur einige Minuten zu laufen gewesen. Hier hatten sie am Flussufer gesessen und die vorbeifahrenden Schiffe beobachtet. Sie hatten Papierschiffchen gebastelt und sie ins Wasser gesetzt, selten waren sie weit geschwommen. Sie hatten versucht, flache Steine möglichst oft über die Wasseroberfläche springen zu lassen. Bille war immer besser darin gewesen. Hennis versanken in der Regel sofort. Einmal hatten sie eine Flaschenpost ins Wasser geworfen. Auf eine Antwort des Finders warteten sie bis heute.

Henni setzte sich auf einen am Ufer liegenden großen Wackerstein, blickte auf das funkelnde Wasser und begann zu erzählen, als ob Bille ihr zuhören würde.

»Früher hat es an deinem Geburtstag immer Schokoladenkuchen mit Zuckerstreuseln gegeben. Von den Streuseln konnten es dir gar nicht genug sein. Du warst schon immer verrückt nach allem Süßem. Als du klein warst, haben wir deine Schulkameradinnen in die Villa eingeladen und in den vielen Zimmern Verstecken gespielt. Einmal haben wir einen Schneemann-Wettbewerb im Garten veranstaltet, und als es dämmrig wurde, hat Papa ein Feuer gemacht, und wir haben Würstchen und Brot darüber geröstet. Wie alt bist du damals gleich geworden? Zehn oder elf Jahre? Du hast dich so gefreut, dass er an diesem Abend früher aus der Kellerei nach Hause gekommen ist und sich Zeit für sein Nesthäkchen genommen hat. Und jetzt weißt du nicht einmal, dass er gestorben ist. Du weißt nicht, dass Großmutter die Welt um sich herum vergisst, dass Lisbeth Witwe ist und wieder bei uns wohnt. Und wir gehen uns, wie du dir denken kannst, die meiste Zeit aus dem Weg. Normalerweise ist es an deinem Geburtstag immer bitterkalt, und es liegt Schnee, nur selten scheint die Sonne wie heute. Du konntest die Kälte an deinem Tag nie leiden, wolltest viel lieber im Sommer Geburtstag haben.« Nun liefen Henni endgültig Tränen über die Wangen. »Du musst wieder heimkommen. Und dann feiern wir deinen Geburtstag dieses Jahr einfach im Juni im Garten, wenn die Rosen blühen.«

»Wusste ich doch, dass ich Sie hier finde«, sagte plötzlich eine bekannte Stimme hinter Henni, und sie wandte sich um. Trude stand auf dem Gehweg. Die Hausdame trat näher und setzte sich neben Henni auf den Stein. Eine Weile blickten beide schweigend auf den Fluss hinaus, auf dem seit einer Weile wieder erste Schiffe fuhren. Die Trümmer der von der Wehrmacht gesprengten Brücken waren entfernt worden. Bei Mainz-Kastel war von den Amerikanern eine Behelfsbrücke aufgebaut worden, die im Augenblick den einzigen Übergang über den Rhein darstellte. Wann die Theodor-Heuss-Brücke oder die Kaiserbrücke wieder aufgebaut werden würden, stand in den Sternen.

»Sie hätte das Wetter heute geliebt«, sagte Trude irgendwann.

»Ja, das hätte sie«, antwortete Henni und lächelte wehmütig. Es fühlte sich tröstlich an, dass nun jemand neben ihr saß, der den Kummer mit ihr teilte.

»Wissen Sie noch, wie sie einmal die halbtote Ratte angeschleppt hat, um sie gesund zu pflegen? Inge war damals neu bei uns, ich werde niemals vergessen, wie sie geschrien hat.«

»Und das war nicht das einzige Tier, das sie gesund pflegen wollte«, antwortete Henni lachend. »Da waren mehrere Vögel, mehrere Blindschleichen und Mäuse. Sogar einen struppigen Straßenköter hat sie eines Tages angeschleppt. Den haben wir dann im Tierheim abgegeben.«

»Stimmt. Die Blindschleichen. Sind sie nicht alle gestorben?«

»Leider ja. Die Mäuse bedauerlicherweise auch. Gut, dass unsere Inge den Großteil des Getiers nicht zu Gesicht bekommen hat.«

»Sie war so wunderbar tierlieb«, sagte Trude und seufzte.

»Aber sie hasste den Zoo. Sie hat es nicht ertragen, die Tiere hinter Gittern zu sehen.«

»Wo sie recht hat«, antwortete Trude. »Aber leben wir nicht alle irgendwie in einem Käfig? Nur gibt es bei uns keine Gitterstäbe, sondern diesen elenden Alltag mit seinen Verpflichtungen, der uns daran hindert, frei zu sein. Ich meine, ich habe natürlich nichts gegen meine Arbeit bei Ihnen«, fügte sie hastig hinzu.

»Ich versteh schon, wie du das meinst, Trude«, antwortete Henni und dachte an die Kellerei. Die Verpflichtung dem Familienerbe gegenüber hatte sie dazu gebracht, einen Mann zu heiraten, den sie zwar schätzte, aber nicht liebte. Adam gab sich Mühe, ihr alle Freiheiten zu lassen, und er benahm sich ihr gegenüber stets korrekt und liebenswürdig. Doch es war keine richtige Ehe, die sie führten.

Sie dachte an Georg, an den Kuss neulich im Park. Erst heute Morgen hatte sie ihn von ihrem Bürofenster aus dabei beobachtet, wie er über den Innenhof der Kellerei gelaufen war, und ihr Herz hatte höhergeschlagen. Sie konnte diese Gefühle einordnen. Doch durfte sie sie auch zulassen? Adam würde ihr in dieser Hinsicht keine Steine in den Weg legen, doch nur weil er es billigte, hieß es nicht gleich, dass es richtig war. Und was wäre, wenn es andere mitbekämen? Ein Verhältnis zwischen einem Angestellten und seiner Vorgesetzten kam nie gut bei der Belegschaft an, besonders dann nicht, wenn sie verheiratet war. Dass ihre Ehe mit Adam eine reine Zweckehe war, wusste niemand außer Adam, Georg und sie selbst.

»Wir müssen bald zurück«, sagte Trude. »Heute findet doch in der Kellerei das Treffen mit den Winzern aus dem Rheingau statt. Es geht um die Weiterführung der Geschäfte. Sie wollten unbedingt dabei sein.«

»Ja, ich weiß. Das ist wichtig. Die Winzer kennen Adam nicht. Es ist besser, wenn eine Herzberg anwesend ist. Den meisten von ihnen hab ich schon als Kind bei der Weinlese geholfen. Das schafft Vertrauen. Und das ist in diesen wackeligen Zeiten wichtig. Trotzdem würde ich im Augenblick am liebsten noch ein Weilchen länger einfach nur hier sitzen bleiben und auf den Fluss blicken. Kannst du eigentlich Steine über das Wasser hopsen lassen?«, fragte Henni und sah Trude an.

Trude zog erstaunt eine Augenbraue in die Höhe. »Aber natürlich! Das haben wir früher als Kinder immer gemacht. Man benötigt dafür einen besonders flachen Stein.« Sie suchte mit den Augen das Ufer ab, entdeckte einen passenden Stein und hob ihn auf. »Und dann muss man ihn seitlich halten und aus dem Handgelenk werfen. So in etwa.« Sie warf den Stein, und er hüpfte über das Wasser. Henni zählte lächelnd mit.

»Acht Hopser!« Sie sah Trude bewundernd an. »Das ist neuer Rekord. Bille wäre stolz auf dich. Meine Steine wollen nie springen.«

»Es kommt auf die Technik an«, antwortete Trude. »Sie müssen es nur üben und den passenden Stein haben. So einen wie diesen hier.« Sie hob einen weiteren flachen Stein vom Boden auf, reichte ihn Henni und leitete sie an. »Seitlich halten. Ja, genau so. Und jetzt bisschen in die Knie gehen und aus dem Handgelenk werfen.«

Henni tat es, und das Wunder geschah: Ihr Stein hopste über das Wasser. Trude zählte mit. Ganze fünf Sprünge tat er, bevor er unterging.

»Ich hab es geschafft!«, rief Henni freudig aus. »Er ist tatsächlich gesprungen.«

Trude lächelte, wie nur sie es konnte. Voller Wärme und Herzlichkeit. Henni legte vor lauter Freude über das gelungene Kunststück spontan den Arm um sie und drückte sie fest an sich.

»Weißt du eigentlich, wie lieb ich dich habe, Trude? Es ist so schön, dass wir dich noch immer bei uns haben dürfen. Ich glaube, ich habe das noch nie gesagt.«

»Gesagt nicht«, antwortete Trude gerührt und wischte sich

eine Träne aus dem Augenwinkel. »Aber Sie zeigen es mir täglich, Fräulein Henni. Sie zeigen es mir täglich.«

Einige Stunden später stand Henni mit einer Tasse Ersatzkaffee in den Händen am Fenster ihres Büros in der Kellerei und blickte auf den von wenigen Lampen erhellten Innenhof hinab. Das Wetter hatte am Nachmittag umgeschlagen, und düstere Wolken verdeckten die Sonne. Sogar gedonnert hatte es einmal, dann war Graupel vom Himmel gefallen und rasch in Schnee übergegangen, den ein böiger Wind aufgewirbelt hatte. Das sei ja der reinste Blizzard, hatte einer der Winzer treffend bemerkt. Inzwischen hatte der Wind nachgelassen, doch es schneite noch immer, und es hatte sich eine recht ansehnliche Schneedecke gebildet.

Adam war bereits gegangen. Sein Vater war am späten Nachmittag von einem Geschäftstermin aus der Schweiz nach Frankfurt zurückgekehrt, und er wollte mit seinem Sohn zu Abend essen. Am liebsten hätte er Henni dabeigehabt, doch sie hatte sich mit familiären Terminen rausgeredet. Sie vermied die Gesellschaft von Philip Malzer, wo sie nur konnte. Jedes Mal, wenn sie seiner ansichtig wurde, spürte sie die Wut in sich aufwallen, und es fiel ihr schwer, sie zu unterdrücken. Sie würde diesem Mann niemals verzeihen, dass er sie und Adam in diese Ehe gezwungen hatte. Auf den gewünschten Enkel würde er vergeblich warten.

Georg war als letzter Teilnehmer noch anwesend. Der Empfang war großartig verlaufen. Henni hatte unzählige Hände geschüttelt, sich nach den Familien erkundigt, von Geburten und

Sterbefällen erfahren. Statt eines Winzers war seine Ehefrau erschienen, weil er sich das Bein gebrochen hatte. Georg, den viele noch kannten, wurde freudig begrüßt. Henni und er konnten mit ihrer Fachkenntnis, die Auswahl der passenden Weine für die Cuvée betreffend, glänzen. Sie war fast ein wenig traurig gewesen, als sich die Ersten verabschiedet hatten.

Georg schenkte sich ein Glas Scotch ein und trat neben Henni ans Fenster. Er sah in seinem dunkelgrauen Anzug mit der roten Krawatte und seinen nach hinten gekämmten Haaren äußerst elegant aus.

»Du warst heute großartig und hast sie alle mit deiner Herzlichkeit um den Finger gewickelt. Es war gut, dass du das Treffen nicht nur Adam überlassen hast. Und wenn ich das noch hinzufügen darf: Du siehst heute bezaubernd aus. Dieses Kleid steht dir ausgezeichnet.«

»Es gehörte Bille«, antwortete Henni und strich über den blassrosa Stoff des schmal geschnittenen knielangen Kleides. »Trude hat mir dazu geraten, es heute anzuziehen. Bille hätte es bestimmt gewollt, und es würde mir Glück bringen. Das hat es dann wohl auch. Sie hat heute ihren einundzwanzigsten Geburtstag, und ich weiß nicht einmal, wo sie ist.« Eine Träne rann über ihre Wange, und Henni wischte sie rasch ab. Eine weitere stahl sich aus ihren Augen. Dieses Mal wischte Georg sie zärtlich weg.

»Sie fehlt mir so sehr«, sagte Henni.

»Ich weiß«, antwortete er. »Ich weiß das doch.«

Er stellte das Glas Scotch auf die Fensterbank und schloss sie in seine Arme. Nun ließ sie sich endgültig fallen. Es war so wunderbar, seine tröstende Wärme und Nähe zu spüren und den vertrauten Geruch seines Rasierwassers einzuatmen. Er strich ihr beruhigend über den Rücken und sagte nichts. Sie standen einfach nur eng umschlungen da. Henni war dankbar dafür, dass er nicht die üblichen Floskeln bediente. Er war einfach nur da und spendete ihr durch seine Nähe Trost.

Henni wollte sich aus der Umarmung lösen, doch er hielt sie zurück. Sie konnte den Scotch in seinem Atem riechen und ihn auf der Haut spüren. Ihr Innerstes bebte nun. Da zog er sie erneut an sich, und seine Arme umschlangen sie mit einer Entschlossenheit, die keinen Widerstand gelten ließ. Ihre Lippen fanden sich, und der Kuss war von Beginn an leidenschaftlich. Seine Lippen wanderten ihren Hals hinab, und sie lehnte den Kopf nach hinten und schloss die Augen. Ihre Haut kribbelte, in ihr schien es zu glühen. Er schob sie zu dem Schreibtisch ihres Großvaters und hob sie darauf. Ihr Rock rutschte hoch, und ihre Strumpfhalter waren zu sehen. Bevor er weitermachte, hielt er inne und sah ihr tief in die Augen. Er strich ihr eine ihrer Haarsträhnen aus der Stirn. »Willst du das wirklich?«, fragte er.

»Mehr als alles andere«, antwortete sie atemlos und rückte näher an ihn heran. Sie wollte diese Pause nicht, wollte nicht reden. Keine Fragen, keine falschen Antworten. Sie wollte nur noch spüren und fühlen, die Realität ausblenden und in seinen Armen vergessen.

Er küsste sie erneut, öffnete ihr Kleid im Rücken, und sie schob es nach oben. Seine Hände umfingen ihre Brüste, und er küsste ihr Dekolleté. Sie legte sich nach hinten, und seine Lippen wanderten über ihren Bauch. Sie hatte die Augen geschlossen und stöhnte und wand sich unter seinen Berührungen. Nun küsste er ihre Schenkel an der Innenseite und schob ihr Höschen nach unten. Als er nur wenige Sekunden später in sie eindrang, stöhnte sie auf. Er umschlang sie fest mit seinen Armen, und sie versuchte, seinem Rhythmus zu folgen. Seine Stöße waren fest, und er küsste sie immer wieder voller Leidenschaft. Er wurde schneller und stöhnte auf, als er sich in ihr Innerstes ergoss.

Eng aneinander gedrängt, verharrten sie noch für einen Moment in dieser Position, Henni hatte ihren Kopf auf seine Schulter gelegt. Sie atmete schwer. Als er sich aus ihr zurückzog, bedauerte sie es. Er trat einen Schritt nach hinten. Seine Hose lag zwischen seinen Beinen auf dem Boden. Die Schreibtischlampe hatten sie im Eifer des Gefechts umgeworfen, sie war jedoch heile geblieben. Einige Papiere und die Unterschriftenmappe waren heruntergefallen.

Nun herrschte eine eigentümliche Stimmung zwischen ihnen.

Georg zog seine Hose an, Henni richtete ihre Strümpfe und ihr Kleid. Er half ihr dabei, den Reißverschluss im Rücken zu schließen. Sie redeten kaum etwas. Henni wusste nicht, was sie fühlen sollte. Was gerade geschehen war, hatte die langjährige Vertrautheit zwischen ihnen mit einem Schlag verändert. Henni legte die Postmappe zurück auf den Schreibtisch.

»Es ist wohl besser, wenn ich jetzt nach Hause gehe«, sagte sie. Ihre Stimme klang unsicher. »Es beginnt ja auch bald die Ausgangssperre.«

Er nickte und schien nicht so recht zu wissen, was er antworten sollte. Sie musterte ihn. Er wirkte plötzlich seltsam verloren, sein Haar war zerzaust. Es hatte sich so richtig angefühlt, doch sie wussten beide, dass sie eine Grenze überschritten und sich hatten hinreißen lassen. Henni erinnerte sich daran, was ihr Vater einmal zu ihr gesagt hatte. »Lass dich niemals mit Angestellten ein. Das bringt nur Ärger.«

Noch dazu war sie mit Adam verheiratet. Und auch wenn diese Ehe rein geschäftlicher Natur war, fühlte es sich plötzlich so an, als hätte sie ihn betrogen.

»Soll ich dich nach Hause begleiten?«, fragte Georg.

»Nein, ich muss jetzt eine Weile für mich sein«, antwortete sie.

»Es war ein Fehler, oder?«, fragte er. »Wir hätten das nicht tun sollen.«

Henni hätte am liebsten geantwortet, dass es das nicht gewesen war. Dass es wunderschön gewesen war, sich in ihm zu verlieren und ihn so nah bei sich zu haben, nur zu fühlen, nichts anderes. Doch sie brachte es nicht fertig, die Worte laut auszusprechen, stattdessen wich sie ihm aus und blieb ihm eine Antwort schuldig.

Sie nahm ihre Handtasche von einem Stuhl und trat mit klopfendem Herzen zur Tür. Sie hatte sie noch nicht erreicht, da hielt Georg sie an der Schulter zurück. Sie wandte sich um, und einen schmerzvollen Moment lang sahen sie einander schweigend in die Augen. Henni war diejenige, die als Erste den Blick abwandte.

»Wir haben uns hinreißen lassen«, sagte sie, um einen festen Tonfall bemüht. »Das war es wohl. Es tut mir leid.«

Sie machte sich los, verließ den Raum und hörte, wie die Tür hinter ihr ins Schloss fiel. Ihr Herz klopfte wie verrückt, während sie schnellen Schrittes den langen Flur entlanglief. Er folgte ihr nicht. Rasch holte sie ihren Mantel aus dem Garderobenraum und zog ihn im Gehen über.

Die Marmorhalle lag im Licht einiger weniger Lampen. Hennis Schuhe klackerten auf dem gefliesten Boden, als sie sie durchquerte. Draußen empfing sie die Kälte des Winterabends. Sie atmete tief die eisige Luft ein und ging über den Hof. Gustav saß nicht mehr im Pförtnerhaus. Pünktlich um sechs machte er jeden Tag Feierabend.

Henni schlug den gewohnten Weg zum Schlosspark ein. Er lag im Dunkeln, sanft wirbelten Schneeflocken durch die Lichtkegel der Laternen. Die Stille dieses Ortes beruhigte sie, und das Wummern ihres Herzens ließ endlich nach. Sie hatte mit Georg geschlafen. Mit Georg, den sie seit Kindertagen kannte. Sie war verrückt geworden! Was sollte nun werden? Er war ihr Kellermeister, ein Angestellter. Liebte sie ihn denn? Oder war es nur die Sehnsucht nach der Wärme und Nähe eines anderen Menschen, die sie in seine Arme getrieben hatte?

Ein Geräusch im Gebüsch neben ihr ließ sie erschrocken zusammenzucken, und sie wandte sich um. Doch der Weg war leer. Vielleicht war es doch keine so gute Idee gewesen, zu dieser Stunde durch den dunklen Park zu laufen. Sie beschleunigte ihre Schritte und erreichte alsbald das Biebricher Schloss. Sie hielt sich rechter Hand des Gebäudes und verließ den Park durch einen der Seitenausgänge. Als sie die Rheingaustraße überquerte, begann es wieder kräftiger zu schneien, und sie musste achtgeben, mit den hochhackigen Schuhen nicht auszurutschen.

Und dann sah sie sie plötzlich. Eine junge Frau in einem knielangen Mantel und mit einem Koffer in der rechten Hand lief ein Stück vor ihr den Gehweg hinunter. Henni erkannte sie sofort an der Art, wie sie sich bewegte. Ihr Herz schlug wie verrückt.

Bille. Es war Bille!

Sie begann zu laufen und rief ihren Namen. »Bille! So warte doch. Bille!«

Da drehte die Frau sich um. Henni erreichte sie und blieb vor ihr stehen. Sie war es tatsächlich. Einfach so stand ihre jüngste Schwester im Schneetreiben vor ihr. Henni konnte ihr Glück kaum fassen. Überschwänglich schloss sie ihre Schwester in die Arme, drückte sie fest an sich und begann zu weinen.

15. Kapitel

Wiesbaden, 5. Februar 1946

Henni saß an Billes Bett und betrachtete das Gesicht ihrer Schwester. Sie war blass, und ihre Augen lagen in tiefen Höhlen, ihre Wangenknochen stachen hervor. Ihr Handgelenk war so schmal wie das eines Kindes. Ihr dunkles Haar trug sie kürzer als früher, es reichte ihr nur noch bis zum Kinn. Nachdem sie am Abend nach Hause gekommen waren, hatte sie nur wenig gegessen, die überschwängliche Freude von Trude und Inge hatte sie nur mit einem müden Lächeln über sich ergehen lassen. Oma Maria hatte Bille mit einer liebevollen Umarmung begrüßt. Henni war so froh darüber, dass die Großmutter in diesem für sie alle so besonderen Augenblick ihre Enkeltochter erkannt hatte.

»Ich bin so müde«, hatte Bille mit matter Stimme gesagt. Henni hatte ihr die Treppe nach oben geholfen, ihren Koffer getragen und sie wie früher ins Bett gebracht, sie liebevoll zugedeckt, ihr einen Kuss gegeben und ihr zum Geburtstag gratuliert.

Seitdem schlief Bille, und Henni saß, in eine warme Decke gehüllt, in dem breiten Lehnstuhl, den sie neben das Bett geschoben hatte, und bewachte ihren Schlaf. Lisbeth war irgendwann gekommen und hatte Bille ebenfalls wie ein Wunder betrachtet. Die Freude über ihre Heimkehr einte die Schwestern in diesem Augenblick.

Henni hatte Lisbeth und den anderen im Haus jedoch eine Sache verheimlicht, die ihr aufgefallen war, als sie Bille beim Ausziehen ihrer abgetragenen und schmutzigen Kleidung geholfen hatte. Ihr Bauch war gewölbt. Bille war schwanger. Henni vermutete, fünfter, vielleicht sechster Monat. Wer wohl der Vater war?

Die Tür öffnete sich, und Trude trat mit einem Tablett in den Händen ein.

»Guten Morgen«, sagte sie leise. »Ich dachte, ich sehe mal nach Ihnen beiden und bringe ein Frühstück. Das Fräulein Bille muss doch etwas essen, damit es wieder zu Kräften kommt.« Sie stellte das Tablett auf dem Tisch am Fenster ab. Der herrliche Duft von frisch aufgebrühtem Bohnenkaffee erfüllte den Raum, und Hennis Gesichtsausdruck wurde selig. Trude füllte ihr sogleich eine Tasse, gab Kaffeesahne und zwei Würfel Zucker dazu, und reichte sie Henni.

»Ich soll liebe Grüße von Adam ausrichten. Er hat den Kaffee gestern spätabends gebracht. Er dachte, er könnte Bille wieder etwas aufrichten.«

»Das ist lieb von ihm«, antwortete Henni leise und nippte an der Tasse. Adam hielt sich, trotz ihrer Heirat, die meiste Zeit in seinem Haus in Frankfurt auf, denn von dort aus hatte er es nicht weit zum Firmensitz ihres Bankhauses, der wie durch ein Wunder von Bombenschäden verschont geblieben war. Sie hatten bereits vor ihrer Heirat beschlossen, dass sie nicht unter einem Dach wohnen, geschweige denn sich ein Schlafzimmer teilen würden. Trotzdem kam Adam mindestens dreimal die Woche nach Wiesbaden, und wenn es in der Kellerei später wurde, nächtigte er in einem ihrer Gästezimmer. Lisbeth gegenüber hatte Henni einmal fallenlassen, dass Adam einen äußerst unruhigen Schlaf hätte und schnarchen würde. Es galt zu hoffen, dass sie ihre Scharade, wie Adam ihre Ehe erst neulich mal wieder bezeichnet hatte, noch eine Weile ohne größere Komplikationen würden aufrechterhalten können.

Eine dieser Komplikationen kannte Henni gut. Georg. Sie hatte keine Ahnung, wie sie mit ihm umgehen und was sie bei ihrem nächsten Aufeinandertreffen sagen sollte. Am besten für alle Beteiligten wäre es vermutlich, wenn sie ihn entlassen würde. Doch das brachte sie nicht fertig. Und erfahrene Kellermeister, wie er einer war, fielen in diesen Zeiten auch nicht gerade vom Himmel. Noch dazu kannte er die Kellerei in- und auswendig. Sie würden lernen müssen, mit der Situation klarzukommen.

Trude beobachtete Bille, die einen Seufzer von sich gab, jedoch die Augen nicht öffnete.

»Sie ist so erschöpft, das arme Ding«, sagte sie leise und schüttelte den Kopf. »Wie es ihr wohl ergangen ist?«

»Sie wird es uns bestimmt bald berichten«, antwortete Henni.

»Wir sollten in Erwägung ziehen, sie von einem Arzt untersuchen zu lassen«, meinte Trude. »Sie scheint mir äußerst ausgemergelt zu sein. Vielleicht hat sie irgendwelche Krankheiten, die wir als Laien nicht erkennen können.«

Henni überlegte kurz, ob sie Trude von der Schwangerschaft erzählen sollte. Sie war ihre Vertraute, für Bille war sie wie eine Mutter gewesen.

»Es gibt da etwas, was ein Arzt sofort erkennen wird«, sagte sie. »Bille ist schwanger.«

»Du liebe Güte!«, antwortete Trude erschrocken. »Denken Sie, ich meine … Man hat ja so einiges gehört von …« Sie sprach nicht weiter.

Henni wusste, was Trude andeutete. Viele Frauen auf der Flucht waren vergewaltigt worden. Sie hoffte so sehr, dass Bille dieses Schicksal erspart geblieben und die Schwangerschaft nicht auf diesem Weg entstanden war.

»Wir sollten nicht gleich das Schlimmste annehmen«, versuchte Henni, im Flüsterton zu beschwichtigen. »Am Ende war alles ganz anders. Bille wird uns bestimmt bald erzählen, was vorgefallen ist.«

Henni hob die Hand und strich Bille zärtlich eine Haarsträhne aus der Stirn. Bille lag auf der Seite, ihre Hand neben ihrem Gesicht auf dem Kissen. Ihre Fingernägel waren kurz, Schmutz lag darunter. Ihr Hals erschien Henni so schmal wie der eines Schwans. Sie sah so zerbrechlich aus.

Henni fühlte eine ganz eigene Form von Wärme in ihrem Inneren aufsteigen. Sie kannte dieses Gefühl. Es waren das pure Glück und Liebe, die ihren gesamten Körper ausfüllten und ihr ein Lächeln auf die Lippen zauberten. Die letzten Wochen und Monate waren von Dramatik und Tod erfüllt gewesen. Das Leben fühlte sich in diesen Tagen so wackelig an. Doch nun war Bille hier. Ihre Rückkehr kam Henni wie ein Lichtstrahl der Hoffnung vor. Bille war heimgekehrt, die Trümmer wurden Stück für Stück beseitigt, es ging wieder aufwärts, und dieser elende Krieg lag endlich hinter ihnen.

»Erzählen wird sie mit Sicherheit«, antwortete Trude und musterte nun Henni mit besorgter Miene. »Sie sehen ebenfalls erschöpft aus. Seit Billes Ankunft haben Sie doch kein Auge zugetan. Möchten Sie sich nicht etwas ausruhen? Ich kann gerne alle paar Minuten nach Bille sehen und Sie wecken, wenn sie aufwacht.«

Henni wollte das Angebot ablehnen, doch dann überlegte sie es sich anders. Nicht einmal der Kaffee hatte es geschafft, ihre Sinne zu beleben. Ihr fiel es tatsächlich schon seit einer ganzen Weile schwer, die Augen offen zu halten.

»Du hast recht, Trude. Ich sollte etwas schlafen.« Sie reichte der Hausdame ihre Kaffeetasse, erhob sich und streckte sich gähnend. »Wenn Bille wach ist, will sie schließlich eine muntere große Schwester vorfinden.«

Im Flur traf sie auf Lisbeth, die ausgehfertig aussah. Sie trug einen ihrer älteren und nicht ganz so feinen Wollmäntel ohne Fellbesatz, und auf ihrem Kopf saß ein einfacher Filzhut.

»Guten Morgen, Lisbeth«, grüßte Henni. »Was hast du denn zu dieser frühen Stunde schon vor?«

»Das hat dich nicht zu interessieren«, antwortete Lisbeth in einem ruppigen Tonfall.

Henni zuckte zurück. Ihr Verhältnis war nie gut gewesen, doch so unhöflich gingen sie eigentlich nicht miteinander um.

»Entschuldige, dass ich gefragt habe und Anteil an deinem Leben nehmen möchte«, rutschte es Henni heraus. »Und falls du dich fragst, wie es Bille geht: Sie schläft noch immer.«

Da lenkte Lisbeth ein.

»Entschuldige«, sagte sie kleinlaut. »Ich wollte nicht so ruppig zu dir sein. Mich plagt heute mal wieder meine Migräne. Denkst du, es geht Bille soweit gut? Sie schläft schon arg lang, oder? Vielleicht sollten wir doch einen Arzt rufen. Nicht, dass sie ernsthaft krank ist. Die Ostflüchtlinge sollen ja tagelang durch eisige Kälte gelaufen sein, man hörte von erfrorenen Kindern und anderen schrecklichen Dingen.«

Henni verblüffte Lisbeths rasches Einlenken. Sie freute sich jedoch darüber und antwortete: »Trude meinte eben auch, dass wir den Arzt hinzuziehen sollten.« Sie überlegte kurz, ob sie Lisbeth von der Schwangerschaft erzählen sollte. Über kurz oder lang würde sie es sowieso erfahren. »Sie ist schwanger«, verkündete sie also die pikante Neuigkeit.

»Sie ist was?«, hakte Lisbeth verdutzt nach.

»Schwanger. Ihr Bauch ist bereits gewölbt. Viel Ahnung hab ich ja nicht, aber ich tippe auf den fünften oder sechsten Monat.«

»Du liebe Zeit«, entgegnete Lisbeth. »Am Ende wurde sie vergewaltigt, das arme Ding.«

Henni nickte mit betretener Miene. Nun war ihre Befürchtung laut ausgesprochen worden.

»Und was jetzt?«, fragte Lisbeth. »Sie kann unmöglich ein uneheliches Kind bekommen. Was werden die Leute sagen? Das kann ja heiter werden.«

»Lisbeth, bitte«, beschwichtigte Henni und verdrehte die Augen. Vorbei war es mit der freundlichen Anteilnahme. Wie hatte sie auch nur einen Augenblick annehmen können, Lisbeth könnte wahres Mitgefühl zeigen? Sie war und blieb kalt wie ein Fisch.

»Mir ist gleichgültig, was die Leute sagen. Jeder da draußen hat im Moment sein eigenes Päckchen zu tragen. Sollen ruhig still sein. Irgendeine Lösung wird sich schon finden.«

»Wenn du meinst«, antwortete Lisbeth und zuckte die Schultern. »Ich muss dann jetzt, sonst komme ich zu spät zu meinem Termin. Sehen wir uns später in der Kellerei? Es gibt da etwas Wichtiges, das ich gerne mit dir und Adam besprechen würde.«

Henni irritierten Lisbeths Worte so sehr, dass sie, ohne darüber nachzudenken, einfach zustimmte. Lisbeth verabschiedete sich und ging. Erst nachdem die Tür hinter ihr ins Schloss gefallen war, fiel Henni ein, dass sie ihre Frage vom Anfang des Gesprächs nicht beantwortet hatte. Was war das für ein ominöser Termin, zu dem ihre Schwester zu dieser frühen Stunde in dem einfachsten Mantel ging, den sie in ihrem Schrank finden konnte? Und was wollte sie mit ihr und Adam besprechen? Henni schwante Übles. Doch sie wurde von Oma Maria abgelenkt, die auf den Flur trat und sie verdutzt ansah.

»Henni, Kind, hast du zufällig Trude gesehen? Es ist längst Zeit für den Nachmittagstee. Sie scheint es vergessen zu haben.«

»Nein, Oma Maria. Es ist Frühstückszeit«, antwortete Henni und legte den Arm um ihre Großmutter, die seltsam unaufgeräumt aussah. Sie trug noch immer ihr Nachthemd, und ihr schulterlanges Haar war offen und zerzaust. Sie führte die alte Dame zurück in ihren Salon und fragte: »Wo steckt denn Magda heute? Sonst ist sie doch um diese Zeit längst bei dir und hilft dir beim Ankleiden.«

Maria schien kurz zu überlegen, doch eine Antwort erübrigte sich, als aus dem Nebenzimmer ein lautes Niesen zu hören war.

»Sie ist krank, Kindchen«, sagte Maria. »Eine Grippe, hat sie gesagt. Was ist denn jetzt mit dem Nachmittagstee? Und wo ist Trude? Sie sollte längst hier sein.«

Die Verwirrung ihrer Oma schmerzte Henni. Gerade jetzt hätte sie sich gewünscht, sie wäre etwas klarer.

»Trude kommt gleich«, antwortete sie geduldig. »Und es ist erst Morgen, nicht Nachmittag. Ich sehe rasch nach Magda, und dann helfe ich dir heute beim Ankleiden. Bis wir fertig sind, bringt Trude gewiss das Frühstück. Und stell dir vor: Es gibt heute sogar richtigen Bohnenkaffee! Ein Geschenk von Adam wegen Billes Rückkehr. Ist das nicht herrlich?«

»Was soll an Kaffee so besonders sein?«, entgegnete Maria barsch. »Den gibt es doch jeden Morgen.«

Erneut war kräftiges Niesen aus dem Nachbarzimmer zu hören. Henni gab es auf, die Laune ihrer Großmutter heben zu wollen.

»Ich sehe dann mal nach Magda.«

Sie ging in das kleine Nebenzimmer, das früher als Ankleidezimmer genutzt worden war. Heute befand sich darin Magdas Schlafplatz, damit sie stets in Oma Marias Nähe sein konnte. Die Pflegerin saß aufrecht im Bett und putzte sich gerade die Nase. Ihre Augen glänzten fiebrig, auf ihrem Nachttisch lagen gleich mehrere benutzte Stofftaschentücher. Ihre Nase war gerötet, und sie sah elend aus.

»Es tut mir so leid, Frau Malzer«, sagte sie mit nasaler Stimme. »Aber ich werde es heute nicht schaffen, mich um ihre verehrte Frau Großmama zu kümmern. Dieser Schnupfen ist abscheulich, ständig dieses Niesen, und alles tut weh. Besonders schlimm hämmert der Kopf. Wären Sie vielleicht so gütig und würden Trude sagen, dass ich gerne eine Aspirin hätte? Und vielleicht könnte sie sich heute ausnahmsweise um Frau Herzberg bemühen. Morgen geht es mir bestimmt wieder besser.« Sie nieste erneut und trötete dann wie ein Elefant in das Taschentuch.

»Ich bringe Ihnen gern eine Aspirin«, antwortete Henni und bemühte sich um ein Lächeln. Gerade jetzt passte ihr der krankheitsbedingte Ausfall von Magda so gar nicht. Schließlich galt es, sich mit vereinten Kräften um Bille zu kümmern. Aber sie würden das Kind, oder besser gesagt die Großmutter, schon irgendwie geschaukelt bekommen.

»Und ein Arzt sollte Sie untersuchen. Ich wollte sowieso gerade bei Doktor Hausmann in der Praxis anrufen und einen Hausbesuch für meine Schwester vereinbaren. Gewiss kann er dann auch nach Ihnen sehen, meine Liebe. Ruhen Sie sich aus.«

Sie ging zurück zu ihrer Großmutter, die inzwischen an ihrem Toilettentisch Platz genommen hatte und sich die Haare frisierte. Henni wollte etwas zu ihr sagen, doch sie wurde durch ein Klopfen an der Zimmertür unterbrochen. Inge trat mit einem Frühstückstablett ein.

»Guten Morgen, die Damen«, grüßte sie fröhlich. »Ich habe gehört, hier würde noch ein Frühstück fehlen. Da dachte ich, ich bringe es schnell rauf. Ist ja bisschen trubelig heute.« Sie stellte das Tablett auf den Tisch am Fenster.

»Etwas trubelig« war charmant ausgedrückt, dachte Henni und schmunzelte. Chaotisch traf es wohl eher. Aber so war Familie eben. Sie dachte daran, dass Bille, den Flur hinunter, schlafend in ihrem Bett lag, und ihr wurde erneut warm ums Herz. Endlich war ihr Nesthäkchen wieder bei ihr, und sie konnte sich als große Schwester um sie kümmern. Was auch immer kommen würde, sie würden das gemeinsam durchstehen.

»Danke dir, Inge«, sagte sie zu der Köchin und schenkte ihr ein herzliches Lächeln. »Ich gehe dann mal den Arzt wegen eines Hausbesuchs einbestellen.«

»Gehen Sie ruhig, Fräulein Henni«, antwortete Inge. »Ich habe das hier im Griff. Ich hab auch für Magda Aspirin mitgebracht.« Sie sah Henni kurz mit diesem besonderen Blick an, den Henni so sehr an der Köchin liebte. Sie wusste, was er zu bedeuten hatte: Du kannst dich auf mich verlassen, ich bin da. Henni nickte lächelnd und verließ den Raum.

Einige Stunden später hatte Henni Mühe, ihre Augen an dem langen Konferenztisch in einem der Besprechungsräume der Kellerei offen zu halten. Das Wachen an Billes Bett rächte sich nun. Doch sie wollte an dieser letzten Sitzung des Tages unbedingt teilnehmen, denn es ging um wichtige Entscheidungen. Zwei Mitglieder der Militärregierung waren anwesend, und die Weiterführung der Geschäfte mit den immer zahlreicheren Verkaufsläden für die GIs im amerikanischen Sektor sollte verhandelt werden. Adam wollte bessere Bedingungen für die Kellerei und ihre Mitarbeiter herausschlagen und kämpfte mit harten Bandagen, das musste Henni ihm lassen. Für geschäftliche Dinge besaß er wahrlich ein Geschick. Die Verhandlungen wurden auf Englisch geführt. Henni hatte sich inzwischen wieder ganz gut mit der Fremdsprache arrangiert, doch da sie müde war, fiel es ihr schwer, dem Gespräch zu folgen oder sich zu beteiligen.

»Nun gut«, sagte einer der Amerikaner. »Wir können Ihnen pro Flasche einen halben Dollar mehr bezahlen. Mehr ist nicht drin.«

Henni sah, wie Adam mit sich haderte. Das Angebot des Amerikaners war schlecht, sie konnten jedoch froh sein, dass sie ihnen überhaupt Sekt abkauften. Noch immer war der Verkauf für den Privatbereich in den Geschäften verboten, ein Großteil ihres Sekts wurde für Kompensationsgeschäfte genutzt, und dabei machten sie sogar ein Minusgeschäft. Henni wusste jedoch, wie wichtig gerade diese Tauschgeschäfte für Wiesbaden waren. Im Gegenzug für den Sekt erhielt die Stadt Lebensmittel, die an die Bevölkerung verteilt werden konnten. Sie würden vermutlich noch eine ganze Weile in den sauren Apfel beißen müssen und auf diese Weise für die Verbesserung der noch immer katastrophalen Ernährungslage Wiesbadens sorgen.

»Also gut«, nahm Adam schließlich das Angebot an. »Aber die Verträge werden für ein halbes Jahr befristet, dann verhandeln wir neu.«

Darauf ließ sich der Amerikaner ein und bemerkte grinsend: »Sie sind ein guter Geschäftsmann. Das muss man Ihnen lassen.«

Damit war zu Hennis Erleichterung auch der letzte Verhandlungspunkt auf der Liste erledigt. Sie erhob sich, und es folgten die üblichen Höflichkeitsfloskeln des Abschieds. Nachdem die Amerikaner gegangen waren, sank Adam auf seinen Stuhl hinter dem Schreibtisch und ließ seinen Blick über das darauf liegende Papierdurcheinander schweifen. Er mochte ein guter Geschäftsmann sein, ein ordentlicher war er nicht.

»Wenn das so weitergeht, können wir bald die nächste Kreditanfrage bei meinem Vater stellen. Die Einnahmen bleiben weiterhin zu wenig, und der Wiederaufbau kostet Unsummen. Allein der Posten Baumaterialien scheint förmlich zu explodieren. Es fehlt an Arbeitskräften und an Maschinen. Die Abfüllanlagen sind vollkommen veraltet. Ständig stockt es irgendwo. Wir haben für den gesamten Betrieb im Moment fünf funktionierende Lastwagen, hinzu kommen drei Pritschenwagen und vier normale Fahrzeuge. Das ist ein jämmerlicher Fuhrpark, und die Preise für Neuanschaffungen steigen in schwindelerregende Höhen. Ich frage mich, wie wir es schaffen wollen, Geschäfte in Kassel oder Nürnberg zu beliefern. Ein halber Dollar pro Flasche ist nichts. Ich hätte auf dem Doppelten bestehen sollen.«

Henni wollte Antwort geben, kam jedoch nicht mehr dazu, denn die Tür öffnete sich, und Lisbeth trat ein. Sie trug noch immer den schlichten Mantel und den Filzhut vom Morgen.

»Guten Tag zusammen! Ihr guckt aber arg miesepetrig drein. Ist etwas vorgefallen?«

»Nichts weiter«, antwortete Henni.

»Lüg mich nicht an«, entgegnete Lisbeth und sah sie herausfordernd an. »Natürlich ist etwas geschehen, sonst würde hier doch keine so schlechte Stimmung herrschen. Adam schaut drein, als wäre ihm eine dicke Laus über die Leber gelaufen. Lasst mich raten: Es hat etwas mit den beiden Amerikanern zu tun, die mir auf dem Hof begegnet sind?«

»Es ging um Geschäftliches«, antwortete Adam ausweichend und stand auf. Auch er konnte Lisbeth nicht leiden. »Was willst du?« Er sah Lisbeth fragend an. Seine Stimme klang nicht herausfordernd, sondern erschöpft.

»Mit euch reden. Immerhin bin ich eine Herzberg und Anteilseignerin der Firma. Zwar hat mir mein Vater nur einen kleinen Teil vermacht, aber dieser gehört mir. Also möchte ich in Zukunft in sämtliche Entscheidungen involviert werden, schließlich geht es hier auch um mein Geld.« Sie wandte sich an Henni, und in ihrem Blick lag etwas Herausforderndes.

»Nur weil du Papas und Großvaters Liebling warst, kann es nicht sein, dass du dich hier als alleinige Chefin aufspielst. Ich denke, wir sollten in dieser Hinsicht besser zusammenarbeiten.«

»Seit wann interessierst du dich für die Kellerei?«, fragte Henni verdutzt. »Bisher war sie dir doch vollkommen egal.«

»Die Dinge ändern sich eben«, schnappte Lisbeth zurück. »Es ist auch mein Erbe, und es wird Zeit, dass ich mich kümmere. In Zukunft möchte ich über jeden Schritt informiert werden und an sämtlichen Sitzungen teilnehmen. Und übrigens habe ich mir Gedanken darüber gemacht, ob es überhaupt rechtens ist, dass Bille und ich nur so wenige Anteile an der Firma erhalten haben. Ich überlege, das prüfen zu lassen.«

Henni wusste nicht, was sie erwidern sollte. Was war nur plötzlich in Lisbeth gefahren? Die Erschöpfung der letzten beiden Tage holte sie ein, sie war nicht in der Lage, etwas zu erwidern.

16. Kapitel

Wiesbaden, 20. Februar 1946

Bille stand am Fenster ihres Zimmers und sah nach draußen. Dichter Nebel lag über dem Garten, der Rhein war nicht sichtbar. Grau und düster hatte dieser Tag begonnen, und so würde er wohl auch enden. Sie wandte sich vom Fenster ab, und ihr Blick fiel auf den Nachmittagstee, den Trude vor Kurzem auf dem Tisch abgestellt hatte. Es gab Früchtetee mit Honig, dazu Nusskuchen. Inge kannte ihre Vorlieben. Doch bisher hatte Bille weder von dem Tee getrunken noch von dem Kuchen gegessen. Sie wurde mal wieder von Übelkeit geplagt. Doktor Hausmann, der am Morgen zu einer weiteren Untersuchung bei ihr gewesen war, hatte ihr gesagt, dass diese bald vorübergehen müsste. Er hatte ihre Schwangerschaft nach einer eingehenden Untersuchung auf den fünften Monat datiert.

Bille dachte daran zurück, was damals geschehen war, in diesem abscheulichen Gefangenenlager irgendwo in der russischen Einöde. Sie hatte geglaubt, sie würde aus diesem Elend niemals wieder fortkommen. Dort schienen alle Tage so grau zu sein wie der heutige. Es hatte Barackenlager gegeben, kaum etwas zu essen, meist war den Gefangenen nur schimmliges Brot und dünne Suppe vorgesetzt worden. Bille hatte dort als Krankenschwester gearbeitet und so viele Männer in den Tod begleitet, dass sie sie gar nicht mehr zählen konnte. Manche waren nicht einmal zwanzig Jahre alt gewesen. Wundstarrkrampf, Entzündungen und Typhus. Sie konnte nicht sagen, wie oft die Männer in ihren Armen unter Tränen gesagt hatten, dass sie nach Hause zu ihren Müttern wollten. An einen jungen Mann konnte sie sich besonders gut erinnern. Ihn hatte sie über Wochen gepflegt. Er hatte eine schwere Beinverletzung davongetragen, und ihm war der rechte Unterschenkel amputiert worden. Er hatte ihr immer wieder gesagt, dass er bald nach Hause zu seiner Freundin kommen und sie dann heiraten würde. Zu seiner Monika. Er war in ihren Armen gestorben, vor Fieber zitternd und weinend, weil er wusste, dass er seine Monika nicht mehr wiedersehen würde. Nachdem er seine Augen für immer geschlossen hatte, war Bille nach draußen getreten und hatte auf einem schäbigen Stuhl sitzend um ihn geweint. Ein Schuss hatte sie irgendwann aus ihrer Traurigkeit aufgeschreckt. Laute Rufe waren durch die bereits hereingebrochene Dunkelheit zu ihr durchgedrungen. Bille wusste, was das zu bedeuten hatte. Es war wieder einer erschossen worden. Vielleicht hatte er zu fliehen versucht oder etwas anderes getan, was einem der Aufseher nicht gefallen hatte. Am Ende dieses Tages erfuhr sie, dass es ein junger Mann gewesen war, der hinter einer der Baracken im hinteren Teil des Geländes einen Fluchtversuch gestartet hatte. Bille hatte ihn gekannt. Simon Becker, gerade mal siebzehn Jahre alt. Er hatte in Königsberg im letzten Aufgebot Hitlers gekämpft. Ein stolzer junger Mann, dem sie eingeredet hatten, an den Endsieg glauben zu müssen.

Billes Licht in dieser düsteren Welt war Fritz Wegener gewesen. Ein blonder Arzt aus Hannover, der mit ihr auf der Krankenstation gearbeitet hatte. Vom ersten Augenblick an hatte es zwischen ihnen geknistert. Nach nur wenigen Tagen hatten sie sich geküsst, wenig später hatten sie sich heimlich in einem der Lagerräume geliebt. Seine Nähe und die Wärme seiner Haut, seine Küsse und seine Umarmungen trösteten und schenkten Kraft. Sie verbrachten unzählige Nachtschichten miteinander und redeten. Er erzählte von Hannover, davon, dass er eines Tages die Praxis seines Vaters übernehmen würde. Sie beschrieb ihm ihr Wiesbaden, die Kellerei und das wunderschöne Zuhause am Rheinufer. Zwischen all dem Elend begannen sie, Pläne für eine gemeinsame Zukunft zu schmieden. In diesen Momenten war sie glücklich. Doch dann kam der Tag, an dem sie jäh auseinandergerissen wurden. Sie und drei weitere Krankenschwestern sollten in ein Krankenlager weiter westlich versetzt werden. Die Entscheidung war so plötzlich getroffen worden, Bille hatte überstürzt packen müssen.

Sie hatte noch vor Augen, wie sie hektisch durch die Krankenstation gelaufen war und seinen Namen gerufen hatte. Sie spürte noch einmal die Verzweiflung, dieser Moment verfolgte sie bis heute in ihre Träume. Sie befand sich dann jedes Mal wieder in diesen düsteren und vom Geruch des Todes erfüllten Räumen, rief seinen Namen und fand ihn nicht. Es hatte kein Wort des Abschieds, keine Umarmung, keinen letzten innigen Kuss gegeben. Sie wusste nicht, wo er jetzt war und wie es ihm ergangen war.

Sie war mit den anderen Krankenschwestern auf einen Pritschenwagen gestiegen, und es hatte eine endlos lange Fahrt über holprige und ungeteerte Straßen begonnen. Sie wusste nicht, wie es geschehen war, doch irgendwann war der Wagen ins Schlingern geraten, von der Straße abgekommen und hatte sich überschlagen. Sie hatte geschlafen, wurde von der Pritsche geschleudert und landete in einem Gestrüpp. Als sie wieder zu sich kam, war sie allein. Eine der anderen Schwestern fand sie tot ein Stück entfernt auf dem Weg liegen. Sie hatte sich beim Sturz von der Pritsche wohl das Genick gebrochen. Eine Weile war Bille vor Schock wie erstarrt. Doch dann begriff sie, dass das ihre Chance zur Flucht war. Sie lief los und stieß irgendwann auf einen Strom vieler anderer Flüchtlinge, die mit voll beladenen Wagen Richtung Westen zogen. Es war eine seltsame Zeit gewesen. Tage und Wochen vergingen. Es wurde bitterkalt und schneite oft tagelang. Sie sah Menschen, die während des Gehens zusammenbrachen, Mütter weinten um ihre erfrorenen Babys. Der Wind wehte Schnee über die Leichen, die am Wegesrand lagen. Sie saß in der Hoffnung auf eine Bahnverbindung in kalten Bahnhofsgebäuden auf dem Fußboden, wehrte sich gegen Übergriffe, bekam mit, wie andere Frauen vergewaltigt wurden. Sie hungerte und weinte, bettelte um Brot und sang mit den Kindern Lieder, um ihnen die Situation erträglicher zu machen. Stundenlang harrte sie in einem Eisenbahnwaggon in der Kälte im Nirgendwo aus, eine Frau hatte sich an sie gelehnt und war irgendwann eingeschlafen. Sie starb während der Fahrt an ihrer Seite. Vor Erschöpfung und Kälte. Bille kannte nicht einmal ihren Namen. Sie war vielleicht vierzig gewesen, hatte zu ihrer Schwester nach Karlsruhe gewollt.

Während der unendlich langen Flucht dachte Bille immer wieder an Fritz, träumte sich in seine Arme, versuchte, sich den Klang seiner Stimme in Erinnerung zu rufen. Sie stellte sich vor, wie schön es sein würde, an einem warmen Sommertag am Rheinufer zu stehen und auf den funkelnden Fluss zu blicken. Doch was würde sie zu Hause erwarten? Sie wusste, dass die Städte ausgebombt worden waren. Sie würde in eine Trümmerlandschaft heimkehren. Würde es ihr vertrautes Zuhause, den Zufluchtsort, nach dem sie sich mit jeder Faser ihres Körpers sehnte, überhaupt noch geben?

Es gab ihn noch. Die Villa am Rhein war vom Bombenhagel verschont geblieben. Doch trotzdem war nichts mehr wie zuvor, und ihr Zuhause fühlte sich fremd an. Großvater und Vater waren tot, Oma Maria vergaß die Welt um sich herum. Henni war Witwe und hatte Adam geheiratet. Lisbeth war zurück aus Berlin. Bille legte die Hand auf ihren Bauch. Inzwischen spürte sie bereits die ersten Kindsbewegungen. Jede von ihnen zauberte ihr ein wehmütiges Lächeln auf die Lippen. Es war ein Kind der Liebe, nur wusste sein Vater nicht, dass es existierte. Aber vielleicht würde er bald einen Weg finden heimzukehren. Gewiss würde er dann zu ihr nach Wiesbaden kommen, und sie könnten das Leben führen, das sie sich gemeinsam in dem finsteren Lagerraum erträumt hatten.

Henni riss sie durch ihr Eintreten aus ihren Gedanken. Bisher hatte Bille nur wenig mit ihr gesprochen, sie war Hennis fragendem Blick ausgewichen. Sie wusste, dass ihre Schwester gerne erfahren würde, wo sie gewesen und wie es ihr in all der Zeit ergangen war. Doch es machte ihr schon genug zu schaffen, dass die vielen Bilder in ihren Gedanken waren und sie bis in ihre Träume verfolgten. Sie brachte es nicht fertig, sie auch noch laut auszusprechen.

»Hallo Bille«, grüßte Henni. Sie lächelte, wie sie es immer tat, doch Bille spürte ihre Anspannung. Die letzten Jahre hatten ihnen die Vertrautheit im Umgang miteinander genommen. Henni war in Wiesbaden geblieben, sie hatte keine Vorstellung davon, wie das Grauen dieses Krieges wirklich aussah. Sie wusste nicht, wie es sich anfühlte, Todesängste auszustehen. Sie hatte keine Ahnung davon, wie es war, mit einer Toten neben sich in einem Güterwaggon zu sitzen und zu beten, dass man nicht wahnsinnig wurde. Oder war sie jetzt ungerecht? Auch Henni hatte die letzten Jahre irgendwie durchgestanden. Sie hatte die Liebe ihres Lebens verloren, mitansehen müssen, wie ihre Heimatstadt in nur wenigen Bombennächten zerstört worden war. Gewiss hatte auch sie voller Angst im Keller ausgeharrt. Sie hatte ihren Großvater und Vater zu Grabe getragen. Trotzdem war sie stark geblieben und hatte sich um das Familienerbe gekümmert, versorgte Oma Maria. Ohne sie hätte es für Bille kein Zuhause mehr gegeben, zu dem sie hätte heimkehren können.

»Wie geht es euch beiden heute?«, fragte Henni. »Was macht die Übelkeit?« Ihr Blick fiel auf den unberührten Kuchenteller.

»Es wird langsam besser«, antwortete Bille und verschränkte instinktiv die Arme vor der Brust. Sie trug, obwohl es Nachmittag war, noch immer ihren Morgenmantel über dem Nachthemd. Ihr Haar war fettig und strähnig. Seit ihrer Rückkehr hatte sie ihr Zimmer kaum verlassen.

»Das sind doch wunderbare Neuigkeiten. Dann kannst du hoffentlich bald wieder etwas mehr essen. Immerhin musst du das kleine Menschlein in deinem Inneren ja mitversorgen.«

Bille nickte nur und gab keine Antwort. Das kleine Menschlein in ihrem Inneren, das es erstaunlicherweise trotz der äußerst widrigen Umstände zu überleben geschafft hatte.

»Wegen des Kindes«, sagte Henni, und ihre Stimme klang unsicher. »Können wir darüber reden? Natürlich nur, wenn du das möchtest. Man hört so viele abscheuliche Dinge von Frauen auf der Flucht und …« Sie brach ab.

Bille hatte geahnt, dass diese Frage irgendwann kommen würde.

»Ich bin nicht vergewaltigt worden, wenn es das ist, was du wissen willst«, antwortete sie eine Spur zu ruppig. Sie stand noch immer am Fenster, und in ihr stieg eine seltsame Form der Unsicherheit auf. Früher hätte sie sich neben Henni aufs Bett gesetzt, und sie hätten über alles miteinander reden können. Henni war so viel mehr gewesen als die große Schwester. Doch früher war vorbei.

»Du weißt also, wer der Vater ist?«, hakte Henni nach. Billes abweisender Tonfall schien sie nicht zu stören.

Bille zögerte mit der Antwort. Sie spürte den Schmerz in ihrem Inneren aufwallen, und in ihrem Hals bildete sich ein dicker Kloß. Sie schluckte, doch er wollte nicht verschwinden. Tränen stiegen ihr in die Augen, und sie wandte sich ab. Henni sollte ihre Schwäche nicht sehen. Niemand sollte das. Am liebsten wäre es ihr, sie könnte für immer allein in diesem Raum bleiben. Am Fenster stehen, hinausblicken und nichts tun. Wie konnten sie weitermachen, wenn so viele tot waren? Namenlose am Straßenrand, auf Feldern, in Städten. Menschen, die irgendwo vermisst, die geliebt wurden. Das ging doch gar nicht.

Wieso drehte sich diese Welt einfach weiter, als wäre nichts geschehen? Vielleicht ja deshalb, weil es trotz der Dunkelheit dort draußen irgendwo noch Hoffnung gab.

»Sein Name ist Fritz«, sagte sie und schniefte. »Wir haben zusammen in diesem Barackenlager für Gefangene gearbeitet. Er war dort Arzt. Er war meine Rettung in dieser abscheulichen Welt. Und ich weiß nicht, ob ich ihn jemals wiedersehen werde.«

Nun kullerten die Tränen nur so aus ihren Augen, und sie begann laut zu schluchzen, ihr Magen krampfte sich zusammen, und sie glaubte zu ersticken.

Da spürte sie Hennis Arme, die sie umfingen. Sie drückte Bille fest an sich und begann tröstende Worte zu murmeln, während sie ihr beruhigend über den Rücken strich.

»Es ist gut«, sagte sie. »Es wird alles wieder gut werden. Das weiß ich. Du bist hier. Du bist zu Hause, und der Krieg ist vorbei. Ich wünsche dir so sehr, dass dein Fritz auch den Weg zurück finden wird.«

Da regte sich in Bille Widerwillen. Was redete Henni da nur für einen Unsinn? Sie hatte doch keine Ahnung. Da war sie wieder, die unsichtbare Mauer zwischen ihnen. Bille löste sich abrupt aus der Umarmung und trat einen Schritt zurück.

»Was weißt du schon«, blaffte sie Henni an und wischte sich mit dem Ärmel den Rotz von der Nase. »Du weißt nichts. Du hast keine Ahnung davon, wie sich diese Angst anfühlt. Wie es dort gewesen ist. Sie schießen dich einfach tot, behandeln dich wie Dreck. Ich hab es gesehen, immer und immer wieder hab ich gesehen, wie grausam Menschen sein können. Es wird niemals wieder gut werden. Verschwinde, hörst du? Geh!« Billes Stimme wurde laut, und sie deutete zur Tür.

Henni sah sie entgeistert an. Sie wusste nicht, wie sie reagieren, was sie sagen sollte. Sie hatte Bille doch nur trösten und für sie da sein wollen.

»Geh!«, wiederholte Bille und deutete zur Tür.

Henni machte ein paar Schritte zurück, sie floh regelrecht vor ihrer Schwester, die ihr in diesem Augenblick wie eine Fremde erschien.

Nachdem sich Billes Zimmertür hinter ihr geschlossen hatte, blieb Henni wie erstarrt auf dem Flur stehen. Was sollte nun werden? Sie hatte so sehr dafür gebetet, dass Bille heimkehren würde, und das Wunder war geschehen. Doch Henni wusste nicht, wie sie mit der Situation umgehen sollte.

In diesem Moment kam Trude mit frischen Handtüchern die Treppe nach oben und sah sie verdutzt an.

»Fräulein Henni! Ist etwas geschehen? Sie sehen mitgenommen aus.«

Ihr Blick wanderte zu Billes Zimmertür, und ihre Miene wurde mitfühlend. Sie schien genau zu wissen, was geschehen war.

»Sie wird Zeit brauchen, das Erlebte zu verarbeiten. Ich denke, sie hat viele schreckliche Dinge gesehen. Solche Bilder können einen jahrelang verfolgen. Sie sollten sie zu nichts drängen und warten, bis sie von alleine dazu bereit ist, mit Ihnen zu reden. Selbst wenn dieser Zeitpunkt niemals kommen wird.«

»Ich weiß«, antwortete Henni. Sie kannte das von ihrem

Vater, dem es nach dem Ersten Weltkrieg auch so ergangen war. Man ertrug das Leid im Stillen und versuchte, es irgendwie zu verarbeiten. Dem einen gelang dies besser, dem anderen schlechter. Sie hatte oft beobachtet, wie ihr Vater irgendwelche Pillen eingenommen hatte, wie ihm manchmal die Hände gezittert hatten und Schweißperlen auf seine Stirn getreten waren. Er war in Verdun gewesen und hatte nie darüber geredet. Vielleicht hätte er es tun sollen. Manchmal half es zu reden. Oder war das Geschehene zu schrecklich, um es erneut laut auszusprechen, um andere daran teilhaben zu lassen? Henni kannte den Inhalt von einigen seiner Feldpostbriefe. Vor einer Weile hatte sie sie zufällig in einer Schublade des Sekretärs in seinem ehemaligen Schlafzimmer gefunden. Einen ganzen Abend hatte sie damit zugebracht, diese zu lesen. Anfangs war er noch guten Mutes gewesen, doch mit jedem Brief hatte die Euphorie nachgelassen. In seinem letzten Brief im Februar 1918 hatte er sich über die abscheuliche Kälte und Nässe beklagt, die Flöhe und den ewigen Hunger. Und er hatte davon berichtet, dass mehrere seiner Kameraden den Tod gefunden hätten. Zwischen den Zeilen waren seine Emotionen spürbar gewesen. Im März 1918 war er verwundet worden, danach war er nicht mehr an die Front zurückgekehrt.

Henni wünschte sich, er wäre noch am Leben. Er könnte Bille von ihnen allen vermutlich am besten beistehen.

»Ich kann mir in meinen schrecklichsten Träumen vermutlich nicht ausmalen, was sie erlebt und was sie mitansehen musste«, sagte Henni. »Aber immerhin ist das Kind nicht bei einer Vergewaltigung entstanden. Diese Frage hat sie mir eben beantwortet. Der Vater heißt Fritz und ist Arzt. Sie scheint ihn zu lieben.«

»Das ist doch eine gute Nachricht«, antwortete Trude. »Und vielleicht hat das Schicksal ein Einsehen und bringt ihr diesen Fritz in die Heimat.«

»Das wäre schön«, meinte Henni.

Trude nahm Hennis Hand, drückte sie und nickte ihr aufmunternd zu. »Das wird schon alles werden. Unsere Bille ist wieder heimgekehrt, und das ist doch ein großes Glück. Alles andere wird sich irgendwie finden. Wir brauchen nur Geduld.«

»Geduld war noch nie mein Freund«, antwortete Henni und verzog das Gesicht.

»Ich weiß«, erwiderte Trude und lächelte. »Meiner auch nicht, aber es hilft ja nichts. Ich hoffe, sie isst etwas von dem Kuchen, den ich ihr hingestellt habe. Das wäre für heute schon genug.«

17. Kapitel

Frankfurt, 25. Februar 1946

Henni schnitt ein Stück von dem Fisch auf ihrem Teller ab und schob es sich in den Mund. Sie hatte Mühe, es hinunterzuschlucken, denn ihr Magen fühlte sich wie zugeschnürt an. Sie befand sich im Esszimmer von Adams Anwesen in Frankfurt. Sein Vater war aus der Schweiz angereist und hatte auf das private Mittagessen bestanden. Er wolle seine geliebte Schwiegertochter endlich mal wiedersehen, hatte er erklärt. Passenderweise konnte er das familiäre Mittagessen mit einigen Geschäftsterminen verbinden.

Die Stimmung am Tisch war so trüb wie das Wetter. Schneeregen fiel aus tiefhängenden Wolken, und die Parkanlage vor den Fenstern erweckte einen trostlosen Eindruck. Die Flammen der Kerzen auf dem Tisch schafften es nur kläglich, den in winterlich graues Licht gehüllten Raum zu erhellen. Philip Malzer schien die schlechte Stimmung seines Sohnes und seiner Schwiegertochter nicht zu stören. Er berichtete fröhlich von seinem vorangegangenen Geschäftstermin und lästerte über einen Widersacher, der eine hübsche Stange Geld bei irgendwelchen Anlagegeschäften verloren hatte. Er langte beim Essen kräftig zu und schaufelte sich gerade erneut einen Berg Kartoffeln und ein weiteres Stück Fisch auf den Teller, beides ertränkte er in Sahnesoße.

Henni sah zu Adam. Seine Miene war finster. Er verabscheute nichts mehr, als von seinem Vater zu solchen Treffen zitiert zu werden, wie er es bezeichnete. Doch er brachte es auch nicht fertig, sich gegen ihn zur Wehr zu setzen. Es war ein übles Spiel um Macht, das zwischen Vater und Sohn stattfand. Henni dachte an ihren Vater. Auch er hatte darunter gelitten, dass ihr Großvater die Zügel nicht aus der Hand hatte geben wollen. Wichtige Entscheidungen hatte bis zu seinem Tod stets Martin Herzberg getroffen, sein Sohn war für seine Geschäftspartner meist nur zweitrangig gewesen.

Doch bei Adam und seinem Vater kam noch eine Besonderheit hinzu: Philip Malzer wusste, dass sein Sohn Männer liebte, was er nicht akzeptieren konnte.

»Wie ich hörte, geht es in der Kellerei wieder aufwärts«, sagte Philip und tupfte sich mit seiner Serviette über die Lippen. »Wie steht es denn mit dem Verkaufsverbot an Privatleute? Weiß man schon, wann es aufgehoben wird? So kann es ja nicht für die Ewigkeit weitergehen. Ich hab mir vor unserem Treffen einen kurzen Überblick über die Geschäftsbücher verschafft. Es könnte besser laufen. Ich hatte geglaubt, du würdest das besser hinbekommen, mein Junge.« Er sah zu Henni. »Ich dachte, mit der jungen Dame an deiner Seite könnte es gut funktionieren, da sie ja immerhin etwas vom Fach versteht. Jedenfalls hatte ich das angenommen, sie ist ja eine Herzberg, wenn auch eine Frau.« Sein letzter Satz klang abfällig, und er sondierte Hennis Körpermitte nun etwas genauer. Sie warf ihrem Schwiegervater einen finsteren Blick zu, den er hoffentlich zu deuten wusste.

»Wenn ihr weiterhin so schlecht haushaltet, werdet ihr einen erneuten Kredit benötigen. Und diesen würde ich euch nur ungern gewähren. Am Ende geht die Kellerei doch noch bankrott, und ich verliere eine Menge Geld.« Er nahm sein halbvolles Weinglas zur Hand und leerte es in einem Zug.

»Ich weiß ja nicht, in welche Geschäftsbücher du Einblick erhalten hast«, antwortete Adam, bemüht um einen gelassenen Tonfall. »Aber es können keine aktuellen Zahlen gewesen sein, die dir vorgelegt wurden. Wir hatten einige größere Ausgaben zu verzeichnen, aber diese beginnen sich nun auszuzahlen. Unsere Auslieferungslager sind beinahe komplett wiederhergestellt, auch konnten wir den Fuhrpark um drei Fahrzeuge erweitern. Wir haben für die nächste Saison gute Preise bei unseren Zulieferern, den Winzern, ausgehandelt, und wir beliefern neuerdings sämtliche Läden der GIs und die Offizierskantinen im gesamten amerikanischen Sektor.«

»Und wir haben erst gestern von der Stadtverwaltung erfahren, dass das Verkaufsverbot an Privatpersonen wohl im Sommer gelockert werden könnte«, fügte Henni noch hinzu.

»Das ist ja gut und schön, mein Täubchen«, antwortete Philip. »Aber mit was sollen die Menschen denn dann die Prickelbrause bezahlen? Mit Zigaretten oder Kartoffeln? In diesem Land scheint ein Hosenknopf mehr Wert zu haben als ein Geldschein. Nun gut, wir werden sehen. Wenn es ein Verlustgeschäft wird, dann ist es eben so. Eine Sektkellerei dieser Größe und mit diesem Namen kann man zur Not bestimmt auch später noch loswerden.« Er schob sich ein beachtliches Stück Fisch in den Mund und erkundigte sich kauend und mit einer Dreistigkeit, die Henni sprachlos machte, nach den Fortschritten bei der Familienplanung.

»Wie ich sehe, meine liebe Henni, ist deine Taille noch immer äußerst schmal. Ich hoffe doch, ihr werdet mich in dieser Hinsicht nicht enttäuschen.« Er sah kurz zu Adam, der gerade einen Schluck Wein getrunken hatte und sich prompt verschluckte. Er brauchte einen Moment, um wieder zu Atem zu kommen.

»Vater, bitte. Sei doch nicht so indiskret. Wenn es so weit ist, werden Henni und ich dir die frohe Neuigkeit mitteilen.« Er legte demonstrativ seine Hand auf die von Henni und drückte sie kurz. »Manches Mal dauert es eben ein wenig.«

»Lass es nicht zu lange dauern«, antwortete Philip. »Bei manch einem klappt es nie. Bei einem solch hübschen Mädchen wie Henni wird es ja nicht so schwer sein, einen hochzubekommen.«

Vor Schreck kippte Henni ihr Weinglas um, zu dem sie gerade greifen wollte, und der Rotwein tropfte prompt auf ihren hellrosa Rock. Sie sprang auf, Adam wollte ihr mit einer Serviette zu Hilfe eilen, doch sie wiegelte ab.

»Ich denke, es ist besser, wenn ich nach einem eurer Hausmädchen rufe«, sagte sie, bemüht, nicht die Fassung zu verlieren. Ein Streit würde ihnen jetzt auch nicht weiterhelfen. »Du entschuldigst mich.«

Sie rauschte aus dem Raum. Auf dem Flur hatte sie Mühe, die Tränen zurückzuhalten. Was bildete sich dieser Mann nur ein! Er tat so, als gehörte ihm die Kellerei. Das Lebenswerk ihrer Eltern. Am Ende würde er es wie ein lästiges Übel billig verkaufen. Aber so hatten sie nicht gewettet. Und sein Enkelkind konnte er sich an den Hut stecken. Henni hätte sich niemals auf diese Ehe einlassen sollen. Wie dumm sie doch gewesen war! Gewiss hätte sich auch noch eine andere Lösung finden lassen. Adam kam zu ihr, und seine betrübliche Miene zeigte deutlich, wie er sich fühlte.

»Ich muss mich bei dir entschuldigen, Henni. Er ist nicht immer so. Heute Morgen ist ihm ein gutes Geschäft durch die Lappen gegangen, das hat ihm die Laune verhagelt.« Er legte seine Hand auf Hennis Arm und sah sie mit diesem besonderen Unschuldsblick an, den er stets aufsetzte, wenn er glaubte, etwas ausgefressen zu haben. Hennis Wut verrauchte.

»Du musst dich nicht für ihn entschuldigen«, antwortete sie und drückte seine Hand. »Es ist nun einmal, wie es ist. Vermutlich hat er erwartet, ich würde kugelrund zu diesem Termin erscheinen.«

»Wir wissen beide, dass das nicht passieren wird«, antwortete Adam. »Oder vielleicht ja doch?«

Henni sah ihn verdutzt an. »Du meinst doch nicht etwa, dass wir beide …«

»Nein, natürlich nicht. Allerdings … ich hatte auch schon mit Frauen, also so wenige Male, man muss es ja mal ausprobiert haben, und …«

Henni zog eine Augenbraue in die Höhe, was ihn verstummen ließ.

»Was ich sagen wollte«, Adam holte Luft, »ich weiß, wir sind mehr oder weniger zu dieser Ehe gezwungen worden, aber ich hab dich sehr gern, und ich denke, wir haben uns in den letzten

Wochen einander angenähert. Es wird nie die große Liebe werden, das wissen wir beide. Aber in vielen anderen Ehen gibt es die ja auch nicht. Vielleicht könntest du ja mal darüber nachdenken. So ein klein wenig.« In seinem Blick lag etwas Hoffnungsvolles.

Henni wusste nicht, was sie erwidern sollte. Es erleichterte sie, dass sie just in diesem Augenblick von einem der Dienstmädchen erlöst wurde, das sie auf den Rotweinfleck auf ihrem Rock ansprach.

Am Spätnachmittag desselben Tages befand sich Henni wieder in der Kellerei in einem der Arbeitsräume und beschäftigte sich mit dem sogenannten Degorgieren. Dabei wurde der Kronkorken auf der Sektflasche entfernt und die Hefe, die sich über die letzten Monate im Flaschenhals abgesetzt hatte, wurde durch den Gasdruck in der Flasche herausgeschleudert. Henni hatte diesen Teil der Sektherstellung schon immer geliebt, und die vertrauten Handgriffe beruhigten sie. Sie hielt den Degorgierhaken, ein extra für diesen Arbeitsschritt hergestelltes Spezialwerkzeug, in der Hand und öffnete die nächste Flasche. Die Hefe schleuderte heraus, und etwas Sekt sprudelte auf die metallene Arbeitsfläche vor ihr. Den in der Flasche verbliebenen blanken Sekt füllte sie mit dem sogenannten Versandlikör auf, der ihm den typischen Herzberg-Geschmack verlieh. Als dies erledigt war, verschloss sie die Flasche mit einem Korken, befestigte die Agraffe, die den Korken sicher auf der Flasche hielt, und stellte sie zur Seite. Morgen würden die Flaschen etikettiert werden, und dann konnten sie ihre Reise zur Kundschaft antreten.

Henni war allein, die Mitarbeiter hatten bereits Feierabend gemacht. Während sie zur nächsten Flasche griff, kam ihr ihr Großvater in den Sinn. Auch ihm hatte das Degorgieren dabei geholfen, zur Ruhe zu kommen. Er war auch derjenige, der ihr alles zu diesem Vorgang beigebracht hatte. Er hatte ihr erklärt, was es mit dem Versandlikör auf sich hatte und wie die Hefe in der Flasche arbeitete. Wie sehr sie ihn doch vermisste. Gerade jetzt könnte sie ihn gut gebrauchen. Wäre er noch am Leben, würde sich Philip Malzer niemals herausnehmen, sie so schäbig zu behandeln. Sie seufzte, griff zu einer weiteren Flasche und entfernte den Kronkorken.

Adam hatte sie mit dem Wagen nach Wiesbaden zurückgebracht, im Auto hatte eisiges Schweigen geherrscht. Henni konnte noch immer nicht fassen, was er ihr vorgeschlagen hatte. Er wollte eine richtige Ehe, wollte, dass sie mit ihm das Bett teilte. Vielleicht war das alles von Anfang an ein abgekartetes Spiel gewesen? Doch sie kannte Adam seit so langer Zeit, er würde ihr so etwas nicht antun.

Georg trat plötzlich neben sie und riss sie aus ihren Gedanken. Sie hatte gar nicht bemerkt, dass er den Raum betreten hatte.

»Man merkt wirklich, dass du eine Herzberg bist«, sagte er scherzhaft. »Deinen Großvater habe ich oft hier angetroffen. Es erweckte den Eindruck, als würde er sich hier unten vor der Welt verstecken.«

Henni ließ den Degorgierhaken sinken. »Vermutlich hat er das auch«, antwortete sie. »Er hat das Geschäftliche und die oftmals ewig langen Sitzungen nie gemocht. Am liebsten war er im Sektkeller oder im Weinberg. Wenn wir irgendwo bei der Weinlese geholfen haben, dann war er in seinem Element.« Sie lächelte wehmütig. »Er fehlt mir so sehr.«

»Ja, er fehlt«, antwortete Georg. Es entstand eine Pause, und plötzlich hing eine eigentümliche Stimmung im Raum.

»Ich sehe dir schon eine Weile bei der Arbeit zu«, sagte Georg irgendwann. »Es stimmt etwas nicht, oder?«

Er kannte sie zu gut, dachte Henni und ließ die noch ungeöffnete Flasche in ihrer Hand sinken.

»Adam und ich hatten heute diesen unseligen Mittagstermin mit Philip«, antwortete Henni. »Und es ist, also …« Sie stockte, und in ihrem Hals breitete sich ein Kloß aus.

Georg nahm ihr behutsam die Flasche aus der Hand und stellte sie auf dem Tisch ab.

»Wir können ein Stück spazieren gehen, wenn du möchtest«, sagte er. »Laufen und reden hilft. Jedenfalls bei mir, nicht immer, aber manchmal.« Er sah ihr direkt in die Augen. In seinem Blick lag Besorgnis, aber auch noch etwas anderes. Zuneigung. Ein wohlig warmes Gefühl breitete sich in Henni aus, und der Kloß in ihrem Hals schien wieder kleiner zu werden.

»Ein Spaziergang wäre wunderbar«, antwortete sie und lächelte nun sogar ein wenig.

Nur wenige Minuten später verließen die beiden die Kellerei und schlenderten die Biebricher Allee Richtung Schlosspark hinunter. Es war noch immer grau und kühl, doch der Niederschlag hatte aufgehört. Sie betraten den Schlosspark durch den hinteren Eingang und erreichten nach wenigen Schritten die im Dämmerlicht des Winterabends versinkende Mosburg. Am Ufer des Weihers saßen einige Enten.

Henni war Georg dankbar, dass er keine Fragen stellte und ihr die Zeit ließ, die sie benötigte. Hin und wieder hatte seine Hand beim Laufen die ihre berührt, und es hatte sich jedes Mal so angefühlt, als würde sie ein Stromschlag treffen. Für Außenstehende musste es so aussehen, als wären sie ein Liebespaar. In diesem Augenblick wünschte sie sich, es wäre so. Sie wünschte sich, sie könnte mit Georg glücklich sein und die Zuneigung, die sie für ihn empfand, der ganzen Welt zeigen.

»Ich hätte mich niemals auf diese Ehe einlassen sollen«, sagte Henni, während sie dem Weg weiter folgten. Inzwischen waren die Laternen angegangen, irgendwo krächzte ein Rabe. »Nun ist die Kellerei den Malzers vollkommen ausgeliefert. Nicht Adam hat das Sagen, sondern Philip. Und wenn es schlecht läuft, dann wird er mein Familienerbe einfach verkaufen. Und Adam hat, er ist …«

Nun konnte Henni die Tränen nicht mehr zurückhalten. Sie blieb stehen und wischte sie peinlich berührt ab, doch die Tränen wollten sich nicht aufhalten lassen. Da umfingen Georgs Arme sie, und er drückte sie fest an sich, seine Hand strich beruhigend über ihren Rücken.

»Scht«, sagte er. »Du wirst die Kellerei nicht verlieren. Das kann Malzer nicht tun.«

Henni wollte Georgs tröstenden Worten nur zu gern Glauben schenken, doch sie brachte es nicht fertig. Natürlich konnte Malzer das tun. Adam war ihr Ehemann, und er stand unter der Fuchtel seines Vaters. Henni überlegte, Georg davon zu erzählen, was Adam noch angedeutet hatte. Dass er nun doch ein gemeinsames Kind in Erwägung zog. Aber es würde ohnehin niemals geschehen, weshalb sollte sie Georg damit belasten?

Henni löste sich aus seiner Umarmung und wischte sich über das Gesicht.

»Ich benehme mich wie ein kleines Mädchen«, sagte sie. »Nicht wie die Inhaberin einer Sektkellerei.«

»Auch die Chefin darf mal ins Schwanken geraten«, antwortete Georg und legte erneut die Arme um sie. Seine Lippen näherten sich den ihren und berührten sie zärtlich. Sie öffnete ihren Mund, und ihre Zungen fanden sich. Er zog sie fester an sich, sein Kuss wurde leidenschaftlicher. Und in diesem Moment wusste Henni, dass sie einander erneut lieben würden. Sie sehnte sich nach seiner Wärme und körperlichen Nähe. Als er sie nach dem Kuss an die Hand nahm und sie den Weg zu seiner unweit des Parks gelegenen Unterbringung einschlugen, folgte sie ihm widerstandslos.

Am nächsten Morgen erwachte Henni neben Georg auf seiner Matratze, die auf dem Boden lag, in der schäbigen Dachkammer, die er seit einigen Wochen bewohnte. Daneben gab es nur noch einen Tisch, einen wackeligen Stuhl und eine alte Kommode, der die unterste Schublade fehlte. Für Wärme sorgte ein kleiner Ofen neben dem Fenster, auf dem sich Georg seine Mahlzeiten zubereitete. Zwei Metalltöpfe standen darauf, Geschirr stapelte sich auf einem Regal an der Wand, und das Besteck befand sich in einem angeschlagenen Bierkrug. Die

Wände waren in einem hellen Grau getüncht, vor dem kleinen Fenster hingen vergilbte Häkelgardinen. Luxus sah anders aus. Doch Georg schämte sich nicht dafür. Er war zufrieden mit der Wohnung, schließlich lebten viele andere Wiesbadener in weitaus schlechteren Verhältnissen.

Henni betrachtete ihn im Schlaf und lächelte. Sein braunes Haar war verwuschelt, wenige Bartstoppel zierten sein Kinn und seine Wangen. Seine Gesichtszüge waren entspannt. Am liebsten würde sie für immer neben ihm liegen bleiben und ihn einfach nur ansehen. Sie setzte sich auf, und ihr Blick fiel auf den Dielenboden. Ihre Kleider und die von Georg lagen darauf verstreut. Sie fröstelte, und eine Gänsehaut überzog ihre nackte Haut. Im Raum war es kühl, längst war das Feuer im Ofen erloschen, das Georg gestern Abend angefacht hatte.

Sie stand auf, zog rasch ihre Kleider an und blickte danach in einen winzigen Spiegel, der über einem schmalen Waschbecken in der Ecke hing. Schwarze Ränder lagen unter ihren Augen, wo ihre Wimperntusche verwischt war. Sie sah abscheulich aus. Sie befeuchtete ihre Finger und entfernte die schwarzen Schatten, so gut es ging. Noch rasch das Haar glattgestrichen, den Hut aufgesetzt. So würde es gehen.

Sie schlüpfte in ihren Mantel und blickte zurück zum Bett. Georgs Augen waren noch immer geschlossen, er schien tief und fest zu schlafen. Sie selbst wäre längst aufgewacht, ihr Schlaf war schon immer leicht gewesen. Sein nackter Oberkörper war unbedeckt, eben noch hatte sie sein dunkles Brusthaar auf der Haut gespürt. Plötzlich fühlte sie das Verlangen, über seine Haut zu streichen, ihn zu wecken und sich erneut der Leidenschaft hinzugeben, jede Vernunft auszublenden. Sie machte einen Schritt auf ihn zu, zögerte dann jedoch. Sie sollte das nicht tun. Sie sollte nicht einmal hier sein. Diese Beziehung würde allen Beteiligten nur Kummer bringen. Aber was war falsch daran, sich als Frau geliebt zu fühlen? Liebte sie Georg denn? Sie wusste es nicht. Mit Conrad hatte sich die Liebe anders angefühlt, tiefer und vertrauter. Doch mit Georg war es prickelnder, aufregend. Vielleicht war es aber nur deshalb so, weil sie mit dem Feuer spielten.

Irgendwo im Haus klappte eine Tür. Henni zuckte wie ertappt zusammen, und das Gefühl des Verlangens verflog. Es wurde Zeit zu gehen. Sie griff sich ihre Handtasche vom Tisch, öffnete leise die Tür und schlüpfte ins Treppenhaus. Dort putzte gerade eine ältere Frau in einer geblümten Kittelschürze die Treppe.

Als Henni an ihr vorüberlief, sagte die Alte nichts, doch Henni glaubte in ihrem Blick zu erkennen, was sie dachte. Flittchen. So fühlte Henni sich in diesem Augenblick auch. Wie ein leichtes Mädchen, das sich nach einer Liebesnacht aus dem Haus stahl. Aber was wusste die Frau schon von ihr und ihrem Leben? Vielleicht hatte sie auch gar nichts gedacht.

Auf der Straße empfingen sie einige Schneeflocken, die von einem kühlen Ostwind durch die Luft gewirbelt wurden. Sie schlug ihren Mantelkragen hoch und eilte rasch den Gehweg entlang.

Als sie wenig später in der Villa eintraf, wurde sie von einer vollkommen aufgelösten Inge bereits im Treppenhaus in Empfang genommen.

»Da sind Sie ja endlich, Fräulein Henni«, sagte sie, und ihre Stimme überschlug sich vor Aufregung beinahe. »Wo waren Sie nur? Wir dachten schon, Ihnen wäre etwas zugestoßen.«

Henni ahnte, dass es hier nicht um sie ging.

»Was ist passiert?«, fragte sie alarmiert.

»Es ist die arme Bille, sie hatte eine Fehlgeburt. Der Arzt ist gerade bei ihr. Lisbeth hat ihn geholt. Das arme Ding hat so furchtbar geschrien. Trude war die ganze Zeit über bei ihr.«

Inges Worte trafen Henni wie ein Schlag ins Gesicht. Bille hatte eine Fehlgeburt erlitten, und sie war nicht da gewesen, hatte sich lieber ihrem Vergnügen hingegeben. Was war sie nur für eine schäbige große Schwester. Sie ließ wortlos die Handtasche fallen und stürmte die Treppe hoch.

18. Kapitel

Wiesbaden, 1. März 1946

Henni stand neben Lisbeth vor dem kleinen, offenen Grab auf dem Biebricher Friedhof und kämpfte mit den Tränen. Bille hatte eine Tochter geboren. Ein zartes, kleines Wesen, das nicht lebensfähig gewesen war, jedoch wunderschön ausgesehen hatte. Wie eine winzig kleine Porzellanpuppe. Doch das Mädchen hatte keinen einzigen Atemzug getan.

Dieser erste März zeigte sich von seiner sonnigen Seite, als ob er wüsste, dass es sich von einem besonderen kleinen Wesen zu verabschieden galt. Der über die Gräber wehende sanfte Wind schien einen ersten Hauch des nahenden Frühlings in sich zu tragen, und die Vögel zwitscherten fröhlich in den noch kahlen Bäumen. Der Pfarrer war nicht gekommen. Henni hatte im Pfarramt angefragt und um seinen göttlichen Beistand gebeten, doch er hatte sie abgewiesen. Er habe keine Zeit dafür, Totgeburten zu bestatten, hatte er schroff gesagt. Henni war sich sicher, dass das kleine Mädchen auch ohne den Segen der weltlichen Kirche in den Himmel kommen würde. Und dort oben wurde es vielleicht von seinen Großeltern in Empfang genommen. Die Vorstellung gefiel Henni und zauberte ihr ein Lächeln auf die Lippen.

Neben dem Grab lag ein schlichtes kleines Holzkreuz mit dem Namen der Kleinen darauf, darunter stand der Tag ihrer

Geburt. Lilly Herzberg. Henni kannte den Namen, weil Bille ihr gegenüber einmal erwähnt hatte, dass sie das Kind so nennen wollte, wenn es ein Mädchen wäre. Bille hatte nicht zur Beerdigung kommen können. Sie war nach der Geburt in eine tiefe Bewusstlosigkeit gefallen, aus der sie bis heute nicht erwacht war. Der Arzt hatte sie zur weiteren Behandlung ins Krankenhaus bringen lassen. Der Blutverlust sei hoch gewesen, sie müsse dringend ärztlich überwacht werden. Henni hatte wie erstarrt beobachtet, wie Bille von den Sanitätern abgeholt worden war, und längst verdrängte Kindheitserinnerungen waren in ihr aufgestiegen. Von damals, als es im Haus ganz still geworden war, nachdem ihre Mutter so lange geschrien und gejammert hatte. Ihr Kindermädchen war mit ihr und Lisbeth am Rhein spazieren gegangen. Sie hatte die Türen geschlossen, ihnen Lieder vorgesungen, um sie abzulenken. Und dann hatte Mama im Bett gelegen. Blass, mit geschlossenen Augen, die Hände auf der Bettdecke gefaltet. Henni hätte sie gar nicht sehen dürfen, doch sie war zu ihr geschlichen. Sie hatte bei ihr sein, mit ihr reden und kuscheln wollen, wie sie es so oft getan hatten. Sie hatte bemerkt, dass etwas nicht stimmte, dass sie nicht nur schlief. Trude hatte sie aus dem Raum gebracht, nicht mit ihr geschimpft, sondern sie hatte selbst geweint und davon geredet, dass Hennis Mutter jetzt im Himmel wäre. Tags darauf war ihre Mutter in einem Sarg fortgebracht worden, und Henni hatte wie betäubt dabei zugesehen, wie sie sie die Treppe nach unten und aus dem Haus getragen hatten. An die Beerdigung konnte sie sich nicht mehr erinnern. Sie wollte nicht daran denken, dass es für Bille ebenso schlecht ausgehen könnte.

Sie war nach ihrer Rückkehr aus dem Osten so schwach und zart gewesen, es kam einem Wunder gleich, dass sie die Geburt überhaupt lebend überstanden hatte. Sie war ein traumatisierter und trauriger Schatten ihrer selbst. Würde sie die Kraft dazu haben, um ihr Leben zu kämpfen? Vielleicht ja schon. Sie hatte die Flucht überstanden, das Schlimmste lag nun hinter ihr, sie war wieder zu Hause. Sie durfte jetzt nicht aufgeben. Und es war auch möglich, dass ihr geliebter Fritz noch irgendwo dort draußen war und schon bald vor ihrer Tür stehen könnte.

Lisbeth schien ähnlich wie Henni zu denken, denn plötzlich sagte sie: »Es wäre hilfreich, wenn dieser Fritz jetzt hier wäre. Ich kenne den Mann zwar nicht, aber ich habe das Gefühl, dass Bille ihn gerade gut gebrauchen könnte.«

»Ja, das könnte sie«, antwortete Henni und seufzte.

Sie trat nun vor, um die mitgebrachte rote Rose ins Grab zu werfen. Sie ließ bereits den Kopf hängen.

»Mach es gut, kleiner Engel«, sagte sie leise. »Wir werden dich niemals vergessen.« Sie wischte sich eine Träne aus dem Augenwinkel und trat zur Seite.

Lisbeth warf ebenfalls eine Rose in das Grab und murmelte etwas, das Henni nicht verstand.

Nach den beiden gingen Inge und Trude vor zum Grab. Sie hatten es sich nicht nehmen lassen, dieser kleinen Bestattung beizuwohnen. Inges Augen waren feucht, und sie schniefte. Trude, die einen altmodischen schwarzen Topfhut trug, tätschelte ihr liebevoll den Arm und reichte ihr ein Taschentuch. Oma Maria war nicht mitgekommen. Ihr hatten sie weder von Billes Schwangerschaft noch von der Totgeburt berichtet.

Henni hatte den Eindruck, dass sich ihr Zustand in den letzten Tagen verschlechtert hatte. Einmal war sie sogar im Nachthemd und barfuß auf die Straße gelaufen, Magda hatte sie gottlob sogleich wieder eingefangen. Heute Morgen hatte sie Lisbeth nicht erkannt und sich bei Magda erkundigt, wer die fremde Frau sei und was sie von ihr wolle. Sie hatte Henni für ihre Schwiegertochter gehalten.

Henni hoffte, dass es nur eine Phase war. Gewiss war Oma Maria die Aufregung im Haus nicht verborgen geblieben, und Veränderungen im vertrauten Tagesablauf oder jedwede Unruhe konnte Demenzkranke durcheinanderbringen. Immerhin hatten sie Magda. Die Pflegerin war äußerst versiert, hatte ihnen bereits mehrfach Ratschläge im Umgang mit ihrer Großmutter gegeben und so manches Verhaltensmuster erklärt. Henni bewunderte sie für ihre Geduld.

Nachdem auch Trude und Inge vom Grab zurückgetreten waren, begannen die beiden Totengräber damit, es zuzuschaufeln. Neben dem Erdhügel lag ein Blumenbouquet aus rosa Rosen mit einer hübschen Schleife daran, das Henni extra bestellt hatte, damit das Grab nicht so trostlos aussah. In einigen Wochen könnte sie es gemeinsam mit Bille mit Frühjahrsblühern bepflanzen. Sie wusste, dass Bille Narzissen besonders gernhatte. Die kleine Trauergruppe entfernte sich vom Grab.

»Vielleicht könnten wir diesen Fritz ja ausfindig machen«, schlug Lisbeth vor, nachdem sie den Friedhof durch den Haupteingang verlassen hatten. »Wir kennen immerhin seinen Namen und wissen, dass er als Arzt gearbeitet hat. Wir könnten beim Roten Kreuz einen Suchantrag nach ihm stellen. Wenn wir Glück haben, lässt sich über diesen Weg etwas in Erfahrung bringen.«

Henni sah Lisbeth verdutzt an. Ihr plötzliches Engagement erstaunte sie. Lisbeth hatte mit Bille schon ihr Leben lang Probleme gehabt. Ihr Vater hatte vermutet, dass Lisbeth der Schwester insgeheim vorwarf, ihr die Mutter genommen zu haben, an die sie selbst keine Erinnerungen hatte, die sie nur von Erzählungen und Fotografien kannte. Manche Traumata wirkten lange nach, auch die eines zweijährigen Mädchens.

»Das ist keine schlechte Idee«, antwortete Henni. »Allerdings wissen wir sonst nur wenig über diesen Arzt. Sein Name allein wird uns nicht weiterbringen. Sicher weiß Bille mehr. Wollen wir sie im Krankenhaus besuchen? Wenn wir Glück haben, ist sie inzwischen aufgewacht und erzählt uns vielleicht von ihm.«

»Das würde ich zu gerne machen«, antwortete Lisbeth. »Aber ich kann leider nicht, denn ich habe noch einen wichtigen Termin, den ich nicht verpassen möchte.« Sie sah auf ihre Armbanduhr. »Ich bin sowieso schon spät dran. Sollte Bille wach sein, dann grüß sie bitte lieb von mir.« Sie umarmte Henni kurz, eine ungewohnte Geste, dann eilte sie schnellen Schrittes von dannen. Henni sah ihr nachdenklich hinterher.

»Was das wohl für ein Termin ist?«, fragte Trude das, was auch Henni durch den Kopf ging.

Vermutlich war es völlig belanglos, und Lisbeth traf sich wieder mit Ella in deren Villa. Dort hielt sie sich zurzeit häufig auf, und es wurde gemunkelt, dass in dem luxuriösen Anwesen mehrmals die Woche ausschweifende Partys gefeiert wurden.

Henni wusste, dass Trude nicht viel von Lisbeth hielt. Es war ihr nicht zu verübeln, denn Lisbeth hatte sich ihr gegenüber nie freundlich verhalten, selbst als Kind hatte sie Freude daran gehabt, die Dienstboten zu piesacken. Doch irgendetwas hatte sich in den letzten Wochen verändert. Henni konnte nicht sagen, was es war. Lisbeth wirkte weniger abweisend, manches Mal lag in ihrem sonst kühlen Blick eine neue Art von Wärme. Oder täuschte sie sich?

Henni sah auf die Uhr. Es war kurz nach eins. Die Besuchszeit im Krankenhaus begann erst um fünfzehn Uhr. Bei der Einhaltung der Zeiten kannten die Schwestern kein Pardon. Erst am Tag zuvor war sie von einer Schwester am Eingang der Station in rüdem Tonfall abgewiesen worden, weil sie nur wenige Minuten zu spät gekommen war.

Sie beschloss, in die Kellerei zu gehen, um nach dem Rechten zu sehen. Adam hatte ihr zwar gesagt, dass sie sich all die Zeit nehmen sollte, die sie brauche und ihre Anwesenheit nicht benötigt werde, aber sie wusste im Moment nicht so recht, was sie sonst tun sollte, und in der Villa würde ihr die Decke auf den Kopf fallen. Noch dazu wurde in der Kellerei gerade Inventur gemacht. Sämtliche Besitztümer, von der Reißzwecke bis zur Etikettiermaschine, sollten aufgelistet werden. Adam hatte diese Bestandsaufnahme angeordnet. Seiner Meinung nach war die Katalogisierung des nach Kriegsende vorhandenen Inventars fehlerhaft und musste schnellstmöglich korrigiert werden.

Henni missfiel dieser plötzliche Kontrollzwang. Es roch danach, dass etwas im Busch war. Am Ende wollte sich Philip Malzer bereits einen Überblick darüber verschaffen, wie viel die Kellerei wert war, damit er einen Verkaufspreis kalkulieren konnte. Da war es besser, wenn sie vor Ort war und die Sachlage überwachte. Sie war die Herzberg, nicht Adam. Und das würde sie ihn und auch seinen Vater, wenn es notwendig wäre, spüren lassen.

Als Henni wenig später in der Kellerei eintraf, war sie verwundert, dass Gustav Stellmann nicht in seinem Pförtnerhäuschen saß. Einer der Mitarbeiter lief gerade an ihr vorüber und beantwortete ihre unausgesprochene Frage: »Gustav ist vom Mittag noch nicht wieder da. Keiner weiß, was los ist. So was ist noch nie vorgekommen.« Er zuckte die Schultern und lief weiter.

Die Worte des Mannes alarmierten Henni. Gustav Stellmann verließ seinen Posten im Pförtnerhäuschen zu dieser Stunde nur, wenn etwas ganz und gar nicht stimmte. Es musste etwas passiert sein. Sofort machte sich Henni mit klopfendem Herzen auf den Weg zum Haus des Ehepaars Stellmann.

Als sie dort eintraf, reagierte auf ihr Klopfen an der Haustür niemand. Nachdem auch nach einem weiteren Klopfen nichts geschah, drückte sie prüfend die Klinke herunter, und die Tür öffnete sich knarrend. Sie blieb an der Türschwelle stehen und rief Gustavs und Margots Namen. Doch wieder erhielt sie keine Antwort. Kohlgeruch hing in der Luft, es hatte anscheinend gerade Mittagessen gegeben. Henni zögerte kurz, dann trat sie ein. Das Ehepaar würden ihr das ungefragte Eintreten ins Haus gewiss nicht krummnehmen.

Sie fand die beiden in der Küche, wo sie vor unbenutzten Tellern und wie erstarrt am Tisch saßen. Auf dem Herd stand ein

Suppentopf, eine Suppenterrine mit einem Schöpflöffel darin auf dem Tisch. Sonnenlicht fiel durch das winzige Fenster in den Raum und malte Sonnenflecken auf die geblümte Tapete.

Ein beklemmendes Gefühl ergriff Besitz von Henni, und ihre Hände begannen zu zittern. Hier stimmte etwas ganz und gar nicht. Sie trat näher. Margot erwachte nun aus ihrer Erstarrung, stand auf und begrüßte sie.

»Ja, unsere Henni ist gekommen. Was führt dich denn zu uns? Entschuldige bitte, wir hatten gerade noch gegessen. Ist etwas passiert?« Sie wirkte fahrig und wischte sich eine Haarsträhne aus der Stirn.

»Sie ist wegen mir hier«, sagte Gustav, seine Stimme klang seltsam traurig und schien all die gewohnte Wärme verloren zu haben. Er sah sie auch nicht an, sondern starrte weiterhin auf den Tisch. Henni beunruhigte die seltsame Atmosphäre im Raum.

»Es ist etwas vorgefallen, oder?« Sie sah Margot an, die nun die angespannten Schultern herabsacken ließ und mit ernster Miene nickte.

»Vorhin kam der Anruf vom Arzt mit dem Befund. Da wollten wir gerade mit dem Essen anfangen.«

Ein Anruf vom Arzt, Befund. Das klang nicht gut. Henni sah von Margot zu Gustav, doch sein Blick war weiterhin auf den Tisch gerichtet.

»Es ist Brustkrebs«, sagte Margot mit erstaunlich fester Stimme. »Eigentlich ist der Krebs schon überall. Sie können nichts mehr machen. Sie geben mir noch höchstens drei Monate.«

Henni wusste nicht, was sie erwidern sollte. Sie fühlte sich wie gelähmt. Gustav würde seine Margot verlieren. Kein Wunder, dass er nicht in seinem Pförtnerhäuschen saß. Das verdammte Schicksal hatte ihm seine Söhne genommen, und nun würde es ihm auch noch die Ehefrau rauben. Er war derjenige, der zurückbleiben würde. Er war derjenige, der nun stark sein und seine Margot auf ihrem letzten Weg begleiten musste.

»Möchtest du von der Suppe?«, bot Margot an. In dieser belanglosen Frage steckte so viel Hilflosigkeit. Als ob Margot in etwas Alltäglichem wie einem Mittagessen Zuflucht suchen wollte, ausblenden, dass der Tod mit im Raum stand. Henni lehnte ab, ihre Kehle war wie zugeschnürt. Sie spürte Übelkeit in sich aufsteigen. Sie musste hier fort und verarbeiten, was sie eben gehört hatte.

»Seid mir nicht böse«, sagte sie. »Es tut mir leid, es ist …« Die Übelkeit wurde schlimmer, sie schluckte, doch es half nichts. Sie hielt sich die Hand vor den Mund und lief nach draußen. Dort übergab sie sich in laubloses Gestrüpp am Wegesrand. Nachdem das Würgen aufgehört und sich ihr Magen wieder beruhigt hatte, blickte sie zurück. Das kleine Haus sah so friedlich aus. Es erschien Henni mit seinen alten dunklen Balken und dem leicht schiefen Dach plötzlich wie eine vertraute Fassade des Glücks, die die Traurigkeit zu verdecken versuchte. Sie überlegte, wieder zu ihnen zu gehen und sich für ihr Verhalten zu entschuldigen. Sie sollte den beiden etwas Tröstendes sagen. Doch es fiel ihr nichts ein, und es fehlte ihr auch die Kraft dazu. Eben noch hatte sie auf dem Friedhof gestanden und sich von ihrer nicht lebensfähigen Nichte verabschiedet; ihre Schwester kämpfte im Krankenhaus um ihr Leben. Was war das nur für eine fürchterliche Zeit? Der Krieg war vorüber, es sollte wieder aufwärtsgehen. Doch es schien, als würde sein grausamer und unheilbringender Schatten noch immer über ihnen liegen. Was sollte man zu jemandem sagen, der wusste, dass ihm schon bald der Tod bevorstand? Es gab keine Hoffnung mehr, es würde nicht mehr gut werden.

Dann öffnete sich plötzlich die Haustür. Margot kam nach draußen und trat zu ihr. Sie reichte ihr ein sauberes Taschentuch und sagte: »Ich musste mich schon während der Untersuchung übergeben. Mitten in der Praxis hab ich auf den grauen Linoleumboden gespuckt.« Sie bemühte sich um ein Lächeln, doch ihre Miene wurde rasch wieder ernst. »Du versprichst mir doch, dich um ihn zu kümmern, wenn ich nicht mehr da bin, oder?« Sie sah Henni eindringlich an.

Henni nickte. »Ja, das werde ich«, antwortete sie. »Ich verspreche es. Ich werde immer für ihn da sein.« Nun umarmte sie Margot, und Henni ließ sich einen Moment von ihrem vertrauten Duft einhüllen, den sie schon so lange kannte. Eine Mischung aus Essensgeruch, Kölnisch Wasser, Schweiß und einem Hauch Mottenkugeln. Wenige Wochen, vielleicht drei Monate. Gottverdammtes Schicksal.

»Ihm wird es an nichts fehlen«, fügte sie noch hinzu, während die ersten Tränen über ihre Wangen kullerten.

Nachdem Henni das Haus der Stellmanns verlassen hatte, begegnete sie auf dem Rückweg Adam. Sie blieb stehen, als sie ihn bemerkte, und wischte sich hektisch die Tränen von den Wangen. Er sollte ihre Schwäche nicht sehen. Er trat näher und sah sie besorgt an.

»Hallo, Henni. Du weinst ja. Die Beerdigung des kleinen Mädchens war gewiss ergreifend. Es ist schrecklich. Tut mir leid, dass ich nicht zu der kleinen Beisetzung kommen konnte, aber du weißt ja, was hier heute los war. Wie geht es Bille? Habt ihr schon etwas gehört?«

Seine Anteilnahme schien ehrlich zu sein. Vielleicht tat sie ihm ja unrecht, dachte Henni, und er steckte gar nicht mit seinem Vater unter einer Decke. Vielleicht fühlte er sich in dieser wackeligen Welt ebenso hilflos, wie sie es in diesem Augenblick tat. Sie musste es wissen. Musste wissen, ob sie ihm vertrauen konnte.

»Können wir reden?«, fragte sie, ohne auf seine Erkundigung nach Bille einzugehen.

Er sah sie verdutzt an, nickte dann jedoch. Er schien zu ahnen, worum es Henni ging, und preschte vor.

»Ich wollte das neulich nicht. Das ganze Mittagessen mit meinem Vater war eine einzige Farce, und ich wollte dir nicht zu nahe treten. Ich hätte mich niemals auf diese Ehe einlassen und auf meinen Vater einwirken sollen, sein Versprechen an deinen Vater auch ohne unsere Heirat zu halten. Aber mein Vater hat seine Ehre schon vor langer Zeit seiner Geltungssucht und der Profitgier geopfert. Was ich sagen wollte: Ich werde niemals Intimität einfordern. Vergiss das, was ich gesagt habe. Aber eines werde ich immer sein und bleiben: dein Freund, und du kannst mir vertrauen.«

Henni wusste nicht, was sie sagen sollte. Seine Worte erleichterten sie so sehr. Immerhin diese Sorge verflog nun im hellen Licht der Nachmittagssonne. Adam nahm sie in seine Arme und drückte sie fest an sich. Sein süßlich duftendes Parfüm umhüllte sie wie eine wohlige Wolke. Seine Wärme und Nähe trösteten.

19. Kapitel

Wiesbaden, 5. März 1946

Lisbeth saß gemeinsam mit Ella am Frühstückstisch in deren luxuriös eingerichtetem Salon in der Villa Dyckerhoff und schmierte sich mit brummendem Kopf ein Marmeladenbrötchen. Es war bereits später Vormittag, doch die beiden trugen noch ihre Morgenmäntel, denn am Vorabend war es bei einer der üblichen Partys mal wieder spät geworden, und Lisbeth hatte eindeutig ein Glas Brandy zu viel erwischt. Ella trank von ihrem Kaffee, und ihr Blick wanderte zum Fenster. Wieder einmal hing dichter Nebel über dem Fluss. Der graue Tag entlockte ihr ein Seufzen, und sie stützte das Kinn auf die Hand.

»Ich glaube, ich werde doch nach Kalifornien gehen. Meine Tante hat dort ein Anwesen in Los Angeles. Unter der kalifornischen Sonne ist die Tristesse in Deutschland rasch vergessen. Und ich könnte vielleicht doch noch meinen Wunsch vorantreiben, Schauspielerin zu werden. Mein Cousin Markus kennt wen, der wen kennt. Wenn du willst, kannst du mich begleiten. Dich hält doch hier auch nichts mehr, oder?«

Noch vor einigen Wochen hätte Lisbeth Ellas Angebot sofort angenommen. Doch nun zögerte sie. Inzwischen war sie ein fester Bestandteil der Küchenhelfer in der Mädchenschule geworden, und die Arbeit mit den Kindern machte ihr tatsächlich Freude. Sie konnte hervorragend Kartoffeln schälen, und sogar Zwiebeln bekam sie in kleine Würfel. Die Freude der Kochtruppe war stets groß, wenn sie wieder neue Lebensmittel brachte. Erst gestern hatte sie bei Kurt wieder Speck gegen Zigaretten eintauschen können. Dazu zwei Zehnkilosäcke Kartoffeln und fünf Säcke Mehl. Kurt gegenüber hatte sie ihre anfängliche Scheu abgelegt. Trotzdem bereitete ihr der Schwarzhandel noch immer Bauchschmerzen, denn es war illegal, was sie tat. Aber es half ja nichts. Die Zuteilungen auf dem freien Markt waren so dürftig, die Suppe für die Kinder würde ohne die von ihr getauschten Waren auf gar keinen Fall richtig satt machen. Und schließlich handelte sie für einen guten Zweck, weswegen ihr Tun gewiss nicht ganz so schlimm war.

Mit Sabine Wilmers hatte sie sich inzwischen noch mehr angefreundet. Ihr gefiel ihr Humor, und ihre Tatkraft beeindruckte sie. Obwohl sie alles verloren hatte, ließ sie sich nicht unterkriegen. Neulich hatte Lisbeth ihr sogar dabei geholfen, die Ziegelsteine vom Putz zu befreien und in einer Ecke ihres ehemaligen Cafés aufzustapeln. Sie hatte gar nicht gewusst, wie viel Spaß handwerkliche Tätigkeiten machten. Sabine hatte sie sogar für ihre großartige Arbeit gelobt. Dafür, dass sie ein reiches Mädchen sei, habe sie das richtig gut gemacht, hatte sie scherzhaft gesagt. Lisbeth hatte ihr warme Kleidung und Kaffee geschenkt. Für die Kinder in der Umgebung hatte sie neuerdings Schokolade und Lutscher dabei. Die Jungen und Mädchen lauerten ihr inzwischen schon auf und umringten sie jedes Mal mit leuchtenden Augen. Die Kleinen glücklich zu sehen, zauberte ihr jedes Mal ein Lächeln auf die Lippen. Sabine kannte die meisten von ihnen mit Namen und konnte beinahe von jedem der Kinder ein trauriges Schicksal erzählen. Vater im Krieg gefallen, irgendwo in Kriegsgefangenschaft, Mutter in den Trümmern umgekommen, Halbwaise, haust bei seiner Tante und den anderen fünf Kleinen in einem Zimmer in der Wellritzstraße. Jeder hier, ob groß oder klein, schien sein Päckchen zu tragen. Doch obwohl es an Essen und Heizmaterial, manchmal auch an einem Dach über dem Kopf mangelte, schwebte die meiste Zeit eine ganz besondere Aufbruchstimmung über allem. Die alte Minna, die früher gegenüber von Sabines Café ein Schuhgeschäft betrieben hatte, hatte es auf den Punkt gebracht: »Der Krieg ist vorbei, und diese Nachwehen schaffen wir auch noch. Jetzt kann es nur noch besser werden und wieder aufwärtsgehen.«

Lisbeth fühlte sich dieser neuen Welt seltsamerweise zugehörig, und selbst Sabines oftmals derben Scherze über ihre Herkunft aus einem wohlhabenden Haus machten ihr nichts aus. Neulich hatte sie Minna ein Glas Erdbeermarmelade mitgebracht, wie eine Diebin war sie sich in der heimischen Speisekammer vorgekommen, froh darüber, von Inge nicht erwischt worden zu sein. Minna hatte sich aufrichtig gefreut und sie sogar umarmt. Lisbeth hatte Tränen der Rührung in den Augen gehabt. Sie war einfach so in diese Welt hineingerutscht und hatte Freunde gefunden, die ihr auf ihre Art zeigten, was wichtig war. Zwischen den Trümmerhaufen fand das normale Leben statt, erfüllt von menschlichen Hoffnungen und Dramen, abseits von jeglichem Luxus und Kriegsgewinnlern.

Lisbeth hatte inzwischen erfahren, dass die Kellerei ihre Probleme hatte; ohne den Kredit von Philip Malzer wäre es schwer geworden, den Betrieb wieder aufzunehmen. Durch ihre Einmischung hatte Lisbeth Einblick in die Bücher erhalten, und Adam hatte ihr an einem Nachmittag geduldig erklärt, wie der Geschäftsbetrieb aufrechterhalten wurde. Ohne den Handel mit den Läden des amerikanischen Militärs würde es gar nicht funktionieren. Noch immer galt das Verkaufsverbot von Sekt an Privatpersonen. Adam und Henni hofften, dass es noch in diesem Frühjahr, spätestens im Sommer aufgehoben werden würde.

Es war seltsam, aber seit der Beerdigung der kleinen Lilly hatte sich die Stimmung zwischen ihr und Henni verändert. Plötzlich hatte sie das Gefühl, von Henni positiver wahrgenommen zu werden. Und auch sie selbst nahm Henni anders wahr. Es schien, als würden sich jahrelange Spannungen langsam lösen. Sie hatten während der Besprechung in der Kellerei miteinander Kaffee getrunken, und Henni hatte freudig davon berichtet, dass drei ihrer Mitarbeiter mit ihren Familien durch ihre Intervention bei den Amerikanern in neue Wohnungen hatten umziehen können. Sie hatten auch über Bille geredet, die sich auf dem Weg der Besserung befand und bald das Krankenhaus verlassen konnte. Lisbeth und Henni hegten die Hoffnung, dass sie sich von den Traumata erholen und schon bald ihr Lachen wiederfinden würde.

Adam hatte während des Termins einmal Hennis Hand genommen und ihr zugenickt, in ihren Blicken hatte eine Form der Vertrautheit gelegen, die Lisbeth schmerzlich vermisste. Dabei war sie sich nicht sicher, ob Adam und Henni einander wirklich liebten. Henni hatte Conrad mehr als jeden anderen Menschen auf Erden geliebt. Adam würde es niemals schaffen, seinen Platz in ihrem Herzen einzunehmen. Aber vielleicht musste er das auch gar nicht. Vielleicht reichten Vertrautheit und Zuneigung aus – das kleine Glück. Lisbeth lernte es jeden Tag mehr zu schätzen.

»Wieso antwortest du nicht?«, fragte Ella und riss Lisbeth aus ihren Gedanken.

»Ich glaube, Los Angeles ist gerade nichts für mich«, erwiderte Lisbeth ehrlich. »Ich hab hier aktuell einige Projekte am Laufen und muss mich darum kümmern. Und Bille braucht jetzt ihre Familie.«

»Weil du immer so viel für Bille übrighattest«, entgegnete Ella sarkastisch und zog eine beleidigte Schnute. »Früher war sie dir doch nur lästig. Das Nesthäkchen, das von allen wie eine Heilige behandelt wurde.«

»Die Dinge verändern sich eben«, schnappte Lisbeth zurück. »Wir können nicht einfach so weitermachen, als wäre nichts gewesen.«

»Also ich kann das«, antwortete Ella und lehnte sich in ihrem Stuhl zurück. Ihr Blick war kühl und abweisend. »Für mich hat sich nicht viel verändert.«

In diesem Moment erschien sie Lisbeth wie ein verwöhntes, unreifes Mädchen. Ella Dyckerhoff, die Jüngste der Familie, hatte ihr Luxusleben genossen und tat es noch immer. Den Krieg hatte sie in Übersee aus der Ferne beobachtet, in der Villa am Rhein fehlte es ihr auch jetzt an nichts. Wieso war sie überhaupt zurückgekommen?

»Wir wissen beide, dass das nicht stimmt«, antwortete Lisbeth. »Die ganze Welt hat sich verändert, ob es uns nun gefällt oder nicht. Deutschlands Städte liegen in Trümmern, und auch die Seelen der Menschen liegen in Trümmern. Da draußen geht es jeden Tag ums nackte Überleben.« Sie deutete zum Fenster.

»Das mag sein«, antwortete Ella gelassen. »Aber ich bin nicht da draußen, sondern hier drin. Und hier bekomme ich, was ich will. Ich werde nach Amerika reisen, und vielleicht bin ich bald eine berühmte Schauspielerin wie Vivian Lee oder Marlene Dietrich.«

Lisbeth gab es auf. Ella lebte in ihrer eigenen kleinen Blase, und ihr fehlte der Wille und die Energie dazu, sie platzen zu lassen. Vielleicht war ihre krude Haltung aber auch eine Art Schutzschild, das sie um sich herum errichtet hatte. Lisbeth wusste, dass Ellas Lieblingscousin im Krieg gefallen war, einer ihrer Brüder war erst kürzlich aus englischer Gefangenschaft heimgekehrt, er hatte im Feld sein rechtes Auge verloren. Lisbeth könnte diese Dinge ansprechen, doch sie tat es nicht. Sie wollte keinen Streit provozieren. Dafür fehlte ihr die Kraft. Außerdem benötigte sie weiterhin Ellas Wohlwollen, schließlich war sie ihre Hauptlieferantin für die Zigaretten. Natürlich könnte sie auch Adam darum bitten, sie zu beliefern, doch er würde mit Henni darüber sprechen, und Lisbeth wollte nicht, dass sie davon erfuhr. Die Schule und alles, was damit zu tun hatte, wollte Lisbeth für sich behalten, und so sollte es auch bleiben.

»Stehst du dann auch an der Laterne wie einst Lilli Marleen?«, fragte sie also scherzhaft.

»Vielleicht«, antwortete Ella und grinste. Die Spannung zwischen ihnen verflog wieder.

»Du willst mich also nicht nach Amerika begleiten?«, fragte Ella unnützerweise noch einmal nach.

Lisbeth schüttelte den Kopf. »Vorerst nicht. Aber vielleicht komme ich dich ja irgendwann besuchen und finde dich an irgendeinem Filmset in den Armen eines umschwärmten und gutaussehenden Schauspielers.« Sie grinste und nippte an ihrem Kaffee, der inzwischen leider nur noch lauwarm war.

Im nächsten Moment klopfte es an die Tür, und Ellas Mutter, Annegret Dyckerhoff, betrat den Raum.

Ella reagierte überrascht.

»Mama! Was tust du denn hier? Ich dachte, du weilst in Paris?«

Sie erhob sich, und die beiden umarmten sich kurz zur Begrüßung. Annegret nickte Lisbeth zu, die bereits ahnte, dass ihr unangemeldetes Auftauchen nichts Gutes verhieß.

Annegret Dyckerhoff bat Ella, sich zu setzen, nahm neben ihr Platz und ergriff die Hand ihrer Tochter.

»Ich muss dir mitteilen, dass dein Bruder Heinz in russischer Kriegsgefangenschaft gestorben ist.«

Ellas Augen wurden groß, und sie war plötzlich weiß wie eine Wand.

»Aber … das ist, ich meine …«, stammelte sie. »Er war doch gar nicht im Krieg! Er war doch immer in Brasilien und hat sich dort um unsere Geschäfte gekümmert.«

Annegret Dyckerhoff senkte den Blick, während sie antwortete: »Das hatten wir dir gesagt, um dich nicht zu beunruhigen. Er wollte unbedingt in den Krieg ziehen. Du weißt, wie sehr er für die Ideologien von Hitler gebrannt hat. Euer Verhältnis war so eng und …« Sie brach ab und setzte erneut an. »Er wollte nicht, dass wir es dir sagen. Du solltest dir keine Sorgen um ihn machen müssen. Ich wollte, dass du von seinem Tod von mir und niemand anderem erfährst. Deswegen bin ich so schnell wie möglich zu dir gekommen, Liebes. Es tut mir so leid.«

In Annegrets Augen standen nun Tränen.

»Nein«, sagte Ella. »Nein!«

Da schloss ihre Mutter sie in die Arme und drückte sie fest an sich. Ella schluchzte laut auf.

Lisbeth fühlte sich fehl am Platz. Dies war nicht ihre Trauer, obwohl sie Heinz gekannt hatte, wenn auch nur flüchtig. Sie verließ leise den Raum, ging zurück in ihr Zimmer, schloss die Tür hinter sich und lehnte sich dagegen. In ihr hatte sich ein dumpfes Gefühl der Hilflosigkeit ausgebreitet. In diesem Augenblick wünschte sie sich, Ella hätte für immer in ihrer eigenen Welt bleiben dürfen. Doch sie war hart auf dem Boden der Realität aufgeschlagen, und ihre Seifenblase war geplatzt.

Wenig später blieb Lisbeth in der Webergasse verdutzt stehen und beobachtete die Szenerie, die sich ihr bot. Sabine stand in ihrem zerstörten Haus und unterhielt sich eifrig mit einem gedrungen aussehenden Mann in einem abgetragenen Mantel. Auf dem provisorischen Arbeitstisch lag Papier ausgebreitet, und Sabine deutete nach links, nach rechts und wirkte äußerst eifrig. Sollte tatsächlich das Wunder geschehen sein, und Sabine hatte den Kredit zum Aufbau ihres Hauses doch noch erhalten? Wochenlang hatte sie auf eine Antwort gewartet und über Heinrich Ostermann, den in die Jahre gekommenen Mitarbeiter der hiesigen Sparkassenfiliale, geschimpft und gewettert. Es war gut, dass der arme Mann die eine oder andere Bezeichnung nicht gehört hatte, die sie ihm gegeben hatte.

Schließlich sprach die alte Minna Lisbeth an, riss sie aus ihrer Starre. Die alte Frau hatte mal wieder ihren provisorischen Verkaufstisch vor ihrem noch immer arg beschädigten Ladengeschäft aufgebaut. Die gröbsten Trümmer waren inzwischen entfernt, doch das Anwesen war so sehr in Mitleidenschaft gezogen worden, dass es praktisch nicht mehr vorhanden war. Nur noch wenige kniehohe Mauerreste waren übriggeblieben. Sich unterkriegen zu lassen, war jedoch nicht Minnas Devise. Über irgendwelche Kontakte zu Großhändlern erhielt sie neuerdings wieder ein bescheidenes Schuhangebot, das sie jeden Morgen um punkt zehn Uhr auf ihrem Tisch drapierte und abends um sechs wieder in die Kisten packte. Meist war es eher alltagstaugliches Schuhwerk, das sie an den Mann oder die Frau bringen wollte. Aber neulich hatte sich ein Paar weiße Pumps in Lisbeths Größe darunter befunden. Da hatte sie ihr die Schuhe abgekauft. Ganze zwei Zigaretten hatte sie Minna dafür gegeben.

»Das ist der Gasser von der Baufirma Gasser in Schierstein«, sagte Minna jetzt und deutete auf den dicklichen Mann. »Gestern war der zum ersten Mal hier und scharwenzelt um sie rum wie ein aufgeblasener Gockel. Wenn du mich fragst, dann will der was ganz anderes, als das Haus aufzubauen. Der ist ja schon Witwer, seine Frau ist ihm vor ein paar Jahren an Krebs gestorben. Das war ein Drama damals. Der jüngste Bub war da erst drei. Ich weiß das von meiner Freundin Anni, die hat da mal als Tippse im Büro gearbeitet. Eine Mutter könnte er in dem Alter gut gebrauchen. Der Vater hat ja kaum Zeit für ihn. Der wird sich in den nächsten Jahren vor lauter Bauaufträgen ja kaum noch retten können.«

Lisbeth brachten Minnas Erläuterungen über das Privatleben des Baufirmabesitzers zum Schmunzeln. Irgendwie schien sie über alles und jeden in dieser Stadt Bescheid zu wissen.

»Also hat Sabine jetzt doch den Kredit von der Bank bekommen?«, fragte sie und ging nicht auf das Getratsche von Minna ein.

»›Bekommen‹ ist gut«, antwortete Minna und schnaubte. »Das ist ein ganz mieser Kuhhandel, auf den sie sich da eingelassen hat. Mit mir haben sie das auch probiert, aber das mach ich nicht. Sie hat das Grundstück komplett der Bank überschrieben, damit sie den Kredit für den Wiederaufbau bekommt«, sagte Minna und schüttelte den Kopf. »Das ist auf dem Mist von diesem Neuen gewachsen, einem gewissen Herrn Scholz. Das ist ein ganz übler Bursche. Wenn man da Pech hat, ist man in ein paar Jahren sein ganzes Haus los und sitzt auf der Straße. Nicht mit mir. Da bleib ich lieber noch ein Weilchen zwischen Trümmern sitzen und mach das alles Stück für Stück. Mein Eduard würd sich im Grab umdrehen, wenn ich das Haus und den Grund verkaufen würde. Hier hatte ja schon sein Urgroßvater eine Schuhwerkstatt.«

Sabine hatte Lisbeth nun entdeckt und winkte sie eifrig näher. Lisbeth ging erleichtert zu ihr. Auf ein längeres Gespräch mit Minna hatte sie gerade keine Lust.

»Lisbeth, meine Liebe«, rief Sabine. »Darf ich dir Franz Gasser vorstellen? Er ist der Inhaber des Bauunternehmens Gasser und wird bereits in der nächsten Woche mit dem Wiederaufbau meines Hauses beginnen. Ist das nicht großartig?« Ihre Begeisterung griff auf Lisbeth über. »Dann kann ich schon bald mein Café wieder eröffnen.«

»Und wir bauen das Haus noch schöner und moderner wieder auf«, fügte Franz Gasser hinzu. Er sah Sabine mit diesem ganz besonderen Blick an, den Lisbeth nur zu gut kannte. Hier schien sich wirklich eine Liebesgeschichte anzubahnen. Lisbeths Blick wanderte kurz zu Minna, die mit vor der Brust verschränkten Armen vor ihrem Verkaufstisch stand und recht beleidigt dreinblickte.

Wie das mit der Bank genau funktioniert hatte, würde Sabine ihr gewiss später noch erklären. Sie war nicht dumm, so leicht würde sie sich nicht über den Tisch ziehen lassen.

»Soll ich dir die Pläne zeigen?«, fragte Sabine. »Es wird so wunderbar werden. Endlich geht es wieder richtig aufwärts.« Sie nahm Lisbeths Hand und zog sie zu dem provisorischen Tisch, auf dem sie noch vor wenigen Tagen Steine gekloppt hatten, nun lagen die Baupläne darauf. Sabine begann zu erklären, deutete hierauf und dorthin. Redete von größeren Fenstern, damit der Gastraum schön hell wäre, im Obergeschoss würde sie wohnen. Vier Zimmer, ein modernes Badezimmer mit Wanne waren geplant.

Doch Lisbeth hörte ihr gar nicht mehr richtig zu, denn etwas anderes hatte ihre Aufmerksamkeit erweckt. Adam Malzer lief in Begleitung eines blonden Mannes just in diesem Moment an ihnen vorüber. Die beiden Männer unterhielten sich angeregt miteinander. Adams Augen strahlten regelrecht, und er sah so anders aus, als Lisbeth ihn kannte. Irgendwie gelöster und lockerer als sonst. Wenn Lisbeth es nicht besser wüsste, könnte man meinen, die beiden Männer hätten ein vertrauteres Verhältnis zueinander. Das war äußerst seltsam.

20. Kapitel

Wiesbaden, 15. März 1946

Bille sah die blonde Krankenschwester mit dem wirren Lockenkopf erstaunt an, die erst an ihr vorbeigelaufen, dann jedoch wieder zu ihr zurückgekommen war. Es war Josefine.

»Bille! Du bist es wirklich. Du liebe Güte, und ich dachte, ich würde dich niemals wiedersehen.«

Ihr Blick blieb an Billes Koffer hängen, den sie neben sich auf dem Boden abgestellt hatte. Die beiden befanden sich in der Eingangshalle der Wiesbadener Frauenklinik, in der Bille die letzten Wochen verbracht hatte. Heute war endlich der Tag ihrer Entlassung gekommen, und sie wartete darauf, von Henni abgeholt zu werden. Doch diese verspätete sich, was eigentlich gar nicht ihre Art war.

»Du warst hier Patientin?«, fragte die Krankenschwester.

Bille bejahte die Frage, erläuterte jedoch nicht näher, weshalb sie hier gewesen war. Das musste sie auch gar nicht, denn Josefine fiel ihr plötzlich um den Hals.

»Ach, was bin ich froh, dich wiederzusehen.« Sie löste sich aus der Umarmung und begann, wie ein Wasserfall drauflosplappern. »Ich hatte dich damals noch in sämtlichen Räumen gesucht, aber nirgendwo gefunden. Ach, es war ja alles so hektisch. Wie ist es dir ergangen? Konntest du noch fliehen? Vermutlich schon, sonst wärst du ja nicht hier.«

Josefine schaffte es mit ihrer Begeisterung über das Wiedersehen, die Schwermut abzumildern, die sich seit der Totgeburt ihrer Tochter auf Billes Gemüt gelegt hatte.

»Ich hab erst in einer halben Stunde Dienstbeginn. Wollen wir noch ein wenig reden?«

Josefine deutete auf das kleine Café, das seit einigen Wochen für die Patientinnen der Klinik und ihre Besucher wieder geöffnet und heute sogar Apfelkuchen im Angebot hatte.

»Leider wird das nicht gehen«, antwortete Bille, die furchtbar gerne mit Josefine ein Schwätzchen gehalten hätte. Sie war damals als einer der letzten Neuzugänge vor der Flucht in dem Lazarett in Königsberg gewesen, in dem Bille gearbeitet hatte. Bille hatte die kontaktfreudige Josefine sofort ins Herz geschlossen und sich darüber gefreut, dass Josefine ebenfalls aus Wiesbaden kam. Hin und wieder hatten sie miteinander am Hinterausgang des alten Herrenhauses gestanden, in dem das Lazarett damals untergebracht gewesen war, hatten miteinander eine Zigarette geraucht und sich über die Heimat unterhalten.

»Ich werde gleich von meiner Schwester Henni abgeholt. Eigentlich müsste sie längst hier sein.« Sie sah auf ihre Armbanduhr, und ihr Blick wanderte Richtung Ausgang.

»Wie schade«, erwiderte Josefine und zog eine Schnute, die Bille vertraut war. So hatte sie stets dreingeblickt, wenn sie im Lazarett von der Oberschwester ermahnt worden war. Es tat gut, Josefine zu sehen. Sie kam ihr in diesem Augenblick wie eine Verbündete vor, denn nur sie konnte nachfühlen, wie sie sich damals gefühlt hatte.

Ein vertrautes Gesicht tauchte auf, es war jedoch nicht Hennis, sondern das ihres Fahrers. Anscheinend hatte ihre Schwester keine Zeit gefunden, um sie persönlich abzuholen. Bille nahm es ihr nicht krumm, denn sie wusste, wie viel Henni um die Ohren hatte und welche Sorgen sie plagten. Henni hatte während ihres Klinikaufenthalts oftmals stundenlang an ihrem Bett gesessen und erzählt. Sie hatte vermutlich angenommen, dass Bille sie nicht hören würde, aber sie hatte alles wie ein Schwamm aufgesaugt. Die große Schwester, die sie stets bewundert und zu der sie aufgeblickt hatte, war durch die schweren Erlebnisse der Kriegsjahre und der letzten Monate auf ihre Art ins Wanken geraten. Doch sie gab nicht auf und kämpfte. So war Henni schon immer gewesen. Der größte und klügste Dickschädel, den Wiesbaden jemals gesehen hatte. Wenn jemand die Kellerei mit Erfolg weiterführen konnte, dann sie. Nur kam es Bille so vor, als brächte sie im Moment dafür zu viele Opfer.

»Guten Tag, Fräulein Bille«, grüßte Herbert Beck und nahm seine Schiebermütze vom Kopf. »Ich muss mich für meine Verspätung entschuldigen. Heute war im Verkehr irgendwie der Wurm drin.« Sein Blick blieb an Josefine hängen. »Schwester.« Er tippte kurz an seine Mütze.

Bille sah von Herbert zu Josefine, und es kam ihr eine Idee.

»Was hältst du denn davon, eine kleine Pause zu machen, Herbert? Du siehst arg mitgenommen aus. Im Klinikcafé gibt es heute Apfelkuchen im Angebot. Ich spendiere dir ein Stück. Was meinst du?«

»Ja, also, eigentlich«, sagte er überrascht. Solche Vorschläge war er nicht gewöhnt. »Wenn Sie meinen, Fräulein Bille. Zeit wäre schon. Das Fräulein Henni muss heute nicht mehr von mir gefahren werden.«

»Na fein«, antwortete Bille, öffnete ihre Handtasche und kramte eine Lebensmittelmarke hervor.

»Die ist von der Klinik, und ich benötige sie nicht mehr. Dafür bekommen Sie ein Stück Kuchen und ein Tässchen Muckefuck. In einer halben Stunde können wir dann los.«

»Ach, das ist aber sehr freundlich von Ihnen, Fräulein Bille«, freute sich der Fahrer und steuerte sogleich auf das Café zu.

Bille wandte sich an Josefine. »Jetzt hab ich Zeit. Nur auf das Café hab ich keine Lust. Wollen wir in den Park gehen?«

»Gern«, stimmte Josefine lächelnd zu.

Wenig später schlenderten die beiden durch die weitläufige Parkanlage, die das Klinikgelände umgab. Es war ein sonniger Tag, und ein milder Wind rüttelte an den Zweigen der Äste. Schneeglöckchen und Krokusse blühten auf den Wiesen, und um sie herum war Vogelgezwitscher zu hören. Sie nahmen auf einer an einem kleinen Teich gelegenen Bank Platz, und nun stellte Josefine doch die Frage, die bereits seit ihrem Aufeinandertreffen in der Luft gehangen hatte.

»Weshalb warst du in der Klinik?«

Bille überlegte kurz, ob sie eine Ausrede bemühen sollte, entschied sich dann jedoch dagegen und berichtete Josefine, was geschehen war. Josefines Miene wurde betroffen, und Bille wusste, was sie dachte.

»Ich bin damals nicht vergewaltigt worden«, beantwortete sie Josefines unausgesprochene Frage. »Aber beinahe hätten sie es getan. Ich bin noch mal zurückgelaufen, weil ich dachte, wir hätten jemanden vergessen. Als ich wieder auf den Hof kam, wart ihr alle weg, und ich hörte schon die Motoren der russischen Fahrzeuge. Da hab ich mich im Haus versteckt. Natürlich haben sie mich gefunden, und einer der Männer hat mich gepackt und auf eines der Betten geworfen, mir die Röcke hochgeschoben. Ich hab ihn so sehr angefleht, es nicht zu tun. Doch dann kam ein anderer, er war wohl sein Vorgesetzter, und hat ihn davon abgehalten. Danach haben sie mich zu anderen Kriegsgefangenen auf einen Laster verfrachtet, und wir sind eine gefühlte Ewigkeit gefahren. Ich hab monatelang als Krankenschwester in einem Gefangenenlager im Nirgendwo gearbeitet, und dort lernte ich einen Arzt kennen. Sein Name ist Fritz, und wir verliebten uns ineinander. Von ihm war meine Tochter. Mir gelang bei einer Verlegung die Flucht. Was aus ihm geworden ist, weiß ich nicht. Es könnte sein, dass er noch immer dort ist.«

»Verstehe«, antwortete Josefine mit betroffener Miene, und es entstand ein Moment der Stille.

»Was wirst du jetzt tun?«, fragte Josefine irgendwann. »Willst du wieder als Krankenschwester arbeiten? Hier im Haus werden noch Schwestern gesucht. Obwohl ich das Anwesen schon etwas gruselig finde.«

»Wieso das denn?«, fragte Bille.

»Na, weil doch hier eines dieser Lebensbornheime war. So eine Zuchtstation für arische Bürger der Nazis. Wer weiß, was die in dem Haus alles für Verbrechen begangen haben.« Ihre Stimme klang verschwörerisch.

»Hm«, antwortete Bille.

Über die Frage, was sie nach ihrer Rückkehr tun würde, hatte sie sich bisher keine Gedanken gemacht. Monatelang hatte es nur zwei Ziele gegeben: irgendwie überleben und nach Hause kommen. Beides hatte sie erreicht. Doch was nun? Sollte sie tatsächlich zurück in ein alltägliches Leben gehen? Ging das überhaupt noch nach all dem Erlebten?

»Obwohl das Anwesen an sich ja schon recht hübsch ist. Die Zimmer sind hell und freundlich gestaltet, und dann liegt es auch noch so herrlich im Grünen und weit weg von der unschönen Trümmerlandschaft in der Innenstadt«, plapperte Josefine weiter. »Ich hab eine ganze Weile überlegt, ob ich hierherkommen soll. Ich hatte noch ein Angebot von einer Klinik aus Mainz, und die hätten besser bezahlt. Nur leider gab es keine Unterbringung, denn das Schwesternwohnheim ist ausgebombt worden. Jeden Tag über den Fluss zu tingeln, war mir dann doch zu umständlich. Ich trau dieser Behelfsbrücke nicht so ganz über den Weg. Hier gibt es ein Wohnheim für die Schwestern, und ich hab tatsächlich noch ein Bett ergattern können. Ich wohne zwar mit zwei anderen Frauen zusammen, und die eine schnarcht manchmal, aber es ist allemal besser als in der Gemeinschaftsunterbringung. Unser Haus wurde leider ausgebombt, und meine Eltern hausen nun in einer winzigen Kammer ohne Strom und Heizung in der Taunusstraße gemeinsam mit unserer Nachbarin, Frau Lechner. Da konnte ich nicht auch noch bleiben. Ich habe zum Glück eine Stelle auf der Wöchnerinnenstation ergattert, und das ist gut für die Seele. Den ganzen Tag Neugeborene um sich zu haben, macht glücklich. Das kann ich dir nur empfehlen.« Sie holte eine Kaugummipackung aus ihrer Schürzentasche und bot Bille einen an. Diese lehnte das Angebot ab. Mit Kaugummi hatte sie es noch nie gehabt. Josefine steckte sich einen in den Mund.

»Ich mag die Dinger auch nicht sonderlich. Lieber wäre mir eine Zigarette, aber an die kommt man ja kaum ran. Die werden auf dem Schwarzmarkt wie Gold gehandelt.« Sie seufzte und sah auf ihre Armbanduhr. »Noch fünf Minuten. Dann muss ich zurück.«

Bille antwortete nichts. Josefines Ausführungen hatten sie zum Nachdenken gebracht. Wieso sollte sie nicht wieder als Krankenschwester arbeiten? Was sollte sie sonst mit sich anfangen? Zu Hause erwartete sie ein eintöniger Tagesablauf. Im Familienbetrieb konnte und wollte sie nicht mitarbeiten. Die Herstellung von Sekt hatte sie noch nie sonderlich interessiert. Sie könnte ebenfalls in dieses Schwesternwohnheim ziehen, neue Freunde finden, sich ein eigenes Leben aufbauen. Zumindest ihre Eigenständigkeit hatte sie während den Kriegszeiten in den Lazaretten genossen. Dort war sie nicht das Nesthäkchen gewesen, das sich durch die ständige Bemutterung eingeengt gefühlt hatte.

»Denkst du, sie würden mich als Krankenschwester hier einstellen?«, fragte sie.

»Aber natürlich!«, antwortete Josefine voller Inbrunst. »Wieso denn auch nicht? Wenn du magst, bringe ich dich jetzt gleich zur Personalabteilung, und du kannst dort vorsprechen. Natürlich musst du noch Zeugnisse beibringen und all den Krams, aber eine erste Vorstellung kann gewiss nichts schaden. Hach, es wäre großartig, wenn das klappen würde. Und vielleicht könnten wir es dann so einrichten, dass wir im Wohnheim gemeinsam ein Zimmer beziehen.« Sie klatschte in die Hände.

»Ja, vielleicht«, antwortete Bille und lächelte. Die beiden erhoben sich, und während sie zurück zum Klinikgebäude liefen, festigte sich in Bille der Gedanke, dass sie das Richtige tat. Der Krieg mit all seiner Düsternis lag hinter ihr. Nun musste das Leben weitergehen.

Etwas später stieg Bille vor der Familienvilla aus dem Wagen, und es erwartete sie bereits ein Empfangskomitee vor der Tür. Trude und Inge waren nach draußen getreten und umarmten sie mit einer Innigkeit, die Bille in diesem Augenblick schon fast wieder zu viel war.

»Bille, Kind. Da bist du ja endlich«, sagte Inge freudig. »Ich hab dir zur Feier des Tages dein Lieblingsessen gekocht. Königsberger Klopse. Und als Nachtisch gibt es Schokoladenpudding.«

Bille unterdrückte ein Augenrollen. Inge redete mit ihr, als wäre sie ein kleines Mädchen und keine erwachsene Frau. Ihr Verhalten bekräftigte ihre eben getroffene Entscheidung nur noch.

Als sie in der Klinikverwaltung bei einer etwas schrullig wirkenden Sekretärin ihr Anliegen vorgetragen hatte, war alles ganz schnell gegangen. Sie war zum Personalleiter gebracht worden, der sie direkt in Empfang genommen und ausgefragt hatte. Ihre Tätigkeit in den unterschiedlichsten Lazaretten nahm er löblich zur Kenntnis. Die Tatsache, dass sie während ihrer Ausbildung ein Jahr in der Kinderklinik tätig gewesen und sich dort vorrangig um die Säuglinge gekümmert hatte, kam ihr nun zupass. Ohne große Bürokratie war ihr ein Stellenangebot unterbreitet worden, und auch eine Unterbringung im Schwesternwohnheim wäre möglich. Sie war nach dem Gespräch sogleich auf die Wöchnerinnenstation geführt und der dortigen Oberschwester vorgestellt worden. Die tiefe Stimme der Dame passte zu ihrem Äußeren. Ihr Blick war kritisch, und sie stellte ohne Umschweife einige Fachfragen. Bille beantwortete jede einzelne souverän, was die Frau anscheinend zu der Ansicht kommen ließ, dass sie keine Idiotin vor sich stehen hatte. Zeugnisse, Lebenslauf und weitere schriftliche Unterlagen sollte sie nachreichen. Arbeitsbeginn war schon am nächsten Morgen um sechs.

Trude legte den Arm um Billes Hüfte und führte sie ins Haus. In ihrem Zimmer erwartete sie der vertraute Anblick. Auf dem Tisch am Fenster stand ein großer Tulpenstrauß, ihr Bett war mit der geblümten Tagesdecke abgedeckt. Durch die Terrassentür fielen Sonnenstrahlen auf den Parkettboden und auf die hellgelb gestrichenen Wände. Es roch nach Putzmittel.

»Ich habe dir Tulpen aufs Zimmer gestellt«, sagte Trude. »Die mochtest du schon immer gern.«

Trude war in der Tür stehen geblieben. Ihre Stimme klang unsicher. Bille wusste nicht, was sie zu ihr sagen sollte. Trude hatte ihr ganzes Leben lang als treue Begleiterin an ihrer Seite gestanden, sie wollte sie nicht vor den Kopf stoßen. Allerdings wäre es nicht fair, wenn sie ihr ihre Entscheidung, die Villa zu verlassen, lange vorenthielte. Trude hatte Ehrlichkeit von ihr verdient. Doch genau in dem Moment, als sie den Mund öffnete, um ihr von ihrem Umzug ins Schwesternwohnheim und ihrer neuen Anstellung zu erzählen, tauchten Oma Maria und Magda auf. Oma Maria schien einen ihrer besseren Tage zu haben, denn sie erkannte Bille und begrüßte sie liebevoll.

»Bille, Kind! Wie schön, dich zu sehen. Wie war es im Krankenhaus? Hast du dich heute um deine Patienten auch anständig gekümmert?«

Bille brachte die Frage ihrer Großmutter zum Schmunzeln. Oma Maria brachte mal wieder die Zeiten durcheinander.

»Natürlich habe ich mich gut um meine Patienten gekümmert«, antwortete Bille, trat zu ihrer Oma und legte ihr sanft den Arm um die Taille. »Und stell dir vor«, fügte sie noch hinzu. »Ab morgen darf ich mich um die Neugeborenen auf der Säuglingsstation kümmern. Ist das nicht nett?«

»Ach, um die süßen Kleinen«, antwortete Oma Maria. »Ja, das ist lieb. So ein winziges Menschlein wärmt einem mit seiner Unschuld das Herz und die Seele.« Sie lächelte versonnen.

»Das finde ich auch«, antwortete Bille. »Das finde ich auch.«

21. Kapitel

Rüdesheim, 10. April 1946

Annemarie Rudlof veränderte stöhnend ihre Sitzposition und legte eine Hand auf ihren bereits recht runden Bauch.

»Wegen mir könnte das Kleine sofort ausziehen«, sagte sie. »Ich sehe meine Füße schon gar nicht mehr und habe das Gefühl zu platzen. Und ich watschle wie eine Ente. Ich hoffe nur, bei der Geburt geht alles gut und es dauert nicht drei Tage.« Sie schob sich eine Strähne ihres braunen Haares hinters Ohr, hob die auf dem Tisch stehende Weinflasche in die Höhe und fragte Henni: »Noch ein Gläschen? Ich selbst darf ja keinen Wein trinken. Die alte Ulla, unsere Dorfhebamme, hat es mir verboten. Alkohol in der Schwangerschaft ist nicht gut für das Baby. Ich versuche, mich dran zu halten, ehrlich. Aber so ab und an muss ich einfach ein winziges Gläschen trinken, denn das ist gut für meine Nerven.«

Henni lehnte dankend ab. Sie hatte bereits zwei Gläser des fruchtig schmeckenden Rieslings getrunken, und da sie am Morgen ihr Frühstück nicht hinunterbekommen hatte, war ihr jetzt etwas schwummrig im Kopf.

Die beiden befanden sich in dem idyllischen und von hellem Sonnenlicht erfüllten Garten des kleinen, am Rande der Stadt Rüdesheim gelegenen Weinguts Rudlof. Das Haupthaus war im unteren Bereich aus rotem Sandstein gefertigt, im oberen Bereich bestand es aus Fachwerk. Im Sommer rankten blühende Rosen an Gittern die Hauswände hinauf, die ersten grünen Triebe waren bereits zu erkennen. In Blumenkästen und Beeten blühten verschwenderisch schön Narzissen, Tulpen und Traubenhyazinthen. Über den Rasen lief eine Schar Hühner, einige von ihnen verschwanden gackernd in dem direkt neben dem Garten gelegenen Weinberg.

Henni beobachtete lächelnd, wie ihnen eine dreifarbige Katze folgte. Dieser Ort verströmte ein wunderbar heimeliges Gefühl und schien die Seele zu streicheln. Es war gut gewesen, dass sie sich von Georg dazu hatte überreden lassen, ihn zu dem Geschäftstermin ins Rheingau zu begleiten. Von fern waren die Stimmen der Männer zu hören, und Henni hoffte, dass die Verhandlungen gut liefen, denn sie benötigten dringend weitere Lieferanten für die Kellerei. Die Leitung des Gutes hatte der Junior des Hauses, Werner Rudlof, erst kürzlich von seinem Großvater übernommen. Allerdings schmeckte dem die Tatsache, dass sein Enkelsohn den Betrieb ausbauen und modernisieren wollte, so gar nicht, und er redete ihm ständig in alles rein. Die Geschäftsidee, die Sektkellerei Herzberg zu beliefern, gefiel ihm auch nicht so recht. So einen Firlefanz hatte es früher schließlich auch nicht gegeben. Henni wusste, dass Werner das Weingut gerne in die Hände seines Sohnes übergeben hätte, doch dieser war bereits vor dem Krieg bei einem tragischen Schiffsunglück auf dem Rhein ums Leben gekommen. So trat nun also der Enkelsohn in seine Fußstapfen.

»Die alte Ulla ist also noch immer im Dienst«, sagte Henni, um wieder an das Gespräch mit Annemarie anzuknüpfen. »Wie alt ist sie jetzt? Siebzig mit Sicherheit. Sie hat damals auch das Kind von Cornelia auf die Welt geholt.«

In ihrem Inneren stieg wieder dieses unbändige Gefühl der Hilflosigkeit auf, das sie damals empfunden hatte, als sie die tote Cornelia mit ihrem Kind im Arm gesehen hatte. Annemaries Miene wurde betroffen.

»Tut mir leid«, sagte sie. »Ich hab vergessen, dass du diesen grauenvollen Tag hier in Rüdesheim miterlebt hast. Ich wollte keine unschönen Erinnerungen heraufbeschwören.«

»Das weiß ich doch, meine Liebe«, antwortete Henni und legte der jungen Frau beruhigend die Hand auf den Arm. »Das Leben muss ja weitergehen, und wir können uns nicht dauerhaft hinter unserer Traurigkeit verstecken. Cornelia hätte das nicht gewollt. Das weiß ich bestimmt.«

Georg und die beiden Winzer kamen aus einem der Wirtschaftsgebäude, und Georg und Werner reichten einander die Hand.

»Das sieht nach einem Geschäftsabschluss aus«, meinte Annemarie.

»Der deinem Schwiegervater anscheinend nicht so gut gefällt«, erwiderte Henni lachend. Annemarie stimmte grinsend zu. Der alte Herr sah finster drein, schien die Entscheidung seines Enkels jedoch zu akzeptieren.

»Er erinnert mich an meinen Großvater«, sagte Henni. »Ihm ist das Zurücktreten ebenfalls nicht leichtgefallen. Er saß trotzdem noch jeden Tag pünktlich um sieben Uhr morgens an seinem Schreibtisch, und keine Entscheidung wurde ohne seine Zustimmung getroffen.«

Georg und die beiden Winzer kamen zu ihnen, sie tauschten noch einige Höflichkeiten aus und stießen auf die Zusammenarbeit an.

Henni trank nun doch noch ein weiteres Glas Riesling, was dazu führte, dass ihr der Kopf schwirrte. Liebe Güte. Es war noch nicht einmal Mittagszeit, und sie war bereits betrunken. Wie hatte sie nur vor diesem Termin so wenig frühstücken können? Sie hätte es besser wissen müssen. Geschäftstermine im Rheingau fanden selten ohne ein paar Gläser Wein statt.

Nachdem Georg und sie das Weingut verlassen hatten, beschlossen sie, noch ein wenig länger in Rüdesheim zu bleiben und einen Spaziergang durch die Weinberge zum oberhalb von Rüdesheim gelegenen Niederwalddenkmal zu machen, das eines der beliebtesten Ausflugsziele im Rheingau darstellte. Vor dem Krieg waren die vielen Besucher mit der Niederwaldbahn den steilen Berg zum Denkmal hinaufgebracht worden, doch diese war bei einem Bombenangriff vor zwei Jahren stark beschädigt worden und sollte wohl, so hatte Henni es erst kürzlich gehört, rückgebaut werden. Henni war noch nie mit der Bahn gefahren, denn für sie gehörte der Aufstieg durch die Weinberge stets dazu. Mit der Bahn fuhren nur lahme Stadtenten mit Stöckelschuhen, so hatte es Conrad früher einmal zu ihr gesagt.

Auf der unterhalb des Denkmals gelegenen Aussichtsplattform hielten sich nur wenige Menschen auf. Ein älteres Ehepaar stand unweit von ihnen.

»Irgendwie mag ich das alte Mädchen«, sagte Georg, blickte zur Statue der Germania hoch und lehnte sich gegen die steinerne Brüstung. »Sie strahlt so viel Würde und Glanz aus.«

»Mein Großvater hat die Germania nie gemocht«, antwortete Henni und wirkte etwas wehmütig. »Damals war es schick, solche Denkmäler zu schaffen, um seine eigene Macht zu zelebrieren. Alle Welt sollte sehen, wie großartig die Deutschen doch sind.«

»Ich weiß das doch«, antwortete Georg und legte den Arm um sie. »Und natürlich hatte der alte Herzberg recht. Trotzdem habe ich immer das Gefühl, dass die Germania auf uns alle achtgibt. Wie eine Art Schutzengel. Aber vermutlich lasse ich mich nur von der berühmten Rheinromantik betören. Wenn ich könnte, würde ich gerne auf einer der vielen Burgen leben. So ein Dasein als Burgherr stelle ich mir nett vor. Und du könntest mein Burgfräulein sein.« Er grinste schelmisch und gab Henni einen kurzen Kuss.

»Na, ich weiß nicht recht«, antwortete sie lachend. »Vermutlich spukt es in den alten Gemäuern. In all diesen Burgen gibt es doch irgendwelche Gespenster, die nachts mit den Ketten rasseln.«

»Oder es gibt andere Schauermärchen«, sagte er. »Wie diese alte Sage von dem schottischen Mädchen, das während einer Rheinreise mit seinen Eltern auf dem Turm der Burg Lahneck jämmerlich verdurstet sein soll, weil hinter ihr die morsche Treppe einstürzte und sie nicht mehr herunterkam. Angeblich hat man Jahre später ihr Skelett und ihr Tagebuch auf dem Turm entdeckt.«

»Ich kenne die Geschichte, das Mädchen soll Idilia Dubb geheißen haben«, antwortete Henni. »Allerdings glaube ich, dass sie erfunden ist.«

»Du kennst sogar ihren Namen«, merkte Georg bewundernd an.

»Wie du weißt, war Conrad ein großer Freund von alten Sagen und Mythen rund um den Rhein. Wir waren sogar auf dem Turm von Burg Lahneck. Ich muss, obwohl ich die Geschichte nicht glaube, gestehen, dass man dort oben Gänsehaut bekommt.« Der Gedanke an diese seltsame Begegnung mit der alten Geschichte rund um das tote Mädchen ließ sie erneut schaudern.

»So ist das mit gut gemachten Sagen und Mythen«, antwortete Georg lachend und zog sie in seine Arme. »Man glaubt trotz allem Realitätssinn, dass es so oder so ähnlich passiert sein könnte. Aber keine Sorge, ich werde dich auf jedem Burgturm finden und retten, und da können die Treppen noch so morsch sein.« Er küsste sie erneut, dieses Mal länger und leidenschaftlicher. Henni liebte es, wenn seine Arme sie fest umschlangen, und oftmals wünschte sie sich, er würde sie niemals wieder loslassen. Nachdem sie den Kuss beendet hatten, sagte er: »Ich möchte dir gerne noch etwas zeigen. Dieser Ort ist mein absoluter Lieblingsplatz im Rheingau. Allerdings müssten wir dafür bis nach Assmannshausen laufen.«

»Du machst es spannend«, antwortete Henni. »Es ist aber keine Burg mit einem Gespenst, oder?«

»Nein, keine Burg«, antwortete er. »Es wird dir bestimmt gefallen.«

Er nahm sie bei der Hand, und sie liefen in die unterhalb der Aussichtsplattform gelegenen Weinberge. Hand in Hand folgten sie dem bekiesten Weg im hellen Sonnenschein. Schmetterlinge flatterten um sie herum, Bienen summten durch die Luft und sammelten Blütenstaub und Nektar auf dem zwischen den Reben in großen Mengen blühenden Löwenzahn. Der Rhein funkelte und glitzerte, dass es eine Freude war. Ein mit Baumstämmen beladener Frachter kämpfte sich gerade flussaufwärts. Es war so herrlich warm, und Henni fühlte sich glücklich, wie lange nicht. Der Rheingau hatte es mal wieder geschafft, sie mit seiner Schönheit zu betören und ihr das Gefühl einer Leichtigkeit zu vermitteln, das sie lange Zeit vermisst hatte.

Nachdem sie eine Weile gelaufen waren, setzten sie sich für eine kurze Rast auf eine Bank, und Henni atmete tief die nach Sonne und warmer Erde duftende Luft ein. Unter ihnen befand sich der Mäuseturm auf der Mäuseturminsel, ein ehemaliger Wehr- und Wachturm. Henni betrachtete ihn versonnen.

»Den Turm hatte Conrad gern«, sagte sie, und ein warmes Gefühl breitete sich in ihr aus. Die Erinnerung an ihn schmerzte in diesem Augenblick sonderbarerweise nicht. »Er liebte den Namen. Mäuseturm. Obwohl die dazugehörige Sage doch arg grausam ist.«

»Und schon sind wir wieder bei alten Rheinsagen und Mythen«, antwortete Georg und grinste. »Der hartherzige Bischof hat es nach seinem grausamen Verhalten jedoch mehr als verdient, auf dieser Insel von den Mäusen aufgefressen zu werden.«

»Also ich glaube eher, dass der Name eine Ableitung von Mautturm ist«, antwortete Henni.

Georg zuckte die Schultern. »Wer weiß. Wir waren damals nicht dabei. Vielleicht war es so, oder auch nicht. Die Loreley haben wir ja auch nicht singen hören, oder?«

Henni verdrehte die Augen. »Du bist ja fast so unverbesserlich wie Conrad. Ihr beiden hättet die perfekten Fremdenführer abgegeben. Solltest du irgendwann einmal genug vom Sektkeltern haben, kannst du auf einem der Ausflugsboote anheuern, die bestimmt bald wieder auf dem Fluss unterwegs sein werden. Nimm dich aber vor der Loreley in Acht.« Sie hob mahnend den Zeigefinger.

»Ach, ich weiß nicht recht. Boote sind nicht so meins. Ich bleibe lieber an Land und beim Sekt.«

Die beiden liefen weiter und erreichten bald darauf den ebenfalls von Weinbergen umgebenen Ort Assmannshausen, der nicht nur aufgrund seines Weines und der Burgenromantik beliebt war, sondern auch einen ausgezeichneten Ruf als Kurort hatte.

Georg führte Henni jedoch nicht in die Ortsmitte, wo das Hotel Krone lag, in dem bereits Berühmtheiten wie Wilhelm der II. oder die österreichische Kaiserin Sisi Gäste gewesen waren. Es ging in eine kleine Nebenstraße, die alsbald in einen Feldweg überging. An ihrem Ende lag ein verwildertes Grundstück mit einem verfallenen Anwesen darauf. Der Putz bröckelte von den Mauern, die Fensterscheiben waren größtenteils zerbrochen, und auf einem der Schornsteine hatte sich ein Storchenpaar sein Nest gebaut. Doch trotz des Verfalls hatte dieser Ort etwas Magisches an sich. Das schmiedeeiserne und verrostete Tor stand offen. Schmetterlinge flatterten vor ihnen her, während sie den bekiesten Weg entlangliefen, der umrahmt war von ungemähten Rasenflächen und ungepflegten Beeten mit Rosenstöcken darin, die bereits die ersten grünen Blätter zeigten. Fasziniert betrachtete Henni einen dreistöckigen Brunnen, der in einem ausgetrockneten Gartenteich stand und mit Weinreben verziert war.

»Was ist das für ein Haus?«, fragte sie. »Wem gehört es?«

»Es ist auf seine Art wunderschön, oder?«, fragte Georg. »Ich finde, es wirkt wie ein verschlafenes Dornröschenschloss, das wachgeküsst werden möchte.«

»Ja, das tut es«, antwortete Henni. Eine grau getigerte Katze huschte an ihnen vorüber und verschwand um die Hausecke. »Aber wieso ist es so verfallen?« Sie ließ ihren Blick über das Gebäude schweifen. Einst musste es ein prachtvolles Gutshaus gewesen sein. Über dem Eingangsportal war eine Art Familienwappen angebracht, das Henni jedoch nicht zuordnen konnte. Efeu wucherte die Hausmauer hinauf und hatte sich durch die kaputten Fenster bereits seinen Weg ins Innere des Hauses gebahnt.

»Es gehört einer Familie von Stieglitz«, antwortete Georg. »Es war eine Familientragödie in den sechziger Jahren des neunzehnten Jahrhunderts. Theodor von Stieglitz soll hoch verschuldet gewesen sein, er hat eines Nachts in diesem Haus seine Frau und seine drei Kinder ermordet und sich danach selbst gerichtet. Die Assmannshausener meiden seitdem diesen ihrer Meinung nach unglückbringenden Ort wie der Teufel das Weihwasser. Aber ich bin der Meinung, dass er etwas Faszinierendes an sich hat, und er ist wunderschön. Ich habe ihn irgendwann durch Zufall entdeckt, und ich finde, es wäre an der Zeit, ihn endgültig aus seinem Dornröschenschlaf zu wecken. Dieser bezaubernde Platz hat es verdient, dass hier wieder Menschen glücklich sind und er die Schatten der Vergangenheit verliert. Ich wünschte, ich könnte mit dir gemeinsam hier glücklich werden«, sagte er und wandte sich ihr zu. Seine Miene war plötzlich ernst, und sein eindringlicher Blick ging Henni durch und durch und ließ sie erzittern.

»Ich liebe dich, Henni«, sagte er leise. »Ich will dich, mit dir leben, mit dir träumen, immer bei dir sein dürfen. Ich wünschte, du könntest diese elende Scharade mit Adam ein für alle Mal beenden. Du hast es verdient, glücklich zu sein und lieben zu dürfen. Wir beide haben das.«

Henni wusste nicht, was sie erwidern sollte. Sie fühlte sich überrumpelt, und in ihr bebte und zitterte alles. Sie wünschte, sie könnte ihm jetzt die Antwort geben, die er hören wollte. Sie wünschte, sie könnte mit ihm gemeinsam an diesem verwunschenen Ort sein Märchen leben. Doch sie war eine Herzberg, und sie hatte Verantwortung zu tragen. Und Verantwortung schmeckte manchmal bitter. In diesem Moment wurde ihr schmerzlich bewusst, dass sie ihn würde loslassen müssen, denn er hatte recht. Er hatte es verdient, zu lieben und zu leben. Doch ohne eine Herzberg an seiner Seite war er besser dran.

22. Kapitel

Wiesbaden, 24. April

Das Schellen des Weckers riss Bille aus tiefem Schlaf. Sie streckte mit geschlossenen Augen die Hand aus, um ihn abzustellen, doch auf dem Nachttisch fand sich das Ungetüm nicht. Wohlweislich hatte sie den Krachmacher am Abend zuvor auf die Kommode gestellt. Am Vortag hatte er noch auf dem Nachttisch gestanden, und sie hatte ihn ihm Halbschlaf ausgestellt, war wieder eingeschlafen und drei Stunden zu spät zum Dienst erschienen. Damit hatte sie sich eine recht ordentliche Standpauke von der Oberschwester eingehandelt. Das passierte ihr kein zweites Mal. Sie kletterte rasch aus dem Bett und stellte den Wecker ab. Ihre Zimmerkameradin Ute war nicht anwesend. Sie hatte am Vortag frei gehabt und die Nacht mal wieder außer Haus verbracht. Bille kannte den Grund dafür. Er war blond und blauäugig, hieß Klaus und hatte Ute neulich nach dem Dienst abgeholt. Wenn sie Glück hatten, würde Ute den jungen Mann bald heiraten, und dann könnte endlich Josefine zu ihr ins Zimmer ziehen. Bille und Josefine hatten sich in den letzten Wochen weiter angefreundet, und mit ihr würde sie viel lieber das Zimmer teilen. Ute war umgänglich, aber so richtig warm war Bille mit ihr nicht geworden.

Es folgte die übliche Katzenwäsche des Morgens an dem winzigen in der rechten Ecke des Zimmers liegenden Waschbecken. Dann schlüpfte Bille in ihre Schwesternuniform und strich den hellblauen Rock glatt. Noch rasch das Häubchen auf das frisch frisierte kinnlange Haar gesetzt und festgesteckt. Ein kontrollierender Blick in den Spiegel folgte. So sah es gut aus. Sie schlüpfte in ihre Schuhe und legte sich eine Strickjacke über die Schultern, denn in den Morgenstunden war es noch kühl. In der spartanisch eingerichteten Gemeinschaftsküche des Schwesternwohnheims traf sie auf eine weitere Kollegin namens Moni, die am Tisch saß und lustlos in einer Illustrierten blättere, der Geruch von Muckefuck hing in der Luft. Moni grüßte knapp. In ihrem Blick lag stets etwas Verschlagenes. Allgemein war Monika Clemens nicht sonderlich beliebt. Sie galt als schwierig und arrogant, und es ging das Gerücht um, dass sie noch aus den Lebensbornzeiten der Klinik übriggeblieben war.

Bille nahm sich nur Muckefuck, kippte etwas Kondensmilch hinein und leerte die Tasse in einem Zug. Zu dieser frühen Stunde hatte sie noch keinen Appetit. Sie wollte gerade den Raum verlassen, da sprach Moni sie an.

»Ute ist übrigens gefeuert worden«, sagte sie in ihrem gewohnt schroff klingenden Tonfall. »Ich hab sie gestern zu später Stunde zusammen mit ihrem Klaus in Luises Zimmer in einer eindeutigen Situation erwischt. Das musste ich natürlich der Oberschwester melden.«

Bille konnte kaum glauben, was sie hörte. Ute war entlassen worden? Aber das hätte sie doch mitbekommen müssen, schließlich wohnten sie in einem Zimmer. Waren heute Morgen Utes Sachen noch da gewesen? Sie hatte nicht darauf geachtet. Bille sah Moni finster an. Elende Verräterin, dachte sie, sprach die Worte jedoch nicht laut aus.

Moni zuckte die Schultern. »Brauchst gar nicht so dumm gucken. Ich weiß schon, dass du mich jetzt für eine miese Verräterin hältst, aber das ist mir egal. Es muss sich an die Regeln gehalten werden. Das hier ist ein Schwesternwohnheim und kein Tollhaus.«

Bille antwortete nichts, sondern verließ den Raum. Im Freien empfing sie kühle Morgenluft. Die Frühlingswärme und der strahlende Sonnenschein der letzten Tage hatten sich über Nacht verzogen und tiefhängenden grauen Wolken Platz gemacht, aus denen ein feiner Nieselregen fiel. Bille eilte raschen Schrittes den Gehweg entlang. Kurz bevor sie das Haupthaus erreichte, fiel ihr eine junge Frau in einem dunklen Mantel auf, die unweit von ihr stehen geblieben war, sich ins Kreuz griff und das Gesicht vor Schmerz verzog. Bille eilte zu ihr.

»Guten Morgen«, grüßte sie. »Kann ich Ihnen helfen?«

»Oh ja, das können Sie«, sagte die junge Frau. Bille schätzte sie auf höchstens zwanzig. »Sie können das Balg aus mir rausholen, damit es endlich ein Ende hat.« Sie krümmte sich zusammen, und Bille stützte sie.

»Ich bringe Sie jetzt gleich zur Aufnahmestation, und dort wird sich einer unserer hervorragenden Ärzte um Sie kümmern. Kann ich Ihren Namen erfahren? Sollen wir jemanden informieren? Mein Name ist Schwester Bille.«

Die junge Frau antwortete nicht, stattdessen begannen Tränen über ihre Wangen zu kullern. Bille wusste nicht so recht, wie sie auf den Gefühlsausbruch reagieren sollte.

»Aber, aber«, tröstete sie. »Wer wird denn gleich weinen. Nun sind Sie ja hier, und es wird Ihnen geholfen. Kommen Sie, wir sehen zu, dass wir ins Trockene kommen. Das ist heute aber auch ein abscheuliches Wetter.« Sie bemühte sich um einen aufmunternden Tonfall.

Im Eingangsbereich fand sich ein Rollstuhl für die junge Frau, und Bille brachte sie zur Aufnahme. Dort hatte heute zu ihrem Glück Constanze Silbermann Dienst, eine der liebenswertesten Personen, die Bille jemals kennengelernt hatte. Constanze war Anfang fünfzig, etwas rundlich und ohne ihr »Gebrill«, wie sie die auf ihrer Nase sitzende Nickelbrille bezeichnete, blind wie ein Maulwurf. Als sie das weinende Elend im Rollstuhl sah, wurde ihr Blick mitleidig.

»Ei Gude, Mädschen«, grüßte sie auf Hessisch. »Na, wer wird denn so weinen! So schlimm kann es doch gar nicht sein. Was führt dich denn zu uns, Bobbelsche?«

Bille musste grinsen. Nur Constanze brachte es fertig, Patientinnen auf diese Art anzusprechen.

»Das Kind kommt«, brachte die junge Frau heraus und schniefte.

»So was passiert bei uns häufiger«, antwortete Constanze. »Und das mit der Heulerei kann schon mal vorkommen. Das ist die Aufregung, und dann noch die Hormone. Ich hab bei all meinen Geburten wie ein Schlosshund geheult.« Sie winkte ab, schenkte der Frau ein herzliches Lächeln und fragte: »Sind Sie angemeldet? Welcher Arzt betreut Sie?«

»Es gibt keinen Arzt«, bekam sie zur Antwort. »Es soll vorbeigehen. Holen Sie es endlich raus.«

Im nächsten Moment begann die Frau erneut zu winseln, und sie krümmte sich zusammen. Die ruppige Antwort der Patientin brachte Constanze aus dem Konzept, und sie sah zu Bille, die mit den Schultern zuckte. Irgendetwas stimmte hier ganz und gar nicht.

»Ich bringe Sie jetzt am besten erst einmal in eines der Untersuchungszimmer«, schlug Bille vor. »Um den organisatorischen Kram können wir uns später immer noch kümmern.« Sie warf Constanze einen Blick zu, die verstand. Es galt, die Patientin jetzt erst einmal zu beruhigen.

»So machen wir das«, sagte sie und tätschelte der Frau den Arm. »Papierkram und das ganze Gedöns wird vollkommen überbewertet. Jetzt soll sich erst einmal ein Arzt um Sie kümmern.«

Wenig später trat der Stationsarzt ins Untersuchungszimmer. Es war Klaus-Dieter Hattersen, ein älterer Arzt mit schlohweißem Haar. Sein Anblick erleichterte Bille, denn der Mediziner hatte etwas Väterliches an sich, das die junge Frau gewiss beruhigen würde.

Er sah von Bille zu seiner neuen Patientin und bemerkte die feuchten Wangen.

»Ach du je«, sagte er. »Tränen. Na, so schlimm wird es schon nicht sein. Wie ist denn Ihr Name, meine Teuerste?«

Die Frau schniefte, dann sagte sie leise: »Hilde. Hilde Adick.«

»Na, das ist doch schon mal ein Anfang.« Er lächelte ihr aufmunternd zu. »Liegen denn von Frau Adick bereits Anmeldeunterlagen vor?«, fragte er Bille.

Ehe sie antworten konnte, sagte die Patientin: »Es liegt nichts vor. Ich will nur, dass es fortkommt. Verstehen Sie das? Holen Sie es verdammt nochmal aus mir raus, dieses verdammte Balg des Russen.«

Die Miene des Arztes wurde betroffen, auch auf Billes Gesicht zeichnete sich Bestürzung ab. Sie hatte es geahnt. Verdammt noch eins! Vor ihrem inneren Auge stiegen die längst verdrängten Bilder der Frauen auf, die während ihrer Flucht missbraucht worden waren. Sie hörte wieder die Stimmen der Männer aus dem Lazarett in ihrem Kopf und spürte ihre Hände an ihrem Körper. Von ihr hatten sie abgelassen. Das schluchzende Bündel Mensch vor ihren Augen hatte nicht so viel Glück gehabt.

Bille ging neben Hilde in die Hocke und wischte ihr liebevoll die Tränen von den geröteten Wangen.

»Scht«, sagte sie tröstend. »Scht. Du bist jetzt in Sicherheit. Hier wird dir niemand mehr wehtun. Wir holen es aus dir heraus. Hörst du? Wir schaffen das gemeinsam. Es wird alles wieder gut werden, das verspreche ich dir.«

Das Schluchzen der jungen Frau ließ nun nach, und sie streckte die Hand aus. Bille ergriff sie, drückte sie fest und nickte ihr aufmunternd lächelnd zu. »Bei Herrn Doktor Hattersen bist du in den besten Händen. Das verspreche ich dir.«

Sie sah zu dem Arzt. Dessen Gesicht zeigte Erleichterung. Er tätschelte Bille kurz die Schulter. Sie wusste diese Geste als ein unausgesprochenes Lob zu deuten.

Einige Stunden später lief Bille nervös vor der geschlossenen Tür eines Operationssaals auf und ab. Hilde Adick hatte im

Kreißsaal urplötzlich starke Blutungen bekommen, und es war sogleich ein Notkaiserschnitt angeordnet worden. Hilde hatte während der letzten Stunden immer mehr Vertrauen zu Bille gefasst. Sie hatte ihr einen Brief gezeigt, den sie von ihrem Bruder vor einem Jahr erhalten hatte, er befand sich in Kriegsgefangenschaft. Der Brief war abgegriffen, an der einen Seite eingerissen, der mit blauer Tinte geschriebene Text war kaum noch lesbar. Bille hatte mit dem Gefühl von Bitterkeit das Geschriebene überflogen. Sie hatte so viele Männer und Frauen damals in diesem elenden Gefangenenlager Briefe schreiben sehen. Sie selbst hatte Briefe für Verwundete verfasst, Worte notiert, die oftmals Lügen gleichkamen, denn sie selbst und auch der Diktierende hatten gewusst, dass es kein Wiedersehen geben würde.

Die Tür des Operationssaals öffnete sich, und eine der Schwestern kam mit einem kleinen Bündel im Arm heraus. Billes Herz schlug höher.

»Wie steht es?«, fragte sie.

Die Miene der Schwester war ernst. »Wir konnten sie nicht retten«, sagte sie. »Es war einfach zu viel Blut. Aber das kleine Mädchen hier ist am Leben. Es ist ein Wunder, denn sie ist so klein und zart. Wärst du vielleicht so lieb und würdest sie auf die Säuglingsstation bringen?«

Die Schwester reichte Bille das in ein rosa Tuch gewickelte Baby und verschwand wieder im Operationssaal.

Bille blieb wie betäubt zurück. Hilde war tot. Tränen stiegen in ihre Augen. Ihr Blick fiel auf das kleine Mädchen in ihrem Arm. Sie hatte schwarzes Haar, Käseschmiere klebte noch an ihrer Stirn, ihre Fingerchen waren winzig klein. Es war ein Wunder. Doch was sollte aus diesem Kind werden? Die Mutter tot, der Vater ein Vergewaltiger.

»Du bist eine Kämpferin, Kleines, wie deine Mama. Das darfst du nie vergessen. Sie war eine Kämpferin.«

Bille brachte die Kleine auf die Station, und nachdem sie sie dort bei einer der Säuglingsschwestern abgegeben hatte, fühlte sie sich plötzlich wie erschlagen.

Sie taperte durch die Krankenhausflure und landete irgendwann auf einer Bank im Klinikpark. Zu regnen hatte es inzwischen aufgehört, doch es war noch immer grau und kühl. Sie starrte auf den Teich, drei Enten schwammen darauf herum. Sie dachte an Fritz, den sie zurückgelassen hatte und von dem sie nicht einmal einen Brief besaß. Sein Gesicht und den Klang seiner Stimme musste sie in ihrem Herzen bewahren. Wie lange gelang einem so etwas? Wann begann man zu vergessen? Da war es wieder. Dieses seltsame Gefühl in ihrem Inneren. Eine Art von Starre und Angst, die nicht greifbar schien und sie lähmte. Was sollte das alles eigentlich? Wieso war ihr die Flucht gelungen und nicht den anderen? Er fehlte so sehr.

Irgendwann setzte sich Josefine neben sie.

»Ich hab von dem Mädchen gehört«, sagte sie. »Schlimme Sache.«

»Sie ist vergewaltigt worden, das Kind war von ihm. Sie hat es gehasst.«

»Oh«, antwortete Josefine.

In dieser knappen Antwort lag alles, was es dazu zu sagen gab. Mehr musste nicht geredet werden.

23. Kapitel

Wiesbaden, 5. Mai 1946

Lisbeth sah Kurt finster an. »Das kannst du nicht ernst meinen«, sagte sie. »Letztens habe ich für dieselbe Menge Zigaretten die doppelte Menge an Kartoffeln bekommen. Was soll das?«

»Die Preise haben sich eben verändert«, antwortete er und zuckte die Schultern. »Einer meiner Lieferanten ist neulich aufgeflogen, dadurch ist es auch für mich teurer und aufwendiger geworden, die Ware zu besorgen. Willst du sie jetzt haben? Ich hab noch genügend weitere Abnehmer.« Er verschränkte die Arme vor der Brust, sein Blick war stur.

Lisbeth ahnte, dass sie keinen besseren Preis erhalten würde, und ließ sich auf den Handel ein.

»Meinetwegen«, antwortete sie knapp. »Aber es gibt doch gewiss noch eine kleine Zugabe. Wie sieht es denn mit Speck aus? Du weißt, dass ich nicht für mich, sondern für die Kinder der Mädchenschule komme.«

»Speck ist schon aus«, antwortete er. »Aber ich hab noch zwei Laib Brot. Eine Kippe mehr, und ich leg sie mit dazu.«

Lisbeth stimmte zu und reichte Kurt die Zigaretten.

Wieder einmal war sie ohne Sabine hergekommen. Seitdem diese mit dem Wiederaufbau ihres Cafés beschäftigt war, hatte sie nicht mehr so viel Zeit, was Lisbeth schade fand. Ständig hatte sie zu tun und redete nur noch von Terminen mit Architekten und Bauleitern. Mit einem von ihnen tauschte sie neuerdings sogar verliebte Blicke aus. Das glaubte jedenfalls Minna. »Den guckt sie mit solchen Kalbsaugen an, dass einem Sehen und Hören vergeht«, hatte sie neulich bei einem kurzen Schwätzchen zu Lisbeth gesagt. Wenn alles nach Plan lief, konnte Sabine bereits im Herbst das Café wieder eröffnen. Wenn Minna mit ihren Andeutungen richtig lag, dann hatte sie mit diesem Sebastian vielleicht sogar einen neuen Mann fürs Leben gefunden. Allerdings befürchtete Lisbeth, dass ihre kurze Freundschaft dadurch ein rasches Ende finden könnte, was sie traurig stimmte.

Kurt zählte die Zigaretten nach und steckte sie in seine Hemdtasche. Während er die Kartoffelsäcke und das Brot auf einen der Leiterwagen packte, sagte er: »Ich will mir ja nicht das Geschäft verderben, aber wieso kommst du eigentlich noch für die Schule zu mir? Die Schulen bieten doch neuerdings jeden Tag eine warme Mahlzeit für die Kinder an und erhalten dafür sogar großzügige Sonderzuteilungen. Da bringen die paar Kartoffeln und das bisschen Brot doch auch nichts mehr.«

Lisbeth sah ihn überrascht an. Davon hatte sie bisher noch nicht gehört. »Seit wann gibt es denn diese Sonderzuteilungen? Davon hat mir gegenüber nie jemand etwas erwähnt.«

»Na, schon seit einer Weile«, entgegnete Kurt. »Einen Monat, vielleicht sind es auch drei Wochen. In allen Schulen der Stadt soll es in den nächsten Wochen tägliche Schulspeisungen geben. Ich zweig meiner Schwester zwar immer was ab, aber genug ist es für sie und ihre drei Kleinen immer noch nicht. Da ist es schon eine Erleichterung, wenn sie jetzt regelmäßig in der Schule eine warme Mahlzeit erhalten.«

Lisbeth verwunderte Kurts Offenheit, bisher hatte sie den stets etwas abgerissen aussehenden Schwarzmarkthändler eher wortkarg erlebt. Was er zu berichten wusste, gefiel ihr so gar nicht. Sie hatte sich in ihrer Position als Heilsbringerin an der Schule wohlgefühlt. Warum hatte ihr niemand davon erzählt, dass es diese Sonderzuteilungen gab?

»Also wenn du mich fragst, freuen die sich, wenn du weiter kostenlos die guten Gaben anschleppst«, tippte Kurt. »In diesen Zeiten ist sich bekanntlich jeder selbst der Nächste. Mit Sicherheit verschwinden deine Lebensmittel in den eigenen Taschen der Küchenmitarbeiter. Über eine Kartoffelsuppe mit Speck und Brot freut sich auch die Großmutter am heimischen Tisch.«

War sie wirklich so blauäugig gewesen?, dachte Lisbeth.

Im nächsten Moment öffnete sich ruckartig die Tür des Lagerhauses, und Polizisten stürmten herein, einer von ihnen richtete sogar seine Waffe auf sie. Mit vor Schreck geweiteten Augen starrte Lisbeth ihn an.

»Stehen bleiben! Ich will Ihre Hände sehen. Sofort!«, brüllte der Polizist sie an.

Lisbeth hielt ihre Hände in die Höhe. Einer der Polizisten packte sie grob am Handgelenk und drehte ihr den Arm auf den Rücken.

»Au!«, rief Lisbeth aus. »Sie brechen mir den Arm.«

Der Polizist ließ sich nicht beirren, er drehte auch ihren zweiten Arm auf den Rücken und legte ihr Handschellen an.

Aus dem Augenwinkel nahm sie wahr, dass es Kurt ebenso erging.

»Sie sind beide wegen des dringenden Verdachts des illegalen Schwarzhandels festgenommen«, sagte einer der Polizisten. »Abführen!«

Ehe sich Lisbeth versah, war sie aus dem Lagerhaus geführt worden und landete auf dem Rücksitz eines Polizeifahrzeugs. Die Autotür wurde hinter ihr zugeschlagen, und der Wagen setzte sich in Bewegung.

Lisbeths Herz schlug nun wie verrückt. Sie war als Schwarzhändlerin festgenommen worden. Dafür konnte sie im Gefängnis landen.

Einige Stunden später hatte sie ihr erstes Verhör hinter sich und saß auf einer einfachen Pritsche in einer finsteren Zelle, die sie sich mit einer struppig aussehenden Alten mit einer schwarzen Augenklappe teilte, die sie ständig so ansah, als würde sie sie gleich erschlagen. Nachdem sie auf der Wache angekommen waren, hatte sie die Erniedrigung einer Leibesvisitation über sich ergehen lassen müssen. Splitterfasernackt hatte sie sich ausziehen müssen und war von einer streng dreinblickenden Wachtmeisterin untersucht worden. So etwas Abscheuliches hatte sie niemals zuvor erlebt. Sie hatte sich danach wie geschändet gefühlt. Das darauffolgende Verhör hatte ein Polizist mittleren Alters geführt. Vor ihm auf dem Tisch hatte eine aufgeschlagene Akte gelegen. Drei Zigaretten hatten sich noch in ihrem Besitz gefunden, die hatte Lisbeth eigentlich dem Küchenmädchen Jule geben wollen. Sie hatte neulich darüber geklagt, dringend Schuhe für ihre drei Kinder zu benötigen. Doch nun hatte die Polizei sie einkassiert.

Lisbeth hatte während der Fahrt überlegt, wie sie sich verhalten und was sie aussagen solle. Nach der erniedrigenden Leibesvisitation hatte sie darüber nachgedacht, sich stur zu stellen und nichts von sich zu geben. Doch sie hatte ihre Taktik dann doch geändert und auf Mitleid gemacht. Doch ihr war die Wohltäterin für die Schule nicht abgenommen worden. Lisbeth hatte überlegt, den Namen Herzberg ins Spiel zu bringen, doch das Verhör wurde beendet, ehe sie sich dazu durchgerungen hatte.

Der Polizist, sein Name war ihr entfallen, sagte, dass der Fall nun zur Prüfung wegen einer Anklageerhebung auf dem Tisch des Staatsanwalts landen werde. Bis dahin müsse sie in Gewahrsam bleiben.

So saß sie nun also hier und versuchte, dem Blick der unheimlichen Alten auszuweichen, indem sie sich damit beschäftigte, die Striche an der gegenüberliegenden Wand zu zählen, die irgendein Vorgefangener irgendwann einmal dort hingezeichnet hatte.

Sie hätte sich niemals auf diese ganze Schwarzhandelsgeschichte einlassen und in ihrer vertrauten Umgebung bleiben sollen. Das hatte sie nun davon, die Wohltäterin zu geben. Groll stieg in Lisbeth auf. Wenn man es genau nahm, war Sabine an allem schuld. Die hatte sie ja erst zu Kurt gebracht und dazu motiviert, diesen ganzen Unsinn zu machen. Und die Küchenmitarbeiter der Schule hatten sich ihre mitgebrachten Wohltaten die letzten Male in die eigenen Taschen gesteckt. Oh, was war sie doch für ein Dummerchen gewesen!

Schritte näherten sich, und Lisbeth merkte auf. Der Schlüssel wurde ins Schloss gesteckt, und die Tür öffnete sich.

»Lisbeth Glauber?«, fragte eine Polizistin mit finsterer Miene. Lisbeth stand mit klopfendem Herzen auf. Konnte es sein, dass das Urteil über sie bereits gefällt worden war?

»Sie können gehen«, sagte die Polizistin ruppig und machte einen Schritt zur Seite. Lisbeth sah sie verwundert an.

»Ich kann gehen?«, hakte sie nach.

»Hast du was an den Ohren?«, blaffte die Polizistin sie an.

»Die Olle lasst ihr raus, aber ich soll in dem Loch verrotten«, meldete sich nun die unheimliche Alte zu Wort und spuckte auf den Boden. Lisbeth eilte nun rasch aus der Zelle. »Ja, verschwinde nur. Du reiche Schickse, du Luder, du! Dich lassen sie raus, diese Arschlöcher.«

Die Polizistin schloss rasch die Zellentür, und Lisbeth atmete erleichtert auf.

»Sie sitzt wegen Zuhälterei«, fühlte sich die Polizistin bemüßigt, Lisbeth über die Alte aufzuklären. »Zwangsprostitution, keine schöne Sache.«

Sie liefen einen von Neonleuchten erhellten Gang hinunter, in dem es muffig roch. An dessen Ende wurde Lisbeth in ein Büro geführt und angewiesen, sich zu setzen. Nachdem sich die Tür hinter ihr geschlossen hatte, sah Lisbeth sich ratlos um. Was sollte sie hier? Sie sollte doch gehen dürfen? Der Büroraum war nicht sonderlich groß. An den Fenstern hingen grüne Vorhänge, die schon mal bessere Zeiten gesehen hatten. Hinter dem Schreibtisch welkte eine Zimmerpflanze vor sich hin. Ein neben einem beträchtlich hohen Aktenstapel stehender Aschenbecher hätte mal wieder ausgeleert werden können. Auch die Polizei schien ihre Quellen für Zigaretten zu haben.

Die Tür öffnete sich, und ein blonder Mann Mitte dreißig trat ein. Er kam ihr sonderbarerweise vertraut vor. Irgendwoher kannte sie ihn, sie konnte ihn nur nicht zuordnen. Der Mann setzte sich ihr gegenüber und schlug die Akte auf, die er mitgebracht hatte.

»Also dann«, begann er, ohne sich vorzustellen. »Lisbeth Glauber, geborene Herzberg. Verdacht auf Schwarzmarkthandel.«

Lisbeth fielen seine großen blauen Augen auf, sein kantiges Kinn. Der Mann war durchaus attraktiv. Welche Funktion er wohl innehatte? Er war kein Polizist, denn er trug keine Uniform. Wo hatte sie ihn nur schon einmal gesehen?

»Ich habe mir die Aufzeichnungen des Kollegen angesehen. Sie gaben an, die Lebensmittel für eine Schulspeisung erworben zu haben. Dieses Vorgehen ist durchaus löblich, obwohl Schwarzhandel selbstverständlich auch für Wohltätigkeiten aller Art verboten ist. Ich habe den Fall von einem unserer Wachtmeister überprüfen lassen, und die Aussagen der Küchenmitarbeiter entlasten sie, weshalb ich noch einmal Gnade vor Recht ergehen lassen möchte. Es ist erfreulich, dass Sie sich wohltätig engagieren möchten, Frau Glauber. Aber in Zukunft sollten sie dafür andere Projekte in Betracht ziehen.«

Er schenkte ihr ein verbindliches Lächeln. Da erkannte sie ihn plötzlich. Er war der junge Mann, den sie gemeinsam mit Adam neulich durch die Webergasse hatte laufen sehen. Ihr Gegenüber erhob sich und hielt ihr die Hand hin. Sie stand ebenfalls auf und ergriff sie. Sein Händedruck war fest, sein Blick eindringlich.

»Dann wünsche ich Ihnen alles Gute und hoffe darauf, Sie hier kein weiteres Mal anzutreffen.«

Er ging und ließ die Tür hinter sich offen. Die Polizistin von eben erschien erneut, und ihre Miene schien nun noch eine Spur finsterer zu sein. Sie wies Lisbeth an, ihr zu folgen. Es ging eine Treppe nach unten ins Erdgeschoss. Dort wurden Lisbeth an einer Ausgabestelle ihre persönlichen Sachen, ihre Handtasche und ihr Mantel, überreicht. Nachdem sie den Erhalt quittiert hatte, brachte die Polizistin sie zum Eingangsbereich der Polizeistation. Dort erwartete Lisbeth zu ihrem Erstaunen Adam. Er trug einen hellen Mantel, in der Hand hielt er eine brennende Zigarette.

»Du?«, sagte sie verwundert.

»Kontakte«, erwiderte er, zuckte die Schultern und sah zu der Polizistin. »Ich nehme an, es ist alles geregelt.«

Sie nickte wortlos und verabschiedete sich.

»Dann können wir ja fahren«, sagte Adam. »Mein Fahrer erwartet uns.« Er deutete zur Tür.

Lisbeth setzte sich nicht gleich in Bewegung, sondern zögerte. Konnte es wirklich sein … Es war ein unglaublicher Verdacht. Sollte es wirklich sein, dass dieser Mann und Adam … Sie erinnerte sich an die vertraulichen Gesten zwischen Adam und dem blonden Mann, an seine heimlichen Blicke. Aber sie kannte Adam, seit sie denken konnte. Und was war mit Henni? Die beiden waren verheiratet. Spielte er ihr etwas vor, oder wusste sie etwa davon?

Adam war bereits nach draußen getreten. Lisbeth folgte ihm.

Und wenn das alles doch Einbildung war? Irgendwelche Hirngespinste? Vielleicht waren Adam und der blonde Mann einfach nur alte Freunde, und sie interpretierte viel zu viel in einen vertraulichen Umgang miteinander hinein. Sie stieg neben Adam in den Wagen, und sie fuhren los. Es war bereits dunkel. Im Licht der Straßenlaternen waren die Häuser und Trümmergrundstücke nur schemenhaft zu erkennen, Pfützen auf den Gehwegen und Straßen zeugten davon, dass es erst kürzlich geregnet hatte.

»Schwarzmarkthandel für einen guten Zweck, so etwas hätte ich dir gar nicht zugetraut«, sagte Adam und warf Lisbeth einen Seitenblick zu, in dem etwas Lauerndes lag. »Deine Mildtätigkeit in allen Ehren, aber so etwas funktioniert auch auf legalem Weg. Wenn du möchtest, unterstütze ich dich gerne bei zukünftigen Projekten. Wir sollten nur vorher anständig abklopfen, ob sie auch seriös sind. Ich habe keine Lust, mich ein weiteres Mal beim Staatsanwalt für dich einzusetzen.«

Der blonde Mann war also Staatsanwalt. Lisbeth wusste nicht, was sie erwidern sollte. Sie war Adam dankbar dafür, dass er sie aus dieser Notlage gerettet hatte, doch das Misstrauen wollte nicht weichen.

Sie musste herausfinden, ob an ihrem Verdacht etwas dran war. Sollte dem so sein, musste sie etwas unternehmen, denn wenn das an die Öffentlichkeit käme, wäre die Kellerei Herzberg für immer ruiniert.

Bald darauf stand Lisbeth Henni im Salon der Familienvilla gegenüber. Henni, die Nachthemd und Morgenmantel trug, hatte sie in schroffem Tonfall in den Raum zitiert. Ihr Blick war eiskalt, und ihre Augen funkelten vor Wut. Lisbeth zog den Kopf ein. In diesem Moment fühlte sie sich wieder wie die Tochter, die, nachdem sie etwas ausgefressen hatte, vor ihrem Vater stand, um ihre Strafe zu erhalten.

»Schwarzmarkthandel. Ja bist du denn verrückt geworden! Wie konntest du uns nur so etwas antun?«, zeterte Henni los. »Und ich habe in den letzten Wochen tatsächlich geglaubt, dass du vernünftig werden würdest. Ich habe sogar darüber nachgedacht, dich noch mehr in die Arbeit der Kellerei miteinzubeziehen, dir Aufgabenfelder zu übertragen. Meine Schwester, festgenommen! Mir fiel fast der Telefonhörer aus der Hand, als Adam mir das mitteilte. Wenn er nicht solch gute Kontakte hätte, wärst du vor Gericht gestellt worden. Du weißt, welchen Wirbel es dann gegeben hätte. Das hätte der Ruin für die Kellerei sein können.«

»Aber es war doch für einen guten Zweck«, versuchte sich Lisbeth zu verteidigen. »Ich habe die Zigaretten gegen Lebensmittel für eine Schulspeisung getauscht.«

»Das mag sein«, antwortete Henni. »Aber du hast die Sache natürlich nicht zu Ende gedacht. Das tust du nie. Es hätten sich bestimmt auch andere Wege gefunden, um die Schule zu unterstützen. Wieso bist du nicht zu mir gekommen? Wir hätten darüber reden können.«

»Ich denke sehr wohl Dinge zu Ende«, entgegnete Lisbeth trotzig und verschränkte die Arme vor der Brust. »Und auf dem

Schwarzmarkt kaufen doch alle ein, auch Inge tut das. Oder wie soll es sonst Königsberger Klopse oder Sauerbraten geben? Und wo kommt denn der Kaffee in diesem Haus her? Von einer guten Fee? Und was wäre denn gewesen, wenn ich zu dir gekommen wäre? Du hättest mir mein Engagement weggenommen und es als Wohltat der Kellerei hingestellt. Als deine Wohltat. Weil du eine gottverdammte Egoistin bist. Und die warst du schon immer. Henni, der Goldschatz, die Vernünftige, die herausragende Erstgeborene«, äffte sie zynisch. »Aber damit ist jetzt endgültig Schluss. Ich werde es dir zeigen. Allen werde ich es zeigen! Ihr werdet schon sehen!« Ihre Stimme war laut geworden, und sie deutete mit dem Zeigefinger auf Henni. »Auch in mir steckt eine Herzberg, vergiss das nicht.« Sie rauschte aus dem Raum und schlug keine Minute später ihre Zimmertür laut hinter sich zu, lehnte sich dagegen und atmete tief durch. Ihre Wut verrauchte so schnell, wie sie gekommen war, und plötzlich fühlte sie sich wieder wie das kleine Mädchen von damals, das seine Mutter schmerzlich vermisste und zwischen der großen Schwester und dem Nesthäkchen bedeutungslos erschien.

24. Kapitel

Wiesbaden, 10. Mai 1946

Henni stand vor dem Familiengrab der Herzbergs auf dem Biebricher Friedhof und blickte auf den aus hellem Granit gefertigten Grabstein. So viele Namen standen inzwischen darauf, in geschwungener Schrift eingraviert, darunter Geburts- und Sterbedaten. Um das Grab kümmerte sich eine Gärtnerei. Henni hatte etwas Unkraut beseitigt und das Grab gegossen. Ihre Oma hatte das früher immer so gemacht, wenn sie hierhergekommen waren, und jedes Mal hatte sie über den Gärtner geschimpft, der seine Arbeit nicht anständig machen würde. Nun waren die organisatorischen Dinge jedoch erledigt, und in Henni stieg erneut das Gefühl der Hilflosigkeit auf, das sie hierhergeführt hatte.

Die letzten Tage war sie nur selten in der Kellerei gewesen. Die meiste Zeit hatte sie sich in der Villa verkrochen, im Garten die Beete von erstem Unkraut befreit, mit Oma Maria Zeit verbracht. Im Moment ging es ihr wieder besser. Sie hatten sogar wie früher miteinander Karten gespielt. Räuberrommé, das spielte sie am liebsten. Henni hatte jede Runde verloren. Es war wie zu jenen Zeiten gewesen, als sie mit der Kellerei und all dem Geschäftlichen nichts am Hut gehabt und in den Tag hinein gelebt hatte.

Doch nichts war mehr so wie damals. Sie musste sich kümmern und konnte vor der Verantwortung nicht davonlaufen. Das Lebenswerk der Familie lag in ihren Händen. Oder entglitt es ihr nicht bereits?

»Ich weiß nicht, was ich machen soll«, sagte sie leise. »Es ist alles so verfahren und kompliziert. Lisbeth bereitet mir Sorge. Sie verhält sich neuerdings wie ein trotziges Kind. Aber ihre Launen kennt ihr ja nur zu gut.« Sie seufzte. »Hinzukommt, dass ich glaube, Georg zu lieben. Doch es fühlt sich wie ein Fehler an. Ich vermisse euch so sehr. Manchmal habe ich das Gefühl, die Last ist zu schwer. Ich hätte mich niemals auf die Scheinehe mit Adam einlassen sollen. Ich weiß, für euch zählte stets die Kellerei, alles andere kam dahinter. Aber du, Großvater, hast mir auch von euren Anfängen erzählt. Von der kleinen Weinhandlung in der Mainzer Altstadt, wie du damals mit deinem Vater die Kundschaft bedient hattest. Du hast mir den Laden genau beschrieben. Er lag in einem winzigen, schiefen Fachwerkhaus, war düster und klein, dicke Balken durchzogen die Decke, mit Weinflaschen gefüllte Regale säumten die weiß getünchten Wände, und der Geruch von Urgroßvaters Zigarren hatte im Raum gehangen. Du hast die Bestellungen oft mit einem Leiterwagen oder dem Fahrrad ausgeliefert. Wenn du davon erzählt hast, haben deine Augen gestrahlt. Du hattest den alten Laden gern. Vielleicht wäre es besser gewesen, dort zu bleiben und nicht größer zu denken. ›Du musst immer größer denken.‹ So oft hast du mir diesen Satz gesagt, doch mir fehlt im Moment die Kraft, um überhaupt zu denken.«

Schritte ließen Henni verstummen. Sie wandte sich um. Georg. Ihr Herzschlag beschleunigte sich. Was tat er hier?

Er trat neben sie und blickte auf das Grab hinab. Er trug seine übliche Arbeitskleidung, dunkle Hosen, ein graues Hemd, die Ärmel waren hochgekrempelt. Der Geruch seines Rasierwassers zog ihr in die Nase. Eine Weile sagte keiner von beiden etwas. Zwei Kohlweißlinge landeten auf dem Grabstein, flatterten auf und tanzten über die im hellen Sonnenlicht der Nachmittagssonne liegenden Gräber davon.

»Ich weiß von Trude, dass du hier bist«, brach er irgendwann die seltsame Stille. »Wieso kommst du nicht mehr in die Kellerei? Du gehst mir aus dem Weg, oder?«

Henni wusste nicht, was sie antworten sollte. Schweigend starrte sie auf den Grabstein. Größer denken, nicht aufgeben, du bist eine Herzberg. Die Sätze ihres Großvaters wirbelten durch ihren Kopf.

»Ich glaube, ich gehe allem aus dem Weg und verliere lieber stundenlang beim Kartenspielen gegen meine Großmutter«, antwortete Henni. »Vielleicht sollte ich mit Philip reden und ihm tatsächlich meine Anteile an der Kellerei überschreiben. Oder eine andere Regelung treffen, stille Teilhaberin werden. Mein Vater hat mir die Leitung der Kellerei sowieso nie zugetraut.« In ihre Augen traten plötzlich Tränen.

»So darfst du nicht reden«, erwiderte Georg. »Dein Vater lag mit seiner Einschätzung falsch, und das wusste dein Großvater. ›Er unterschätzt sie‹, hat er einmal zu mir gesagt.«

»Ja, mein Großvater hielt große Stücke auf mich.

Für das Geschäftliche hat er allerdings stets Conrad eingeplant. Den erfahrenen Winzer aus dem Rheingau. Mich haben sie doch nur im Hintergrund wahrgenommen.« Hennis Stimme klang bitter. »Ich kann nicht größer denken.« Sie schluckte und wischte sich eine Träne aus dem Augenwinkel. Georg nahm sie diesmal nicht in seine Arme, er blieb einfach neben ihr stehen. Wie ein guter Freund und Begleiter. Als würde er wissen, dass jetzt kein guter Zeitpunkt für körperliche Nähe war. Sie war ihm dafür dankbar. Vielleicht konnte er ihr Freund werden, ein Begleiter, der ihr Kraft gab, der sie verstand und ihr zuhörte. Aber ließen sich Gefühle einfach so ausschalten?

»Ich glaube, im Moment ist es sowieso keine Option, größer zu denken«, erwiderte er. »In diesen Zeiten sind kleine Schritte eher angebracht.« Er zwinkerte ihr zu. »Du solltest nicht zu viel auf das Gerede des alten Herrn geben. Er war stets gut darin, pathetisch zu sein.«

Jetzt musste Henni lächeln. »Das war er tatsächlich. Ein bisschen Größenwahn gehört wohl dazu, wenn man ein großes Handelsunternehmen gründen möchte.« Sie wischte sich über die Augen.

»Wollen wir ein Stück laufen?«, fragte er. »Zum Fluss runter? Am Schiersteiner Hafen hat ein neues Café aufgemacht. Es ist herrlich dort.«

Henni hätte gerne zugestimmt, doch sie zögerte.

»Du denkst, wir sollten das nicht tun«, erriet er ihre Gedanken. »Es liegt also doch an mir, dass du nicht in die Kellerei gekommen bist.« In seiner Stimme lag nun ein harscher Unterton, der Henni zurückzucken ließ.

»Vielleicht ein wenig«, antwortete sie, und in ihrem Hals bildete sich ein Kloß. »Wir können so nicht weitermachen, das wissen wir beide. Ich darf dich nicht lieben. Ich bin mit Adam verheiratet, auch wenn es keine normale Ehe ist. Ich muss an die Kellerei, ich muss größer denken, auch wenn ich es nicht will. Und da ist kein Platz für uns, für dich. Es tut mir leid. Aber ich denke, dass es besser ist, wenn du dir eine andere Anstellung suchst.«

»So ist das also«, antwortete er mit kühlem Blick. »Na, dann weiß ich das ja jetzt. Ich verstehe das schon. Immerhin hattest du ein wenig Ablenkung mit mir. Mach es gut, Henni. Vielleicht ist es auch besser so. Ich war nie gut darin, größer zu denken.«

Er ließ sie stehen.

»Georg, warte!«, rief Henni ihm hinterher und streckte die Hand nach ihm aus, als könnte sie ihn noch festhalten. Doch er lief weiter. Sie ließ den Arm wieder sinken.

»Ich weiß es doch selbst nicht«, murmelte sie. »Verdammt noch eins! Ich weiß es selbst nicht.« Einen Moment lang blieb sie noch vor dem Grab stehen, und das Gefühl der Hilflosigkeit war in diesem Augenblick stärker denn je. Irgendwann ging auch sie.

Eine Weile darauf traf Henni nach einem langen Spaziergang durch den Schlosspark mit einem bitteren Gefühl in der Familienvilla ein. Dort fand sie zu ihrer Verwunderung Bille und Oma Maria beim Kartenspiel auf der sonnigen Terrasse vor. Schatten spendete ihnen ein gelber Sonnenschirm. Auf dem Tisch standen halb volle Kaffeetassen, eine mit Wasser gefüllte Karaffe und zwei Gläser. Magda lag in einem der Liegestühle und war über einer Frauenzeitschrift eingenickt. Das familiär wirkende Idyll beruhigte Hennis Gefühlswirrwarr ein wenig.

»Das darf doch nicht wahr sein!«, rief Bille aus und warf die Karten auf den Tisch. »Jetzt hast du schon wieder gewonnen. Wie machst du das nur? Ich hatte drei Joker auf der Hand, damit gewinnt man immer.«

»Nicht, wenn der Gegner deine Großmutter ist«, antwortete Henni und beugte sich zu Bille hinunter, um ihr zur Begrüßung einen kurzen Kuss auf die Wange zu geben. Dasselbe tat sie bei Oma Maria, die sich Billes Karten gegriffen hatte und nun fröhlich die Punkte zählte. Trude erschien und sah Henni verdutzt an.

»Fräulein Henni! Sie sind ja schon zurück. Wollten Sie heute Nachmittag nicht in die Kellerei? Soweit ich weiß, war da ein wichtiger Termin mit einem Herrn von der Militärregierung. Sie hatten heute Morgen beim Frühstück davon erzählt.«

Die Worte ließen Henni für einen Moment erstarren. Richtig! Der Termin war heute. Es ging dabei um die Aufhebung des Verkaufsverbotes an Privatpersonen, sie hatte unbedingt anwesend sein wollen. Wie hatte sie den nur vergessen können? Trude sah sie abwartend an, und plötzlich kam sich Henni wieder wie ein Schulmädchen vor, das etwas ausgefressen hatte.

»Der Termin fand bereits heute Morgen statt«, bemühte sie eine Ausrede, da sie sich vor Trude nicht die Blöße geben wollte. »Es gab leider noch keine Einigung zu unseren Gunsten, aber das wird schon. Adam will nicht lockerlassen.« Sie schenkte Trude ein verbindliches Lächeln und wandte sich dann an Bille. »Es ist schön, dich zu sehen. Ich wusste gar nicht, dass du heute einen freien Tag hast. Wie läuft es denn in der Klinik?«

»Wir wollen Kartenspielen und nicht schwätzen«, entgegnete Oma Maria und ließ Bille nicht zu Wort kommen. »Magst du mitspielen oder weiter Volksreden halten?«

Bille zuckte grinsend die Schultern, und Henni ergab sich ihrer Großmutter ohne Widerworte und setzte sich. Kartenspielen in trauter Runde war eine nette Ablenkung, die sie gut gebrauchen konnte.

Nachdem sie zehn weitere Runden gespielt und Henni und Bille jedes Spiel verloren hatten, hatte auch Oma Maria genug. Sie streckte sich gähnend und meinte, es sei nun Zeit für ein Schläfchen.

»Schließlich sind wir ja heute Abend noch in der Eltviller Burg eingeladen. Bei dem schönen Wetter findet der Sektempfang bestimmt im Rosengarten statt. Nur schade, dass es für die Rosenblüte noch zu früh im Jahr ist. Die ist in Eltville ja immer besonders schön anzusehen. Ich hoffe nur, dass euer Großvater rechtzeitig aus der Kellerei kommt. Ich hasse nichts mehr, als mich zu verspäten.«

Schlagartig verschwand Hennis und Billes gute Stimmung. Wieder brachte Oma Maria alles durcheinander. Bille erhob sich. »Ich begleite dich auf dein Zimmer, Oma Maria. Wenn du magst, kannst du mir ja noch das Kleid zeigen, das du für heute Abend gewählt hast. Du wirst darin bestimmt bezaubernd aussehen.«

»Meinst du?«, fragte ihre Großmutter, die sich nun ebenfalls erhoben hatte. »Es ist das fliederfarbene. Denkst du nicht, dass mir ein kräftiger Ton besser stehen würde? Das moosgrüne Kleid mit der Raffung an der Taille hat dein Großvater immer recht gern.«

Die beiden gingen Arm in Arm ins Haus, und Henni sah ihnen traurig nach. Sie bewunderte, wie Bille mit der Vergesslichkeit ihrer Großmutter umging. Sie ging meist auf ihr wirres Gerede ein und schien sie damit zu beruhigen. Henni fehlte leider die Geduld dazu. Das Leben machte es ihr im Moment wirklich nicht leicht. Ihr Blick wanderte zu der noch immer auf der Liege schlafenden Magda. Sie hatte einen festen Schlaf, das musste man ihr lassen.

Seufzend räumte Henni die Spielkarten zurück in die Packung. Bille kam zurück und erzählte, dass ihre Großmutter nun im Bett liege.

»Wollen wir zu unserem Lieblingsplatz am Fluss gehen?«, fragte sie. »Ich glaube, bisschen reden könnte uns beiden guttun.«

Henni stimmte zu. Sie kannten einander gut.

Kurz darauf saßen sie nebeneinander auf dem großen Stein am Rheinufer, auf dem Henni zuletzt an Billes Geburtstag gesessen hatte. Damals hatte sie noch darauf gehofft, dass das Wunder geschehen und ihre jüngste Schwester heimkehren würde. Immerhin diese Freude hatte ihr der Krieg nicht genommen. Gemeinsam blickten sie auf den funkelnden Fluss hinaus und bewunderten den flauschigen Nachwuchs einer Entenmama, die, sechs kleine Küken im Schlepptau, an ihnen vorüberschwamm.

»Was ist los?«, fragte Bille frei heraus. »Dich bedrückt doch etwas.«

Henni war klar, dass diese Frage von Bille kommen würde.

Nur was sollte sie antworten? Sollte sie die Wahrheit sagen? Bille kam ihr zuvor.

»Wieso hast du Adam wirklich geheiratet? Doch nicht aus Liebe, das brauchst du mir nicht zu erzählen. Und Adam liebt keine Frauen.«

»Du weißt das?«, fragte Henni erstaunt.

»Er war mal mit einem Freund von mir befreundet, du weißt schon, Friedrich. Ich hab sie auf einer Party in Frankfurt knutschend in einem Hinterzimmer gesehen. Nur kurz, aber es hat gereicht.« Sie zuckte die Schultern. »Ich hab nichts dagegen. Bei uns im Lazarett hatten wir auch solche Fälle. Meine Kollegin Tilly aus Berlin hat dazu etwas so Nettes gesagt: Jedem Tierchen sein Pläsierchen. Allerdings frage ich mich, warum du ihn dann geheiratet hast.«

»Philip Malzer«, antwortete Henni und seufzte. »Er hatte unserem Vater kurz vor seinem Tod einen Anschubkredit zum Wiederaufbau der Kellerei zugesichert, doch mir wollte er diesen nur unter der Bedingung geben, dass ich Adam heirate und ihm einen Enkelsohn schenke.«

»Und Adam und du, ihr habt brav nach der Pfeife des Alten getanzt«, zog Bille die richtigen Schlüsse und schüttelte den Kopf.

»So oder so ähnlich«, antwortete Henni. »Allerdings planen wir natürlich keinen Enkelsohn. Wir betrachten unsere Ehe eher als eine Art Geschäftsbeziehung und wollen sie auch nur noch weiterführen, bis wir eine andere Lösung gefunden haben. Allerdings ist das nicht so einfach. Philip ist ein mächtiger Mann, den man besser nicht hinters Licht führen sollte.« Sie seufzte.

»Vielleicht stirbt er bald«, meinte Bille. »Immerhin ist er alt, weit über siebzig. Da kann es schon mal flott gehen mit dem Ende.«

»So wie ich den kenne, wird er hundert«, antwortete Henni trocken.

»Wir sind böse«, sagte Bille schuldbewusst und grinste. »Man wünscht niemanden den Tod. Dafür müssen wir mindestens zehn Ave Maria beten.«

Nun musste Henni schmunzeln. »Ich war schon eine halbe Ewigkeit nicht mehr in der Kirche. Ich sollte mal wieder hingehen. Vielleicht findet Gott einen guten Lösungsvorschlag für unsere Situation.«

»Das glaube ich weniger«, antwortete Bille. »Der ist nur ein guter Zuhörer.«

»Das bist du übrigens auch«, sagte Henni und legte Bille die Hand auf den Arm. »Gerade jetzt fällt mir mal wieder auf, wie sehr ich dich und diese Gespräche vermisst habe.«

»Ich habe dich auch vermisst, große Schwester«, antwortete Bille. Die beiden umarmten sich, und Henni atmete den vertrauten Geruch ihrer Schwester ein.

Nachdem sie sich aus der Umarmung gelöst hatten, schwiegen sie eine Weile, bis Bille mit leiser Stimme sagte: »Ich bin mir nicht sicher, ob die Arbeit in der Frauenklinik wirklich das Richtige für mich ist. Ich dachte, das Leben müsste weitergehen, und ein alltäglicher Ablauf würde helfen. Aber dann war da diese junge Frau. Sie ist vergewaltigt worden und bei der Geburt des Kindes gestorben. Ständig sehe ich ihr Gesicht vor Augen. Ihre Tochter hat überlebt. Sie ist der Sonnenschein auf der

Säuglingsstation und wird von allen verhätschelt. Wir haben ihr den Namen Anna gegeben. Schon bald wird die Fürsorge sie abholen und in ein Heim bringen. Sie wird niemals ein normales Leben haben, niemals ihre Mutter kennenlernen.«

Henni spürte den bitteren Schmerz über den Verlust der Mutter in sich aufsteigen, den sie zu verdrängen versuchte. Doch sie hatte wenigstens das große Glück gehabt, ihre Mutter kennenlernen zu dürfen. Sie hatte Erinnerungen an sie, auch wenn es nur wenige waren, Momente des Glücks, konserviert für die Ewigkeit. Bille hatte sie nicht. Sie lebte ihr Leben mit dem Wissen, dass ihre Mutter bei ihrer Geburt gestorben war. Henni wusste, dass kein tröstendes Wort helfen würde, um Billes Schmerz zu lindern. Es war nun einmal, wie es war. Eine Weile lang sagte keine von beiden etwas. Irgendwann stand Henni auf und begann, das Ufer nach einem flachen Stein abzusuchen. Bille wusste, was sie vorhatte, und gesellte sich zu ihr.

»Trude hat mir gezeigt, wie es geht«, sagte Henni und prüfte einen hellen Flusskiesel auf seine Tauglichkeit. »Ich habe es tatsächlich hinbekommen. Du wirst staunen.« Sie hob noch einige Steine auf. Bille hatte ebenfalls einen flachen Kiesel in Händen.

»Du zuerst«, forderte sie Henni auf.

Henni hielt die Hand genauso, wie Trude es ihr erklärt hatte, und warf den Stein. Und tatsächlich hüpfte er über das Wasser. Henni zählte vier Sprünge.

»Ich bin beeindruckt«, sagte Bille. »Nun bin ich dran.«

Sie warf ihren Stein, und er hüpfte und hüpfte. Zehnmal sprang er über das Wasser, bevor er unterging.

»In dieser Disziplin werde ich dich niemals schlagen«, meinte Henni lachend. »Wie machst du das nur?«

»Das weiß ich gar nicht so genau«, antwortete Bille und zuckte die Schultern. »Es funktioniert einfach.« Sie grinste breit.

»Wenn es doch immer so wäre«, antwortete Henni. »Dass die Dinge einfach funktionieren.« Sie seufzte.

»Da ist noch etwas, oder?«, fragte Bille. »Nicht nur die Sache mit Adam.«

»Es ist Georg«, antwortete Henni nach einem kurzen Zögern. »Ich musste ihn entlassen.«

Billes Blick wurde mitfühlend. »Du liebst ihn.«

»Ja, das tue ich«, antwortete Henni. »Aber es darf nicht sein. Ich bin mit Adam verheiratet, ob es mir nun gefällt oder nicht. Und Georg hat nach allem, was war, Glück verdient.«

»Das hast du aber auch«, antwortete Bille, legte den Arm um ihre Schwester und drückte sie kurz an sich. »Und vielleicht ist es am Ende doch wie mit den Steinen und dem Fluss, am Ende wird es irgendwie funktionieren, und das Glück entdeckt auch dich und mich. Ich würde sagen, wir sind an der Reihe, oder?«

»Das sind wir«, antwortete Henni und drückte Bille kurz.

Die Schwestern blickten auf den funkelnden Fluss hinaus, und in Henni breitete sich ein warmes Gefühl der Zufriedenheit aus. Bille hatte es tatsächlich geschafft, sie von ihrem Kummer abzulenken. Sie ließ ihren Blick über das Ufer schweifen und entdeckte einen besonders flachen Flusskiesel. Sie hob ihn auf und warf ihn mit Schwung. Und er sprang. Einmal, zweimal, dreimal … Er wollte gar nicht mehr aufhören.

25. Kapitel

Wiesbaden, 22. Mai 1946

Lisbeth öffnete die Augen, und ihr Blick fiel auf den vom hellen Sonnenlicht beschienenen Parkettboden. Sie stöhnte und sah kurz auf die andere Seite des Bettes. Da lag der blonde GI namens Justin, selig schlafend und nackt, nur über seinen Beinen lag eine dünne Decke. Lisbeth legte ihren dröhnenden Kopf zurück aufs Kissen. Wie hatte sie nur mit dem GI aufs Zimmer gehen können? Es musste am Whiskey gelegen haben. Davon hatte sie am gestrigen Abend viel zu viel getrunken. Der Swing hatte sie zusätzlich berauscht. Sie hatte sich eigentlich fest vorgenommen, jedem Amerikaner aus dem Weg zu gehen, aber die Nacht mit ihm war phantastisch gewesen.

Im Neroberghotel hatte ein Tanzabend stattgefunden. Ella hatte sie dazu überredet mitzukommen. Und es war tatsächlich ein toller Abend geworden. Die Amerikaner verstanden etwas vom Feiern, das musste Lisbeth ihnen lassen.

Seitdem sie von Adam aus dem Gefängnis geholt worden war, hatte sie sich immer öfter ins Partyleben gestürzt. Daran, die Wohltäterin zu spielen, hatte sie die Freude verloren. Dort draußen war sich doch jeder selbst der Nächste. Nach außen hin gaben sich alle nett, und hintenherum beklauten sie einen nach Strich und Faden. Sollten sie sich ihre Schulspeisungen an den Hut stecken. Auch von Sabine und Minna hatte sie die

Schnauze gestrichen voll. Sie war naiv gewesen. Aber was sollte nun werden? Wer wollte sie in dieser sich neu entwickelnden Welt sein? Der Verdacht, dass Adam homosexuell sein könnte, wollte sie nicht mehr loslassen. Sie hatte überlegt, Henni darauf anzusprechen, es dann jedoch gelassen. Lisbeth war nicht dumm. Sie ahnte, dass diese Ehe aus finanziellen Gründen geschlossen worden war. Was wäre, wenn sie Adam das Messer auf die Brust setzte? Wenn sie ihm sagte, dass sie es wusste? Wenn sie ihn mit ihrem Wissen erpressen würde? Doch was hätte sie davon? Sie würde Henni etwas ärgern, Staub aufwirbeln, mehr jedoch nicht. Und wenn sie auf diesem Weg ihre Anteile an der Firma vergrößern würde? Sie könnte Henni zwingen, ihr die ihrigen zu überschreiben. Und wenn sie erst einmal die Hauptanteilseignerin war, könnte sie mit der Kellerei anstellen, was sie wollte. Henni würde endlich lernen, ihre kleine Schwester zu respektieren und als ernst zu nehmende Gegnerin wahrzunehmen. Allerdings gab es ein Hindernis bei dieser Sache: Adam und seinen Vater, der ein mächtiger Mann und nicht zu unterschätzen war. Sich allein gegen die beiden zu stellen, könnte übel ausgehen.

Lisbeth überlegte, wer ihr dabei behilflich sein könnte, Henni und Adam zu Fall zu bringen. Sie grübelte nicht lange, bis ihr die richtige Person in den Sinn kam. Er wäre perfekt für ihr Vorhaben geeignet.

Von der Idee euphorisiert, setzte sie sich auf. Justin erwachte ebenfalls, murmelte etwas Unverständliches und legte seine rechte Hand auf ihren Oberschenkel. Doch sie fegte sie fort und stand auf.

»Good morning, die Party ist vorbei«, sagte sie.

Rasch suchte sie ihre auf dem Boden verstreuten Kleider zusammen und zog sich an. Er beobachtete sie dabei mit verschlafenem Blick, sein blondes Haar war verwuschelt.

Lisbeth betrachtete ihn. Ganz ohne eine letzte Zuneigungsbekundung wollte sie den großartigen Liebhaber dann doch nicht zurücklassen. Nachdem sie ihre Schuhe angezogen hatte, beugte sie sich zu ihm hinunter, gab ihm einen kurzen Kuss und raunte in sein Ohr: »Danke für die Nacht.« Dann verließ sie den Raum.

Am Nachmittag desselben Tages führte Lisbeth ihr Weg in die Ahornstraße, die Teil des nördlichen Villengebiets Wiesbadens war. Hier fanden sich neben spätklassizistischen Villen auch neobarocke Prachtbauten. Auch der Einfluss des englischen Cottage Stils war bei dem einen oder anderen Gebäude zu erkennen. Umgeben waren die Villen stets von prachtvollen Gärten, in denen an diesem sonnigen Maitag sogar die ersten Rosen zaghaft ihre Blüten öffneten. Lisbeth hatte ganz vergessen, wie hübsch es in dieser Gegend war. Die meisten der Villen waren vom Bombenhagel verschont geblieben, und die bezaubernden Gärten gaukelten einem eine heile Welt vor.

Sie blieb vor einer Villa in der Ahornstraße stehen und betrachtete das Anwesen mit den vielen Erkern und Winkeln wehmütig. In diesem Haus, das wie ein kleines Schloss wirkte, lebte ihre erste große Liebe, Richard Bertram. Sie hatte ihn bei einem Picknick im Park kennengelernt und sich auf den ersten Blick in ihn verliebt. Damals war sie erst sechzehn gewesen, und niemand hatte von ihrem kleinen, großen Glück erfahren dürfen. Heimlich hatte sie sich stets aus der Familienvilla gestohlen und war zu ihm geschlichen.

Es waren Wochen des Glücks gewesen, doch dann hatte er seine zukünftige Ehefrau Mathilde kennengelernt, ihre Liaison beendet und Lisbeth das Herz gebrochen. Kurz vor Kriegsbeginn hatte sie ihn bei einer Party in der Kellerei wiedergetroffen und sich ein wenig mit ihm unterhalten. Er hatte sein Jurastudium mit Erfolg abgeschlossen und plante, in die renommierte Kanzlei seines Vaters einzusteigen, die auch hochrangige Regierungsmitglieder zu ihrer Kundschaft hatte zählen dürfen. Lisbeth hatte über Freunde erfahren, dass er nicht in Kriegsgefangenschaft geraten und bereits wieder als Anwalt tätig war. Doch nun, da sie vor der Villa stand, zögerte sie. Ihre Hände waren vor Aufregung schweißnass, und sie wischte sie an ihrem Rock ab und schob eine Haarsträhne hinters Ohr. Sie hatte lange überlegt, was sie anziehen sollte. Sie entschied sich am Ende für eine schlichte hellblaue Bluse und einen schmal geschnittenen grauen Bleistiftrock, der ihre schlanke Figur betonte. Geschminkt war sie nur dezent, ihr halblanges Haar trug sie offen.

Die Kanzlei war in der Villa im Erdgeschoss untergebracht, darauf wies ein Schild am Eingang hin. Sie wollte gerade auf den silbernen Klingelknopf drücken, da öffnete sich die aus dunklem Holz gefertigte Eingangstür, und eine Frau mittleren Alters mit krausem Haar in einem blauen Kostüm trat nach draußen, eine dicke Brille auf der etwas knollig erscheinenden Nase. Sie kam auf Lisbeth zu und grüßte freundlich.

»Guten Tag, kann ich Ihnen helfen? Wenn Sie in die Kanzlei möchten, die ist für heute geschlossen. Bürozeit ist morgen früh um acht wieder.« Sie schenkte ihr ein verbindliches Lächeln, das Lisbeth erwiderte.

Liebe Güte, was war das denn für eine Pomeranze! Die hatte bestimmt Mathilde ausgewählt, damit ihr Mann auf keine dummen Gedanken kam.

»O nein«, erwiderte sie. »Ich möchte zu Richard mit einem privaten Anliegen.«

»Verstehe«, antwortete die Frau. Ihre Miene wurde eine Spur ernster, und sie musterte Lisbeth kurz abschätzend von oben bis unten. »Er ist noch in seinem Büro zu finden.«

Sie öffnete das Gartentor, und Lisbeth trat auf den bekiesten Weg. »Schönen Tag noch.« Die Stimme der Frau klang plötzlich schnippisch. Sie schob sich an Lisbeth vorbei und stöckelte die Straße hinunter.

Nachdem sie an der Tür geläutet hatte, dauerte es einen Moment, bis ihr geöffnet wurde. Eine ältere Hausdame sah sie fragend an und sagte: »Ja, bitte?«

Lisbeth nannte ihren Namen und trug ihr Anliegen vor. Die Angestellte bat sie darum, einen Moment zu warten, und schloss prompt die Tür wieder. Lisbeth war erstaunt. Was war das nur für ein ungehobeltes Personal?

Es dauerte nicht lange, bis sich die Tür erneut öffnete und die Hausdame sie hereinbat. Sie führte Lisbeth durch einen mit hellem Marmor gefliesten Eingangsbereich zu einer geöffneten Flügeltür, durch die sie auf eine weitläufige Terrasse gelangten, von der aus man eine atemberaubende Aussicht über

Wiesbaden genoss. Auf der Terrasse standen einige große Dattelpalmen in Terrakottatöpfen, zwei Oleanderpflanzen zeigten bereits die ersten rosa Blüten. Rechter Hand der Eingangstür befand sich eine Sitzgruppe aus Korbmöbeln, Schatten spendete ein weißer Sonnenschirm. Richard erhob sich aus einem Korbsessel, kam lächelnd und mit weit ausgebreiteten Armen auf sie zu, drückte sie kurz an sich und gab ihr rechts und links einen Kuss auf die Wangen.

»Lisbeth, meine Liebe. Was für eine Freude, dich zu sehen.«

Seine offenherzige Begrüßung sorgte dafür, dass Lisbeths Herz sogleich höherschlug. Er sah noch immer hervorragend aus, wenngleich die letzten Jahre nicht spurlos an ihm vorübergegangen waren. Sein braunes Haar war nicht mehr so dicht, und er hatte leichte Geheimratsecken. Erste Falten lagen auf seiner Stirn und um seine Mundwinkel. Er trug eine schwarze Anzugshose und ein weißes Hemd, das er am Kragen aufgeknöpft hatte. Sein dichtes Brusthaar war zu sehen. Er bot Lisbeth einen Platz an und orderte bei seiner Hausdame frischen Kaffee. Nachdem sie fort war, setzte er sich ihr gegenüber.

»Meine Güte, wir haben uns ja ewig nicht gesehen. Du bist richtig erwachsen geworden, meine Liebe. Und noch hübscher, wenn ich das sagen darf. Wie geht es dir? Was hast du all die Jahre getrieben?«

Lisbeth freute sich über sein Kompliment, und in ihrem Inneren begann es zu kribbeln. Liebe Güte. Empfand sie etwa nach all der Zeit noch etwas für ihn? Er sah sie abwartend an, und sie überlegte kurz, was sie ihm erzählen sollte. Sie berichtete davon, bis vor Kurzem in Berlin gelebt zu haben, dass sie leider bereits Witwe und ihr Mann im Krieg umgekommen sei.

»Witwe also«, antwortete er, und seine Miene wurde ernst. »Mein Beileid.«

Die Hausdame erschien und servierte den Kaffee. Als sie sich entfernt hatte, fragte Lisbeth: »Wie sieht es bei dir aus? Wie geht es Mathilde? Habt ihr inzwischen Kinder?«

Seine Miene trübte sich ein.

»Mathilde ist gestorben. Das war kurz nachdem ich an die Front kam. Leukämie, die Ärzte konnten nichts tun.«

»Das tut mir leid«, antwortete Lisbeth.

»Tja, so ist nun einmal das Leben«, antwortete er. »In den letzten Jahren zeigte es uns eher sein unfreundliches Gesicht. Aber nun scheint es wieder aufwärtszugehen. Wie ich gehört habe, auch mit eurer Kellerei. Mein Beileid übrigens zum Tod deines Vaters. Ich habe gehört, dass deine Schwester Henni nun die Kellerei gemeinsam mit Adam Malzer leitet.«

»Du bist gut informiert«, merkte Lisbeth an. »Das warst du aber schon immer.«

»Ich bin nur ein Opfer der Wiesbadener Klatsch- und Tratsch-Gesellschaft«, antwortete er lächelnd.

Lisbeth trank von ihrem Kaffee, der zu ihrem Bedauern nur lauwarm und etwas dünn war.

»Wegen Adam Malzer bin ich hier«, sagte sie.

»Dachte mir schon, dass du nicht bei mir aufgetaucht bist, um dich an meiner Gesellschaft zu erfreuen«, entgegnete er und lehnte sich in seinem Sessel zurück. »Also, wo drückt der Schuh?«

»Ich hege den Verdacht, dass er Männer liebt«, sprach Lisbeth ihre Vermutung ohne Umschweife zum ersten Mal laut aus.

»Oh«, antwortete Richard verblüfft. »Ist er nicht mit deiner Schwester verheiratet? Wenn das wahr ist und rauskommt, dann gibt es einen handfesten Skandal. Weiß deine Schwester von seinen Neigungen?«

»Das weiß ich nicht. Ich gehe inzwischen fest davon aus, dass diese Ehe einzig und allein des Geldes wegen geschlossen worden ist.«

»Und du bist nun zu mir gekommen, weil du annimmst, dass ich als einflussreicher Anwalt eine Lösung für dich aus dem Hut zaubern kann? So einfach wird das allerdings nicht werden. Philip Malzer leitet ein Bankimperium, wie du weißt, und sollte die Sache mit Adam ans Licht kommen, dann ist der Ruf der Herzbergs, somit also auch dein Ruf, dahin. Du solltest also äußerst behutsam vorgehen.«

»Dessen bin ich mir bewusst«, antwortete Lisbeth. »Aber so kann es auf keinen Fall bleiben. Adam muss aus dem Weg geräumt werden, bevor er von jemand anderem denunziert wird. Und dann wäre da noch etwas.«

»Ja?«, hakte Richard nach.

»Henni hält achtzig Prozent der Firmenanteile. Das empfinde ich als äußerst ungerecht. Durch die Sache mit Adam könnte sich für dieses Problem vielleicht auch eine Lösung finden, oder?«

»Gewiss doch«, antwortete er und sah sie süffisant lächelnd an. »Du hast dich kein bisschen verändert. Du bist immer noch das Mädchen, das genau weiß, was es will.«

»Wirst du mir helfen?«, fragte Lisbeth und sah ihm offen ins Gesicht. Seine tiefblauen Augen drangen tief in ihr Innerstes. Es knisterte ohne Zweifel noch immer zwischen ihnen, und er schien es auch zu spüren.

»Natürlich werde ich das«, antwortete er, erhob sich, nahm ihre Hand und zog sie auf die Beine. Plötzlich war sein Gesicht nah an dem ihren, und sie konnte seinen Atem auf ihrer Haut spüren. »Deine Schwester wird lernen müssen, dass sie sich besser nicht mit dir anlegen sollte.«

Er küsste sie, nicht zärtlich, sondern fordernd und leidenschaftlich. Seine Arme umfassten sie fest, seine Hände umschlossen ihre Pobacken, und seine Nähe hatte etwas Bezwingendes. Lisbeth schloss die Augen und gab sich ihm hin. Sie hatte den perfekten Partner für ihre Mission gefunden.

26. Kapitel

Wiesbaden, 12. Juni 1946

Bille saß im Säuglingszimmer der Frauenklinik und hielt die kleine Anna im Arm. Das arme Mädchen war von Bauchschmerzen geplagt worden und hatte die letzte Stunde bitterlich geweint, doch nun war sie endlich eingeschlafen. Bille betrachtete das kleine Gesicht des Säuglings. Sie hatte ein bezauberndes Stupsnäschen, perfekt geschwungene Augenbrauen und süße Bäckchen, die mit jedem Tag runder geworden waren. Der Anblick der Kleinen ließ sie an ihr eigenes kleines Mädchen denken, das sie verloren hatte. Fritz schlich sich in ihre Gedanken, und sie spürte den dumpfen Schmerz aufsteigen, der sie stets erfüllte, wenn sie an ihn dachte. Jeden Tag hoffte sie darauf, eine Nachricht von ihm zu erhalten. Wenn es an der Tür der Villa läutete, hoffte sie, er würde davorstehen. Doch es geschah nicht, und es würde vermutlich niemals geschehen. Vielleicht war er längst nicht mehr am Leben. Wie sollte man aus diesem abscheulichen Lager auch lebendig rauskommen? In ihren Träumen war sie so oft noch dort. In dieser stinkenden, von Verzweiflung und Hoffnungslosigkeit erfüllten Welt, irgendwo im Nirgendwo. Vielleicht gab es diesen Ort schon gar nicht mehr.

»Er war einer von den Guten«, sagte sie leise zu dem kleinen Mädchen auf ihrem Arm. »Du hättest ihn bestimmt gemocht. Er hatte stets dieses Grübchen am Mundwinkel, wenn er gelacht hat. Er hatte fünf Schwestern, also kannte er sich mit Mädchen aus. Er war zärtlich und verständnisvoll und ein großartiger Zuhörer. Er hat mich immer dazu ermutigt, Medizin zu studieren. Wir haben von einem gemeinsamen Leben geträumt. Er hat davon geredet, eine eigene Praxis zu eröffnen, ich hätte seine Partnerin werden sollen. Wir wären ein gutes Team gewesen, das perfekte Ehepaar.« Sie schniefte und wischte sich eine Träne aus dem Augenwinkel.

Die Stimme einer Patientin ließ sie zusammenzucken. Ihr Name war Frau Meyer, und sie war vor einigen Tagen von einem gesunden Jungen entbunden worden. Sie war mit Anfang vierzig eine der Spätgebärenden gewesen.

»Sie sollten eine Suchanzeige stellen«, sagte sie. »Ich habe das auch getan und meinen Bruder tatsächlich gefunden. Er ist in einem Kriegsgefangenenlager in einer Stadt namens Borowitschi gelandet und hat mir inzwischen auch eine Karte geschrieben, mir versichert, dass es ihm dort gutgehe und dass er bestimmt bald nach Hause kommen werde. Sie sollten es auf jeden Fall versuchen. Sie lieben ihn doch.«

»Ja, das tu ich«, antwortete Bille. »Aber was ist, wenn sie mir mitteilen, dass er tot ist? Das könnte ich nicht ertragen. So bleibt wenigstens die Hoffnung.«

»Aber Sie können doch nicht ein Leben lang hoffen«, entgegnete die Frau. »Manche Gewissheit schmerzt, aber es ist doch besser zu wissen, was geschehen ist, damit man damit abschließen kann.«

Eine der anderen Krankenschwestern stand plötzlich in der Tür.

»Aber Frau Meyer, was machen Sie denn hier? Ich habe doch gesagt, dass ich Ihnen den Kleinen gleich bringe und wir das Anlegen noch einmal gemeinsam versuchen werden. Sie sollen doch nicht immer Alleingänge ins Säuglingszimmer starten. Hier haben nur die Schwestern Zutritt.«

Frau Meyer rollte die Augen, fügte sich in ihr Schicksal und ging. Nachdem sie fort war, sah die Krankenschwester Bille missbilligend an.

»Wieso hast du sie nicht gleich fortgeschickt? Du kennst doch die Regeln. Und was machst du eigentlich noch hier? Hast du nicht längst Feierabend?«

»Ich hatte mich noch um unsere Anna gekümmert. Das arme Ding hatte mal wieder Bauchschmerzen.«

»Das hat jeder Säugling irgendwann«, antwortete die Kollegin, die bereits etwas älter war und von den meisten Schwestern auf der Station wegen ihrer Bärbeißigkeit nicht gemocht wurde. »So ist das nun mal. Das vergeht auch wieder. Gott sei Dank kommt nachher die Dame von der Fürsorge und nimmt das Kind mit. Dann hat diese Hätschelei endlich ein Ende. Wir sind hier ja schließlich kein Kinderheim.« Sie machte auf dem Absatz kehrt und ging.

»Sie meint es nicht so«, sagte Bille zu der Kleinen, nachdem sie außer Hörweite war. »Ich wünschte, ich könnte dich mit zu mir nach Hause nehmen und immer auf dich achten.« Bille sah das blasse Gesicht der jungen Mutter vor Augen. Bille hoffte, dass sie dem Kind niemals davon erzählen würden, dass es bei einer Vergewaltigung gezeugt, dass seine Mutter es verabscheut hatte. Vielleicht würde im Waisenhaus eine nette

Schwester einfach ein zauberhaftes Märchen erfinden, an das sich die Kleine ein Leben lang klammern konnte. Manchmal musste es eben eine Notlüge sein, um Seelen zu retten, denn die Wahrheit war zu unerträglich, um sie überhaupt laut auszusprechen.

Bille beschloss, noch so lange hierzubleiben, bis die Fürsorgerin eintraf. Und sie selbst würde das Märchen rund um Annas Geburt in die Welt setzen und die Kleine, wenn es möglich war, bald im Heim besuchen.

Es dauerte noch eine ganze Weile, bis die Fürsorgerin, eine ältere Dame mit grauem Lockenkopf in einem biederen braunen Kostüm, eintraf. Sie grüßte mit einer Herzlichkeit in der Stimme, die Bille in ihrem Entschluss bestärkte, das Märchen von Annas Herkunft zu erzählen. Die Frau trat näher, sie roch etwas seltsam, nach einer Mischung aus Haarspray und einem süßlichen Parfüm. Mit einem liebevollen Blick betrachtete sie den Säugling.

»Das ist aber ein hübsches Mädchen. Der Tod ihrer Mutter ist bedauerlich.« Sie schüttelte den Kopf.

»Ich war während der Entbindung bei ihr. Sie hat sich so auf die Kleine gefreut und mir davon erzählt, wie sehr sie den Vater der Kleinen vermisst. Er galt als verschollen. Ich hab leider seinen Namen vergessen. Sie wäre eine großartige Mutter geworden.«

»Ja, das wäre sie bestimmt«, antwortete die Fürsorgerin wehmütig. »Ach, es ist abscheulich. Der Krieg hinterlässt so viele gestrandete Seelen. Es wird lange dauern, bis die Wunden heilen. Manch eine wird es wohl niemals tun.«

Bille stimmte ihr zu. Für einen Moment herrschte Stille im Raum.

»Wie sieht es denn aus? Ist die Kleine reisefertig? Mein Fahrer wartet unten. Ich habe ein Babykörbchen mitgebracht. Gibt es etwas zu beachten?«

Bille beantwortete die Fragen der Fürsorgerin. Sie hatte Annas Sachen bereits in eine Tasche gepackt. Darunter Geschenke von der Belegschaft, Greiflinge, kleine Kuscheltiere; in die von einer Schwesternschülerin gehäkelte rosafarbene Decke war das Mädchen eingewickelt. Als Bille die Kleine in das Körbchen legte, traten noch weitere diensthabende Schwestern ein, die sich verabschieden wollten. Anna wurde noch mal hochgehoben, herumgereicht, sie erhielt einige Küsschen.

»Ich wünsch dir alles Glück der Welt, Kleines. Und ganz viel Liebe in deinem Leben.« Bille legte sie zurück in das Körbchen. Die Fürsorgerin nahm es auf, verabschiedete sich und ging. Josefine blieb bei Bille.

»Ich hätte sie am liebsten behalten«, sagte Bille.

»Ich weiß«, antwortete Josefine.

In Billes Hals bildete sich wieder dieser elende Kloß, und Tränen stiegen in ihre Augen. Sie wischte sie fort. Sie wollte nicht weinen, wollte den Schmerz nicht zulassen, der sich immer wieder mit all seiner Niederträchtigkeit und den abscheulichen Erinnerungen anschlich und Besitz von ihr ergriff, sie in einen dunklen Abgrund zerren wollte.

»Geh dich ausruhen«, sagte Josefine. Sie legte Bille die Hand auf den Arm und nickte ihr aufmunternd zu. »Schlaf ein wenig. Dann geht es bestimmt wieder besser. Wenn du magst, können wir nach meiner Schicht ins Café Blum gehen. Das hat doch wieder aufgemacht.«

Bille nickte, bemühte sich um ein Lächeln und zog die Nase hoch. »Das ist eine schöne Idee. Ins Café Blum bin ich früher auch immer gern gegangen.«

Eines der Babys begann zu weinen, und Josefine ging zu ihm. »Die Pflicht ruft«, sagte sie und zwinkerte Bille zu. Sie nahm das Baby hoch und begann, tröstend auf es einzureden. Bille verließ den Raum und wenig später auch die Station. Als sie durch das Treppenhaus lief, kamen ihr erneut die Worte von Frau Meyer in den Sinn.

»Aber Sie können doch nicht ein Leben lang hoffen.«

Sollte sie wieder mit dem Leben beginnen und Fritz vergessen? Sie musste die Erinnerungen abschütteln, denn sonst würde sie daran zerbrechen.

Sie trat in den hellen Sonnenschein hinaus, blinzelte und hielt schützend die Hand vors Gesicht. Vielleicht hatte Frau Meyer doch recht mit dem, was sie sagte. Sie sollte nach Fritz suchen, und vielleicht würde sie dann endlich Gewissheit darüber erhalten, was mit ihm geschehen war.

Am späten Nachmittag desselben Tages betrat Bille die Familienvilla mit gemischten Gefühlen. Sie hatte sich tatsächlich dazu überwunden und eine Suchanzeige beim Roten Kreuz für Fritz aufgegeben. Ob etwas daraus werden würde, hatte ihr die nette Dame hinter dem Schreibtisch nicht sagen können. Ihre Angaben waren leider äußerst vage gewesen. Erst als die Frau damit begonnen hatte, die vielen Fragen zu stellen, war Bille klar geworden, dass sie erschreckend wenig über Fritz wusste. Sie wusste, dass er aus Hannover kam, Arzt war und mit vollem Namen Fritz Wegener hieß. Und er war im Lazarettdienst tätig gewesen, zuletzt irgendwo in der Nähe von Königsberg, dann war er, ebenso wie sie selbst, verschleppt worden. Doch die Dame hatte ihr Mut gemacht. Es sei bedeutend einfacher, Ärzte ausfindig zu machen als Soldaten. Bestimmt könne sie bald mit einer Antwort rechnen. Bille hätte ihr so gerne geglaubt, doch sie wusste, welche Zustände in dem Lager geherrscht hatten. Diese Frau hatte doch keine Ahnung von der Wirklichkeit. Sie hatte trotzdem gelächelt und sich für ihre Freundlichkeit bedankt. Und vielleicht war er ja eines Tages einer der zahlreichen Ostflüchtlinge, die nun jeden Tag heimkehrten. Vielleicht war er auch schon längst zurück? Doch wieso meldete er sich nicht bei ihr? Er hatte ihr versprochen, dass er zu ihr nach Wiesbaden kommen und sie heiraten würde.

Versprechen und Träume, sie zerbrachen im Angesicht des Krieges, aber es gab auch Momente des Glücks und der Hoffnung. Wiedersehen wurden gefeiert, jeden Tag schien die Welt ein klein wenig heller zu werden, und in den Gärten am Rhein blühten wie eh und je die Rosen. Das Schlimmste lag hinter ihnen. Daran galt es festzuhalten.

In dem weitläufigen Treppenhaus der Villa traf Bille auf ihr neues Hausmädchen Lotte. Sie war achtzehn Jahre alt und durch eine Empfehlung von Inges Nachbarin zu ihnen gelangt.

Sie saß auf der Treppe, ihre Augen rot verweint, und sah aus wie ein Häufchen Elend. Bille erkundigte sich, was geschehen sei.

»Ich hab doch nicht gewusst, dass die alte Dame einfach davonläuft«, antwortete Lotte. »Dann hätte ich besser achtgegeben. Und das alles nur wegen dem kaputten Knöchel von Magda …« Sie schluchzte auf, und Bille war alarmiert.

»Oma Maria ist weggelaufen?«, hakte sie nach.

»Ja. Es herrschte eine große Aufregung, wegen dem Treppenunfall von Magda, und dann war sie plötzlich weg. Ich hab nur mal einen Augenblick nicht nach ihr gesehen. Ich bin schuld. Jetzt wird Frau Kraus mich bestimmt gleich wieder vor die Tür setzen. Und ich brauche die Anstellung doch so dringend. Es gibt ja nur noch mich und meine beiden kleinen Geschwister, den Hannes und die Christel.«

»Weiß Henni davon?«, fragte Bille, ohne auf das Gerede des Mädchens einzugehen.

»Natürlich. Es könnte ja sein, dass Frau Herzberg zu ihr in die Kellerei kommt. Hoffentlich ist ihr nichts Schlimmes geschehen. Sie ist doch so verwirrt.«

»Wo ist Magda?«, fragte Bille.

»Sie ist mit dem Krankenwagen abgeholt worden, nachdem der Arzt gemeint hat, dass der Fuß vermutlich gebrochen sei.«

»Das wird ja immer besser«, antwortete Bille und seufzte.

»Frau Kraus, Frau Malzer und Inge suchen überall nach Ihrer Großmutter. Ich soll hier die Stellung halten, sie könnte ja jederzeit wieder heimkommen.«

Bille begann laut nachzudenken: »Wo könnte sie bloß stecken?«

Da fiel ihr plötzlich ein, dass sie zuletzt mit ihrer Großmutter darüber gesprochen hatte, dass sie sich mal wieder mit Margot

Stellmann zum Tee treffen müsste. Die beiden Damen verband seit vielen Jahren eine enge Freundschaft, was eigentlich kaum vorstellbar schien, denn sie kamen aus komplett verschiedenen Welten. Aber Oma Maria hatte auf so etwas wie Klassenunterschiede noch nie viel gegeben. Ihr Treffpunkt war stets das gegenüber dem Kurhaus gelegene Café Blum gewesen, wo es nach Oma Marias Meinung die besten Torten von ganz Wiesbaden gab. Und dieses Café hatte erst kürzlich wiedereröffnet, wie sie vorhin von Josefine erfahren hatte.

»Ich habe eine Vermutung, wo sie sein könnte«, meinte Bille. »Sie bleiben brav hier und warten weiter ab. Und hören Sie mit dem Geheule auf, es wird Sie keiner vor die Tür setzen, dafür werde ich sorgen.«

Wenige Minuten später hatte Bille Glück, denn sie erwischte den in die Innenstadt fahrenden Bus, der an der Haltestelle direkt gegenüber dem Schloss abfuhr. Im Inneren des Busses ergatterte sie einen Fensterplatz, und sie betrachtete die vor den Fenstern vorbeihuschende Stadt. Je näher sie der Innenstadt kamen, desto mehr Häuser waren beschädigt, auf Trümmergrundstücken sah sie spielende Kinder, vor einer Metzgerei hatte sich eine lange Warteschlange gebildet, die Kisten von dem danebenliegenden Gemüsehändler waren bereits leer. Ein junger Bursche lehnte in der geöffneten Ladentür und biss von einem Apfel ab. Als sie die Wilhelmstraße erreichten, stieg Bille aus. Der Kurpark selbst war noch nicht wieder instand gesetzt, ebenso wenig das stark beschädigte Theatergebäude, das den Bombenhagel nicht so gut überstanden hatte wie das danebenliegende Kurhaus. Doch auch hier hatten bereits die Aufräum- und Renovierungsarbeiten begonnen. Teile des Gebäudes waren schon eingerüstet. Gewiss würde es bald wieder in neuem Glanz erstrahlen, und es würde wieder die von Bille so sehr geliebten Ballettaufführungen geben.

Sie überquerte rasch die Straße und erreichte das Café Blum, wo sich viele Gäste in dem architektonisch schönen Garten tummelten, der wie durch ein Wunder kaum beschädigt worden war. Bille entdeckte ihre Großmutter und die gute Margot Stellmann zu ihrer Erleichterung sofort. Sie saßen an einem der hinteren Tische in einem lauschigen Eckchen, jede von ihnen hatte ein großes Tortenstück vor sich stehen, dazu gab es Muckefuck mit Sahne. Bille trat an den Tisch, und Oma Maria sah sie verdutzt an.

»Bille, Kind! Wie kommst du denn hierher?«, fragte sie. »Und wieso siehst du aus wie eine Krankenschwester?«

Bille gab ihrer Oma einen Kuss auf die Wange, dann grüßte sie Margot Stellmann. Sie setzte sich zu den beiden Damen und orderte bei einer der Bedienungen eine Zitronenlimonade.

»Du weißt schon, dass zu Hause alle in heller Aufregung sind und nach dir suchen?«, fragte sie. »Sie denken, du wärst fortgelaufen.«

Oma Maria sah sie verwundert an. »Aber das kann gar nicht sein«, antwortete sie. »Ich hatte Magda doch von dem Treffen erzählt. Sie wäre auch gerne mitgekommen, doch dann hat sich die Ärmste verletzt. Da bin ich eben allein los. Schließlich wollte ich Margot nicht warten lassen.«

Bille sah von ihrer Großmutter zu Margot Stellmann, die nicht so recht zu wissen schien, ob sie etwas zu dem Gespräch beitragen sollte.

»Dann ist das alles also nur ein recht großes Missverständnis«, antwortete Bille. Die Klarheit ihrer Großmutter erfreute sie. »Aber du solltest zukünftig trotzdem jemandem Bescheid geben, bevor du das Haus verlässt, damit sich niemand Sorgen macht.«

»Wieso das denn?«, fragte Oma Maria pikiert. »Am Ende soll ich mir noch eine Anstandsdame zulegen, wie ein Backfisch, oder was? Also aus dem Alter bin ich raus.« Sie kicherte albern wie ein kleines Mädchen. »Das muss ich nachher Martin erzählen. Der hat die gute Gertrude immer gehasst, diese alte Schreckschraube. Aber wir waren immer gut darin, sie auszutricksen. Ich glaube, ich nehme ihm noch eine Erdbeersahne mit. Die hat er so gern.«

Henni erschien und blieb nach Atem ringend an ihrem Tisch stehen.

»Also hatte Gustav recht, und ihr beiden seid hier«, sagte sie erleichtert. »Dem Herrn im Himmel sei Dank.« Sie umarmte ihre Großmutter.

»Ja, wo soll ich denn sonst sein?«, antwortete Oma Maria und schüttelte den Kopf. »Kinder, Kinder, was für einen Wirbel ihr doch alle macht, derweil hab ich mich nur mit meiner lieben Freundin Margot getroffen, um ein wenig über die alten Zeiten zu plaudern.« Sie tätschelte Margots Hand. »Wie sagte mein Vater selig immer so schön? Carpe Diem, nutze den Tag.«

Henni sah zu Bille, ihre Mienen waren ernst. Wenn ihre Großmutter weiterhin auf diese Art und Weise den Tag nutzte, dann mussten sie sich etwas einfallen lassen. Zuallererst sollte ein zuverlässiger Ersatz für Magda gefunden werden, und wenn alle Stricke rissen, musste sie in ein Sanatorium.

27. Kapitel

Wiesbaden, 30. Juni 1946

»Sie haben also in der Champagne Ihre Ausbildung gemacht«, sagte Henni zu dem vor ihr sitzenden, leicht rundlichen Mann mit dem schütteren braunen Haar. Dem Bewerber – sein Name war Franz Allenbach – war seine Nervosität anzumerken, denn er saß stocksteif da und umklammerte seinen braunen Filzhut mit beiden Händen.

»Ja, das habe ich«, antwortete er in einem warm klingenden Dialekt, der sich äußerst charmant anhörte. Er war in der Nähe der französischen Grenze in einem kleinen Dorf aufgewachsen und hatte sich schon als kleiner Junge für den Weinanbau interessiert und bei seinem Onkel im Betrieb mitgearbeitet. Später war er dann nach Frankreich gegangen und hatte dort bis zum Kriegsbeginn als Kellermeister in einer großen Kellerei gearbeitet. Sein Arbeitszeugnis war ausgesprochen gut, sein Arbeitgeber hatte sogar noch ein Empfehlungsschreiben verfasst, in dem er nur lobende Worte fand. Henni wusste, dass dieser Mann der Richtige für ihren Betrieb war. Doch trotzdem zögerte sie. Das hatte sie bereits bei den anderen drei Bewerbern getan. Sie hatte sämtliche Unterlagen genauestens studiert und war regelrecht darauf aus gewesen, ein Haar in der Suppe zu finden, irgendeinen Grund dafür, diesen Mann nicht einstellen zu müssen. Doch dieses Mal fand sie nichts, und Franz Allenbach machte einen äußerst herzlichen Eindruck. Mit ihm würden die Mitarbeiter hervorragend zurechtkommen. Und sie benötigten einen Kellermeister, denn der Betrieb wurde immer weiter hochgefahren. Endlich war der allgemeine Verkauf an Privatpersonen wieder freigegeben worden, und die Nachfrage wuchs, Aufträge um Aufträge kamen herein, so schnell konnten die Lieferscheine von den Damen gar nicht getippt, die Sektkisten gar nicht verladen werden. Die Produktion musste reibungslos funktionieren. Es blieb keine Zeit für private Befindlichkeiten.

Georg hatte einen Tag nach ihrem Gespräch auf dem Friedhof seine Kündigung in der Personalabteilung abgegeben. Wilhelmine hatte sie ihr mit der üblichen Post gebracht. Henni hatte sie eine ganze Weile lang angestarrt. Das Schreiben war mit der Hand verfasst gewesen, wenige nichtssagende Sätze. Auf ein letztes Gespräch mit ihr hatte er bewusst verzichtet. Sie hatte lange überlegt, ob sie zu ihm gehen und mit ihm reden sollte. Es musste doch möglich sein, Berufliches und Privates zu trennen. Aber vielleicht war es besser so, auch wenn es schmerzte. Vermutlich würde Georg zu seinem Bruder ins Tessin zurückgehen. In diesem Moment wünschte Henni sich, sie könnte ihn begleiten und mit ihm gemeinsam den Rest ihres Lebens auf einem kleinen Weingut unter der südlicheren Sonne verbringen.

Franz Allenbach hüstelte und riss sie damit aus ihren Gedanken. Sie sah von den Unterlagen hoch und schenkte ihm ein freundliches Lächeln.

»Na, das klingt doch alles großartig«, sagte sie und fasste einen Entschluss. Dieser Mann war mehr als passend. Es wäre ein großer Fehler, ihn nicht einzustellen. »Sie scheinen der richtige Mann für unseren Betrieb zu sein«, sagte sie. »Wann können Sie anfangen?«

»Wenn Sie möchten, sofort«, antwortete er freudig. Seine Anspannung ließ sichtlich nach, und seine Schultern sanken etwas tiefer.

»Das höre ich gern«, erwiderte Henni und erhob sich. »Dann will ich Ihnen gleich mal eine persönliche Führung über das Gelände angedeihen lassen. Schließlich sind Sie nicht irgendein Angestellter, sondern unser neuer Kellermeister. Herzlich willkommen in der Kellerei Herzberg!« Sie reichte dem Mann die Hand.

Sein Händedruck war kräftig, und er strahlte über sein ganzes von der Sonne gebräuntes Gesicht.

»Vielen Dank, Frau Malzer«, sagte er freudig. »Ach, da wird sich meine Käthe aber freuen. Sie hat mir fest die Daumen gedrückt. Sie ist in Wiesbaden geboren und der Meinung, dass es in ganz Deutschland keinen besseren Sekt gibt als den der Herzbergs.«

»Na, das ist doch mal eine großartige Einstellung«, antwortete Henni lächelnd. »Dann müssen Sie nachher unbedingt ein Fläschchen mit nach Hause nehmen und miteinander anstoßen. Und richten Sie Ihrer Frau meine besten Grüße aus. Ich freue mich schon darauf, sie bei nächster Gelegenheit kennenzulernen. Bald sollen ja auch wieder unsere allseits beliebten Mitarbeiterfeste stattfinden.« Sie bedeutete Franz Allenbach, ihr zu folgen, und erläuterte, während sie den langen Flur entlang Richtung Eingangshalle liefen, welche Abteilungen sich hinter welchen Türen versteckten. Werbeabteilung, Vertrieb,

Buchhaltung und Rechnungswesen. Danach ging es in die Eingangshalle. Deren Anblick faszinierte selbst Henni immer wieder aufs Neue, obwohl es für sie ein alltäglicher Anblick war.

»Hier sollen bald wieder Tanzabende und Feste stattfinden«, erklärte sie. »Unsere Werbeabteilung plant, auch wieder Kellereiführungen und Sektproben für ausgesuchte Gäste anzubieten. Könnten Sie sich vorstellen, an solchen Abenden der Kundschaft zu erläutern, wie die Sektherstellung funktioniert?«

»Aber gern«, antwortete Franz Allenbach, während sie die Stufen zum Sektkeller hinabstiegen. »In der Kellerei in Frankreich gab es ähnliche Veranstaltungen, die sich stets großer Beliebtheit erfreuten.«

Henni geleitete ihren neuen Kellermeister durch den Sektkeller und stellte ihm den einen oder anderen Mitarbeiter vor. Sie erzählte ihm davon, wie ihr Großvater ihr alles über die Sektherstellung beigebracht hatte und dass sie auch selbst, wenn ihre Zeit es zuließ, gerne mal an den Rüttelplatten Hand anlegte. Zum Schluss zeigte sie ihm noch die Lagerhäuser und den Fuhrparkbereich, den sie in den letzten beiden Wochen um vier weitere Lastwagen aufgestockt hatten. Am Ende der Hausführung blieben sie vor dem Pförtnerhäuschen von Gustav stehen, und Henni stellte die beiden einander vor.

»Ei, da habe Sie aber Glück gehabt, dass Sie bei uns untergekommen sind«, sagte Gustav freudig. »Hier bei den Herzbergs ist es wie in einer großen Familie, nicht so unpersönlich wie anderswo. Herzlich willkommen.«

Gustav schüttelte Franz kräftig die Hand. Die überschwängliche Begrüßung des alten Pförtners irritierte Franz Allenbach ein wenig, aber er würde sich schon an Gustav und seine offene Art gewöhnen. Henni rührten Gustavs Worte. Wie eine große Familie. So war es vor dem Krieg gewesen, doch viel war davon nicht mehr übrig. Aber vielleicht könnte es eines Tages wieder so sein. Es wäre schön.

Henni verabschiedete sich nun von Franz Allenbach. »Arbeitsbeginn ist morgen um acht Uhr. Kommen Sie doch dann bitte zuallererst in die Personalabteilung. Ich wünsche viel Spaß beim Anstoßen.« Sie deutete auf die Sektflasche in Franz Allenbachs Hand, die er sich eben im Auslieferungslager mitgenommen hatte.

Nachdem er gegangen war, verschwand das Lächeln auf Gustavs Gesicht, und er fragte: »Würde es Ihnen etwas ausmachen, Fräulein Henni, wenn ich heute fünf Minuten früher Feierabend mache? Margot hatte doch heute den Arzttermin, und ich würd gern wissen, was der Doktor gesagt hat. In letzter Zeit ging es ihr wieder ganz gut. Man möcht gar nicht meinen, dass sie todkrank ist.«

»Du sollst doch nicht Sie zu mir sagen, wenn wir unter uns sind«, rügte Henni Gustav liebevoll. »Und natürlich kannst du früher Feierabend machen. Ich habe dir doch gesagt, dass du dich jederzeit um Margot kümmern kannst. Es ist schön zu hören, dass es ihr wieder etwas besser geht. Vielleicht gibt es ja vom Arzt gute Neuigkeiten.«

Henni bemühte sich um ein Lächeln, obwohl ihr in diesem Moment so gar nicht danach zumute war.

»Wir wissen beide, dass von den Quacksalbern keine guten Nachrichten mehr kommen werden«, antwortete Gustav niedergeschlagen. »Sonst hätten sie sie doch gar nicht erst daheimgelassen, sondern ins Krankenhaus gesteckt und behandelt.« Er winkte ab. »Ist eben, wie es ist.«

Er nahm seinen Hut von einem Haken an der Wand, griff nach seinen Schlüsseln und seiner Tasche, trat nach draußen und schloss die Tür des Pförtnerhäuschens ab. »Komm doch mal wieder auf ein Schwätzchen und einen Kuchen vorbei«, sagte er. »Margot würde sich freuen.«

»Das mache ich gern«, antwortete Henni und blickte auf ihre Armbanduhr. Ihr stand heute noch eine leidige Abendveranstaltung bei Adam in Frankfurt bevor, an der sie als seine Ehefrau teilzunehmen hatte. Philip Malzer war vor einigen Tagen mal wieder in der Kellerei gewesen, um als Hauptinvestor nach dem Rechten zu sehen, wie er sich ausgedrückt hatte. Henni hatte seine übergriffige Art so satt. Sie sah Gustav nach, wie er über den Hof lief. Behäbig, sein linkes Bein zog er leicht nach, denn das Knie war nach seinem Kriegseinsatz im Ersten Weltkrieg nach einer Verletzung steif geblieben. Er und so viele andere treue Mitarbeiter waren mit ein Grund dafür, warum sie weiterhin an dem Familienbetrieb festhielt. Erneut dachte sie an Georg. Ihn hatte sie gehen lassen, obwohl auch er jahrelang ein Teil der Herzbergfamilie gewesen war. Er hätte das Zeug dazu gehabt, den Betrieb zu leiten. Conrad hätte gewollt, dass er seinen Platz einnahm, dessen war sich Henni sicher. Doch es sollte nicht sein. Sie betrachtete wehmütig das wieder im alten Glanz erstrahlende Kellereigebäude, mit seinem Säulengang und dem prachtvollen Eingangsportal.

»Du hättest heimkommen sollen«, sagte sie leise und mit tränenerstickter Stimme. »Dann wäre das alles nie passiert. Wieso musstest du nur irgendwo dort im Osten bleiben? Du hättest mich nicht allein lassen dürfen. Verdammt nochmal!«

Gustav verschwand aus ihrem Blickfeld. Sie atmete tief durch, straffte die Schultern und wischte sich eine Träne aus dem Augenwinkel. Erneut kam ihr eine der Lebensweisheiten ihres Großvaters in den Sinn.

»Mit Jammern ist noch nie jemand weitergekommen.« Womit er recht hatte. Sie ging über den bekiesten Innenhof zurück in die Kellerei.

Einige Stunden später betrat sie an Adams Arm, in einen Traum aus hellblauer Seide gehüllt, sein Anwesen in Frankfurt. Das lange Abendkleid war tailliert geschnitten und wies im Schulterbereich eine leichte Raffung auf, im Brustbereich war es mit silbernen Perlen besetzt. Ihr neues Hausmädchen, Lotte, hatte ihr eine wunderschöne Hochsteckfrisur gezaubert.

In der Eingangshalle der Villa hatte sich bereits ein illustres Publikum eingefunden, und eine aus drei Mann bestehende Tanzkapelle sorgte für gediegene Musik. Kellner und Bedienungen liefen mit Tabletts durch den Raum, auf denen sich Sektgläser und Kanapees befanden. Henni begrüßte Philip mit einer kurzen Umarmung.

»Schwiegervater«, sagte sie, um ein Lächeln bemüht.

Er hatte sich ihrer Meinung nach in einen etwas zu kleinen Anzug gequetscht. Mal sehen, wie lange die Knöpfe des Jacketts seinem Bauchumfang standhalten würden. In den Händen hielt er eine dicke Zigarre, deren Geruch ihn umgab.

»Henni, meine Liebe. Wie schön, dass du kommen konntest«, begrüßte Philip sie. »Darf ich dir einen meiner längsten und treuesten Freunde vorstellen?« Er deutete auf einen grauhaarigen, schlaksigen Mann mit Smoking, der mit einem Glas Sekt in der Hand neben ihm stand. »Carl Simons, ein großartiger Börsianer, dem an der Wall Street niemand etwas vormacht. Mein lieber Freund, die Prickelbrause in deinem Glas stammt aus der großartigen Sektkellerei dieser jungen Dame hier. Der Name Herzberg zählt etwas in Deutschland. Es macht mich stolz, dass mein Adam diesen guten Fang gemacht hat. Wenn ich das so sagen darf, meine Liebe.« Er sah zu Henni und lächelte.

Henni erwiderte nichts, grüßte den Mann freundlich, und er beteuerte sogleich, dass der Sekt großartig schmecke.

Der Abend nahm seinen Lauf. Von der Eingangshalle wanderte die Festgesellschaft irgendwann in einen der großen Säle. Von der mit Stuck verzierten Decke hing ein großer Kronleuchter, hellblaue Seidentapeten zierten die Wände. Um die Tanzfläche waren weiße Stehtische aufgestellt, durch eine geöffnete Flügeltür gelangte man in den Nachbarsalon, wo gepolsterte Sitzmöbel zum Verweilen einluden. Im daran anschließenden Billardzimmer fanden sich im Laufe des Abends meist die Herren solcher Gesellschaften ein. Henni wusste aus Erfahrung, dass solche Abende nicht nur dem Vergnügen dienten, sondern auch dem Geschäft. So war es nicht verwunderlich, dass sich unter den Gästen auch hochrangige Mitglieder der Militärregierung mit ihren Ehefrauen befanden.

Henni und Adam eröffneten den Tanz, nachdem Adam

einige warme Worte an seine Gäste gerichtet und allen einen schönen Abend gewünscht hatte. Sie tanzten einen klassischen Walzer, die Kapelle erweckte den Eindruck, aus der Zeit gefallen zu sein. Adam schien Hennis Gedanken zu erraten.

»Mein Vater hält nichts von Swing oder Jazz, aber ich hoffe doch, dass die Herren in der Lage sind, einen anständigen Foxtrott zu spielen. Wie lief es in der Kellerei? Hast du endlich einen Nachfolger für Georg gefunden?«

Henni nickte. »Der heutige Bewerber scheint mir gut zu uns zu passen. Franz Allenbach, ein netter Mann mit herausragender Fachkenntnis.«

»Wie sieht er aus? Muss ich mir Gedanken machen, dass er meine Ehefrau verführt?«

Henni sah Adam verdutzt an. Sie hatte nicht damit gerechnet, dass er von ihr und Georg wusste.

»Ich bin nicht blind«, sagte Adam und rollte die Augen. »Mir reichten eure Blickwechsel, um es zu wissen. Du musst nicht wie eine Nonne leben und ich nicht wie ein Mönch. Aber es wäre natürlich besser, wenn deine nächste Liaison nichts mit der Kellerei zu tun hätte.«

Der Walzer endete, und die Kapelle begann nun tatsächlich, einen etwas flotteren Foxtrott zu spielen. Adam führte Henni einfach weiter, obwohl sie Anstalten gemacht hatte, von der Tanzfläche zu gehen.

»Mein Vater hat mich vorhin erneut darauf angesprochen, dass du viel zu dünn seist. Allzu lange wird er uns nicht mehr bei unserer Scheinehe zusehen. Er will ein Enkelkind, andernfalls könnte er die Kellerei bald verkaufen.«

Henni wusste nicht, was sie erwidern sollte. Übelkeit stieg in ihr auf. Am liebsten wäre sie davongelaufen, irgendwohin, wo es all diesen Irrsinn nicht gab. Doch stattdessen tanzte sie einfach weiter und ließ zu, dass Adam demonstrativ seine Hand auf ihren Po legte.

28. Kapitel

Wiesbaden, 12. Juli 1946

Lisbeth rührte Sahne in ihren Kaffee, lehnte sich in ihrem Korbsessel zurück und stellte ihre nackten Füße auf die Sitzfläche. Eine von Wärme und Leidenschaft geprägte Sommernacht lag hinter ihr, und sie spürte ein Wohlgefühl in ihrem Inneren, wie sie es schon lange nicht mehr gefühlt hatte. Ein gewisses Kribbeln auf der Haut, Zufriedenheit. Sie ließ ihren Blick über die Terrasse hinweg über Wiesbaden schweifen und atmete die nach Blumen duftende Luft tief ein. Die letzten Tage hatte sie bei Richard in seiner Villa verbracht, und sie hatten einander in jeder freien Minute geliebt. Für sie hatte er seine Kanzlei für einige Tage geschlossen. Doch heute Morgen war die Realität zurückgekehrt, denn Richard hatte einen Gerichtstermin, den er nicht absagen konnte. Er hatte sich vorhin mit leidenschaftlichen Küssen von ihr verabschiedet und ihr fest versprochen, dass sie am Abend ausgehen würden. Es sollte in das schicke kleine Lokal eines Freundes ins Rheingau gehen. Lisbeth war gespannt, was sie dort erwarten würde.

Sie musste sich dringend frische Kleidung besorgen, heute Abend wollte sie für Richard besonders verführerisch aussehen. Allerdings gefiel ihr der Gedanke nicht so recht, in die Familienvilla zurückkehren zu müssen, denn dort würde sie vermutlich Bille oder Henni begegnen. Auch ein Aufeinandertreffen mit Oma Maria wäre unschön. Sie hatte sich noch nie sonderlich gut mit der alten Dame verstanden, ihre zunehmende Verwirrtheit überforderte sie nun jedoch zusätzlich.

Adam und die Misere um die Kellerei kamen ihr erneut in den Sinn. Sie hatte mit Richard am Abend länger darüber gesprochen, wie sie weiter vorgehen könnten. Die Angelegenheit war schwieriger, als Lisbeth gedacht hatte. Richard hatte recht damit, dass Philip Malzer ein mächtiger Mann war. Doch sie hatte Richard eine Verkaufsprovision zugesichert, wenn er sie bei ihrem Vorhaben, die Kellerei zu verschachern, unterstützen würde. Lisbeth war nicht dumm. Mit Speck fing man Mäuse. Zwanzig Prozent hatte Richard für sich herausgehandelt, was eine stattliche Summe bedeutete. Aber Lisbeth wusste, dass es ohne ihn und seine Fachkenntnis, aber auch seine Kaltschnäuzigkeit aussichtslos war, diesen Kampf zu gewinnen.

Doch sie zog noch etwas anderes in Erwägung. Sie könnte Richard heiraten. Die Vorstellung gefiel ihr.

»Kann ich Ihnen noch etwas bringen?«, riss sie die schroff klingende Stimme der Hausdame aus ihren Gedanken.

Lisbeth wandte den Kopf, warf der älteren Frau einen finsteren Blick zu und verneinte. Die Hausdame machte wortlos auf dem Absatz kehrt und verschwand im Inneren der Villa. Ihr Name war Rosa, und Lisbeth konnte sie nicht leiden. Sie legte eine eigenwillige Arroganz an den Tag, und Lisbeth spürte, dass Rosa sie ebenfalls ablehnte.

Im Inneren des Hauses schrillte das Telefon und ließ Lisbeth zusammenzucken. Sie hörte die Stimme der Hausdame. Das Gespräch dauerte nicht lange, vermutlich war es ein Klient gewesen. Doch dann vernahm Lisbeth ein Schluchzen, das sie stutzig werden ließ. Sie erhob sich aus dem Korbsessel und ging ins Haus. Dort fand sie die Hausdame hinter dem Schreibtisch sitzend von Richard vor. Sie war kreidebleich. Sogleich beschleunigte sich Lisbeths Herzschlag.

»Wer hat angerufen?«, fragte sie. »Ist etwas geschehen?«

Die Hausdame antwortete: »Der Herr ist bei Gericht erschossen worden.«

Am Abend desselben Tages saß Lisbeth erneut auf der Terrasse von Richards Haus. Die Sonne war gerade untergegangen und hatte den Himmel über der Stadt mit einem bezaubernden Abendrot überzogen. Hie und da war noch das Zwitschern eines Vogels zu hören, sonst war es still. Lisbeth fühlte sich wie betäubt. Nachdem die Hausdame ihr die erschreckende Neuigkeit mitgeteilt hatte, war sie nach draußen gerannt und hatte sich übergeben. Der Schock saß tief. Eben noch hatte sie von einer Heirat geträumt, daran geglaubt, wieder glücklich sein zu dürfen. Und nun war alles mit einem Schlag verändert. Nachdem sie den ersten Schock überwunden hatte, hatte sie sich rasch angekleidet und war zum Gericht gefahren, um irgendetwas zu tun, zumindest in Erfahrung zu bringen, was geschehen war.

Als sie dort eingetroffen war, war das Gebäude abgesperrt. Polizisten standen am Eingang und ließen niemanden ins Innere. Sie sah den blonden Staatsanwalt in Begleitung eines Mannes in einem grauen Anzug davorstehen und sich unterhalten. Sie kannte den Mann, er hatte sie damals freigelassen. Sie könnte hingehen und sich bei ihm danach erkundigen, was vorgefallen war. Doch sie brachte es nicht fertig. Sie blieb hinter dem flatternden Absperrband unter den anderen Schaulustigen stehen und beobachtete mit zitternden Händen und klopfenden Herzen das Geschehen. Irgendwann wurde ein dunkler Sarg nach draußen getragen und in einen bereitstehenden Leichenwagen verfrachtet. Lisbeth starrte ihn wie gebannt an. Eine junge Frau mit einem roten Lockenkopf war irgendwann neben sie getreten und hatte ganz ungeniert damit begonnen, dem Staatsanwalt Fragen zuzurufen. Fragen, die Lisbeth mehr als irritierten.

»Ist es wahr, dass sein Schwager ihn tötete, weil er ihn ins Gefängnis gebracht hat? Stimmt es, dass sich der Mann ebenfalls erschossen hat?«

Sein Schwager. Lisbeth kannte ihn flüchtig. Er war mit Richards acht Jahre älteren Schwester Susanne verheiratet, sie hatten zwei entzückende Töchter. Was hatte er getan, wofür Richard ihn ins Gefängnis gebracht hatte? Und stimmte das überhaupt?

Lisbeth hatte die Frau gefragt, wie sie auf diese Behauptung komme. Die Dame war redefreudig gewesen. Richards Schwager, Heinz Gasser, war im Widerstand tätig gewesen und hatte Flugblätter gedruckt und verteilt. Lisbeth war nach dem Gespräch wie betäubt gegangen.

»Sie sind ja noch immer hier«, riss die Stimme von Rosa sie nun aus ihren Gedanken. »Sie sollten verschwinden, sonst verständige ich die Polizei.«

Erstaunt sah Lisbeth die Frau an. Rosa stand mit vor der Brust verschränkten Armen vor ihr, und wenn Blicke töten könnten, wäre Lisbeth auf der Stelle umgefallen. »Dieses Haus gehört ab jetzt mir, und Huren haben hier keinen Zutritt mehr.«

»Es gehört Ihnen?«, fragte Lisbeth verdutzt. »Was fällt Ihnen überhaupt ein, so mit mir zu reden?«

»Sie verstehen das nicht, und ich werde einen Teufel tun und es Ihnen erklären. Gehen Sie jetzt. Oder ich hole die Polizei.«

»Meinetwegen«, entgegnete Lisbeth und erhob sich. Sie ging an der Hausdame vorbei, die aus irgendwelchen Gründen anscheinend zur Herrin dieses Hauses geworden war, und holte ihre persönlichen Sachen. Rosa folgte ihr und beobachtete mit Argusaugen, was sie alles in ihre Taschen packte.

Als Lisbeth kurz darauf mit ihren Habseligkeiten das Haus verließ, schlug Rosa demonstrativ laut die Tür hinter ihr zu.

Lisbeth lief wenig später durch das Villenviertel. Die Dunkelheit war nun vollständig hereingebrochen, und nur wenige Straßenlampen beleuchteten die schmalen gewundenen Straßenzüge, an denen sich die mondänen Villen wie Perlenschnüre aneinanderreihten. Lisbeth fühlte sich innerlich leer und ausgebrannt. Die Ereignisse des Tages waren zu viel für sie gewesen. Noch vor wenigen Stunden hatte sie davon geträumt, gemeinsam mit ihrer Jugendliebe ein neues Leben zu beginnen, und nun war alles verändert. Was sollte nun werden? All ihre Pläne, auch Henni und die Kellerei betreffend, schienen dahin zu sein. Sie erreichte die Taunusstraße, auf der nur noch wenig Verkehr herrschte. Sie hatte die Straße gerade überquert und den Weg Richtung Kochbrunnen eingeschlagen, als ihr ein Mann in einem dunklen Jackett auffiel, der ihr bekannt vorkam. War das Adam? Was tat er um diese Zeit in dieser Gegend?

Sie beschloss, ihm zu folgen.

Adam lief Richtung Nerobergtal. Was wollte er dort zu dieser späten Stunde, und wieso lief er allein und ohne Begleitung dorthin? Sein Verhalten war seltsam. Er blieb immer wieder stehen und blickte hinter sich, was es nicht gerade leicht machte, ihn zu verfolgen. Sie folgte ihm weiter bis zum Nerobergtal. Dort zog es Adam zu einer der Villen. Nachdem er in einem der Gebäude verschwunden war, wusste Lisbeth nicht so recht, was sie jetzt machen sollte, und sie fluchte. Was nun? Gewiss war das eine private Veranstaltung, zu der am Ende nur Männer Zutritt hatten. Verdammt noch eins.

Doch dann kam ihr der Zufall in Gestalt von drei jungen Frauen entgegen, die ausgelassen kichernd den Gehweg entlanggingen und ebenfalls zu der Villa liefen. Eine von ihnen bemerkte Lisbeth und sprach sie an.

»'n Abend, Süße«, lallte sie betrunken. »Wo kommst du denn her? Willst mit zur Party? Na, dann komm. Wir wollen doch unsere Freunde nicht warten lassen.« Die Frau legte den Arm um Lisbeth und zog sie mit sich. Sie roch abscheulich nach einem billigen Parfüm, aber das war Lisbeth in diesem Moment gleichgültig. Ohne Probleme gelangte sie mit den drei Frauen in die Villa, wo sie im Flur schummriges rötliches Licht und durch den Raum wabernder Zigarettenrauch empfingen. Bereits die auf der Treppe sitzenden Gestalten ließen vermuten, um was für eine Party es sich hier handelte. Es waren mehrere homosexu elle Pärchen, die dort saßen, einander küssten und umarmten.

Lisbeth folgte den Damen in den Salon, der ebenfalls von rötlichem Licht erfüllt war, sämtliche Lampen waren mit roten Tüchern abgedeckt worden. Jazzmusik war zu hören, zu der eng umschlungene Pärchen durch den Raum tanzten, auf einem Sofa küssten zwei Blondinen einander hemmungslos. Überall standen Wein- und Champagnerflaschen herum, auch Hochprozentiges wie Schnäpse oder Liköre waren darunter. Lisbeth beobachtete, wie ein junger Mann seinem Tanzpartner die Hand in die Hose schob und sein Ohr küsste.

»Na, Süße, du bist ja eine ganz besondere Schnecke«, wurde sie plötzlich von einer stark geschminkten Frau angesprochen. Sie zuckte erschrocken zusammen. »Du bist neu hier, oder? Dich hab ich noch nie gesehen.«

Lisbeth sah sie entsetzt an und wich einen Schritt zurück.

»Entspann dich, Süße«, sagte die Frau. »Trink erst einmal was. Martini? Rauchst du?« Die Frau hielt ihr eine Schachtel Lucky Strike hin.

Eine weitere Frau legte von hinten die Arme um die stark geschminkte Frau und zog sie lachend mit sich auf die Tanzfläche. »Du wirst mir doch nicht mit diesem langweiligen Blondchen fremdgehen wollen«, sagte die Rothaarige und warf Lisbeth einen misstrauischen Blick zu. »Was tut das Mauerblümchen überhaupt hier? Ich hab sie hier noch nie gesehen. Wer hat sie reingelassen?«

Lisbeth machte unsicher einen Schritt rückwärts und stieß dabei gegen einen der Tische. Klirrend fielen die Gläser und Flaschen um. Sogleich waren viele Blicke auf sie gerichtet, und sie wusste nicht so recht, wie sie sich verhalten sollte.

»Mensch, Trude«, sagte ein dicklicher junger Mann in einem geblümten Bademantel. »Verschreck doch nicht meine Gäste.

Ist schon gut, Schätzchen. Amüsiert euch, Kinder. Die Nacht ist noch jung.« Er ging zum Plattenspieler und erhöhte die Lautstärke. Es wurde weitergetanzt, und Lisbeth ließ erleichtert die Schultern sinken.

Und dann sah sie plötzlich Adam. Er kam von der Terrasse herein. Sein Hemd war aufgeknöpft, den Arm hatte er um den Staatsanwalt gelegt, in einer Hand hielt er ein Cognacglas. Die beiden Männer begannen, eng umschlungen miteinander zu tanzen und sich leidenschaftlich zu küssen. Lisbeth, die inzwischen an einer Wand lehnte, beobachtete ihn und jubilierte innerlich, denn sie wusste, dass sie Adam und Henni nun in der Hand hatte. In diesem Moment sah Adam in ihre Richtung, und sie registrierte mit Vergnügen, wie sich seine Augen weiteten.

29. Kapitel

Wiesbaden, 15. Juli 1946

Bille stand am Grab ihres kleinen Mädchens und betrachtete das schlichte Holzkreuz, auf dem der Name ihrer Tochter stand. Lilly Herzberg. Sie hatte nur wenige Erinnerungen an die Geburt. Sie hatte die Kleine nicht einmal sehen oder im Arm halten können, da sie ohnmächtig geworden war. Bille hatte geglaubt, dass sie stark sein und einfach so weitermachen könnte. Aber dem war nicht so. Heute Morgen hatte sie lange vor der Frauenklinik gestanden und das Haus einfach nur angesehen. Hineinzugehen hatte sie nicht über sich gebracht. Irgendwann hatte sie auf dem Absatz kehrtgemacht und war einfach so gegangen. Diese abscheuliche Leere in ihrem Inneren war zurückgekehrt – sie war nie ganz fort gewesen. Auf der Flucht hatte sie sie zum ersten Mal gespürt; als die Gesichter der Menschen stumpf gewesen waren, war die Leere in ihrem Inneren zu ihrem Zufluchtsort geworden. Nichts denken, nichts fühlen, nichts ansehen müssen, versuchen, sämtliche Geräusche um sich herum auszublenden. Das Klagen und Weinen, das Seufzen und leise Singen, oftmals auch das Reden. Manch einem tat es gut zu erzählen. Von dem, was verloren war, von dem Ort, wohin es ging. Eine Mutter hatte ihrem Kind während der langen Fahrt in einem Eisenbahnwaggon ständig ihr Lieblingsmärchen erzählt. Schneewittchen. Jedes Mal, wenn die Mutter die magischen letzten Worte ausgesprochen hatte – *und sie lebten glücklich und zufrieden bis an ihr Lebensende* –, hatte Bille ein wunderbar warmes Gefühl in ihrem Inneren verspürt und an Fritz gedacht. Vielleicht würde für sie beide das Märchen ja ebenfalls gut ausgehen. Sie wünschte es sich mehr als alles andere auf der Welt.

»Er hätte sicher gewollt, dass du Lilly heißt«, sagte Bille leise. »Nach seiner Großmutter, deren Kosename Lilly gewesen ist. Er hätte dich mehr als alles andere auf der Welt geliebt. Er hat immer davon gesprochen, dass er viele Kinder haben möchte. Dir wäre also nie langweilig geworden. Obwohl Geschwister ja manchmal auch ganz schön anstrengend sein können. Leider wirst du es nie erfahren.«

Bille verstummte. Auf dem Grab lagen die Blumen, die sie mitgebracht hatte. Sie hatte den bunten Sommerstrauß auf dem Weg hierher gepflückt. Margeriten, Hahnenfuß und Glockenblumen. Letztere sahen schon etwas verwelkt aus.

»Das nächste Mal bringe ich eine Grabvase mit«, versprach Bille. »Dann halten sie länger. Wir könnten auch eine Rose pflanzen. Rosa wäre schön oder ein sonniges Gelb. Schade, dass ich nie erfahren werde, was deine Lieblingsfarbe gewesen wäre. Ich mag weiße Rosen am liebsten, aber du hättest bestimmt deinen eigenen Kopf gehabt.« Tränen stiegen in ihre Augen, eine von ihnen rann ihre Wange hinunter. Sie wischte sie fort.

»Ich weiß gar nicht, was jetzt werden soll. Ich bin mir noch immer nicht sicher, ob ich weiter im Krankenhaus arbeiten soll. Dort sind einfach zu viele Mütter, zu viele Kinder und Geschichten – zu viel Leben.« Sie dachte an die kleine Anna, wie sie das Mädchen im Arm gehalten hatte, wie die Fürsorgerin sie in dem Körbchen mitgenommen hatte. »Ich komme bald wieder, fest versprochen. Und vielleicht pflanzen wir dann deine Rose.« Sie berührte kurz mit der Hand das Kreuz, dann drehte sie sich um, und tatsächlich war ihr jetzt, da sie wusste, wohin sie ihr Weg führen würde, ein wenig leichter ums Herz.

Eine Weile darauf stand Bille vor dem Johannesstift in der Platter Straße. In diese Einrichtung des katholischen Frauenbunds war Anna von der Fürsorge gebracht worden. Bille hatte in der Frauenklinik zum ersten Mal von dem Haus gehört. Eine ihrer Mitschwestern auf Station hatte dort ihre Ausbildung zur Säuglingsschwester erhalten und hatte nur Gutes über die Einrichtung erzählt. Gegen die Einflüsse der Nazis hatte sich das Haus jedenfalls behaupten können.

Billes Hände zitterten, und sie atmete tief durch. Sie besuchte doch nur die kleine Anna, weshalb war sie plötzlich nervös? Sie ließ ihren Blick die Fassade hinaufschweifen. Das weitläufige Anwesen war vom Bombenhagel größtenteils verschont geblieben. Auf dem hinteren Hof, den Bille durch eine geöffnete Einfahrt betrat, herrschte rege Betriebsamkeit. Es standen mehrere Kinderwagen vor einer der Eingangstüren, daneben saßen einige ältere Kinder in Laufställen, die von zwei Ordensschwestern beaufsichtigt wurden. Drei Schwesternschülerinnen – sie waren gut an ihrer Kleidung zu erkennen – klopften Ziegel und Steine ab und verfrachteten sie in Eimer, die von einem jungen Burschen in staubiger Kleidung ins Haus getragen wurden. Bille wollte gerade eine der Schülerinnen fragen, wo sie hinsolle, da kam ein laut knatternder dreirädriger Lieferwagen angebraust, der seine besten Jahre eindeutig hinter sich hatte und fürchterlich qualmte. Der Wagen hielt genau neben ihr, und Bille wedelte hustend mit der Hand vor dem Gesicht. Liebe Güte. Was war das denn für ein abscheuliches Gefährt? Eine der Schwestern trat näher und begrüßte sie lachend.

»Guten Tag. Da haben Sie ja gleich mit unserem feurigen Elias Bekanntschaft gemacht. Der Lieferwagen mag laut knattern und qualmen, aber er leistet uns großartige Dienste.«

Die Autotür öffnete sich, und eine rundliche Klosterschwester mit rosigen Wangen und einer Brille auf der Nase stieg aus.

»Kinder, das war ein wilder Ritt heute«, sagte sie fröhlich. »Da bin ich gerade auf die Platter Straße abgebogen, als mir eines von diesen Militärfahrzeugen entgegenkam. Ich konnte gerade noch ausweichen. Diese jungen Burschen glauben auch, ihnen gehörten die Straßen allein.« Sie schüttelte den Kopf, und ihr Blick blieb an Bille hängen.

»Wen haben wir denn hier?«, fragte sie und musterte Bille von oben bis unten. »Eine neue Schwester? Davon weiß ich ja noch gar nichts. Der Kleidung nach sehen Sie ausgebildet aus, Kindchen. Das ist großartig. Wissen Sie, hier sind die meisten noch grün hinter den Ohren. Anständig ausgebildete Fachkräfte zu bekommen, scheint in dieser Stadt das reinste Hexenwerk darzustellen. Also ich bin Schwester Edeltraut.« Sie hielt Bille die Hand hin, Bille ergriff sie verdutzt. Die Schwester schüttelte sie schwungvoll, ihr Händedruck war so fest, Bille glaubte, sie würde ihr die Finger brechen. Erst durch die Rede von Schwester Edeltraut wurde sie sich bewusst, dass sie noch immer ihre Schwesternuniform trug.

»Ich arbeite gar nicht hier«, antwortete Bille, nachdem die Schwester ihre Hand endlich wieder losgelassen hatte. »Ich bin in der Frauenklinik am Bahnholz tätig und wollte einen unserer kleinen Schützlinge besuchen. Ihr Name ist Anna, bedauerlicherweise ist die Mutter bei der Geburt gestorben.«

»Was ein Jammer, dass Sie nicht für uns arbeiten«, antwortete Schwester Edeltraut. »Wenn Sie möchten, bringe ich Sie zur Säuglingsstation. Wie es der Zufall will, hatte ich dort heute Morgen Dienst. Die Kleine ist ja allerliebst. Was für eine Tragödie, dass ihre Mutter bei der Geburt gestorben ist. Kommen Sie, meine Liebe. Wenn Sie möchten, kann ich Ihnen bei dieser Gelegenheit auch noch das gesamte Anwesen zeigen. Nicht, dass ich Sie von der Frauenklinik abwerben möchte, aber vielleicht gefällt es Ihnen bei uns im Haus ja besser.« Sie zwinkerte Bille verschwörerisch zu.

Bille brachte die herzliche Art der Glaubensschwester zum Schmunzeln. Schwester Edeltraut hatte es mit ihrer einnehmenden Art tatsächlich geschafft, Billes Schwermut für einen Moment zu vertreiben.

Sie betraten das Gebäude, und die Nonne redete nun wie ein Wasserfall, zeigte nach links und nach rechts.

»Nach Kriegsende war es nicht leicht, den Laden wieder zum Laufen zu bringen«, sagte sie, während sie einen langen Flur hinunterliefen. Kindergeschrei war zu hören, eine hochschwangere Frau lief in Begleitung einer Hilfsschwester vorüber. Aus einem der Räume drang ein fröhliches Lachen heraus.

Die hohen Fenster waren gekippt, helles Sonnenlicht fiel auf den blauen Linoleumfußboden. An den Wänden hingen gerahmte Schwarz-Weiß-Fotografien, die die Bewohner des Heimes und die Schwestern aus den unterschiedlichsten Jahrgängen zeigten.

»Aber unsere Oberin, Schwester Chantal, leistet großartige Arbeit. Seit diesem Frühjahr blicken wir wieder optimistischer in die Zukunft. Neben der Säuglingsstation konnten wir auch wieder schwangere Fürsorgezöglinge und leider auch junge Damen mit Geschlechtskrankheiten bei uns aufnehmen. Ich möchte die jungen Fräuleins aber nicht verteufeln. Sie mussten lange Zeit auf viele Freuden des Lebens verzichten, da kann man schon mal schwach werden.« Bille erstaunte die Rede der Schwester. Sie hatte stets geglaubt, dass gerade die Kirche gefallenen Frauen hohe Ablehnung entgegenbrachte. Allerdings hatte sie bisher auch nur die herzliche Schwester Edeltraut kennengelernt.

Schwester Edeltraut öffnete eine Tür zu ihrer Rechten, und sie betraten eines der Säuglingszimmer. In dem Raum standen acht weiße Gitterbettchen an der Wand, darüber ein schlichtes Holzkreuz. Es gab zwei Fenster mit schlichten orangen Vorhängen, die halb zugezogen waren. Gegenüber der Bettchen gab es zwei Wickeltische, eine Säuglingswanne und ein Waschbecken. Mullwindeln, Babypuder und andere Utensilien stapelten sich auf Regalen an den Wänden.

Was Bille auf den ersten Blick auffiel, war eine seltsame Trostlosigkeit. Über den Bettchen hingen keine bunten Mobiles, es gab keine Bilder an den weiß getünchten Wänden. Da erweckte ja die Säuglingsstation in der Frauenklinik einen freundlicheren Eindruck. Dort saßen häufig Kuscheltiere in den kleinen Gitterbettchen, über das eine oder andere hatte eine Mutter ein buntes Mobile gehängt, und die Wände waren in einem freundlichen Gelbton gestrichen. Hier gab es nur kleine Seelen in Gitterbettchen, die mit dem Notwendigsten versorgt wurden und niemals im Leben erfahren würden, wie sich echte Mutterliebe anfühlte. Dieses unpersönliche und nur im praktischen Sinne eingerichtete Zimmer sorgte dafür, dass Billes gutes Gefühl wieder verschwand.

»Hier haben wir die kleine Anna«, riss Schwester Edeltraut sie aus ihren bedrückenden Gedanken. Sie hatte das kleine Mädchen aus dem Bettchen gehoben. Anna war fest in weiße Tücher gewickelt. Sie war wach und sah Bille mit ihren großen blauen Augen an. Ihre wenigen schwarzen Haare standen lustig in die Höhe. Der Anblick der Kleinen sorgte dafür, dass sich in Billes Innerem ein warmes Gefühl ausbreitete, und sie lächelte.

»Hallo, mein Kleines«, begrüßte sie das Mädchen freudig, nachdem Schwester Edeltraut sie ihr in die Arme gelegt hatte. »Ich bin es, Schwester Bille aus der Klinik. Kennst du mich noch? Du bist ja schon wieder gewachsen. Ich sehe es ganz genau.« Sie kitzelte die Kleine am Bauch, was Anna ein fröhliches Glucksen und ein Lächeln entlockte.

»Ich lasse euch beide jetzt allein«, sagte Schwester Edeltraut. »Ich weiß die Kleine ja in fachmännischen Händen. Es steht noch eine weitere Fahrt mit dem feurigen Elias an. Mittwochnachmittag holen wir bei einer der amerikanischen Kasernen immer einen großen Topf Suppe für die Armenspeisung ab. Vielleicht überlegen Sie es sich ja noch mit einem Wechsel zu uns. Ich würde mich freuen. Ansonsten können Sie selbstverständlich jederzeit die kleine Anna besuchen kommen. Kommt nicht oft vor, dass eines der armen Würmchen Besuch bekommt.« Sie schüttelte seufzend den Kopf und verabschiedete sich endgültig.

Nachdem sie fort war, setzte sich Bille mit der kleinen Anna in einen Schaukelstuhl am Fenster und begann, leicht zu schaukeln. Das Mädchen war ganz ruhig und sah sie an. Bille hielt ihr ihren kleinen Finger hing, den sie fest umklammerte. Sie lächelte.

»Wusste ich doch, dass wir beide noch immer Freundinnen sind«, sagte sie. »Ich muss mich bei dir entschuldigen, Kleines, dass ich erst jetzt komme. Ich hätte viel eher nach dir sehen müssen. Aber ich gelobe Besserung. Du wirst keines dieser armen Würmchen sein, die keinen Besuch bekommen. Das verspreche ich dir.« Bille verstummte und betrachtete die kleine Anna voller Wehmut. Was sollte aus ihr nur werden? Und was wäre, wenn sie sich kümmern und die Kleine bei sich aufnehmen würde? Sie kam aus einem privilegierten Haus, es würde ihr an nichts fehlen. Sie würde sie mit all ihrer Liebe überschütten. Sie waren doch beide verlorene Seelen, jede für sich einsam. Vielleicht war es gemeinsam leichter, den Weg in eine neue Zukunft zu gehen.

»Was meinst du, Kleines? Könntest du dir vorstellen, mit mir mitzukommen? Ich nehme dich mit zu mir nach Hause, von wo man auf den Rhein blicken kann. Ich werde dir beibringen, wie man Steine über das Wasser springen lässt.«

Während Bille redete, war sie aufgestanden und hatte das Zimmer verlassen. »Du kannst Oma Maria kennenlernen. Sie ist manchmal schon etwas verwirrt, aber sie liebt Babys. Und unsere Köchin Inge wird dir deine Milch und später deinen Brei zubereiten.«

Sie lief bereits durchs Treppenhaus, und die Tür kam bereits in Sicht, als sie von einer barsch klingenden Stimme angesprochen wurde.

»Hallo, wo wollen Sie denn mit dem Kind hin?«

30. Kapitel

Wiesbaden, 29. Juli 1946

Henni saß neben Bille und Oma Maria auf der Rückbank ihres privaten Wagens und blickte nach draußen. Der im hellen Sommerlicht funkelnde Rhein schaffte es heute nicht, ihre traurige Stimmung zu vertreiben. Die sogenannten Hundstage machten ihrem Namen in diesem Jahr mal wieder alle Ehre. Seit über einer Woche lag Wiesbaden nun schon unter einer Hitzeglocke, die sich mit jedem Tag belastender anfühlte. Für heute waren Unwetter angekündigt, es würde bei der anstehenden Beerdigung von Margot Stellmann also heiß werden. Die Tatsache, dass sie nicht mehr lange zu leben hatte, war ihnen allen bewusst gewesen. Dass es nun jedoch so schnell gegangen war, hatte Henni bestürzt. Vor acht Tagen war Margot nach einem Schwächeanfall ins Krankenhaus gekommen und hatte sich nicht wieder erholt. Am 22. Juli hatte ihr Herz um vier Uhr nachmittags für immer zu schlagen aufgehört. Zurückgeblieben war Gustav, der wie ein Schatten seiner selbst bereits am nächsten Morgen wieder in seinem Pförtnerhaus gesessen hatte. Henni hatte ihn nach Hause schicken wollen, doch er hatte abgewiegelt. Im Haus hielt er es nicht aus, da war überall sie. Henni wusste, dass er sogar im Pförtnerhaus schlief, in dem winzigen Hinterzimmer hatte er sich eine Pritsche aufgestellt, eine der Kantinenmitarbeiterinnen versorgte ihn mit Essen. Sich um die Beerdigung zu kümmern, hatte ihn überfordert, weshalb Henni Wilhelmine beauftragt hatte, alles Notwendige zu organisieren. Einen großen Teil der Belegschaft hatte der Tod von Margot hart getroffen. Selbstverständlich durfte heute jeder Mitarbeiter der Kellerei der Beerdigung auf dem Biebricher Friedhof beiwohnen. Adam hatte fest zugesagt, direkt aus Frankfurt zum Friedhof zu kommen. Seite an Seite würden sie als Ehepaar vor Margots Grab stehen. Adam hatte Gustav selbstverständlich kondoliert, aber er hatte Margot kaum gekannt, der Bezug zu dem Ehepaar fehlte ihm. Henni hatte sich in diesem Moment so sehr gewünscht, dass ihr Großvater noch am Leben wäre. Er hätte sich die Zeit für Gustav genommen, die es gebraucht hätte. Vermutlich hätten die beiden gemeinsam auf der Bank vor dem Haus gesessen, eine Flasche Riesling und einfache Gläser vor sich, und hätten sich angeschwiegen. Das gemeinsame Schweigen war es gewesen, das die beiden stets verbunden hatte. Henni betrachtete Bille, die auf ihrer Seite des Wagens aus dem Fenster sah. Henni hatte sie vor zwei Wochen aus dem Johannesstift abholen müssen. Ihr war versuchte Kindsentführung zur Last gelegt worden. Doch so recht hatte das niemand beweisen können, und Bille hatte sich damit herausgeredet, mit der Kleinen nur mal kurz an die Luft gewollt zu haben, da es in dem Zimmerchen doch so stickig gewesen sei. Sie hatten sie gehen lassen müssen.

»Ich hätte sie mitgenommen«, hatte Bille nach einem langen Schweigen und drei geleerten Weingläsern im letzten Licht der untergehenden Sonne auf der Terrasse zu Henni gesagt. »Ich wäre ihr eine richtige Mutter gewesen.« Tränen waren über ihre Wangen gelaufen, und Henni hatte ihre kleine Schwester in den Arm genommen und die Worte ausgesprochen, die in solchen Momenten wie eine Lüge klangen: »Es wird alles wieder gut.«

Doch würde es das für Bille werden? Sie hatte ihr Kind verloren, der Mann, den sie liebte, galt als verschollen. Sie schwankte durch dieses neue Leben und brauchte Halt. Doch Henni fehlte die Kraft, um ihn ihr so zu geben, wie sie es sich wünschte, denn sie selbst stand nicht auf festem Boden. Drei Tage nach dem Vorkommnis im Johannisstift hatte Bille ihre Anstellung in der Frauenklinik gekündigt. Henni hatte ihr dazu geraten. Sie sollte erst einmal zur Ruhe kommen. Sich mit Müttern und Säuglingen zu umgeben, schien in der jetzigen Situation keine gute Idee zu sein. Die Zeit würde zeigen, wie es weiterginge.

»Wo fahren wir gleich noch mal hin?«, fragte Oma Maria und wedelte sich mit einem Taschentuch Luft zu, das sie aus ihrer Handtasche gezaubert hatte. »Kinder, ist das heiß heute. Kann mir mal jemand erklären, weshalb wir bei dieser Hitze alle Schwarz tragen müssen? Es ist doch keiner gestorben.«

»Leider ist doch jemand gestorben«, war Bille diejenige, die ihre Großmutter aufklärte, wofür Henni ihr in diesem Moment dankbar war. »Wir fahren doch zur Beerdigung von Margot Stellmann. Sie ist an Krebs gestorben.«

»Ach, ja richtig, ich vergaß«, antwortete Oma Maria rasch und fügte hinzu: »Die gute Margot. Was für eine Tragödie.«

»Ja, das ist es«, antwortete Bille und seufzte.

Im nächsten Moment hielt der Wagen. Sie hatten ihr Ziel erreicht. Der Fahrer öffnete ihnen die Autotür und reichte Oma Maria hilfreich die Hand.

Vor der im Schatten einiger Laubbäume gelegenen Trauerhalle hatte sich bereits eine recht ansehnliche Trauergesellschaft versammelt. Viele der Anwesenden waren Belegschaftsmitglieder der Kellerei, aber es waren natürlich auch andere Freunde und Wegbegleiter von Margot anwesend. Lisbeth fehlte jedoch. Henni sah sie zurzeit kaum noch. In der Familienvilla war sie seit Tagen nicht mehr gewesen. Sie vermutete, dass sie bei Ella untergekrochen war, um nach dem Tod von Richard Bertram ihre Wunden zu lecken. Doch allzu lang würde sie dort vermutlich nicht mehr bleiben können, denn soweit Henni wusste, plante Ella ihre Auswanderung nach Amerika.

Adam hielt sich rechter Hand der Trauerhalle im Schatten einer Linde auf und zog nervös an einer Zigarette. Er trug einen schwarzen Anzug und hatte sein braunes Haar mit glänzender Pomade nach hinten gekämmt. Henni kam er seit einiger Zeit seltsam verändert vor. Er war oft fahrig und erschien unkonzentriert. Mehrfach hatte er sie auf Lisbeth angesprochen. Irgendetwas musste vorgefallen sein, worüber Adam jedoch nicht mit ihr reden wollte. Sie hatte darüber nachgedacht, Lisbeth bei ihrer nächsten Begegnung darauf anzusprechen. Henni begrüßte Adam mit dem üblichen Kuss auf die Wange.

»Schön, dass du gekommen bist«, sagte sie. »Gustav wird es dir hoch anrechnen.«

»Unser Pförtner, wie nett«, antwortete er mit überheblich klingender Stimme.

»Du weißt, dass Gustav weit mehr als unser Pförtner ist. Er ist seit vielen Jahrzehnten die gute Seele der Kellerei und wurde sowohl von meinem Vater als auch meinem Großvater sehr geschätzt. Meine Großeltern waren mit Gustav und Margot sogar enger befreundet.«

»Richtig, ich vergaß. Dein Großvater, der Weltverbesserer«, antwortete Adam, sein Tonfall war noch immer abfällig.

»Weshalb bist du so zynisch?«, fragte Henni und sah ihn an. »So kenne ich dich gar nicht. Seit Tagen verhältst du dich bereits so seltsam.«

Adams Miene verfinsterte sich, und er funkelte Henni wütend an.

»Wenn dir mein Umgangston nicht gefällt, dann lass es«, blaffte er sie an. »Ich hätte gar nicht erst herkommen sollen. Deine Leute sehen mich doch gar nicht als ihren Chef an und fragen sich sowieso, was der arrogante Bänker, der keine Ahnung von Sekt hat, hier will.«

Erste neugierige Blicke fielen auf sie, und Henni schloss für einen kurzen Moment die Augen, um sich zu beruhigen. Jetzt war weiß Gott nicht der richtige Zeitpunkt für einen Streit.

»Was ist vorgefallen?«, fragte sie, ohne auf sein Gerede einzugehen. »Hattest du wieder ein unangenehmes Gespräch mit deinem Vater?«

»Nein, er ist vor drei Tagen zu einem Geschäftstermin nach Bern abgereist und kommt erst heute Nachmittag zurück.« Er atmete kurz tief durch. »Entschuldige bitte«, lenkte er nun ein. »Mir ist heute Morgen ein wichtiges Geschäft durch die Lappen gegangen, und das hat mich wütend gemacht. Ich wollte nicht unhöflich sein. Kommt Lisbeth auch noch? Wie geht es ihr überhaupt? Ich habe sie jetzt lange nicht mehr gesehen. Ich dachte, sie wolle sich in der Kellerei mehr einbringen.« Er ließ seinen Blick über die anwesenden Trauernden schweifen. Henni machte die erneute Erkundigung nach Lisbeth stutzig. Sie kam jedoch nicht mehr dazu, das Gespräch weiterzuführen, denn Wilhelmine trat näher.

»Hier sind Sie, Fräulein Henni. Gut, dass ich Sie finde. Ich hätte da noch ein Anliegen. Könnten Sie vielleicht als Firmenchefin noch einige Worte am Grab sagen? Das würde Gustav gewiss stolz machen. Der arme Mann ist so schrecklich mitgenommen. Ich sag es Ihnen, wenn ich mich nicht um seine Garderobe gekümmert hätte, da wär der in seiner einfachen Arbeitsklamotte gekommen.« Sie deutete auf Gustav, der einen adretten schwarzen Anzug trug und gerade die Beileidsbekundungen eines Kellereimitarbeiters und seiner Ehefrau entgegennahm.

»Das hatte ich sowieso vor«, antwortete Henni. »Ich hatte mir bereits einige Notizen dazu gemacht. Es wird bestimmt eine schöne Abschiedszeremonie. Vielen Dank noch mal, dass Sie sich so großartig kümmern, Frau Gabler. Ich wüsste gar nicht, was ich ohne Sie tun sollte.«

Sie schenkte der Sekretärin ein Lächeln.

»Ach, das ist doch selbstverständlich«, antwortete Wilhelmine sichtlich gerührt über das Lob. »Das hätte doch jeder getan. Wir Herzberger müssen doch zusammenhalten, nicht wahr?«

Wir Herzberger, wiederholte Henni die von Wilhelmine benutzte Formulierung in Gedanken. Als wären sie alle eine große

Familie. Das waren sie ja auch mal, nur in den letzten Monaten waren sie arg gebeutelt worden. Ob und wie sie dem noch immer vorherrschenden strammen Wind, der auch ein Sturm werden könnte, standhalten würden, war ungewiss.

Der Pfarrer erschien, und es ging in die Trauerhalle. Es waren so viele Menschen erschienen, dass gar nicht alle im Inneren Platz fanden. Auf Margots Sarg lag ein aus weißen Lilien und rosa Rosen bestehendes Gesteck, daneben standen auf Ständern noch einige Kränze. Es war ein tröstliches Blumenmeer, das Margot, die sich stets rührend um ihren kleinen Garten gekümmert hatte, gewiss gefallen hätte. Bevor die kurze Zeremonie begann, umarmte Henni Gustav noch einmal und sprach ihm erneut ihr Beileid aus. Der arme Mann war ganz blass um die Nase, seine Augen waren umschattet. Das Schicksal hatte es nicht gut mit ihm gemeint. Der Pfarrer fand ebenfalls tröstende Worte, und Henni hielt ihre Trauerrede, in die sie einige Anekdoten und liebevolle Erinnerungen an Margot hineingepackt hatte. Sie sah dabei immer wieder zu Gustav, der nun ganz ungeniert seinen Tränen freien Lauf ließ.

Später folgte die Trauergruppe dem Sarg über den hübschen Friedhof, vorbei an ansehnlichen Familiengräbern.

Henni hatte sich bei Adam eingehängt, Bille und Oma Maria liefen neben ihnen. Oma Maria berichtete recht eifrig von der Beerdigung ihres Großonkels Erwin mütterlicherseits, der an einem ähnlich schwülwarmen Tag beerdigt worden sei. Hennis Blick wanderte sorgenvoll gen Himmel, aber noch waren nur harmlos aussehende Quellwolken auszumachen, die kein größeres Unwetter vermuten ließen. Auch am Grab hielt das Wetter. Leider lag die Grabstätte von Margot in der prallen Sonne, was dazu führte, dass Henni regelrecht erleichtert darüber war, als der Pfarrer endlich zum Ende kam. Der Schweiß rann ihr den Rücken hinunter, sie glaubte zu zerfließen. Nachdem sie ihre mitgebrachte und bereits recht welke Rose in das offene Grab geworfen und sich leise von Margot verabschiedet hatte, war sie froh darüber, in den Schatten einer Hecke fliehen zu können.

Dort stand bereits eine Frau mittleren Alters, das schweißnasse Haar klebte an ihrer Stirn, gerade tupfte sie sich mit einem Taschentuch den Schweiß ab.

»Guten Tag«, grüßte sie freundlich. »Was für eine Hitze das heute mal wieder ist. Obwohl ich weiß, dass Margot solche Tage stets mochte. Ihr konnte es nie heiß genug sein. Sie hätte an ihrem Beerdigungswetter die reinste Freude gehabt. Ich kannte Margot mein ganzes Leben lang. Wir sind im selben Haus aufgewachsen und miteinander zur Schule gegangen. Ach, ich weiß noch, wie verliebt sie damals in ihren Gustav war. Ich war als junges Mädchen ja immer ein bisschen neidisch auf sie, denn sie war die Hübschere von uns beiden. Mein Name ist übrigens Rosa. Rosa Müller.«

Sie reichte Henni die Hand und sah sich kurz um, in ihrem Blick lag plötzlich etwas Verschwörerisches.

»Ich bin in meinem Beruf als Hausdame an Diskretion gewöhnt, aber ich denke, weil wir uns jetzt hier so zufällig treffen, sollte ich es Ihnen doch sagen, Frau Malzer. Margot hat immer gesagt, dass Sie für sie immer das Fräulein Herzberg bleiben würden. Aber egal. Also, was ich sagen wollte: Ich war als Hausdame bei Richard Bertram tätig, und da bekommt man ja schon so einige Dinge mit. Ich hab mit Margot darüber geredet, und sie hat gesagt, dass ich zu Ihnen gehen soll. Aber wenn das die Runde macht, ist mein guter Ruf dahin.«

Henni sah die Frau irritiert an.

»Aber andererseits ist das schon richtig, wenn ich den Mund aufmache. Indiskret hin oder her. Sie haben solch eine schäbige Behandlung weiß Gott nicht verdient. Die gute Margot hat immer so lieb von Ihnen und auch von Ihrem Großvater gesprochen. Obwohl ich mir nicht sicher bin, ob Ihre werte Frau Schwester ohne den Herrn Bertram noch in der Lage ist, ihr Vorhaben in die Tat umzusetzen. Immerhin war er ja ein renommierter Anwalt.«

Henni wurde nun ungeduldig. »Zu was in der Lage ist? Von was für einem Vorhaben reden Sie bitte?«

»Na, davon, dass Ihnen Ihre Schwester die Firma wegnehmen und Sie erpressen möchte. Sie will die Lüge in die Welt setzen, dass Ihr Ehemann, na Sie wissen schon, dass er mit Männern …« Sie sah Henni vielsagend an. »Das wäre ein Skandal, dadurch wäre die Kellerei Herzberg doch ruiniert.«

Henni sah die Frau mit großen Augen an. Schlagartig beschleunigte sich ihr Herzschlag, und ihre Hände begannen zu zittern. Daher wehte also der Wind. Lisbeth wusste, dass Adam Männer liebte. Und er wusste, dass Lisbeth es wusste. Sie sah in seine Richtung. Deshalb fragte er ständig nach ihr und verhielt sich so seltsam. In diesem Moment wusste Henni, dass sie handeln musste, und zwar sofort, sonst würde sie die Sektkellerei für immer verlieren.

31. Kapitel

Wiesbaden, 29. Juli 1946

Henni stand in Unterwäsche vor der geöffneten Tür ihres Kleiderschranks und dachte darüber nach, welche Kleidung für ihr Vorhaben am besten geeignet schien. Sie musste geschäftsmäßig und willensstark wirken, schließlich ging es hier um ihr Familienerbe. Ihr Blick wanderte zu einem dunkelblauen knielangen Bleistiftrock, den sie seit einer gefühlten Ewigkeit nicht mehr getragen hatte, weil er ihr stets zu bieder gewesen war. Jetzt erschien er ihr passend. Dazu eine schlichte weiße Bluse und elegante Pumps.

Sie hatte nach dem Gespräch mit Bertrams Hausdame das Gehörte erst einmal verarbeiten müssen. Anfangs hatte sie gedacht, dass sie ohne Umschweife mit Adam darüber reden müsse, doch dann war sie zu dem Entschluss gekommen, dass ihr das nicht weiterhelfen würde. Adam war, wie sie selbst, nur eine Marionette in dem Spiel seines Vaters. Philip Malzer war derjenige, der es beenden konnte. Also musste sie mit ihm reden, und zwar allein. Sie musste ihm das Messer auf die Brust setzen und ihm klar machen, dass ein Skandal, wie ihn Lisbeth verursachen könnte, nicht nur das Ende der Kellerei bedeuten würde, sondern auch den Ruf der Malzers dauerhaft schädigen könnte. Nur so konnte sie ihn davon überzeugen, sie und die Kellerei freizugeben. Sie musste ihn bei seiner eigenen Ehre packen.

Genau in dem Moment, als sie den Rock vom Kleiderbügel nahm, klopfte es an die Tür, und Henni zuckte erschrocken zusammen.

»Ich bin es, Bille. Kann ich reinkommen?«

Ohne eine Antwort abzuwarten, trat Bille ein. Sie hatte das schwarze Etuikleid, das sie zur Beerdigung getragen hatte, abgelegt und trug nun ein ärmelloses hellblaues Sommerkleid aus einem leichten Baumwollstoff. Bille ließ sich aufs Bett fallen und fragte: »Wieso bist du von dem Leichenschmaus so schnell weg? Wir hatten dich noch überall gesucht.« Ihr Blick blieb an dem dunkelblauen Rock in Hennis Händen hängen.

»Ist der nicht zu warm? Draußen kocht die Luft, und bedauerlicherweise ist weit und breit nichts von dem angekündigten Regen in Sicht. Wieso wählst du nicht etwas Luftigeres? Hast du noch Pläne?«

Henni dachte kurz daran, Bille die Wahrheit zu sagen. Doch dann verwarf sie den Gedanken wieder. Ihre kleine Schwester hatte genug eigenen Kummer, sie wollte sie nicht auch noch mit dem ihren belasten.

»Ich hatte das beinahe vergessen«, zauberte sie also eine kleine Lüge aus dem Hut. »Ich habe heute noch einen Geschäftstermin mit einem größeren Abnehmer in Frankfurt. Ein Geschäftsessen mit lauter Wichtigmachern. Ich dachte, ich müsse möglichst adrett aussehen. Der Rock erschien mir passend.«

»Dafür ist er es«, antwortete Bille. »Schön bieder. Ist das alles?« Sie sah ihre Schwester fragend an. »Du verbirgst doch etwas vor mir. Ich erkenne es an deiner Nasenspitze.«

Henni hatte es geahnt. Wie hatte sie auch nur einen Augenblick annehmen können, dass sie Bille belügen könnte. Ihre kleine Schwester hatte schon immer ein gutes Gespür dafür gehabt, wenn jemand die Unwahrheit sagte.

»Es geht um die Zukunft der Kellerei«, sagte Henni und spürte, wie sich in ihrem Hals ein dicker Kloß bildete. Sie hängte den Rock über einen Stuhl und setzte sich neben Bille aufs Bett. »Ich muss dringend mit Philip reden. Lisbeth weiß davon, dass Adam und ich eine Scheinehe führen, und sie will mich damit unter Druck setzen. Anscheinend will sie die Kellerei für sich allein haben.« Henni erklärte die Zusammenhänge.

»Also steckt hinter all dem eigentlich Philip, der es nicht ertragen kann, dass sein Sohn Männer liebt und ihm keine glücklichen Erben schenkt?«, fasste Bille Hennis Rede kurz zusammen.

»Richtig. Er erpresst mich und Adam. Aber so kann es jetzt nicht mehr weitergehen. Ich weiß nicht, was Lisbeth genau plant, aber ich muss ihr zuvorkommen und ihr den Wind aus den Segeln nehmen. Und das geht nur, wenn Adam und ich so schnell wie möglich unsere Trennung offiziell bekanntgeben. Oh, ich war so dumm. Ich hätte mich niemals auf diese Scharade einlassen sollen. Gewiss hätte sich noch ein anderer Geldgeber gefunden. Ich hätte Philips Drohungen niemals für bare Münze nehmen sollen.«

Henni hatte hektisch damit begonnen, ihre Nylonstrümpfe anzuziehen, zerrte zu sehr an dem einen und riss glatt ein Loch hinein. »So ein verdammter Mist aber auch.« Sie schleuderte den Strumpf in die Ecke und begann nun zu weinen. »Das ist doch alles sinnlos. Wir sollten die Kellerei verkaufen und irgendwo ganz von vorne anfangen. Ich werde nie die perfekte Firmenchefin sein können. Ich bin so eine bescheuerte Kuh.« Sie wischte sich die Tränen von den Wangen und zog die Nase hoch.

»Die bist du bestimmt nicht«, antwortete Bille. »Und das weißt du auch. Dumm ist Philip Malzer, weil er denkt, er könnte das mit uns machen. Aber so hat er nicht mit uns Herzberg-Mädels gewettet. Ich werde dich als Anteilseignerin der Kellerei gerne begleiten, und dann lesen wir diesem alten Herrn mal die Leviten.« Sie verschränkte die Arme vor der Brust, und ihr Gesichtsausdruck war entschlossen. Ihre Reaktion erstaunte Henni. So viel Unterstützung hatte sie sich von Bille nicht erwartet, hatte diese doch zurzeit weiß Gott genug eigene Probleme.

»Danke dir, meine Liebe«, sagte sie. »Es hat gutgetan, mit jemanden zu reden und endlich alles rauslassen zu können. Aber zu Philip muss ich allein gehen. Ich schaffe das schon. Dieses Mal werde ich gewinnen.«

»Das klingt schon eher nach meiner großen Schwester«, antwortete Bille und lächelte. »Der stärksten und mutigsten Person, die ich jemals kennengelernt habe.«

Henni rührten Billes Worte, und sie nahm sie in den Arm und streichelte ihren Rücken. Es war so wunderbar, die kleine Schwester wieder bei sich haben zu dürfen. Ein Geschenk und wahres Glück, das sie jeden Tag schätzen musste. Andere kamen niemals wieder.

»Danke fürs Zuhören und Mutmachen, Kleines«, sagte sie.

»Immer gern«, antwortete Bille. »Wir zwei müssen doch zusammenhalten.« Sie verstummte kurz, dann sagte sie plötzlich: »Ich würde so gerne sagen, wir drei müssen doch zusammenhalten. Aber das wird niemals passieren, oder? Sie wird immer gegen uns arbeiten.«

»Ich weiß es nicht«, antwortete Henni ehrlich. »Ich wünschte auch, es wäre anders. Aber es ist nun einmal, wie es ist, und wir müssen das Beste daraus machen. Und vielleicht versteht ja auch Lisbeth eines Tages, dass wir eine Familie sind und das alles ist, was wir noch haben. Wir sollten die Hoffnung nicht aufgeben.«

Einige Stunden später stieg Henni aus ihrem Wagen vor dem privaten Wohnsitz von Philip Malzer. Dieser lag nicht in Frankfurt, sondern in dem kleine Taunusstädtchen Kronberg, das mit seiner idyllischen Altstadt rund um die Kronberger Burg bezauberte. Die im Jugendstil erbaute Villa lag am Rand des hübsch angelegten Victoriaparks. Das Haus besaß einen Eckturm, einen Erker und eine Veranda, dazu loggiaartige Anbauten. Umgeben war es von einem großen Garten mit altem Baumbestand.

»Hübsch ist es hier«, sagte Herbert Beck, der Henni gefahren hatte, und nahm seine Chauffeur-Mütze ab. Sein graues Haar klebte vom Schweiß nass an seiner Stirn. »So lässt es sich leben.«

Er ließ seinen Blick über die nicht weniger gediegenen Villen in der Nachbarschaft bis zum Park schweifen. Im nächsten

Moment fiel ihm ein, dass er sich gerade für einen Chauffeur nicht gerade gebührlich verhielt.

»Entschuldigen Sie bitte, Fräulein Henni. Ich sollte so nicht reden.«

»Aber du hast doch recht, Herbert«, antwortete Henni. »Also kannst du es ruhig laut aussprechen. Möchtest du vielleicht im Park auf meine Rückkehr warten?« Sie deutete auf eine lauschige Bank, die am Ufer eines kleinen Sees im Schatten einer alten Linde stand.

Henni sah ihm nach, wie er zu der Bank ging und sich setzte. Sein Anblick machte ihr plötzlich das Herz schwer. Sollte sie diesen Kampf verlieren, müsste sie auch ihn auf die Straße setzen. Wie würde ihr Leben ohne die Kellerei aussehen? Wer wäre sie dann in dieser Welt? Sie schob die trüben Gedanken beiseite, wandte sich um und straffte die Schultern. So sollte sie nicht denken. Dieser Kampf war noch nicht verloren.

Nachdem sie geläutet hatte, dauerte es einen Moment, dann wurde sie auf das Gelände gelassen, in dem sich das schmiedeeiserne Tor wie durch Zauberhand von allein öffnete.

Sie lief die bekieste Auffahrt hinauf, rechter und linker Hand lagen gepflegte Beete, in denen wunderschöne Rosen in Hülle und Fülle blühten. Auf einer Rasenfläche saß eine grau getigerte Katze und sah sie aus müden Augen an. Als sie den Eingang erreichte, öffnete sich die schwere und mit Schnitzereien verzierte Eingangstür, und ein älterer Butler begrüßte sie mit einer kurzen Verbeugung. In seiner Stimme lag ein sonorer Unterton.

»Guten Abend, Frau Malzer. Bitte treten Sie näher. Der Herr erwartet Sie in der Bibliothek.«

Henni folgte dem Butler durch das düster erscheinende Treppenhaus. Die Bibliothek beeindruckte durch die bis zur Decke reichenden Bücherregale. Licht fiel durch bodentiefe Terrassenfenster in den Raum.

Philip Malzer stand, die Hände auf dem Rücken verschränkt, am Fenster und wandte sich erst um, nachdem der Butler den Raum verlassen hatte. Er trug ein weißes Hemd mit hochgekrempelten Ärmeln, dazu eine dunkelblaue legere Stoffhose. Seine nackten Füße steckten in leichten Schlappen.

»Henni, meine Liebe«, begrüßte er sie mit einer kurzen Umarmung und einem Kuss auf die Wange. »Was führt dich denn zu mir? Ich dachte, heute sei die Beerdigung einer eurer Mitarbeiterinnen. Sie war die Gattin des Pförtners, nicht wahr? Adam hat mir davon erzählt. Der Krebs ist eine Bestie.« Sein Blick wanderte kurz zu dem Gemälde über dem Kamin, das ihn zusammen mit seiner verstorbenen Frau Ruth zeigte. Kurz blitzte Traurigkeit in seinem Gesicht auf, doch sie verschwand so rasch, wie sie gekommen war.

»Was kann ich für dich tun? Möchtest du etwas trinken? Sherry vielleicht? Oder etwas Erfrischendes? Ich kann die hausgemachte Limonade meiner Küchenchefin empfehlen. Bei dieser Hitze ist sie eine Wohltat.«

»Ich möchte nichts«, antwortete Henni und straffte die Schultern. Nun galt es. »Es ist auch kein Höflichkeitsbesuch, den ich dir heute abstatte.«

»Das dachte ich mir schon«, antwortete Philip. Seine Miene war ausdruckslos wie die eines Pokerspielers. In Hennis

Gesicht konnte er gewiss wie in einem offenen Buch lesen. Sie war noch nie gut darin gewesen, ihre Emotionen zu verbergen.

»Ich möchte, dass Adam und ich morgen unsere offizielle Trennung bekanntgeben«, sagte sie. »Diese Ehe ist eine Farce, und es hätte sie niemals geben sollen. Ich hätte mich niemals darauf einlassen dürfen. Wenn wir jetzt nicht rasch handeln, dann wird nicht nur die Herzbergkellerei einen Skandal erleben, der sich gewaschen hat, sondern auch der Name Malzer wird beschmutzt werden und dauerhaft Schaden nehmen.«

»Und wieso sollte das geschehen?«, fragte Philip, der sich auf die Lehne eines der Sofas gesetzt hatte. In seinem Blick lag nun etwas Lauerndes.

»Meine Schwester Lisbeth weiß von Adams Homosexualität, und sie wird diese Information gegen uns verwenden. Wenn sie Adams Neigungen öffentlich macht, dann wissen wir beide, was passieren wird.«

»Und wieso sollte sie das tun?«, hakte Philip nach.

»Sie will, dass ich ihr meine Anteile an der Kellerei überschreibe. Dann kann sie als Hauptanteilseignerin tun und lassen, was sie will.«

»Vor einem kleinen Licht wie deiner Schwester fürchte ich mich nicht«, antwortete Philip gelassen. »Sie wird ihre Drohung gewiss nicht wahrmachen. Und nun beruhigst du dich am besten wieder«, sagte er beschwichtigend. »Du kümmerst dich in den nächsten Wochen um deine Hauptaufgabe. Diese schmale Taille soll endlich rund werden, und ich werde mich um deine Schwester bemühen. Nach einem klärenden Gespräch mit einem meiner Angestellten wird sie gewiss kooperativer sein. Personen wie sie sollten in diesem neuen Deutschland äußerst vorsichtig sein. Findest du nicht?«

Henni wusste, dass er auf Lisbeths Nazivergangenheit anspielte. Lisbeth hatte sich gut aus der Affäre gezogen, aber durch Malzers Einfluss könnte sich das Blatt für sie rasch wieder wenden. Sie erkannte, dass sie verloren hatte. Wie hatte sie nur so dumm sein und glauben können, sie könnte Philip auf diesem Weg dazu bewegen, sie freizugeben? Von Verzweiflung getriebene Wut breitete sich in ihr aus, und sie ballte die Fäuste.

»Das alles wirst du irgendwann bereuen«, antwortete sie, machte auf dem Absatz kehrt und rauschte davon. Als sie wieder vor dem Haus stand, atmete sie tief durch, um sich innerlich zu beruhigen.

Herbert Beck stand neben dem Wagen und fragte: »Wieder zurück nach Wiesbaden?«

Es war so eine alltägliche Frage, die er so oft schon gestellt hatte, doch seine Worte trieben ihr nun die Tränen in die Augen. Sie wischte sie rasch fort und antwortete: »Ja, bitte. Bring mich bitte in die Kellerei.«

Die Rückfahrt nach Wiesbaden gestaltete sich schwieriger als gedacht. Sie gerieten kurz hinter Kronberg in eine Straßensperrung, da von der Militärregierung irgendein Flüchtiger gesucht wurde.

»Was soll das denn nun werden?«, rief Herbert verärgert und hupte sogar mehrfach, was ihm jedoch nur eine Rüge eines GI einbrachte. Es dauerte zwei endlos lange Stunden, bis sie schließlich weiterfahren konnten. Doch ihre Odyssee war damit noch nicht beendet, denn kurz darauf brach dann doch das angekündigte Unwetter los, und es fielen vor ihnen mehrere Bäume auf die durch den Taunuswald führende Straße. Einer von ihnen hätte beinahe ihren Wagen getroffen. Gerade so hatte Herbert es noch geschafft zu bremsen. Regen und Hagel prasselten auf das Autodach, und Blitze zuckten über den Nachthimmel. Henni beobachtete voller Angst das Naturschauspiel, und Herbert hatte sich alle Mühe gegeben, sie mit Worten zu beruhigen, aber auch ihm war die Anspannung anzumerken. Irgendwann weit nach Mitternacht hatten sie doch noch die Wiesbadener Stadtgrenze erreicht, und Henni hatte erleichtert aufgeatmet.

»Es tut mir so schrecklich leid, dass das jetzt eine solch fürchterliche Rückfahrt war, Fräulein Henni«, entschuldigte sich Herbert. »So etwas hab ich während meiner langen Zeit als Chauffeur noch nie erlebt. Das können Sie mir glauben.«

»Du musst dich doch nicht bei mir entschuldigen«, beschwichtigte Henni. »Wir können froh sein, dass uns keiner der Bäume auf das Auto gefallen ist. Du hast großartig reagiert.«

»Vielen Dank, Fräulein Henni«, freute sich Herbert über das Lob und fragte: »Wo soll es denn nun hingehen? Wollen Sie trotzdem noch in die Kellerei oder doch lieber nach Hause?«

Henni überlegte kurz, dann antwortete sie: »Bitte fahren Sie mich trotzdem noch in die Kellerei.« Sie wusste nicht genau, weshalb sie dorthin wollte, doch sie verspürte eine innere Unruhe und den Drang, noch einmal nach dem Rechten zu sehen. Als sie sich dem Kellereigelände näherten, sah sie es schon von Weitem: Eine dichte Rauchwolke hing über dem Hauptgebäude. Bimmelnd fuhren einige Feuerwehrautos an ihnen vorüber. Als sie näher kamen, sah Henni voller Entsetzen, dass die Büroräume im ersten Stock lichterloh in Flammen standen.

32. Kapitel

Frankfurt, 2. August 1946

Wie viele Tragödien ertrug ein einzelner Mensch? Diese Frage stellte sich Henni, während sie an der Seite von Bille zum Ausgang des Frankfurter Hauptfriedhofs lief. Für Anfang August war es ein kühler Tag. Der Himmel war bedeckt, und es wehte ein unangenehm frischer Wind.

Vor ihnen lief Philip Malzer in gewohnt aufrechter Haltung. Er hatte am Grab seines Sohnes keine Regung gezeigt, sein Gesicht war starr geblieben. Henni hatte ihm immer wieder verstohlene Blicke zugeworfen. Was war diesem Mann durch den Kopf gegangen, während der Pfarrer tröstende Worte an sie richtete und ihnen die Hände schüttelte? Adam Malzer hatte sich an jenem Abend in der Kellerei selbst in den Kopf geschossen. Den Brand hatte eine Zigarettenkippe verursacht, die in einen Papierkorb gefallen war. So war es jedenfalls von den Ermittlern kommuniziert worden.

Henni traf Adams Tod trotz all der widrigen Umstände bis ins Mark. Er war ihr jahrelang ein treuer Freund gewesen und hatte es nicht verdient, auf eine solch traurige Art aus dem Leben zu scheiden. Wie es nun weitergehen sollte, wusste Henni nicht. Was würde Philip Malzer nun tun? Wenn er sein Geld zurückforderte, würde das das endgültige Aus für die Kellerei bedeuten. Die Kellerei, die durch das Feuer ihr Herzstück verloren hatte. Henni hatte noch immer vor Augen, wie die Flammen aus dem Büro ihres Vaters und Großvaters loderten. Um sie herum waren hektisch Feuerwehrmänner gelaufen, hatten Schläuche ausgerollt, mit den Löscharbeiten begonnen. Neben ihr hatte Gustav in seinem blau-weiß gestreiften Pyjama gestanden und ebenfalls fassungslos in die Flammen geblickt. Herbert hatte nicht untätig rumstehen wollen und einem der Feuerwehrmänner seine Hilfe angeboten, doch sie hatten ihn fortgeschickt. Zu diesem Zeitpunkt hatte Henni noch nicht gewusst, dass Adams Leichnam sich noch im Inneren des Gebäudes befand. Dass er sich das Leben genommen hatte. Vermutlich aus Verzweiflung, weil er nicht mehr weiter gewusst hatte. Es war richtig, Philip Malzer die Hauptschuld an seinem Tod zu geben. Er hatte seinen Sohn nicht so akzeptiert, wie er war, und ihn durch sein Tun dazu getrieben, diese unvorstellbare Tat zu begehen. Lisbeths Drohungen hatten das Fass am Ende zum Überlaufen gebracht. Henni trauerte um einen Freund, der keinen anderen Ausweg mehr gesehen hatte, als sich in den Kopf zu schießen.

Sie erreichten den Ausgang des Friedhofs. Herbert öffnete wortlos die Tür ihres Wagens, und Henni und Bille stiegen ein. Herbert setzte sich hinter das Steuer. Er startete den Wagen und fuhr los. Er wusste, wo es hingehen würde. Zu Adams Villa nach Sachsenhausen, wo der Leichenschmaus geplant war. Henni wäre am liebsten ferngeblieben, doch als Witwe konnte sie das nicht tun.

»Weißt du etwas von Lisbeth?«, fragte Bille irgendwann.

Henni schüttelte den Kopf. »Bedauerlicherweise nein. Vermutlich verkriecht sie sich noch immer bei Ella. Mir fehlt allerdings im Moment die Kraft für ein klärendes Gespräch mit ihr. Es ist alles so verfahren.«

Bille nahm Hennis Hand und drückte sie fest. Sie wussten, dass es das Gespräch mit Lisbeth würde geben müssen, denn so konnte es nicht weitergehen. Lisbeth konnte nicht immer gegen sie arbeiten. Allerdings fragte sich Henni inzwischen, ob sie eine Aussöhnung überhaupt noch haben wollte. Würde sie die Geduld dazu haben, um Lisbeths Wankelmütigkeit für immer zu ertragen? Oder wäre es nicht sinnvoller, ein für alle Mal mit ihr zu brechen? Sie hatte darüber nachgedacht, Lisbeth auszubezahlen und ihren Anteil an der Kellerei zu übernehmen. Dann wäre ihre Schwester frei und könnte endgültig tun und lassen, was sie wollte, und sie hätten nichts mehr miteinander zu tun. Allerdings würde sie die Auszahlung viel Geld kosten, und sie wusste nicht, ob sie dieses im Moment würde aufbringen können. Das Hauptgebäude musste nach dem Brand saniert werden, einen ersten Kostenvoranschlag der Baufirma würde sie morgen erhalten. Da der Brand zwar auf einen Unfall, aber dennoch auf Selbstverschulden durch Adam zurückzuführen war, könnte es durchaus sein, dass die Versicherung nicht bezahlte. Ihr graute vor der auf sie zukommenden Bürokratie.

»Gerade jetzt würde ich mir wünschen, Georg wäre hier«, sprach Henni ihre Sehnsucht nun laut aus. Sehnsucht nach einem Menschen, dem sie vertrauen konnte, den sie liebte. Sie hatte Georg einfach so gehen lassen und nicht um ihn gekämpft. Wieso? Weil sie feige gewesen war? Alles um sie herum hatte sich übermächtig angefühlt. Sie war wie eine Marionette gewesen in einem Spiel, in dem sie sich an die Regeln anderer gehalten hatte. Ihr Großvater hätte sie dafür gehasst. Oder vielleicht doch nicht? Immerhin hatte sie es für die Kellerei getan. Und dafür hätte auch er jedes Opfer gebracht.

Bille antwortete nicht, sondern drückte nur noch einmal ihre Hand, wofür Henni dankbar war. Alle tröstenden Worte hätten sich in diesem Moment nur wie hohle Phrasen angehört.

Sie erreichten Adams Anwesen, und der Wagen hielt direkt vor dem Eingangsportal.

»Auf in den Kampf«, sagte Henni zu Bille, nachdem Herbert ihr die Autotür geöffnet hatte, und ergriff seine Hand, die er ihr hilfreich hinhielt.

Überall in der weitläufigen Eingangshalle standen Trauergäste. Bedienstete verteilten Sekt und Orangensaft an die Anwesenden. Es herrschte eine gedrückte Stimmung, und man redete nur leise. Henni wurden verstohlene Blicke zugeworfen, sie glaubte zu spüren, dass die Menschen wussten, dass sie keine richtige trauernde Witwe war. Sie wünschte, sie könnte gleich wieder gehen. Immerhin befanden sich unter den Trauergästen auch einige Angestellte der Kellerei, darunter Wilhelmine und ihr neuer Kellermeister Franz Allenbach. Zu ihnen gesellte sich Henni nun. Das Sektangebot eines Obers lehnte sie dankend ab.

»Es ist eine solche Tragödie für Sie, mein liebes Fräulein Henni«, sagte Wilhelmine und streichelte mütterlich Hennis Schulter. »Nun sind Sie armes Ding bereits zum zweiten Mal Witwe geworden. Aber wer konnte schon so etwas ahnen. Der arme Mann. Ich habe gestern für ihn in der Marktkirche eine Kerze angezündet. Für Selbstmord kommt man ja in die Hölle.«

»Frau Gabler, bitte«, antwortete Franz. »Ich denke nicht, dass eine solche Aussage in der jetzigen Situation angebracht ist.« Er sah Wilhelmine mit einem strafenden Blick an, und sie stimmte ihm zu.

»Aber natürlich, Sie haben recht, Herr Allenbach. Da hab ich mich wohl mal wieder hinreißen lassen. Ich war auf einer katholischen Mädchenschule, und da wurde es uns so beigebracht. Da war so eine alte Nonne, Schwester Bernadett. Sie hat uns ständig solche Schauermärchen gepredigt. Die hatte den bösen Blick, das sag ich euch. Der reinste Besen. Vor der galt es, sich in Acht zu nehmen.«

Henni wurde von einer Bedienung angesprochen, die sie bat, ihr in eines der Nebenzimmer zu folgen.

Als Henni den Raum betrat, wandte Philip ihr den Rücken zu. Die Wände zierte eine hellblaue Tapete, ein Kronleuchter hing von der Decke. In einer Fensternische befand sich ein Klavier, auf dem ein siebenarmiger Kerzenständer stand.

Philip stand an einem der Fenster.

Nachdem sich die Tür hinter Henni geschlossen hatte, herrschte einige endlos lange Minuten ein seltsames Schweigen. Die Spannung im Raum war greifbar, und Henni spürte, wie sie innerlich bebte. Doch sie blieb nah an der Tür stehen und sagte kein Wort.

»Ich habe mich immer gefragt, weshalb Gott ausgerechnet mich mit einem solchen Sohn gestraft hat«, begann Philip irgendwann zu sprechen, er drehte sich aber noch nicht zu Henni um, sondern blickte weiterhin aus dem Fenster. »Adam war bereits als kleiner Junge anders als die anderen Jungs, sanftmütiger und in sich gekehrt. Ich habe mich immer gefragt, ob ich ihn so liebe, wie es sich für einen Vater gehört. Immerhin ist er mein Fleisch und Blut. Ich habe gedacht, ich würde das, was er tat, verabscheuen, ihn verabscheuen. Doch nun ist Adam tot. Und ich begreife, dass das alles im Angesicht dieses Schreckens bedeutungslos ist.« Nun wandte sich Philip doch zu Henni um und sah ihr direkt in die Augen. Sein Gesichtsausdruck erschreckte sie. All die Gefasstheit, die er noch am Grab gezeigt hatte, war nun verschwunden, und er sah mitgenommen aus. Seine Augen waren umschattet, seine Züge wirkten erschlafft.

»Es ist doch eigentlich gleichgültig, wen wir lieben, oder? Hauptsache wir haben die Fähigkeit dazu. Er war mein Sohn, und nun begreife ich, dass ich ihn aus ganzem Herzen geliebt habe. Jetzt, wo es zu spät ist. Es tut mir so leid. Alles, was ich getan habe. Ich dachte, so würde es gut werden. Ich dachte, mit einer Frau wie dir an seiner Seite könnte er es vielleicht doch noch schaffen. Aber ich habe falsch gedacht und auch dein Leben zerstört. Du warst eine trauernde Witwe und überfordert nach dem Tod deines Vaters, eine schreckliche Zeit, und ich habe das schamlos ausgenutzt. Dafür entschuldige ich mich nun bei dir.«

Henni wusste nicht, was sie erwidern sollte. Philips Reue kam so unerwartet. Noch ehe sie Antwort geben konnte, fuhr Philip fort: »Ich werde es wiedergutmachen. Ich werde mein Geld nicht zurückfordern und natürlich auch für etwaige Reparaturkosten wegen des Feuers aufkommen. Und ich möchte dir gerne noch einen Wunsch erfüllen. Irgendetwas, egal, was es kostet. Vielleicht gibt es ja etwas, was man mit Geld kaufen kann, das dir am Herzen liegt.«

Henni konnte kaum glauben, was sie hörte. Sie musste nicht lange darüber nachdenken, was sie sich wünschte. Es lag ihr am Herzen, aber auch einer anderen Person. Dem Menschen, den sie liebte und schmerzvoll vermisste.

Henni sprach ihren Wunsch in diesem Moment nicht laut aus, das konnte sie später auch noch tun. Sie trat näher an Philip heran und umarmte ihn fest.

Am frühen Abend desselben Tages trat Henni erneut vor das Pförtnerhaus der Kellerei, in dem Gustav wie gewohnt die Stellung hielt. Sie war nach dem Gespräch mit Philip nicht mehr lange auf der Trauerfeier geblieben und hatte Kopfschmerzen als Ausrede benutzt, um sich vorzeitig verabschieden zu können. In der Villa hatte sie das schmal geschnittene schwarze Etuikleid abgelegt und ein dunkelblaues Kleid übergezogen, dazu eine weinrote Strickjacke. Auf der Fahrt von Frankfurt nach Wiesbaden hatte es die ganze Zeit geschüttet, erst als sie in der Villa eingetroffen waren, hatte der Regen nachgelassen, und nun spitzte sogar die Sonne durch die sich auflockernde Wolkendecke.

Gustav grüßte Henni mit erstauntem Blick.

»Ja, Fräulein Henni, was machen Sie denn hier? Ich dachte, heute ist die Beerdigung von Herrn Malzer in Frankfurt. Nichts für ungut, wenn ich da gefehlt habe. Aber Sie verstehen bestimmt, dass ich es im Augenblick mit traurigen Anlässen nicht so habe.« Er senkte kurz den Blick, und Henni empfand Mitgefühl für ihn. Es würde lange dauern, bis er den Verlust seiner geliebten Margot verarbeitet haben würde.

»Wir haben doch gesagt, dass du mich duzen sollst, wenn wir allein sind«, rügte Henni ihn mit einem Lächeln.

»Ach, das ist halt die Gewohnheit«, erwiderte er.

»Du hast auf der Beerdigung nichts verpasst.«

»Wie hat es denn der Vater von Adam aufgenommen? Der arme Mann hat seinen einzigen Sohn verloren. Das ist schon eine schlimme Sache.«

»Er wirkte gefasst«, sagte Henni ausweichend. »Wie steht es denn hier so? War noch jemand von der Polizei hier?«

»Nein, von denen nicht. Aber von der Versicherung waren zwei Herren hier. Ich bin natürlich mitgegangen und hab genau beobachtet, was die alles inspiziert und gemacht haben.«

»Danke dir«, antwortete Henni.

»Ach, und Ihre Schwester Lisbeth ist vorhin gekommen. Ist so eine Viertelstunde her, glaub ich. Ich dachte ja, sie sei auch auf der Beerdigung. Der Herr Malzer war ja schließlich ihr Schwager.«

»Sie war da«, griff Henni zu einer Notlüge. »Vielleicht ist sie früher gegangen. Dann geh ich mal nach ihr sehen. Danke dir, Gustav. Bis nachher.«

Sie spürte seinen Blick im Rücken, wie sie ihn bereits so oft gespürt hatte. Gustav würde bleiben. Durch Philips Zusage waren all ihre finanziellen Sorgen rund um die Kellerei verflogen. Was blieb, war die Trauer um Adam und der Kummer mit Lisbeth.

Als Henni die weitläufige Eingangshalle durchquerte, verschwand das wohlige Gefühl in ihrem Inneren. Der Geruch des Verbrannten hing auch hier im Raum und verstärkte sich, als sie die Treppe nach oben lief. Ihre Absätze klackerten auf dem Boden, während sie den langen Flur entlanglief. Je näher sie dem Büro kam, desto rußgeschwärzter waren Decke und Wände. Die Tür war fort, verbrannt, im Inneren empfing sie das Chaos eines Brandherds. Der Schreibtisch ihres Großvaters bestand nur noch aus verkohlten Resten, ebenso die Bücherregale, die Sitzgruppe, der Schreibtisch ihres Vaters. Die metallenen Ablageschränke hatten das Inferno hingegen fast unbeschadet überstanden. Die Fensterrahmen waren verkohlt, Scheiben gab es keine mehr. Verrußte Scherben lagen auf dem Boden neben halb verkohlten Aktenordnern.

Lisbeth stand mit dem Rücken zur Tür. Sie trug ein rosa Sommerkleid, darüber eine hellgrüne Strickjacke und weiße Absatzschuhe. Ihr rotblondes Haar hatte sie in sanfte Wellen gelegt, die sich an ihre Schultern schmiegten. Sie sah aus, als käme sie gerade von einer sommerlichen Gartenparty.

»Lisbeth«, sagte Henni nur. Ihre Schwester drehte sich um. In ihrem Blick lag nicht die gewohnte Ablehnung oder Arroganz.

»Guten Tag, Henni«, sagte sie leise. »Tut mir leid wegen der Beerdigung. Ich dachte, ich meinte …« Sie kam ins Stocken. »Ich hatte darüber nachgedacht hinzugehen. Aber es hat sich einfach nicht richtig angefühlt, schließlich hab ich ihn auf dem Gewissen. Ich weiß, du glaubst mir nicht, aber ich bereue, was ich getan hab. Ich wollte nicht, dass er stirbt.«

Henni trat näher und blieb direkt vor ihrer Schwester stehen. Lisbeths Worte beruhigten sie.

»Deine Pläne waren der Tropfen, der das Fass zum Überlaufen gebracht hat. Du weißt, dass Philip uns zu dieser Ehe gedrängt hat? Er hat Adam nie richtig akzeptiert, darunter hat er sein Leben lang gelitten.«

Lisbeth nickte. »Ich hab mir schon so etwas gedacht.«

Eine Weile lang sagte keine von beiden etwas. Es war eine seltsame Stille, die zwischen ihnen lag. Henni spürte, dass nun der lang ersehnte Moment der Aussöhnung gekommen war.

»Und was nun?«, fragte Lisbeth irgendwann.

»Wir machen weiter«, antwortete Henni. »Wir sind die Herzbergmädchen. Starke Frauen, die sich nicht unterkriegen lassen. Werden wir in Zukunft zusammenhalten?«

»Das werden wir«, antwortete Lisbeth und lächelte.

»Das wollte ich hören«, erwiderte Henni, und nun umarmten sich die beiden. Henni wusste, dass es bis zum endgültigen Frieden ein weiter Weg sein würde. Doch es war ein Anfang.

33. Kapitel

Wiesbaden, 10. August 1946

Bille blieb auf dem Gehweg stehen und überlegte, ob sie wirklich weitergehen sollte. Ein Stück von ihr entfernt lag das Johannisstift im hellen Schein der Mittagssonne. Sie hatte bereits seit einigen Tagen darüber nachgedacht, erneut hierher zu kommen, um sich für ihr Verhalten zu entschuldigen. Sie hatte niemals vorgehabt, das kleine Mädchen zu stehlen. Es war ein seltsamer Moment gewesen. Ein übermächtiges Gefühl hatte von ihr Besitz ergriffen, der unbedingte Wille, Anna in ihren Armen behüten und beschützen zu wollen und sie niemals wieder loszulassen. Sie war die Einzige, die wusste, was mit ihrer Mutter geschehen war. Ihr hatte sie vor ihrem Tod ihr Herz geöffnet, ihr hatte sie vertraut. War Bille dann nicht auch die richtige Person, um sich um das Mädchen zu kümmern? Sie wäre ihr eine gute Mutter geworden. Aber sie war ja nicht einmal in der Lage dazu, ihr eigenes Leben in geordnete Bahnen zu lenken. Das Erlebte lag hinter ihr, doch die schmerzhaften Erinnerungen waren geblieben und verfolgten sie weiterhin bis in ihre Träume. Das Gefühl der Leere trat nur langsam den Rückzug an. Manchmal wünschte sie sich, sie könnte mit jemandem über diese Zeiten reden. Aber ihr fiel niemand ein, der wirklich verstehen würde, wie sie fühlte. Henni hatte ihre eigenen Päckchen zu tragen. Es war schön zu sehen, dass sie sich von all den negativen Geschehnissen um sich herum gerade wieder erholte. Da wollte Bille sie nicht erneut mit ihren Problemen belasten. Lisbeth schloss sie als Kummerkasten aus. Ihr Verhältnis blieb schwierig. Außerdem war sie vor drei Tagen gemeinsam mit Ella nach Amerika gereist. Dort wollte sie den Kopf freibekommen und darüber nachdenken, wie es für sie im Leben weitergehen sollte. Vielleicht fand sie ja in Amerika ihr Glück. Bille würde es ihr, trotz aller Differenzen, die zwischen ihnen lagen, gönnen.

Am Vortag war sie in der Frauenklinik am Bahnholz gewesen und hatte dort nach Josefine gefragt. Eine der Hilfsschwestern hatte ihr davon berichtet, dass Josefine gekündigt und nach Hannover gewollt habe. Sie hatte irgendetwas von einer Tante erzählt, die ihre Hilfe benötige. Also entfiel auch diese Möglichkeit für einen Austausch. Josefine hätte wenigstens ein wenig nachfühlen können, wie es Bille ging.

Ein lautes Geräusch ließ Bille zusammenzucken. Der feurige Elias verließ just in diesem Moment das Gelände des Johannisstifts. Am Steuer saß Schwester Edeltraut. Sie entdeckte Bille und hielt direkt neben ihr am Straßenrand. Sogleich wurde Bille von einer rußigen Abgaswolke eingehüllt, und sie wedelte hustend mit den Armen.

Schwester Edeltraut öffnete die Beifahrertür. »Sie sind doch die junge Krankenschwester vom Bahnholz. Ich kann mir denken, weshalb Sie hier sind. Kommen Sie, Kleines. Steigen Sie ein.«

Bille sah die Ordensschwester verdutzt an. Mit einer solch freundlichen Reaktion hatte sie nicht gerechnet.

»Nun machen Sie schon, Kindchen. Ich hab nicht den ganzen Tag Zeit. Ich muss die Suppe für die Raubtierfütterung an der Pforte bei den Amis abholen.«

Bille stieg ein, und Schwester Edeltraut brauste los. Es ging äußerst flott die Straße hinunter, und die Ordensschwester sauste um die Kurven, dass es Bille angst und bange wurde. Eine ältere Frau schaffte es, dem feurigen Elias gerade so durch einen beherzten Hopser auf den Bürgersteig auszuweichen. Bille umklammerte den Haltegriff an der Tür. Ein Radfahrer wich ihnen aus und hob schimpfend die Hand. Lautstark hupend überholte Schwester Edeltraut einen Bus. Wenn es Bille nicht besser wüsste, so könnte man annehmen, dass der Teufel persönlich hinter dem Steuer saß. Mit quietschenden Reifen hielt sie bald darauf vor dem Schlagbaum des amerikanischen Camp Lindsey an der Schiersteiner Straße. Der am Pförtnerhaus stehende GI schien Schwester Edeltraut bereits gut zu kennen, denn er grüßte lächelnd und ließ sie aufs Gelände fahren. Auch hier nahm die Nonne wenig Rücksicht auf Verluste und kurvte fröhlich um die kastenförmigen Kasernengebäude, der eine oder andere Uniformierte hüpfte flott zur Seite.

Sie hielten hinter einem der Gebäude, und als die Schwester den Motor abgestellt hatte, atmete Bille erleichtert auf.

»Das hätten wir mal wieder geschafft«, sagte die Nonne fröhlich. »Man traut dem alten, klapprigen Schätzchen gar nicht zu, dass es so flott unterwegs sein kann. Findest du nicht? Aber das gute Stück heißt nicht umsonst feuriger Elias.« Sie tätschelte das Armaturenbrett, dann öffnete sie die Autotür. »Dann wollen wir mal sehen, ob Charly hier ist. Wenn wir Glück haben, teilt er seine Kippen mit uns. Also ich könnte jetzt dringend etwas Nikotin gebrauchen. Wie sieht es bei dir aus?«

Sie sah zu Bille, die perplex nickte. Eine rasende und rauchende Nonne. Du liebe Güte.

Sie betraten das Kasernengebäude durch die Hintertür und befanden sich in der großräumigen Kasernenküche, in der geschäftiges Treiben herrschte. Auf dem großen, fast den kompletten Raum ausfüllenden Herd befanden sich unzählige Töpfe und Pfannen. Wasser sprudelte aus einem der Töpfe und landete zischend in der Gasflamme. Küchenhilfen beschäftigten sich mit den unterschiedlichsten Dingen. Zwei junge Mädchen saßen vor einem riesigen Haufen Kartoffeln, sie würden wohl den gesamten Tag brauchen, um alle zu schälen.

Ein Mann mittleren Alters trat näher und begrüßte sie mit einem lustig klingenden Akzent.

»Hello, Schwester Edeltraut. Schön, dich zu sehen. Wie geht es dir?« Sein Blick blieb an Bille hängen. »Oh, du hast eine Freundin mitgebracht.«

Schwester Edeltraut stellte Bille vor und fügte hinzu, dass sie ihr heute bei dem Transport der Suppe behilflich sein werde. Sie stellte den Mann als Charly vor und sparte nicht an Komplimenten. »Er ist der beste amerikanische Koch, der mir jemals begegnet ist.«

»Ich bin immer offen für Komplimente«, antwortete er grinsend. »Das Übliche, bevor wir die Suppe bringen?«, fragte er.

»Aber gern. Du kennst doch meine Laster«, antwortete Edeltraut und zwinkerte ihm zu. »Der Herrgott im Himmel wird es mir gewiss nachsehen.«

Er grinste breit, sah kurz zu Bille und holte zwei Lucky Strike aus seiner Hemdtasche.

»Gut für die Seele, Mädchen. See you later.«

Mit den Zigaretten in der Hand verließ Edeltraut, Bille im Schlepptau, die Küche. Ein Stück vom Hintereingang entfernt, setzten sie sich auf eine steinerne Bank, und sie zauberte ein Feuerzeug aus ihrer Rocktasche. Nachdem sie den ersten Zug genommen hatte, pustete sie den Rauch selig lächelnd in die Luft.

»Hach, wie herrlich. Das ist gut für meine Nerven. Aktuell geht in der Kleinkinderstation ein Magen-Darm-Infekt um. Es ist eine Katastrophe. Da kommt mir diese kleine Pause ganz gelegen.« Sie warf Bille einen Seitenblick zu. »Und jetzt bleibt auch endlich Zeit zum Reden. Wann hast du das Kind verloren?«

Edeltrauts direkte Frage überrumpelte Bille, und sie sah sie verwundert an.

»Vor ein paar Monaten. Eine Totgeburt, etwa sechster Monat. Es war auch ein Mädchen.«

»Dachte ich es mir doch. Ich habe es in deinem Blick gesehen. Du hattest diesen ganz bestimmten Ausdruck von Traurigkeit in den Augen, als du die kleine Anna angesehen hast. Ich hab mich für dich eingesetzt, sonst hätten sie die Angelegenheit nicht fallenlassen. Eine angeschlagene Seele sollte nicht noch mehr leiden müssen. Der Schmerz über den Verlust eines Kindes begleitet eine Mutter ihr gesamtes Leben lang. Eine Frau hat mir irgendwann einmal zu erklären versucht, wie es sich anfühlt. Es ist wie eine riesengroße Leere im Inneren, die nur langsam weicht und auch nach Wochen und Monaten immer wieder nach einem greift.«

»So ähnlich«, antwortete Bille. Sie zog an ihrer Zigarette. »In dem Moment, als ich mit Anna gehen wollte, fühlte es sich an, als könnte durch sie die Leere verschwinden. Es fühlte sich richtig an. Ich hab der Fürsorgerin eine Lüge aufgetischt.« Bille erzählte Edeltraut die Geschichte von Annas Mutter. »Anna sollte niemals davon erfahren. Sie sollte in dem Glauben aufwachsen, dass ihre Mama sie geliebt hat. Manchmal ist es besser, die Wahrheit zu verschweigen, oder?«

»In diesem Fall gewiss«, antwortete die Schwester. »Gott kann zwischen guten und schlechten Lügen unterscheiden. Das stammt nicht von mir, sondern von dem alten Pfarrer aus dem kleinen Dorf, in dem ich aufgewachsen bin. Er war im Gegensatz zu vielen anderen Geistlichen ein recht umgänglicher und nicht weltfremder Mann.« Sie zwinkerte Bille zu, dann fragte sie: »Was wolltest du im Stift?«

»Vielleicht um Vergebung bitten. Anna noch einmal wiedersehen. Ich glaube, ich weiß es gar nicht mehr so recht.«

»Wenn du magst, können wir sie nachher gemeinsam besuchen. Sie wird sich bestimmt über deinen Besuch freuen. Die armen Würmchen können jede Form der Zuneigung gebrauchen. Wir Schwestern haben aufgrund der vielen Arbeit wenig Zeit für zusätzliche Kuscheleinheiten.«

»Aber ich hab doch dort Hausverbot.«

»Ach, das bekommen wir schon geregelt«, antwortete Schwester Edeltraut und winkte ab.

Bille wusste nicht, was sie erwidern sollte. Sie fühlte plötzlich ein warmes Gefühl von Zufriedenheit in ihrem Inneren, das sie schon lange Zeit nicht mehr verspürt hatte.

»Danke«, sagte sie mit Tränen der Rührung in den Augen.

»Ach, Kindchen. Dafür musst du dich doch nicht bedanken«, erwiderte die Ordensschwester und tätschelte ihren Arm. »Das ist doch nur eine Kleinigkeit. Wir werden das Kind schon geschaukelt kriegen, oder?«

Bille wischte sich die Tränen aus dem Augenwinkel.

»Jetzt haben wir aber getrödelt«, sagte die Schwester und stand abrupt auf. Sie trat die bis zum Filter gerauchte Zigarette auf dem Boden aus. »Lass uns rasch die Suppe und den Kaffeesatz holen. Und wenn du magst, kannst du mir nachher gerne beim Ausgeben an die Bedürftigen behilflich sein. Die Leute freuen sich, wenn sie ein neues Gesicht sehen. Und im Gegensatz zu meiner alten faltigen Visage ist deines wenigstens hübsch.«

Am späten Nachmittag desselben Tages hielt sich Bille an ihrem Lieblingsplatz in den Rheinwiesen auf, dem großen Stein am Rheinufer. Die alte Trauerweide spendete Schatten, wie sie es schon immer getan hatte, und Bille hatte ihren Blick auf den funkelnden Rhein gerichtet. Hier am Wasser sorgte eine sanfte Brise dafür, dass die Hitze des Tages erträglicher war. Um sie herum herrschte rege Betriebsamkeit. Einige Familien waren mit ihren Kindern in den Park gekommen und hatten Picknickdecken ausgebreitet. Spaziergänger flanierten an ihr vorüber, manch einer führte seinen Hund aus. Unweit von ihr saßen zwei Angler, ältere Herren in kurzen Hosen und hemdsärmelig, beide Pfeifen im Mund und Strohhüte auf den Köpfen, richteten sie ihre Blicke auf das Wasser. Seitdem Bille hier war, und das war schon eine ganze Weile, hatte keiner von beiden einen Fisch gefangen.

Das Treiben um sie herum streichelte durch seine Alltäglichkeit ihre Seele. Die vom Krieg hinterlassenen Verletzungen schienen in diesem Moment weit fort zu sein. Bei der Essensausgabe im Johannesstift hatte sie jedoch noch in viele ausgemergelte Gesichter geblickt, in traurige Augen, die von unschönen Erlebnissen und bewegenden Schicksalen erzählten. Sie hatte Kinder beobachtet, die aus den metallenen Schalen und Kannen gierig das Essen in sich hineinschaufelten. Alte Frauen in zerlumpter Kleidung hatten sich mit matter Stimme bei ihr bedankt. Schwester Edeltraut hatte für jeden ein ermunterndes Wort gefunden und mit den Kindern gescherzt. Ihre Frohnatur war bewundernswert. Nachdem die Essensausgabe vorüber gewesen war, hatten sie noch die kleine Anna besucht, und Bille hatte eine ganze Weile mit der Kleinen in einem Korbsessel im Schatten eines Sonnenschirms gesessen, ihr Kinderlieder vorgesungen, ihr beim Schlafen zugesehen und einfach nur ihre Wärme und Nähe genossen. Als sie bald darauf das Johannisstift verließ, wusste sie, dass sie nicht mehr wiederkommen würde. Das Schicksal der kleinen Anna gehörte zu einer Welt, die hinter ihr lag. Sie musste, auch wenn es schmerzte, einen anderen Weg finden, etwas Neues wagen. Nur wie das aussehen würde, wusste sie noch nicht.

Auf dem Fluss fuhren einige Boote an ihr vorüber, meist waren es irgendwelche Frachtkähne oder Militärboote. Der Anblick eines Schiffs der Rheinschifffahrt ließ Bille jedoch wehmütig werden. Das obere Deck mit den vielen Sitzbänken war leer, Touristen suchte man am Rhein in diesen schwierigen Zeiten noch vergeblich. Aber gewiss würde sich das schon bald wieder ändern, und das Mittelrheintal würde dann wieder Gäste aus Deutschland, vielleicht auch bald wieder aus dem Ausland anziehen.

Wie sollte es nun mit ihr weitergehen? Eine Antwort auf diese Frage fehlte ihr. Auf dem Weg hierher hatte sie darüber nachgedacht, Henni bei ihrer Arbeit in der Kellerei zu unterstützen. Doch den Gedanken hatte sie rasch wieder verworfen. Die Kellerei war nie ihr Ding gewesen. Vielleicht sollte sie doch noch Medizin studieren? Nur an welcher Universität? Sie konnte es sich im Augenblick nicht vorstellen, ihrer Heimat den Rücken zu kehren.

»Wusste ich doch, dass ich dich hier finde«, sagte plötzlich eine vertraute Stimme. Bille wandte sich um. Es war Henni. Sie trat näher und setzte sich, nachdem Bille ein Stück zur Seite gerutscht war.

»Und?«, fragte sie. »Heute schon Steine über das Wasser hüpfen lassen?« Sie deutete auf den Fluss hinaus.

»Nein, noch nicht«, antwortete Bille schmunzelnd. »Aber ich bin heute mit dem feurigen Elias durch die Stadt gebraust, in Begleitung einer Ordensschwester, die wie der Teufel gefahren ist.«

Henni sah sie verdutzt an. Bille berichtete von ihren Erlebnissen und sagte schließlich: »Es hat gutgetan, seinen Frieden mit dem Stift zu machen. Schwester Edeltraut ist eine Seele von Mensch. Sie wird sich liebevoll um Anna kümmern, und die Kleine wird bestimmt ein großartiges und starkes Mädchen werden. Und ich bin nicht ihre Mutter und muss sie loslassen, auch wenn der Gedanke schmerzt.«

»Aber du wirst eines Tages eine sein«, antwortete Henni, legte den Arm um ihre Schwester und drückte sie kurz an sich. »Und du wirst deine Sache großartig machen.«

»Na, ich hoffe doch, dass du dann auch eine Mutter sein wirst«, antwortete Bille und stieß ihre Schwester sanft in die Seite. »Es gibt nur ein Problem.«

»Ja, ich weiß«, antwortete Henni. »Uns fehlen die passenden Männer. Obwohl …« Sie griff in ihre Rocktasche und holte einen Briefumschlag hervor. »Dieser Brief ist heute für dich gekommen. Er hat eine weite Reise hinter sich und ist der eigentliche Grund dafür, weshalb ich nach dir gesucht habe.« Sie zwinkerte Bille zu, reichte ihr den Brief und erhob sich. »Ich lass dich dann mal allein.«

Bille starrte den Brief an. Ihr Name und die Adresse der Kellerei standen darauf. Sie drehte ihn um, und ihr Herz setzte aus. Der Brief war von Fritz.

Kursk, 2. Juni 1946

Meine liebste Bille,

ich hoffe so sehr, dass Dich dieser Brief in der Heimat erreichen wird und Du in Sicherheit bist. Als sie Dich damals fortgebracht haben, brach es mir das Herz. Ich vermisse Dich so sehr, dass es schmerzt, und ich hoffe auf ein baldiges Wiedersehen. Das abscheuliche Gefangenenlager, in dem wir beide uns trotz der widrigen Umstände gefunden haben, wurde vor wenigen Tagen endgültig aufgelöst, die Zustände dort sind mit jedem Tag unerträglicher geworden. Wir wurden nun in ein größeres Lager in die Stadt Kursk gebracht, in dem ich mich erst einmal zurechtfinden werde. Die Zustände sind bedeutend besser. Ich wurde als Arzt erneut zum Lazarettdienst eingeteilt. Heute finde ich nun endlich die Gelegenheit, Dir zu schreiben. Und ich hoffe so sehr, dass mich eine Antwort erreichen wird. Ich habe mein Versprechen an Dich nicht vergessen. Wenn ich wieder in Deutschland bin, werde ich nach Wiesbaden kommen und Dich zur Frau nehmen, wenn Du mich dann noch haben willst. Ich hoffe, es ist ganz bald so weit. Dann werde ich Dich in meine Arme schließen und Dich niemals wieder loslassen. Das verspreche ich Dir. Ich sende Dir tausend Küsse.

Dein Dich für immer liebender
Fritz

Tränen rannen Bille über die Wangen und tropften auf das Papier. Hektisch wischte sie sie fort, damit die Tinte nicht verschmierte. Sie konnte es kaum glauben. Fritz war am Leben, es ging ihm gut, und er befand sich nicht mehr in diesem abscheulichen Lager. Bestimmt würde er nun bald zu ihr nach Hause kommen. Und dann würde endlich alles gut sein.

34. Kapitel

Eltville, 5. Oktober 1946

»Ich bin mir sicher, dass es dir hier gefallen wird, Oma«, sagte Henni und legte den Arm um ihre Großmutter, während sie deren neues Zimmer im Sanatorium Rheingarten betraten, das in dem hübschen Ort Eltville gelegen war, unweit des Rheinufers und umgeben von Weinreben. Nachdem Oma Maria in den letzten Wochen mehrfach fortgelaufen war – einmal war es mitten in der Nacht gewesen und sie hatte nur ihr Nachthemd und Schlappen getragen –, hatten Bille und Henni schweren Herzens beschlossen, sie in einem Sanatorium unterzubringen. Durch die Fenster fiel helles Sonnenlicht auf den blank polierten Parkettboden. Der Raum war geräumig, und Henni hatte ihn mit Oma Marias vertrauten Möbeln einrichten lassen, damit sie sich heimisch fühlte. Auf ihrem breiten Bett lag ihre hellblaue Tagesdecke, die gepolsterte Sitzgruppe stand am Fenster, auf der Bank saß ihre alte Puppe Emmi in ihrem hübschen Rüschenkleid, die sie bereits als kleines Mädchen besessen hatte und die sie wie einen Schatz hütete. Ihr gewohnter Nippes, darunter ihre geliebten Porzellanfiguren, stand auf einer Kommode, daneben befand sich ihr dreitüriger Kleiderschrank mit wunderbaren Intarsien. Auf dem Tisch standen frische Blumen und ein Obstkorb. Es gab auch einen Zugang zu einem kleinen Balkon, von dem aus man eine gute Sicht auf den Rhein hatte. Bedauerlicherweise hatte Oma Maria ihr bevorstehender Umzug so sehr durcheinandergebracht, dass sie ausgerechnet heute einen besonders schlechten Tag hatte und es äußerst schwer gewesen war, sie davon zu überzeugen auszugehen. Magda hatte mit Engelszungen auf sie eingeredet. Es hatte geschlagene zwei Stunden gedauert, bis Oma Maria angekleidet gewesen war.

So waren sie also mit großer Verspätung im Sanatorium eingetroffen, doch die Pflegerin, eine korpulente Frau um die fünfzig, hatte verständnisvoll reagiert.

Bille, die hinter Henni und Oma Maria den Raum betreten hatte, bemühte sich um gute Stimmung.

»Das ist aber ein schönes Zimmer!«, sagte sie überschwänglich. »So wunderbar geräumig und gemütlich.« Sie öffnete die Balkontür und trat nach draußen. »Und du hast eine herrliche Sicht auf den Rhein und den hinreißenden Garten. Den sollten wir nachher in Augenschein nehmen. Es blühen sogar noch einige der Rosen, und es gibt einen großen Teich mit Seerosen darauf. Er ist wirklich ganz bezaubernd.«

»Hm«, gab Oma Maria zur Antwort. »Mir gefällt das hier nicht. Wann gehen wir wieder?« Sie sah Henni fragend an. »Wieso sind wir eigentlich hier?«

»Das haben wir Ihnen doch bereits erklärt, Frau Herzberg«, beantwortete Magda geduldig Oma Marias Frage. »Hier werden Sie zukünftig wohnen, denn hier gibt es immer jemanden, der gut auf Sie achtgeben wird. Und sehen Sie: Auch Ihre Möbel sind bereits hier.«

»Aber auf mich muss doch niemand achtgeben«, antwortete

Oma Maria entrüstet. »Als wäre ich ein kleines Kind. Ich will sofort wieder nach Hause.«

Die Pflegerin, die sie in Empfang genommen und nach oben begleitet hatte, ergriff nun das Wort: »Sie sollten sich vorher noch einmal genauer umsehen. Es ist sehr schön bei uns. In einer halben Stunde wird in unserem Speiseraum auch das Mittagessen serviert. Heute gibt es Zwiebelrostbraten mit Klößen und zum Nachtisch Vanillepudding.«

Sie trat näher und legte fürsorglich den Arm um Oma Maria. Erstaunlicherweise ließ die alte Dame die Annäherung zu. Die Pflegerin führte sie aus dem Raum und redete in einem sanften Tonfall auf sie ein. »Und wir bieten auch Gymnastikkurse an. Mögen Sie Gymnastik?«

»Also als Kind war ich im Ballett«, antwortete Oma Maria. Magda, Henni und Bille folgten den beiden verdutzt. Damit, dass Oma Maria zu der Pflegerin so rasch Vertrauen fassen würde, hatten sie nicht gerechnet.

In einem der gemütlich eingerichteten und von hellem Sonnenlicht erfüllten Aufenthaltsräume trafen sie auf zwei kartenspielende Damen. Oma Maria blieb neben ihnen stehen und sah der einen ganz ungeniert aufs Blatt.

»Das sind aber schlechte Karten«, sagte sie. »Da müssen noch ein paar Joker her, um daraus noch was zu machen.«

Die Dame blickte auf.

»Sie können Räuberrommé?«, fragte sie.

»Aber natürlich. Wer kann das nicht?«, antwortete Oma Maria.

»In diesem Haus außer uns beiden bedauerlicherweise keiner. Derweil macht es doch mit mehreren Spielern viel mehr Freude. Wollen Sie mitspielen?«

»Aber gern«, antwortete Oma Maria freudig und setzte sich zu den Damen an den Tisch. Henni sah Bille an, die die Schultern zuckte.

»Also ich bin Inge«, stellte sich die eine Dame vor. Die andere hieß Petronella, aber alle nannten sie nur Nella. Keine Sekunde später waren die Damen bereits beim Du, und Oma Maria mischte die Karten. Mit einer solch raschen Eingewöhnung schien selbst die Pflegerin nicht gerechnet zu haben. Henni war erleichtert, ihr Blick wanderte zu Bille, die breit grinste.

»Dann sind wir hier ja jetzt wohl überflüssig«, sagte Henni. »Ich wünsche dir noch viel Freude beim Kartenspielen.« Sie beugte sich zu ihrer Großmutter hinunter und gab ihr zum Abschied ein Küsschen auf die Wange.

»Du weißt doch, Henni-Kind, dass du mich nicht beim Kartenspiel stören sollst«, entgegnete ihre Großmutter, die gerade ihre Karten aufgenommen und mit dem Sortieren begonnen hatte. »Geh und such dir eine Beschäftigung, Kind.« Sie wedelte mit der linken Hand. Henni brachte ihre Reaktion zum Schmunzeln. Auf diese Weise hatte sie früher mit ihr geredet, als sie noch ein kleines Mädchen gewesen war und sie bei ihrer geliebten Kartenrunde mit ihren Freundinnen gestört hatte. Von den Damen war bedauerlicherweise keine mehr am Leben. Auch Bille und Magda verabschiedeten sich von Oma Maria. Gemeinsam mit der Pflegerin verließen sie den Aufenthaltsraum und traten vor den Haupteingang in den hellen Sonnenschein.

»Also so flott hat sich in unserem Haus noch nie jemand von seinen Angehörigen losgerissen«, sagte die Pflegerin und schüttelte den Kopf. »Meistens gibt es irgendwelche Dramen.«

»Die beiden Damen waren unser Glück. Sie werden vermutlich bald zwei Verliererinnen trösten müssen.« Sie zwinkerte der Pflegerin zu.

»Ach, unsere Inge und unsere Nella sind da hart im Nehmen. Die beiden spielen oftmals den ganzen Tag und schenken sich nichts. Sollte trotzdem noch etwas sein, melde ich mich natürlich sofort bei Ihnen. Ansonsten können Sie Ihre Großmutter jederzeit besuchen.«

Henni vereinbarte, dass sie sich am Abend noch einmal melden würde, um nach dem Stand der Dinge zu fragen. Sie verabschiedeten sich von der freundlichen Pflegerin und verließen das Gelände. Das schmiedeeiserne Tor war stets verschlossen, weshalb sie von einem Pförtner entlassen wurden.

Bille zuckte zusammen, als das Tor hinter ihnen ins Schloss fiel, und bemerkte: »Ich wünschte, wir müssten das nicht tun.« Sie seufzte.

»Ja, das wünschte ich auch«, antwortete Henni. »Aber anders geht es nicht mehr.«

Sie liefen zu dem unweit des Sanatoriums stehenden Wagen, wo Herbert Beck sie erwartete. Am Wagen angekommen, wandte sich Henni an Magda.

»Liebe Magda, für mich ist nun die Zeit des Abschieds gekommen, denn ich habe noch Termine in Rüdesheim zu erledigen. Ich bedanke mich ganz herzlich für die großartige Arbeit, die Sie in den letzten Monaten bei uns geleistet haben. Ich habe

Sie stets für Ihre Geduld bewundert. Ich war so frei und habe Ihnen als kleines Dankeschön noch einige Zugaben zu Ihrem Gepäck gestellt. Nichts Besonderes, etwas Kaffee, eine Packung Zigaretten und zwei Flaschen Sekt natürlich.«

»Das ist wirklich sehr liebenswürdig von Ihnen«, antwortete Magda. »Ich habe mich ebenso zu bedanken. Ihre Großmutter ist mir in den letzten Monaten zur Freundin geworden. Ich würde jetzt gerne sagen, dass ich sie besuchen komme, aber das wird nicht so leicht möglich sein, denn ich plane zu Verwandten nach Monschau in die Eifel umzuziehen. Meine Schwester benötigt dringend Unterstützung. Sie hat vier Kinder und den Hof, und ihr Ehemann befindet sich noch immer in Kriegsgefangenschaft.«

»Das ist bedauerlich«, antwortete Henni. »Dann wünsche ich Ihnen eine gute Fahrt in die Eifel und für Ihre Schwester natürlich nur das Beste. Gewiss wird ihr Mann bald heimkehren.«

»Darauf wollen wir hoffen. Und darauf, dass bald alle Männer heimkehren dürfen.«

»Und ich soll Sie wirklich nicht nach Rüdesheim bringen?«, erkundigte sich Herbert bei Henni, bevor er sich hinters Steuer setzte. »Ist kein großer Umweg.«

Henni lehnte sein Angebot erneut ab. »Ich hatte doch gesagt, dass ich mit der Bahn fahre. Ist ja nur ein kurzes Stück. Bring du mal die beiden Damen nach Hause.«

»Wenn Sie meinen, Fräulein Henni«, entgegnete er brummig und stieg ins Auto.

Henni sah dem Wagen noch nach, bis er hinter einer Kurve verschwunden war, dann atmete sie tief durch. Für sie ging es nun nicht nach Rüdesheim, wie sie gesagt hatte, sondern nach Assmanshausen zu einem ganz besonderen Ort.

Eine Weile darauf schlenderte Henni den Feldweg zu dem verfallenen Anwesen hinunter, das Georg ihr gezeigt hatte. Als sie das Gelände betrat, lag das Haus vor ihr, und es sah in seiner Unvollkommenheit, umgeben von dem verwilderten Garten, so bezaubernd und geheimnisvoll aus, dass sie es schon fast wieder bereute, es instand setzen zu lassen. Philip hatte sein Wort gehalten und ihr einen Wunsch erfüllt. Ihr Wunsch war es gewesen, dieses Haus zu kaufen. Hier hatte Georg mit ihr glücklich werden wollen. Es war sein Traum gewesen.

Ihr Blick wanderte von dem großen Eingangsportal über das alte Familienwappen hinweg zu den kaputten Fenstern im Obergeschoss. Sie war doch verrückt. Wieso tat sie das? Dieses Haus war Georgs Traum gewesen, nicht der ihre. Doch es fühlte sich richtig an, es zu kaufen. Sie wollte die düsteren Schatten von dem Anwesen nehmen, die seit der grauenvollen Tat des Vorbesitzers über ihm lagen. Sie hatte das Gefühl, wenigstens das war sie Georg schuldig. Was sie nach der Renovierung mit dem Anwesen und dem dazugehörigen Weinberg machen würde, wusste sie noch nicht so recht. Vermutlich würde sie es verpachten. Hier könnte ein Winzer mit seiner Familie glücklich werden, vielleicht sogar eine kleine Straußenwirtschaft eröffnen. Die Remisen rechter Hand könnten dafür genutzt werden.

Motorengeräusche ließen Henni zusammenzucken, und sie wandte sich um. Ein Pritschenwagen fuhr auf den Hof. Ein Mann mittleren Alters mit schütterem Haar in einem blauen

Hemd und braunen Cordhosen stieg aus und trat näher. Er erweckte einen recht verstaubten Eindruck.

»Ei Gude«, grüßte er auf Hessisch. »Sie müssen die neue Besitzerin dieses schaurigen Ortes sein. Martin Classen, wir hatten telefoniert.« Er hielt Henni seine nicht gerade saubere Hand hin, Dreck lag unter den Fingernägeln. Sie ergriff sie nur kurz und musterte den ungepflegten Mann leicht irritiert von oben bis unten. Irgendwie hatte sie sich einen Architekten anders vorgestellt.

»Sie müssen mein unaufgeräumtes Auftreten entschuldigen, aber ich komme gerade von einer anderen Baustelle, und es blieb mir leider keine Zeit mehr zum Umziehen. Wir Architekten können uns aktuell nicht gerade wegen Arbeitsmangel beklagen. Aber das Thema hatten wir ja bereits am Telefon.« Sein Blick wanderte zu dem alten Haus.

»Ich sag es Ihnen ehrlich: Ich hab Ihre Anfrage nur deshalb angenommen, weil mich solche alten Schätzchen reizen. Obwohl ich in diesem Fall schon sagen muss, dass Sie recht mutig sind. Wie Sie ja wissen, bin ich ein waschechter Assmannshausener, schräg gegenüber vom Hotel zur Krone geboren. Ich hab da als kleiner Bub noch die ganze Prominenz erlebt.« Er winkte ab und ließ seinen Blick über das Haus schweifen. »Jeder im Ort glaubt, dass es in dem alten Gemäuer spukt. Ist ja auch kein Wunder, wenn man überlegt, was da Grausiges geschehen ist.« Er schüttelte den Kopf.

»Ich glaube nicht an Geister«, antwortete Henni lächelnd.

»Sie nicht«, erwiderte er. »Aber Bauarbeiter sind ein äußerst abergläubisches Völkchen und zurzeit ein rares Gut. Könnte also schwierig werden, jemanden für diese Arbeitsstelle zu begeistern.«

»Es werden sich gewiss Mittel und Wege finden lassen«, antwortete Henni. »Freie Verpflegung, dazu Zigaretten und Sonderzulagen für die Familien in der Form von Naturalien. Was meinen Sie?«

Er grinste. »Da spricht eine gute Unternehmerin. Wenn Sie noch ein paar Fläschchen Sekt drauflegen, könnte es was werden.«

»Dies sollte als Inhaberin einer Kellerei nicht sonderlich schwer werden«, antwortete Henni und fragte, während sie einen kurzen Blick auf ihre Armbanduhr warf: »Wollen wir dann reingehen? Ich plane meine baldige Rückfahrt und würde ungern die Bahn verpassen.«

Im Inneren des Hauses empfing sie ein weitläufiges Treppenhaus mit einem grau gefliesten Marmorboden. Das hölzerne Treppengeländer war beschädigt, Scherben lagen auf dem Boden, beim Eintreten wirbelten sie eine dicke Staubschicht auf. Wie funkelnde Sternchen tanzten die Staubteilchen im Licht der goldenen Herbstsonne, das durch die gegenüber des Eingangsportals liegenden Terrassentüren in den Raum fiel.

Es ging durch die Räumlichkeiten, und der Architekt betrachtete alles eingehend, machte sich Notizen und klopfte hie und da die Wände ab. Erstaunlicherweise gab es im Inneren nur wenige Beschädigungen. Zahlreiche alte Möbel waren noch vorhanden, einige waren mit Tüchern abgedeckt. In der großräumigen Gesindeküche standen sogar noch die Töpfe auf dem Herd, über dem Suppenkellen und andere Kochutensilien an Haken hingen. Viele Fenster waren kaputt, durch das eine oder andere wuchs der an der Hauswand hinaufrankende Efeu herein. Von der Terrasse mit den verwitterten Korbmöbeln im oberen Stockwerk hatte man einen wunderbaren Blick auf den Rhein und die Weinberge. Auf der hinteren Terrasse waren die Steinfliesen beschädigt, die Rasenfläche hinter dem Haus glich einer bunten Wiese mit hoch stehenden Gräsern. Die Rosen in den von Unkraut überwucherten Beeten blühten teilweise noch. Dahinter ging es direkt in den zum Haus gehörenden Weinberg.

»Das ist schon ein bezauberndes Fleckchen Erde«, sagte der Architekt wehmütig. »Ein Jammer, dass es verflucht ist. Also mich würden keine zehn Pferde dazu bringen, auch nur eine Nacht hier zu verbringen. Aber vielleicht schaffen Sie es ja tatsächlich, die Geister zu vertreiben. Zu wünschen wäre es dem alten Haus. Ich verabschiede mich dann auch wieder. Ich hab noch einen weiteren Termin. Ich werde Ihnen die Tage einen ersten Kostenvoranschlag zukommen lassen.«

Er verabschiedete sich endgültig von Henni.

Die Geister vertreiben, dachte sie und schlang die Arme um den Körper. Würde das jemals funktionieren? Sie war gemeinsam mit dem Architekten durch das Haus gelaufen und hatte sich zu fragen begonnen, wo Georg war, wie es ihm ging. Sie vermutete, dass er zurück zu seinem Bruder in das Tessin gegangen war. Am Ende würde es sein Geist sein, der sie hier verfolgte, die Frage: Was wäre gewesen, wenn …?

»Du bist also diejenige, die es mir weggeschnappt hat«, sagte plötzlich jemand hinter ihr, und Henni wandte sich erstaunt um.

In der geöffneten Terrassentür lehnte Georg und sah sie verschmitzt grinsend an. »Da hatte ich endlich das Geld zusammen, und dann musste ich erfahren, dass es bereits verkauft ist.«

»Georg«, sagte Henni, und ihr Herz schlug höher. Sie konnte es nicht glauben. Er war hier. Einfach so, wie aus dem Nichts, stand er vor ihr.

Er trat näher und legte die Arme um sie, als wäre es eine Selbstverständlichkeit, als hätte es niemals eine Trennung zwischen ihnen gegeben. In Hennis Innerem bebte nun alles, ihr ganzer Körper zitterte vor Aufregung.

»Ich weiß das von Adam«, sagte er. »Es tut mir leid. So hätte es nicht enden müssen.«

Henni nickte, unfähig, ein Wort über die Lippen zu bringen. Georg war hier bei ihr und hielt sie im Arm. Sie standen im hellen Sonnenlicht auf der Terrasse dieses Ortes, der doch eigentlich Unglück bringen sollte, und sie verspürte in diesem Moment so viel Glück, dass sie glaubte, innerlich zu zerspringen.

Er hob die Hand und strich ihr zärtlich eine Haarsträhne aus der Stirn.

»Wieso hast du es gekauft?«, fragte er.

»Weil du es liebst«, antwortete sie, machte eine kurze Pause und fügte hinzu: »Weil ich dich liebe.«

»Und ich liebe dich«, antwortete er. »Mehr als alles andere auf der Welt. Und ich war ein Idiot, ich hätte dich niemals allein lassen dürfen. Aber ich verspreche dir: Jetzt wirst du mich niemals wieder los, Henni Herzberg.«

Seine Lippen näherten sich den ihren und berührten sie. Bereitwillig öffnete sie ihren Mund und ließ seine Zunge ein. Sein Kuss wurde leidenschaftlicher und seine Umarmung fester. Henni wünschte sich in diesem Augenblick, er würde sie niemals wieder loslassen.

Nachwort

Aufgewachsen im bayerischen Rosenheim, habe ich die Stadt Wiesbaden zum ersten Mal vermutlich in der Schule wahrgenommen, als wir die Hauptstädte der Bundesländer lernen mussten. Die Stadt am Rhein war für mich damals nur ein Fleck auf der Landkarte. Das änderte sich, als ich meinen Mann Matthias kennen- und lieben lernte und ich in meine Wahlheimat Idstein umgezogen bin, das nicht weit von der hessischen Landeshauptstadt entfernt liegt. So lernte ich Wiesbaden rasch sehr gut kennen. Die Kurstadt mit ihren unzähligen Gründerzeitvillen, die oftmals wie kleine Schlösschen anmuten – jedes für sich erzählt Geschichten aus alten Zeiten. Das mondäne Kurhaus und das Theater beeindruckten mich, ebenso das Biebricher Schloss, das Sitz der Fürsten und später der Herzöge von Nassau war. Der dazugehörige Schlosspark ist wunderschön. Dort wohnen heute unzählige Sittiche, sie während eines Spaziergangs durch die Parkanlage in den Bäumen zu erspähen, macht mir jedes Mal aufs Neue Freude. Die am hinteren Ende des Parks gelegene Mosburg existiert auch heute noch, kann aber nicht betreten werden. Im Rheingau, wie sollte es auch anders sein, gibt es viele Sektkellereien. An Inspiration für die Geschichte hat es also nicht gefehlt. Das Kellereigebäude der Herzbergs erinnert an das wunderschöne Henkell-Haus, das wir auch besichtigt haben. Besonders der prachtvolle Marmorsaal und der Weinkeller haben meinen Mann und mich begeistert. Ich bedanke mich ganz herzlich bei der Gästeführerin Susanne Stern, die all meine Fragen geduldig beantwortet hat.

Wiesbaden lag nach dem Krieg im amerikanischen Sektor. Die Stadt wurde zur Landeshauptstadt von dem damals gegründeten Groß-Hessen ernannt, da sie weniger zerstört war als das nahe gelegene Frankfurt. Doch auch Wiesbaden hatte schwere Schäden zu beklagen. Besonders die Innenstadt hatte es hart getroffen, auch die Sektkellerei Henkell war beschädigt worden. Sie wurde am 8. Februar 1944 getroffen, und der Seniorchef der Firma Henkell fand bei diesem Angriff den Tod.

Nach dem Krieg kamen weitere harte Jahre. Die Amerikaner beschlagnahmten Wohnungen, teilweise mussten die Wiesbadener Stadtbewohner ganze Straßenzüge räumen. Die Not war groß, besonders die Ernährungslage in der Stadt war katastrophal. Es blühte der Schwarzmarkt, und die dort gültige Währung waren meist Zigaretten oder andere begehrte Waren wie Kaffee oder Brandwein. In Wiesbaden gab es zur damaligen Zeit tatsächlich ein Verkaufsverbot für Sekt, Wein und Weinbrand auf dem zivilen Sektor, wodurch diese Artikel für Kompensationsgeschäfte mit den Amerikanern zur Verfügung standen.

Auf dem Hausberg der Wiesbadener, dem sogenannten Neroberg, gab es zur damaligen Zeit tatsächlich das Nerobergholtel, und darin war ein Offizierskasino der Amerikaner untergebracht, dort traten in späteren Jahren auch Künstler wie Frank Sinatra auf.

Auch das im Roman vorkommende Johannisstift ist nicht erfunden. Es besteht heute noch und ist ein Jugendhilfezentrum.

Einen feurigen Elias besaß das Heim tatsächlich, und er wurde auch von der engagierten Schwester Edeltraut gefahren.

Hinter Wiesbaden beginnt der einmalig schöne Rheingau mit seinen idyllischen Ortschaften, die umgeben von Weinbergen zum Verweilen und Träumen einladen. Ein Besuch des Weltkulturerbes Mittelrheintal lohnt sich. Die berühmte Rheinromantik mit all ihren Burgen und dem funkelnden Fluss begeistert auf ganz besondere Weise. Und in einer der vielen Straußenwirtschaften kann man jederzeit einen guten Rheingauer Wein und eine deftige Brotzeit genießen und sich die vielen alten Sagen und Mythen vom Mäuseturm oder der schönen Loreley erzählen lassen.

Mir persönlich hat es großen Spaß gemacht, während des Schreibens dieses Romans meine Heimat auf ganz neue Art kennenzulernen. Auch ich entdecke stets Dinge, die ich noch nicht kannte. Dass Assmannshausen einst ein Kurort war und von dort Heilwasser nach ganz Deutschland versendet wurde, wusste ich bis dato nicht.

Nun möchte ich mich noch bei einigen lieben Menschen bedanken, ohne die es dieses Buch nicht geben würde. Allen voran bei meinem Mann Matthias, denn ohne ihn wären Wiesbaden mit all seinen Facetten und natürlich auch das Mittelrheintal noch immer nur Flecken auf der Landkarte für mich. Meiner Agentin Franka Zastrow für ihre großartige Unterstützung. Dem Verlagsteam von Aufbau, das sich bei unserem gemeinsamen Gespräch in Berlin für die Idee begeistern ließ. Meiner Lektorin

Constanze Bichlmaier, die durch ihre Anmerkungen und großartige Arbeit jeden Text noch besser macht. Und ich möchte mich bei meinen lieben Kolleginnen Hilke Sellnick, Micaela Jary und Karin Seemayer bedanken. Fürs Zuhören, den Austausch, das Bücherleihen. Ihr wisst, was ich meine. Es ist toll, so großartige Kolleginnen haben zu dürfen.

Leseprobe

Rebekka
Eder
Die
Schokoladen
Fabrik
Die Tochter des Apothekers
Roman
atb

1. Kapitel

Anna Sophia konnte es kaum erwarten. Während sie die Arzneifläschchen ordnete, schaute sie immer wieder zu ihrem Vater hinüber. Würde er es ihr heute erlauben? Am Rücken, den er ihr zuwandte, konnte sie keine Hinweise auf seine Stimmung ablesen. Wie ein knorriger Baum stand Gottlieb am Tresen seiner Apotheke. Er stützte sich auf die Fingerspitzen, während er in sein Kassenbuch starrte. Anna Sophia verglich ihn gern mit dem Lindenbaum, der direkt vor der Ladentür seine Äste und Blätter in den Himmel reckte. Er war genauso stark, unverrückbar, in dieser Stadt verwurzelt wie er. In letzter Zeit aber auch etwas ausgedünnt, seine Äste schienen trocken. Der Baum hatte schon bessere Tage gesehen, und doch wirkte er noch immer herrschaftlich. Auch an diesem schon fortgeschrittenen Abend. Durch das Schaufenster und die Äste der Linde konnte Anna Sophia den Neumarkt Kölns sehen, auf dem nur noch vereinzelt Mägde mit ihren weißen Hauben und an Armen baumelnden Körben über die Straße eilten. Wenn sie Glück hätte, würde ihr Vater den Laden in Kürze für heute schließen.

»Anna Sophia? Hörst du nicht?«, fragte ihr Vater, ohne den Kopf zu heben. Sie zuckte zusammen. Hatte sie mal wieder geträumt? Verflixt nochmal, dachte sie. Wieso musste ihr das ständig passieren?

»Entschuldige, Papa, was hast du gesagt?«

»Ob deine Schwestern versorgt sind, habe ich gefragt.«

»Natürlich. Betty ist bei ihnen.«

Die Haushälterin der Familie war immer bei ihren Schwestern. Während der Hausarbeit betreute sie die Kleinen, Julie und Elise, und gleichzeitig hatte sie noch ein offenes Ohr für die sechzehnjährige Wilhelmine.

»Ich nehme an, die Regale sind sauber?«

»Blitzblank«, bestätigte Anna Sophia. Ihren stolzen Blick konnte er nicht sehen, denn er drehte sich noch immer nicht um. Doch es stimmte: Sie hatte sämtliche Regale abgestaubt, die sich an den Seiten der Apotheke fast bis unter die Decke drängten und in den oberen Reihen mit Schachteln, Dosen und Karaffen gefüllt waren. Auch die Türchen der Schubladen in den unteren Reihen hatte sie abgewischt, und die bronzefarbenen Verzierungen, die den Abschluss der Regale bildeten, glänzten in der Abendsonne. Sogar den Apothekertisch, auf den sich Gottlieb gerade stützte, hatte sie ausgeräumt und seine kleinen Schubladen gesäubert. Neben dem dicken Kassenbuch leuchtete die große Waage mit den bronzenen Schalen – auch die hatte sie poliert. Sie liebte es, wenn die Apotheke so glänzte wie jetzt.

»Nun gut«, sagte er. Gleich würde er es ihr erlauben, doch in diesem Moment läutete das Glöckchen über der Ladentür. Anna Sophia bemühte sich, nicht die Augen zu verdrehen. Wieso musste kurz vor Ladenschluss immer noch jemand hereinkommen? Diesmal war es ein Bediensteter, doch als Anna Sophia ihn erkannte, wich sie erschrocken zurück. Sie stieß gegen den Apothekerschrank und die Fläschchen zitterten. Der Mann hatte Schatten um die Augen, lichtes Haar und bis auf den Leberfleck, der auf seiner Stirn prangte, sah er aus wie ein gewöhnlicher Dienstbote. Dennoch wusste sie genau, wer er war und für welche Familie er arbeitete. Ob er sich wohl auch an sie erinnerte? Damals war Anna Sophia ein Kind gewesen, trotzdem wusste sie noch genau, wie sie zum ersten Mal an die fremde Tür geklopft hatte, mit zahlreichen Medikamenten im Gepäck. Und welcher Mann sie hereingebeten und die Tür hinter ihr geschlossen hatte. Sie kniff Lippen und Augen zusammen. Daran wollte sie sich nicht erinnern, nie wieder. Mit aller Kraft schob sie die Bilder beiseite, doch sie machte dadurch nur Platz für eine weitere Erinnerung: Es war ein sonniger Tag im September, an dem sie eigentlich Brot und Äpfel hatte kaufen wollen. Sie stand in einer schmalen Gasse, die von der Bäckerei in Richtung Dom führte. Fast fühlte Anna Sophia wieder den kalten Stein der Fassade in ihrem Rücken, sie sah wieder, wie jemand auf sie zukam: eine große Gestalt, ein breites Grinsen. Anna Sophia schloss die Augen, atmete tief ein und aus, bevor sie sie erneut öffnete und sich zwang, wieder in der Gegenwart der Apotheke anzukommen.

Mittlerweile war der Bedienstete näher an ihren Vater herangetreten. »Ich komme mit einem ... komplizierten Anliegen. Herr Mertens fühlt sich nicht wohl. Er hat einen fürchterlichen Husten.«

Gottlieb nickte. »Was sagt der Arzt?«

»Er zieht ... nun, ja ... eine Schwindsucht in Betracht. Aber ein vornehmer Mann wie Herr Mertens ... Woher soll er denn die Schwindsucht haben?«

Gottlieb wendete sich zu seiner Tochter um. Die Enden seines weißen, gezwirbelten Schnurrbarts hingen bereits ein wenig hinab – wie immer, wenn sich der Tag gen Abend neigte. »Anna, rufst du bitte nach August?«

Anna Sophia nickte, drehte sich um und öffnete die Hintertür neben dem Apothekerschrank. Während sie den Gang entlanglief, spürte sie, wie ihr Herz schneller schlug. Heute hatte sie gar nicht mehr damit gerechnet, ihn noch einmal zu treffen. Für gewöhnlich experimentierte der Gehilfe ihres Vaters im Hinterzimmer bis spät in die Nacht mit Medikamenten. Wenn er das Haus verließ, war sie schon längst oben auf ihrem Zimmer. Nun atmete sie tief ein, um ihre Nervosität zu bekämpfen, und klopfte.

»August?«

Sie hörte ein Räuspern, Schritte, dann ging die Tür auf.

»Anna Sophia! Ist alles in Ordnung?«

»Ja, ähm, nein, also ...«, stammelte sie. August lächelte munter, seine Augen funkelten, und sein lockiges Haar zeigte rechts und links seiner Ohren fröhlich in die Luft. Er legte wie ein galanter Diener eine Hand auf den Rücken. »Oh. Was ist geschehen?«

Wenig später stand Anna Sophia wieder mit verschränkten Fingern vor dem Apothekerschrank und beobachtete das Gespräch zwischen den drei Männern am Tresen.

»Könnten Sie Herr Mertens' Zustand ein wenig genauer beschreiben?«, bat Gottlieb den Dienstboten.

»Der Herr ist seit drei Tagen sehr erschöpft.«

»Leidet er unter Nachtschweiß?«, fragte August, während er sein Monokel zwischen Augenbraue und Wange klemmte. Gottlieb belohnte ihn für diese Frage mit einem kaum merklichen Nicken.

»Ich fürchte, ja.«

»Appetitlosigkeit?«

»Er isst seit Tagen nicht mehr.«

»Bekommt er Fieberschübe?«

»Tagsüber sinkt das Fieber, aber nachts ist es schlimm.«

August zog eine Braue hoch und ließ dabei das Monokel von seinem Auge springen, so dass es an der silbernen Kette von seinem Hals baumelte. »Mmh.« Er sah den Apotheker an.

»Wir empfehlen Herrn Mertens dringend, auf den Rat seines Arztes zu hören«, übernahm Anna Sophias Vater. »Er braucht viel frische Luft und Bettruhe. Am besten wäre der Besuch eines Sanatoriums. Wir hätten außerdem eine exzellente Gesundheitsschokolade im Sortiment. Sie erfrischt und vermehrt die Lebensgeister, hilft gegen Husten und erweicht kalten und zähen Schleim.«

Der Diener kratzte sich an der Stirn oberhalb seines Leberflecks. »Nun ja, was soll ich sagen? Er bittet lediglich um Ihre Hustenbonbons, Herr Müller.«

Gottlieb seufzte und sah über die Schulter zu seiner Tochter. »Haben wir noch welche?«

Anna Sophia konnte sich ein Lächeln nicht verkneifen. »Wenige, Vater«, sagte sie und hob ein großes Glas vom Regal. Mit einer Kelle fischte sie die letzten verbliebenen Kräuterbonbons heraus und wickelte sie in Papier.

Der Mann zahlte und nahm die Bonbons an sich. Dann griff er nach der Türklinke – und hielt inne. Mit einem Mal schüttelte ihn ein heftiger Hustenanfall. Er krümmte sich, und während er nach Luft rang, röchelte und japste, fiel ihm das Bonbonpäckchen aus der Hand. Noch in der Luft öffnete sich das Papier, die Bonbons fielen herunter und kullerten einzeln über den Fußboden.

Als der Mann gegangen war, kniff August die Lippen zusammen. Gottlieb zwirbelte sich mit den Fingern beider Hände den Schnurrbart zurecht. Und Anna Sophia trat von einem Fuß auf den anderen.

»Schwindsucht bei einem Mann wie Herrn Mertens …? Wirklich sehr unwahrscheinlich«, brummte Gottlieb.

August nickte. »Unwahrscheinlich ist es. Aber nicht unmöglich.«

»Anna, du kannst schon hochgehen, ich schließe das Geschäft für heute.«

Anna Sophia nickte ihrem Vater zu, allerdings machte sie noch keine Anstalten, zu gehen.

»Ist noch was?«

Er würde es doch nicht vergessen haben? Sie legte den Kopf schief, doch noch bevor sie etwas erwidern konnte, rief er schon aus: »Ach, die Zuckerlieferung! Natürlich! Was stehst du hier noch herum? Na, geh schon!«

In der Mitte der Küche blieb Anna Sophia stehen. Endlich! Dieser Teil des Tages gehörte allein ihr. Durch das kleine Fenster fiel das letzte Sonnenlicht des Abends, und in seinen Strahlen funkelte der Staub in der Luft. An der steinernen Wand stand der große Feuerherd, der seit Kurzem sogar mit einem Wasserschiff ausgestattet war. Darüber hing das kupferne Kochgeschirr an großen Haken an der Wand. Und auf dem Küchentisch lag der Beutel Zuckerhüte, den der Vater hatte ergattern können. Auch der Mörser, der normalerweise im Hinterzimmer der Apotheke seinen Platz hatte, stand bereit. Wanne und Stab waren aus glänzendem Kupfer, seine Füße aus fein geschnitztem Holz. August hatte ihn für Anna Sophia hochgetragen. Als er hinter ihr in die Küche getreten war, hatte ihr Herz schon wieder wie verrückt gepocht. Seit wann machte dieser Mann sie eigentlich so nervös? Sie konnte sich noch gut an seinen ersten Tag als Geselle erinnern. Er war ein Jahr jünger als sie und damals gerade fünfzehn Jahre alt gewesen. Viel kleiner als heute und mit etwas zu langen Locken hatte er hinter dem mit Fläschchen und Schüsseln beladenen Tresen gestanden. Er hatte sich schüchtern umgeschaut und leise und vorsichtig gesprochen, so dass sie über ihn hatte schmunzeln müssen. Wann hatte sich diese Situation dermaßen verändert? Mittlerweile war er achtzehn Jahre alt und hatte eine so vornehme, bescheidene Selbstsicherheit angenommen, dass ihr manchmal ganz schwindelig wurde.

Sie schüttelte den Kopf, um die Gedanken loszuwerden, und öffnete den Küchenschrank. Im obersten Regal standen die Gläser, in denen sie ihre Lieblingskräuter aufbewahrte: darunter Huflattich, Mohnblüten, Eibisch und Süßholz. Daneben standen kleine Behälter mit getrockneten Gänseblümchen, isländischem und irländischem Moos. Ihr Vater durfte niemals erfahren, warum sie ausgerechnet diese Kräuter für ihre Sammlung ausgewählt hatte. Zum Glück hatte er keine Ahnung, wie Anna Sophia auf ihr Rezept gekommen war. Wüsste er es, würden seine morgens so fröhlich gezwirbelten Bartspitzen vor Enttäuschung wahrscheinlich ganz plötzlich schlaff herabhängen. Und schon bei dieser Vorstellung bekam sie ein schlechtes Gewissen. Sie wollte ihren Vater keinesfalls enttäuschen. Für die ganze Familie wäre es besser, wenn er niemals hinter ihr Geheimnis käme.

Zunächst holte sie das Glas mit den Gänseblümchen heraus; ihr süßlicher Duft ließ Anna Sophia an einen milden Frühling denken, an einen Sommertag und eine bunte Blumenwiese. Großzügig streute sie die Blätter in die Kupferschale des Mörsers. Anschließend fügte sie den geruchlosen Huflattich hinzu, der Hustenreiz linderte und gleichzeitig das

Abhusten erleichterte, und mischte einige krautig beruhigend riechende Mohnblätter hinzu – ein hervorragendes Mittel gegen Schmerzen. Als sie den Deckel des Eibisch-Glases öffnete, vermied sie es, durch die Nase zu atmen. So blumig Eibisch auch duftete, wenn er als Staude wuchs, so eigenartig dunkel und stechend rochen seine Wurzeln in getrocknetem Zustand. Schnell schüttete sie davon einen kleineren Teil in die Wanne. Mit kreisenden Bewegungen zerstieß sie die Kräuter, bis sie zu einem feinen Pulver gemahlen waren und ihr Geruch in der Küche hing. Zuletzt fügte sie die Moossorten und das Süßholz hinzu und atmete tief ein. Wie sehr sie jeden Schritt dieser Prozedur liebte. Seit Monaten verfeinerte sie dieses Rezept nun immer weiter, und jedes Mal dachte sie wieder daran, wie es angefangen hatte: Vor einem Jahr war Julie, ihre kleinste Schwester mit den größten Ohren, so erkältet gewesen, dass sie kaum hatte sprechen können. Die Heiserkeit war eines Morgens plötzlich da gewesen und tagelang geblieben. Anna Sophia wusste zwar, welche Kräuter bei Heiserkeit halfen, doch die Kleine hatte sich beim Gurgeln so heftig verschluckt, dass sie nur noch geweint und den Kopf geschüttelt hatte, sobald sie ihr Tee gereicht hatte. Ratlos hatte Anna Sophia in der Küche gestanden und darüber nachgedacht. Was könnte sie Julie geben, damit sie die Kräuter lang genug im Mund behielt? Dass ausgerechnet die Haushälterin Betty sie auf die rettende Idee bringen würde!

Anna Sophia machte Feuer im Herd und goss Wasser in einen Topf. Nun war es so weit: Sie gab die Blätter des Souchongs hinzu und ließ den Tee aus dem chinesischen Wuyi-Gebirge aufkochen. Schnell legte sich sein rauchig würziger Duft über den der Kräuter. Gemeinsam mit dem Wasser, das sie schon am Vormittag destilliert hatte, mischte sie ihn unter die Kräuter und begann dann mit dem Versieden des Zuckers. Wie so oft erinnerte sie sich an Bettys Worte: »Du musst genau aufpassen, Mädchen. Der Zucker muss heftig kochen – und lange, damit er flüssig wird. Aber nicht zu lange, sonst verbrennt er. Wichtig ist der genau richtige Moment.«

Während der französischen Besatzung Kölns, als Betty noch ein junges Mädchen gewesen war, hatte die Haushälterin bei einer wohlhabenden Pariser Familie gearbeitet, die sie das Karamellisieren gelehrt hatte. Die Familie lebte mittlerweile wieder in Paris, aber einen Teil ihrer Kenntnisse hatte sie in der Stadt am Rhein zurückgelassen. Wie ein Geschenk, dachte Anna Sophia. Betty hatte es damals lediglich genutzt, um an Feiertagen kleine Köstlichkeiten wie Zuckerstangen für die Kinder herzustellen. Doch Anna Sophia hatte angesichts Julies Heiserkeit mithilfe ihrer Kräuter aus harten Zuckerwürfeln ein Heilmittel erschaffen. Aufmerksam schaute sie nun in den Kessel. Ein paar Sekunden noch. Drei, zwei, eins ...

»Wie fürchterlich gemein du bist!«, rief ein helles Stimmchen hinter ihr.

»Du hast uns kein Wort gesagt!«

»Ich habe nur zufällig das Feuer gehört, sonst hätten wir es alle verpasst!«

Anna Sophia drehte sich um. Nacheinander drängten sich ihre Schwestern in die Küche. Vorneweg Julie. Normalerweise war die Sechsjährige ein stilles Kind, doch in diesem Moment, als sie Anna Sophia vor dem brodelnden Kessel stehen sah, strahlte sie übers ganze Gesichtchen. Sie wurde angeschoben von Elise, die zwei Jahre ältere und um einiges rosigere Schwester mit den dunkelsten Haaren und den schwärzesten Augen der Familie. Als Letzte folgte Wilhelmine. Ihr Rock war wie immer zerknittert, ihre dunkelblonden Haare leicht zerzaust und ihr ebenmäßiges Gesicht mit den markanten, dunklen Augenbrauen glänzte.

»Dass ihr immer im falschen Moment hier auftaucht!« Anna Sophia pustete sich eine Haarsträhne aus der Stirn. Hastig zog sie sich die Lederhandschuhe über, die neben dem Kochgeschirr an der Wand hingen, und hob den Kessel vom Herd.

»Vorsicht, heiß!«

Sofort stoben die Mädchen auseinander – aber nur, um aus sicherer

Entfernung zu beobachten, wie Anna Sophia die kochende Zuckermasse auf die Steinplatte goss, die sie neben dem Herd bereitgelegt hatte.

»Die Kräuter fehlen noch, oder?«, rief Elise.

»Sehr gut.« Anna Sophia lächelte sie über die Schulter hinweg an. Mit beiden Händen griff sie nach der Mörserschale und hob sie hinüber zur Steinplatte. Dann goss sie die Masse in den Zucker.

»Wie das duftet«, piepste Julie. In der Küche hatte sich ein süßlicher Geruch ausgebreitet, der nun von den heiß werdenden Kräutern verfeinert wurde. Mit einem Kupferlöffel schob Anna Sophia die Masse hin und her. Sie musste abkühlen, durfte aber nicht zu fest werden. Hinter sich hörte sie, wie die Stuhlbeine über den Steinboden kratzten – ihre Schwestern setzten sich an den großen Küchentisch.

»Darf ich das allererste Bonbon essen?«, rief Elise aufgeregt.

»Sei still«, sagte Wilhelmine. »Du willst doch nicht, dass Vater uns hört.«

»Jetzt ist der Zucker doch noch viel zu heiß«, wandte Julie ein und wieder mal fiel Anna Sophia auf, dass die Kleinste für ihr Alter schon viel zu klug war.

»Ich meine doch auch, wenn er nicht mehr heiß ist.« Anna Sophia konnte beinahe hören, wie Elise bei diesen Worten die schwarzen Augen verdrehte.

Nun war es endlich so weit. Die zuckrige Kräutermasse war genauso zäh, wie Anna Sophia sie haben wollte. Also begann sie, sie zu kneten und zu rollen. Durch die Lederhandschuhe hindurch fühlte sie die Hitze, beobachtete, wie sich das Grün der Kräuter im Zucker verteilte und wie er dabei geschmeidiger und fester wurde. Zuletzt rollte sie ihn zu langen Stangen. Jetzt musste es schnell gehen. Stange um Stange zog sie aus der Masse und legte sie auf dem Tisch ab.

»Darf ich eine?«, rief Elise und Wilhelmine schlug ihr sachte auf die Finger.

»Natürlich nicht«, antwortete sie mit einem Lachen in der Stimme. »Immer das Gleiche mit dir!«

Zuletzt legte Anna Sophia die hart gewordenen Stangen über eine große Schüssel und schlug mit einem Messer mundgerechte Stücke ab. Mit einem Klackern purzelten die Bonbons in die Schale.

»Wieso kannst du das so gut?«, fragte Elise.

»Weil ich das schon so oft gemacht habe«, sagte Anna Sophia.

»Naja, so oft nun auch nicht, oder?« Wilhelmine musste einfach immer widersprechen. »Ich glaube, du hast einfach Talent. Schon deine allerersten Bonbons für Julie waren köstlich.«

»Das stimmt!«, piepste Julie. »Und ich konnte noch am gleichen Abend wieder sprechen! Deswegen verkauft Papa sie ja auch in der Apotheke. Manchmal glaube ich, deine Bonbons können zaubern!«

»So?« Anna Sophia sah die Kleine einen Moment lang mit möglichst geheimnisvollem Blick an. »Wieso glaubst du das nur manchmal?« Sie zwinkerte.

Als ihre Schwester damals ihre allerersten eigenen Bonbons gelutscht hatte, da war sie selbst kaum aus dem Staunen herausgekommen. Seit Tagen hatte Julie kein Wort herausgebracht – und schon nach einem Bonbon konnte sie wieder sprechen! Wo zuvor kein Laut gewesen war, war nun zumindest ein Krächzen. Anna Sophia hatte es zuvor schon geahnt, doch in diesem Augenblick war ihr klar geworden, welche Macht die Natur besaß. Und wie viel Anna Sophia den Menschen um sich herum helfen könnte, wenn sie diese Macht nur richtig einsetzte. Damals hatte sie beschlossen, dass sie genau das ihr Leben lang tun wollte: die Natur verstehen lernen, um anderen zu helfen. Wie gut, dass sie in eine Apotheke hineingeboren worden war. Sie konnte sich keinen Ort vorstellen, der mehr mit Magie zu tun hatte.

»Darf ich jetzt endlich eins?«, rief Elise.

»Na gut.« Anna Sophia nickte. »Jede von euch darf sich ein Bonbon nehmen. Aber nur eins! Und wie immer: Bloß kein Wort zu Vater! Ihr wisst, was dann los ist.«

Und während drei Hände gleichzeitig in die Schüssel griffen, flog die Küchentür auf.

»Anna Sophia, bist du hier?« Bettys Kopf schaute zur Küche herein. Normalerweise konnte die hagere Haushälterin mit den starken Armen und den kurzen Beinen nichts aus der Ruhe bringen. Ihr Dutt saß weit oben auf dem Kopf und ihre eisblauen Augen schauten in die Welt, als hätten sie schon alles gesehen. Doch in diesem Moment war es anders. Anna Sophia wusste sofort, dass etwas nicht stimmte. Betty war hochrot im Gesicht. »Es geht um deinen Vater – komm schnell.«

2. Kapitel

Victor Mertens leckte sich über die Lippen. Er kratzte sich die Halbglatze. Dann rümpfte er die Nase.

»Es wird Zeit, findest du nicht?«, fragte er.

»Ha«, machte Ferdinand abfällig und warf sich eine blonde Strähne aus der Stirn.

Warum nur hatte sein Bruder so volles Haar und eine so hohe Denkerstirn – Victor aber nicht? Er und Ferdinand saßen in ihrer Kutsche und warteten vor der Weinhandlung ihres Onkels, der wohl größten und beliebtesten der ganzen Stadt. In der Wohnung darüber hatten sie einen Großteil ihrer Kindheit verbracht, allerdings hatten sie diese Räume seit Jahren nicht von innen gesehen. Und das würde sich auch am heutigen Tag nicht ändern. Darum konnte ihre Mutter sie noch so eindringlich bitten. Es zeigte genug guten Willen, dass sie ihre Kutsche zumindest hatten hierher lenken lassen. Ihre Mutter konnte sie vom Schlafzimmerfenster aus sehen – das musste genügen.

Obwohl die Sitze samtrot gepolstert waren, tat Victor so langsam der Hintern weh. Er rutschte hin und her, beugte sich nach vorn und betrachtete die geschwungenen Lettern auf der Steinfassade: *Mertens Weine und Spirituosen*. Darunter konnte er durch zwei Fenster einen Blick auf die hölzernen Fässer erhaschen. Ohne es zu wollen, betrachtete Victor auch sein eigenes, schemenhaftes Spiegelbild in der Scheibe. Wann war er eigentlich so alt geworden? Ach, der Eindruck täuscht, versuchte er sich einzureden. Sicherlich lag es nur an den schlechten Lichtverhältnissen an diesem Abend.

»Ah, da kommt er endlich!« Ferdinand zeigte in die enge Gasse mit den krummen Giebeldächern, die vom Dom aus in Richtung Weinhandlung führte. Dort trat gerade der Diener der Familie Mertens aus dem Schatten. In den Armen hielt er ein riesiges Käserad.

»Was soll das denn? Bonbons solltest du holen«, rief Ferdinand ihm entgegen, während er sich aus der Kutsche beugte. »Wenn der alte Herr mittlerweile tot ist, weil du noch Käse kaufen warst, bist du schuld, hast du verstanden?«

Bei ihnen angekommen, entschuldigte sich der Diener keuchend. »Ihre Mutter … Sie hatte mich gebeten, auf dem Weg auch Käse … aber die Bonbons habe ich natürlich auch …«

»Spar dir deine Ausreden!«, herrschte Ferdinand ihn an.

»Und … nun, ja … sind Sie sich sicher, dass er keine weiteren Medikamente will?«

Victor konnte kaum glauben, was er da hörte. Wagte es dieser Mann tatsächlich, die Worte seines Bruders in Zweifel zu ziehen? Ruckartig richtete er sich auf, stieß mit dem Kopf gegen die Kutschendecke und fluchte.

»Was erlaubst du dir?« Victor bemerkte, wie seine eigene Stimme bei jedem seiner Worte schriller wurde. »Wenn ich noch einen Ton des Widerspruchs vernehme, dann …«

Ein Keuchen unterbrach ihn. Auf der Straße krümmte sich der Diener plötzlich zusammen, hustete wie wild auf den Käse und rang nach Luft. Die beiden Mertens-Brüder wichen zurück und sahen einander mit entsetzten Mienen an. Victor war sich nicht ganz sicher – schmunzelte sein Bruder in diesem Moment etwa ein wenig?

»Schon gut«, sagte Ferdinand dann mit sanfter Stimme zum Diener. »Geh hoch und bring unserem Onkel die Bonbons.«

So schnell der Mann es mit dem Käse in der Hand schaffte, hastete er an der Kutsche vorbei und durch die Tür neben dem Laden ins Wohnhaus.

Es dauert nicht lange, bis sich die Tür wieder öffnete. Diesmal war es ein junges Mädchen, das schüchtern herausschaute. Victor beugte sich weit durch die Kutschentür nach draußen und rief: »Oh, na, guten Tag!«

Sie trug Haube und Kleid eines Dienstmädchens. Victor sprangen sofort ihr helles Dekolleté und die glatte Haut ins Auge. Er legte den Kopf schief, um ihren Blick aufzufangen, doch sie sah schüchtern zu Boden. Er widerstand dem Drang, aus der Kutsche zu springen und ihr Kinn zu fassen, um ihre Blickrichtung selbst bestimmen zu können.

»Ihre Mutter schickt mich«, murmelte sie statt einer Begrüßung. Was war nur los mit dem Personal? Hatte die Schwindsucht in diesem Haus nun auch den Respekt ihm gegenüber dahingerafft? »Sie lässt nach einem Arzt für Herrn Mertens schicken. Sie sagt, es sei dringend.«

»Wie dringend?« Ferdinand warf sich eine Strähne aus der Stirn.

»Sie sagt, er stirbt, es dauert nicht mehr lang. Er braucht einen Arzt, aber von uns will sie niemanden schicken. Wir sollen bei ihr bleiben, sagt sie.«

»Nun gut.« Ferdinand drehte seinen Stock in den Händen. »Sag ihr, ein Arzt ist unterwegs.«

Sie nickte und verschwand wieder.

Victor runzelte die Stirn. »Nach wem möchtest du schicken lassen?«

»Nach niemandem. Ich habe eine viel bessere Idee. Wie lange hast du keinen Alkohol mehr getrunken, lieber Bruder?«

Victor kratzte sich die Halbglatze. »Viele Jahre?«

Tatsächlich hatte er lange keinen einzigen Tropfen mehr zu sich genommen. Keinen Wein, kein Bier, keine Spirituosen. Nichts, seit jenem Tag. Und dieser Tag lag so weit zurück, dass er nur noch eine verschwommene Erinnerung war. Victor tat gut daran, nie wieder darüber nachzudenken.

»Mir geht es genau so. Aber heute, lieber Bruder, heute ist der Tag.«

Victor klappte der Mund auf. Sobald er es bemerkte, schloss er ihn wieder. War das wirklich eine gute Idee?

»Glaub mir. Wir genehmigen uns einen schönen Wein und stoßen auf den alten Herrn an. Es ist das Beste, was wir nun tun können. Nach allem, was geschehen ist.«